# समय का सच

# समय का सच

आर. के. सिन्हा

प्रभात प्रकाशन, दिल्ली
ISO 9001:2008 प्रकाशक

प्रकाशक • **प्रभात प्रकाशन**
4/19 आसफ अली रोड,
नई दिल्ली–110002

संस्करण • प्रथम, 2018
मूल्य • छह सौ रुपए
मुद्रक • आर–टेक ऑफसेट प्रिंटर्स, दिल्ली

**SAMAY KA SACH** *by* R.K. Sinha ₹ 600.00
Published by Prabhat Prakashan, 4/19 Asaf Ali Road, New Delhi-2
e-mail: prabhatbooks@gmail.com ISBN 978-93-5266-602-7

अपने परम पूज्य गुरुदेव

**स्वामी प्रेमानंद सरस्वती**

*उपाख्य* **'महामानव मृत्युंजय महाराज'**

को

जिन्होंने मुझे पुनर्लेखन की प्रेरणा प्रदान की।

# पुरोकथन

अपने मूल की ओर लौटना हमेशा से सुखद और आनंददायी होता है। कोई नदी अपने मूल की तरफ जहाँ लौटती है, वह स्थान मात्र स्थान नहीं रह जाता, तीर्थ स्थान हो जाता है। इसे हम अपनी संस्कृति में अनादिकाल से पाते हैं। यही बात किसी मनुष्य पर भी घटित हो सकती है। इसका उदाहरण खोजने के लिए दूर जाने की जरूरत नहीं है। रवींद्र किशोर सिन्हा स्वयं प्रमाण हैं। वे मूलत: पत्रकार रहे। एक लंबे अंतराल के बाद अपने मूल पर लौट आए हैं। तभी तो उनकी यह दूसरी पुस्तक पाठकों के लिए सुलभ हो पा रही है। वैसे तो पत्रकार भी सही मायने में जनसेवक होता है। लेकिन जब जनसेवक यानी सांसद पत्रकार होने की स्मृति को आचरण में उतार ले और तमाम व्यस्तताओं और अस्त-व्यस्तताओं की राजनीतिक जिंदगी में से कुछ समय लिखने के लिए निकाल ले तो रोज एक लेख लिखना कठिन नहीं है। शर्त यही है कि कुछ कहने का भाव हो। तथ्यों में से संदेश निकाल लेने की समझ हो। उसे लिख पाने के लिए अपनी दिनचर्या में एक स्थान हो। यह सब आत्मिक अनुशासन की माँग करता है। कहने की जरूरत नहीं है कि यह पुस्तक ऊपर कही गई बातों का साक्षात् फल है।

इसमें घटनाओं का लेखा-जोखा है। भावी का संकेत भी है। इस रूप में यह पुस्तक लोक शिक्षण के कर्म को अपना धर्म समझकर प्रस्तुत की गई है। यह पुस्तक जनरुचि की विचार भूमि से प्रेरित होकर अपने इसी रचनात्मक दायित्व को निभाती है। इस संग्रह में कुल 66 लेख संकलित हैं। ये कालक्रम की दृष्टि से राजग-दो की अवधि में घटी घटनाओं के विषयों से संबंधित हैं, लेकिन उसी तक सीमित नहीं हैं। हर लेख अपने आप में पूरा है। उस विषय को समग्रता से प्रस्तुत करता है।

इस पुस्तक में स्टीरियो टाइप चिंतन से हटकर हृदय और मस्तिष्क पर होने वाले

स्पंदन को बिना किसी लाग-लपेट के व्यवस्थित ब्योरे के साथ शब्दबद्ध करने की ईमानदार कोशिश की गई है। इस क्रम में लेखक ने सबसे पहले व्यक्ति और घटना की पूरी जानकारी हासिल की है, फिर प्रत्येक प्रकरण का इतिहास जाना है। तदनंतर बेलाग शैली में समसामयिक मुद्दों से सीधा संवाद स्थापित किया है।

रवींद्र किशोर सिन्हा की पत्रकारिता का मूलाधार राष्ट्रीयता का भाव है। जिसकी गूँज आद्योपांत इस संग्रह के संकलित लेखों में सुनाई पड़ती है। उन्होंने भारत को भारत के नजरिए से समझने-समझाने का प्रयास किया है। जो अत्यंत सराहनीय तो है ही, बोधप्रद भी है। इस दृष्टि का अभाव जो मीडिया में दिखता है, उसे ये लेख पूरा करते हैं। इस चिंतन का फलित रूप राजनीति, समाज, संस्कृति, धर्म, व्यवसाय, विदेश नीति, भाषा आदि अन्यान्य विषयों के निरूपण में दिखाई पड़ता है।

इस संग्रह का पहला लेख अंगदान पर है। मौजूदा वक्त में विकसित देशों की तुलना में भारत में देहदान का रिवाज कम है, जबकि हमारी परंपरा में बृत्रासुर संग्राम के लिए महर्षि दधीचि का अस्थिदान सर्वाधिक ख्याति प्राप्त घटनाओं में से एक है। आनंद गांधी की फिल्म 'शिप ऑफ थीसिस' का उल्लेख कर अंगदान का महत्त्व समझाया गया है। लेखक ने अपना उदाहरण भी दिया है कि 2010 में उन्होंने गंगा राम अस्पताल में मरणोपरांत अपने अंगदान का उदाहरण प्रस्तुत किया। वास्तव में जीवन में जो अर्थ अनुभव किया जाता है, वही मरने पर कई गुना प्रकट हो, इसलिए ही अंगदान की कभी शुरुआत हुई होगी। मरने पर भी किसी के काम आ जाएँ, यही भावना इसमें प्रेरक होती है। यह लेख भी यही समझाता है।

अध्यात्म भाव भारतीयता का अभिन्न अंग है। अध्यात्म-बोध राष्ट्र के नागरिकों में जड़ और चेतन के प्रति एकात्म भाव पैदा करता है। प्रतिस्पर्धामूलक वैश्विक समाज में यह भारतीय राष्ट्रीयता व मानवता के प्रसार का संदेश देती है। इसी मूल भाव से प्रेरित होकर प्रधानमंत्री नरेंद्र मोदी ने शासन प्रणाली को जनोन्मुखी तत्त्व से जोड़ा है। उनका संकल्प है, सभी को अवसर, सभी को प्रोत्साहन। नई संभावनाएँ, नए-नए अवसर। लहलहाते खेत, मुसकराते किसान। नया भारत स्वाभिमान युक्त भारत। देश की अर्थव्यवस्था के चरित्र को बदलने की दिशा में प्रधानमंत्री नरेंद्र मोदी की सरकार ने जिस आर्थिक दर्शन को अपनाया है, वह है—'सबका साथ, सबका विकास'। इसी को आधारभूमि बनाकर अर्थव्यवस्था संबंधी तीन लेख इस पुस्तक में संगृहीत हैं—'आर्थिक और वैश्विक स्तर पर छाप छोड़ता भारत', 'क्यों आता है राज्य में निवेश' और 'कैशलेश भारत बढ़ेगा आगे'। इन तीनों लेखों में अर्थव्यवस्था की नीतियों, कार्यक्रमों तथा उसके कार्यान्वयन का उल्लेख पाठकों को नवोन्मेष से भर देता है। ये लेख प्रयोगात्मक हैं, शास्त्रीय नहीं। इसीलिए पाठक की रुचि इसे पढ़ने से बढ़ती है।

कम लोग जानते हैं कि नेताजी सुभाष चंद्र बोस टाटा स्टील मजदूर संघ के लगातार 9 वर्षों (सन् 1928 से सन् 1937) तक अध्यक्ष रहे। ट्रेड यूनियन के इतिहास में सुभाष चंद्र बोस के प्रयासों का ऐतिहासिक महत्त्व है। इस अर्थ में कि एक ट्रेड यूनियन का नेता आजाद हिंद फौज का नेतृत्व कर सका, जो कांग्रेस के समकालीन नेताओं के लिए बड़ी ईर्ष्या का कारण था। वे कांग्रेस के अध्यक्ष भी हुए। ऐसी ही जानकारियों को उपलब्ध कराने वाला एक लेख इस संग्रह में संकलित है—'नेताजी को क्यों नापसंद करते रहे पंडित नेहरू'। अनुज धर की पुस्तक 'इंडियन बिगेस्ट कवर अप' का हवाला देकर कई सनसनीखेज तथ्यों का खुलासा इस लेख में किया गया है। यह कोई आश्चर्यजनक नहीं है, क्योंकि रवींद्र किशोर सिन्हा छठे दशक में खोजी पत्रकारिता के पर्याय थे।

महिलाएँ कई कारणों से जीवन के अधिकांश क्षेत्रों में पीछे रह गई हैं। इसलिए उनका सशक्तीकरण समाज-सुधार का जरूरी हिस्सा है। इसी को ध्यान में रखकर बेटियों को बचाने और बढ़ाने की मुहिम चल रही है। इस अभियान से संबंधित कई लेख इस संग्रह में हैं। इसके अलावा मुसलिम महिलाओं को केंद्र में रखकर उनके बदलते तेवर की पहचान तथा उनके हक को बयाँ करने वाली घटनाओं को विषयवस्तु बनाकर कई लेख लिखे गए हैं। हिंदी के मशहूर लेखक राही मासूम रजा का 'आधा गाँव' शानी का 'काला जल' और अब्दुल बिस्मिल्लाह खाँ का 'झीनी झीनी बीनी चदरिया' उपन्यास का संदर्भ खँगाल कर कट्टरपंथ और रूढ़िवादी प्रवृत्ति के जुल्मोसितम से मुक्ति की आकांक्षा का रोचक चित्रण इन लेखों में है।

गाय को हिंदू आस्था से जोड़कर देखा जाता है। अंतरराष्ट्रीय स्तर पर गोमांस की माँग को पूरा करने की होड़ में दुधारू गाय और बछड़ों को धड़ल्ले से निशाना बनाया जा रहा है। इसके चलते सामाजिक सद्भाव का वातावरण भी बिगड़ रहा है। 'गऊ बिना भारत अधूरा' नामक निबंध में महात्मा गांधी की प्रसिद्ध पुस्तक 'हिंद स्वराज' की पंक्तियों के उद्धरण के माध्यम से गाय को राष्ट्रीय पशु घोषित करने की माँग की गई है। महात्मा गांधी ने तो गोरक्षा के प्रश्न को स्वराज से भी बड़ा माना था। वही भावना लेखक की भी है कि यह प्रश्न राष्ट्रीय महत्त्व का है।

नदियों से समाज की गहरी धार्मिक भावनाएँ जुड़ी हैं। हमने मान लिया है कि नदियों की पवित्रता अक्षुण्ण है। उसे कोई ताकत मलिन नहीं कर सकती, किंतु सवाल यह है कि क्या नदियों की शुचिता की रक्षा की गई है? जबाव है कि नदियों का जल निर्मल होने के बजाय गंदा और प्रदूषित होता जा रहा है। यहाँ तक कि नदियाँ मर रही हैं। आखिरकार इसका कारण क्या है। इन्हीं प्रश्नों का हल तलाशता है—'क्या नदियाँ मैली ही रहेंगी' शीर्षक निबंध।

देश के बच्चे बेहतर शिक्षा की बाट जोह रहे हैं। सरकारी स्कूली शिक्षा निरंतर अपनी साख खोती जा रही है। ऐसी दशा में शिक्षा व्यवस्था में परिवर्तन की आवश्यकता है, ताकि लोगों को रोजगारपरक शिक्षा मिल सके। 'राम भरोसे स्कूली शिक्षा' और 'कक्षाएँ पाँच और शिक्षक एक' शीर्षक लेख में शिक्षा की दुर्व्यवस्था और विडंबनापूर्ण स्थिति का जायजा लिया गया है।

ग्रामीण भारत की सेहत के सच को उजागर करने वाला 'गाँव में दारू-ही-दारू दवा गायब' लेख है। देश का हेल्थकेयर सेक्टर 15 फीसदी सालाना रफ्तार से बढ़ रहा है। विश्वस्तरीय दवा कंपनियों का कारोबार अरबों रुपए का हो चुका है। किंतु उसके उलट गाँव लगातार रोगी होते चले जा रहे हैं। उनका स्वास्थ्य ग्रामीण झोलाछाप डॉक्टरों के जिम्मे रहने को मजबूर है। इसी समस्या को इस लेख में चित्रित किया गया है।

राजग-दो सरकार बनने के बाद देश में एक चिर-असंतुष्ट वर्ग उभरकर सामने आया है। वह विघ्नसंतोषी समूह है। उसकी आत्मा कलुषित है। उसका एक ही एजेंडा है। वह यह कि नरेंद्र मोदी सरकार को किसी भी प्रकार से बेवजह बदनाम करते रहना। अरुंधति राय सरीखे बुद्धिजीवियों की अगुआई में ऐसे अभियान को अंजाम दिया जा रहा है। ये लोग जनभावना का निरादर कर रहे हैं। कश्मीर के बारे में राष्ट्रीय हितों से समझौता कर रहे हैं। यही लोग याकूब मेमन और बुरहान मुजफ्फर वानी को हीरो बना रहे हैं। ऐसे ही लोगों की 'वे कौन हैं जिनका उठ जाता है देश से भरोसा' शीर्षक लेख में अच्छी-खासी खबर ली गई है।

'गोवा-चीन पर नेहरू की अकारण जिद' शीर्षक लेख में पंडित नेहरू के जिद्दी स्वभाव को केंद्र विषय बनाकर गोवा और चीन के मामले की पड़ताल की गई है। गोवा को देर से (सन् 1961 में) पुर्तगाल से आजादी मिलने के पीछे पंडित नेहरू भी अपनी अंतरराष्ट्रीय छवि चमकाने की प्रवृत्ति जिम्मेदार थी। इसी लेख में चीन को संयुक्त राष्ट्र संघ में छठे देश के रूप में स्थायी सदस्यता दिलाने में नेहरू के योगदान पर सवाल खड़े किए गए हैं। लेखक ने शशि थरूर की पुस्तक 'दि इनवेंशन ऑफ इंडिया' जैसे एकाधिक प्रामाणिक संदर्भों को खँगालकर पंडित नेहरू की चीन संबंधी नीति को भ्रामक बताया है।

'क्यों खास होगी मोदी की इजराइल यात्रा?' शीर्षक लेख में इजराइल और भारत दोनों देशों के आपसी संबंधों के हर पहलू की पड़ताल की गई है। पूर्ववर्ती शासक दल की संदिग्ध विदेश नीति के प्रति प्रश्न खड़ा किया गया है कि 'अगर हमने मुसलमानों के लिए इजराइल से दूरियाँ बनाईं तो हमने अपने यहूदी देशवासियों की राष्ट्रभक्ति की भावनाओं का आदर करते हुए इजराइल से मैत्रीपूर्ण संबंध क्यों नहीं बनाए, क्या यह कांग्रेस की मुसलिम तुष्टीकरण की नीति का उदाहरण नहीं है?'

इसी संग्रह में एक लेख है 'विश्व पर्व बनी दीपावली'। आलोक पर्व संसार भर में मनाया जाने लगा है। क्रिसमस और ईद की तरह दीपावली एक वैश्विक पर्व का दर्जा पा चुकी है। डॉ. विद्याधर सूरज प्रसाद नायपाल के हवाले से मोमबत्ती और दीप के अंतर को समझाया गया है—'मोमबत्ती जलाने की परंपरा चर्चों के आविर्भाव के बाद प्रारंभ हुई, जबकि दीपक की परंपरा हजारों वर्ष पूर्व रामायण और महाभारत काल में मिलती है। मोमबत्ती जलाने से प्रदूषण फैलता है। इसके ठीक विपरीत मिट्‌टी के दीये में तिल, अरंड, सरसों, नारियल आदि के तेल से वातावरण शुद्ध होता है। इस लेख में दीपावली के वर्णन की शैली मौलिक है।

पर्व-त्योहार हमारे सांस्कृतिक जीवन का अटूट हिस्सा होते हैं। समय के बदलाव के अनुरूप इनके आयोजन के तौर-तरीके भी बदलते रहते हैं। 'क्यों न मनाएँ इको फ्रेंडली त्योहार' लेख में पर्व की पर्यावरण के साथ सामंजस्य की आवश्यकता पर बल दिया गया है। 'दीपावली पर मिलावटी मिठाइयाँ' लेख में मिलावटखोरों की खबर ली गई है। लेखक के अनुसार मिलावट हमारे देश के राष्ट्रीय चरित्र का अभिन्न हिस्सा बन गई है। वह सवाल खड़ा करता है कि 'क्या हम कभी मिलावटखोरों के खिलाफ चीन की तरह मौत की सजा देने वाले कड़े कानून अपने देश में बना पाएँगे?' इस लेख में मिलावट को एक राष्ट्रीय नुकसान के रूप में बताया गया है।

हिंदी मैत्री और सद्‌भाव की भाषा है। उल्फा जैसी राष्ट्रविरोधी ताकतें पूर्वोत्तर में संपर्क भाषा हिंदी के स्वाभाविक फैलाव को रोक नहीं सकतीं, क्योंकि हिंदी बाजार, मीडिया और विज्ञान की भाषा बन चुकी है। हिंदी के वैश्विक रूप का गंभीर विश्लेषण 'हिंदी हो चुकी विश्वभाषा' नामक लेख में हुआ है। यह एक सुविचारित अकादमिक लेख है, जिसे पूरे मनोयोग से लिखा गया है। हिंदी संपर्क भाषा के रूप में न केवल भारत में, बल्कि विश्व में अपनी जगह बना रही है। इस बात का उल्लेख रवींद्र किशोर सिन्हा अपने अनुभव के आधार पर करते हैं, जो उन्हें विदेश यात्राओं के दौरान हुआ। वस्तुतः होता यह है कि आप जैसे ही भारत से बाहर कदम रखते हैं तो आप पाते हैं कि सिर्फ भारतवंशियों की ही नहीं, पाकिस्तान, बांग्लादेशियों, नेपालियों की भी संपर्क भाषा हिंदी है। हिंदी जानने-समझने की लालसा समूचे संसार में बढ़ी है। विश्व के कई प्रतिष्ठित देशों में हिंदी पढ़ाई जाती है। इसी लेख में प्रो. रोनाल्ड स्टुर्टमेक्ग्रेगर, पेइचिंग विश्वविद्यालय के प्रो. च्यांग चिंगरूपेड और ब्रिटेन के गिलयिन राइट जैसे लब्ध-प्रतिष्ठित हिंदी के विद्वानों के अपने-अपने क्षेत्र में किए गए योगदान का उल्लेख है।

इस पुस्तक में पाकिस्तान और कश्मीर विषयक कई लेख संकलित हैं। मानवाधिकार कार्यकर्ताओं और शिया मुसलमानों सहित कई धार्मिक समूहों के लोग

जीवन को हथेली पर लेकर पाकिस्तान में जी रहे हैं। असमाँ जहाँगीर, जो पाकिस्तान के मानवाधिकार कार्यकर्ता और अधिवक्ता हैं, उनके हवाले से बताया गया है कि पाकिस्तान में प्रतिरोध-स्वर को बुलंद करने वालों को सरकार की एजेंसियाँ ही अगवा करती हैं। पाकिस्तान के अंदरूनी हालात, बलूचिस्तान की आजादी के लिए लड़ी जा रही राजनीतिक लड़ाई और कश्मीर में पाकिस्तानपरस्त तत्त्वों के पैरोकार फारूक अब्दुल्ला के निदंनीय बयान को विषयवस्तु बनाकर बिना किसी क्रोध और विद्वेष के तटस्थ शैली में कई लेख लिखे गए हैं, जो गंभीर राष्ट्रीय सरोकार से संबद्ध हैं।

इस पुस्तक में रोजमर्रा के जीवन में काम आने वाली पारिभाषिक शब्दावलियों की भरमार है। उन शब्दावलियों की परिभाषा भी बोधगम्य है। उदाहरण के लिए, मुजाहिर शब्द को लें। मुजाहिर अरबी शब्द है। इसका अर्थ है अप्रवासी, यानी जो किसी दूसरे जगह से आकर बसे हों। इसी तरह दूसरा शब्द है कारपेट एरिया, यानी चार दीवारों के बीच घिरा रहने वाला एरिया और बिल्डअप एरिया का मतलब है, वह एरिया जिस पर पूरा मकान बना होता है, जिसमें नींव, दीवारें और सीढ़ियाँ आदि शामिल होती हैं। इसी तरह से भीड़-प्रबंधन, पब्लिक एड्रेस सिस्टम आदि नई पदावलियाँ पूरी किताब में भरी पड़ी हैं।

राजनीति और समाज में प्रतिपल परिवर्तन होता रहता है। समसामयिक मुद्दों पर विमर्श के क्रम में तात्कालिक विचार स्वाभाविक रूप से रहते हैं। रवींद्र किशोर सिन्हा ने रोजमर्रा की घटनाओं में स्थायी भाव की खोज कर पूरी बौद्धिक तैयारी के साथ उपलब्ध सच को आत्मसात् किया है।

इस संग्रह के अंतिम दो लेख अलग हटकर हैं। विशेष हैं। इनमें पहला लेख संस्मरणात्मक है, जिसमें एक साथ घटी दो घटनाओं का वर्णन है। कैसे लेखक को पत्रकारिता में कदम रखने का निमंत्रण मिला, साथ-ही-साथ पंडित दीनदयाल उपाध्याय ने कैसे उन्हें भारतीय जनसंघ की ओर खींचा, इसे इस लेख में पढ़ सकते हैं। दूसरा और अंतिम लेख इस लक्ष्य से प्रेरित है कि पंडित दीनदयाल उपाध्याय के 'एकात्म मानववाद' को प्रधानमंत्री नरेंद्र मोदी ने अपने विचारों और कार्यक्रमों में अपना लिया है। प्रधानमंत्री नरेंद्र मोदी ने जो 'न्यू इंडिया' का नारा दिया है, वह दीनदयाल उपाध्याय के एकात्म मानववाद की ठोस वैचारिक जमीन पर नए भारत के निर्माण की संकल्पना है। पंडितजी से और हिंदुस्थान समाचार के प्रधान संपादक बालेश्वर अग्रवाल से पहली मुलाकात लेखक की सन् 1966 की गरमियों में हुई। पंडित दीनदयाल उपाध्याय ने लेखक को जनसंघ से जोड़ा और बालेश्वर अग्रवाल ने पत्रकारिता से। वह यात्रा चल रही है। यह संयोग नहीं है कि पंडित दीनदयाल उपाध्याय की जन्मशती वर्ष में रवींद्र किशोर सिन्हा को आग्रहपूर्वक हिंदुस्थान समाचार

का प्रबंधन सौंप दिया गया। इस तरह वे दोहरे दायित्व का निर्वाह कर रहे हैं, जिसे समझने में ये लेख सहायक हैं।

कहना चाहिए कि इस संग्रह के लेख वर्तमान के विमर्श को शब्दबद्ध करते हैं। वे अतीत और वर्तमान को जोड़ते भी हैं। इसीलिए हर लेख का फलक बड़ा है। इस पुस्तक में निहित विचार-संपदा को पढ़कर न केवल पत्रकारिता के अध्येता की शोधवृत्ति पैनी होगी, बल्कि वे एक मजे हुए पत्रकार की लेखन शैली से सीधे जुड़ा हुआ अनुभव करेंगे। इतना ही नहीं हर पाठक पुस्तक को समय का सच मानेगा।

**—रामबहादुर राय**

# अपनी बात

एक गीत के बोल याद आ रहे हैं, 'कहाँ से करूँ शुरू, कहाँ पर खतम'। सत्तर और अस्सी के दशक में मैं पेशे से पत्रकार था और पत्रकार ही बना रहना भी चाहता था। किंतु दुर्घटनावश व्यवसाय में आ गया। पहले जनसंघ में पंडित दीनदयाल उपाध्याय की प्रेरणा से आया, फिर स्थापना के दिन से ही भारतीय जनता पार्टी से जुड़ा और अभी तक सक्रिय हूँ। किंतु पत्रकार मन रह-रहकर कचोटता ही रहा कि हे प्रभु! कहाँ आकर फँस गया?

राजनीति भी जमकर की। किंतु विचारधारा हेतु प्रतिबद्धता एवं निष्ठा के निर्वहन के लिए कभी किसी पद-प्रतिष्ठा की लालसा नहीं रही। जो कुछ भी दायित्व मिला, उसे प्राणपण से निभाया। पार्टी के शीर्ष नेतृत्व ने यह निर्णय लिया कि मैं राज्यसभा में जाऊँ, राज्यसभा में आ भी गया। सक्रिय व्यवसाय को अलविदा कहना पड़ा। एक वर्ष तो मैंने संसद् के गलियारों को जानने-समझने में ही बिताया। कुछ सवाल भी पूछे। जब भी पार्टी ने मौका दिया, तो वाद-विवाद और चर्चाओं में पूरी तैयारी के साथ भाग भी लिया। किंतु मेरे जैसे 18 घंटे काम करनेवाले व्यक्ति के लिए इतना काम पर्याप्त नहीं था। या यों कह लें कि भारी प्रताड़ना थी। मन विचलित-सा रहने लगा।

अंततः अपने 65वें जन्मदिन 22 सितंबर, 2015 को मैंने यह निश्चय किया कि फिर से कुछ लिखना-पढ़ना शुरू करूँ। मैंने संपादकीय पृष्ठों के लिए समसामयिक लेख लिखने शुरू किए और दैनिक जागरण, दैनिक भास्कर, नवभारत टाइम्स, जनसत्ता, प्रभात खबर, सन्मार्ग, स्वदेश, दबंग दुनिया आदि अखबारों में मेरे लेख धड़ल्ले से छपने भी लगे। प्रति सप्ताह दो, कभी-कभी तीन के हिसाब से अब तक लगभग 500 से ज्यादा लेख प्रकाशित हो चुके हैं।

जयप्रकाश आंदोलन के दिनों के हमारे मित्र और बड़े भाई समान श्री रामबहादुर रायजी की प्रेरणा से 66वें जन्मदिन पर 66 लेखों का एक संकलन प्रकाशित कर उसका

लोकार्पण करने का निश्चय किया। आनन-फानन में इस विचार को मूर्त रूप दे दिया गया और उसका परिणाम 'बेलाग-लपेट' आपके सामने है। अब इसी क्रम में दूसरी पुस्तक 'समय का सच' आपके सामने प्रस्तुत है। आप इन लेखों को पढ़ें और अपनी टिप्पणियों, विचारों एवं सुझावों से मुझे अवगत कराएँ। मुझे उससे प्रेरणा मिलेगी और मैं आपका आभारी रहूँगा।

मकर संक्रांति, 2018

**आर.के. सिन्हा**

सी-1/22, हुमायूँ रोड, नई दिल्ली-110003

# आभार

मैं तहेदिल से आभार प्रदर्शित करता हूँ, हिंदुस्तान समाचार के समूह संपादक श्री रामबहादुर रायजी को प्रेरणा व मार्गदर्शन के लिए, 'युगवार्ता' साप्ताहिक के संपादक श्री संजीव कुमार को संपादन कार्य में सहयोग के लिए, श्री विवेक शुक्ला को रिसर्च और खोजबीन करके तथ्यों को जुटाने के लिए, श्री संदीप द्विवेदी को पूरी प्रकाशन-प्रक्रिया में भाग-दौड़ के लिए और अपनी कार्यपालक सचिव श्रीमती रत्ना सिन्हा व निजी सचिव श्री अवधेश प्रसाद को समन्वय कार्यों तथा डिक्टेशन लेकर और बार-बार मूल प्रति में सुधारकर लेखों में निखार लाने के लिए आभार व्यक्त करता हूँ।

# अनुक्रम

# अंगदान आंदोलन की शक्ल ले तो बने बात

भारतीय टीम के स्टार क्रिकेटर गौतम गंभीर ने अपनी मृत्यु के बाद अपने अंगों को दान देने का फैसला किया है। गंभीर ने कहा, "हजारों लोग हर साल अंग न मिलने की वजह से मर जाते हैं। मुझे लगता है कि अंगदान देने से हम इस कमी को कुछ हद तक पूरा कर सकते हैं, जिससे समाज का भला होगा। मैं मौत के बाद अपने सभी अंगों को दान करने का वादा करता हूँ। इसके साथ ही मैं अपने टीम के खिलाड़ियों के अलावा सबसे ऐसा ही करने की अपील करूँगा।"

बेशक, अंगदान को लेकर जागरूरता पैदा करने की जरूरत है। इसे आंदोलन का रूप दिया जाना चाहिए। गंभीर की ही तरह से आनंद गांधी की फिल्म 'शिप ऑफ थीसस' से प्रेरणा लेने के बाद आमिर खान की पत्नी और निर्देशिका किरण राव ने भी अंगदान करने की घोषणा की है। उसने अपने एक हालिया इंटरव्यू में कहा कि पहले वे सोचती थीं कि हम केवल अपनी आँखें दान कर सकते हैं, लेकिन तथ्य यह है कि हमारे शरीर का हर अंग किसी का जीवन बचाने के काम आ सकता है।

मैंने स्वयं 2010 में ही गंगाराम अस्पताल, दिल्ली को मरणोपरांत अपने सभी अंगों को दान कर दिया था। स्वास्थ्य मंत्रालय के अनुसार, भारत में हर साल करीब दो लाख गुर्दे दान करने की जरूरत होती है, लेकिन मौजूदा समय में 7,000-8,000 से भी कम गुर्दे मिल पाते हैं। प्राप्त जानकारी के अनुसार, भारत में 50,000 लोगों को दिल प्रत्यारोपण की आवश्यकता है, जबकि उपलब्धता केवल 10 से 15 की ही है। दूसरी तरफ प्रतिवर्ष 50,000 लोगों को लीवर प्रत्यारोपण की आवश्यकता है, जबकि 700 लोगों को ही डोनर मिल पाते हैं। भारत में प्रति दस लाख व्यक्ति में अंगदान करनेवालों की संख्या सिर्फ 0.8 है। विकसित देशों, जैसे अमेरिका, ब्रिटेन, नीदरलैंड्स और जर्मनी में यह संख्या औसतन 10 से 30 के बीच है। स्पेन में प्रति दस लाख लोगों में 35.1 अंगदान करते हैं। हमारे देश में अंगदाताओं की संख्या के इस कदर होने के पीछे कई कारण हैं, जैसे सही जानकारी का अभाव, धार्मिक मान्यताएँ, सांस्कृतिक भ्रांतियाँ और पूर्वाग्रह।

लेकिन यह भी सच है कि भारत में अंगदान की परंपरा महर्षि दधीचि के समय से चली आ रही है। पुराणों की कथा के अनुसार देव-दानव संग्राम में देवता बार-बार हार रहे थे और ऐसा लग रहा था कि दानव ही अंतत: विजयी हो जाएँगे। घबराए हुए देवता सहायता के लिए ब्रह्माजी के पास गए। ब्रह्माजी ने कहा कि पृथ्वी पर एक ऋषि रहते हैं : दधीचि! उनकी तपस्या से उनकी हड्डियों में अनंत बल का प्रादुर्भाव हुआ है। उनसे इनकी हड्डियों का दान माँगो। उससे 'वज्र' नामक शस्त्र बनेगा, वह शस्त्र दानवों को परास्त कर देवों को विजयी बनाएगा। इंद्र ने दधीचि से उनकी हड्डियाँ माँगीं। पुलकित दधीचि ने ध्यानस्थ हो प्राण त्याग दिए। उनकी अस्थियों से बने वज्र ने देवताओं को विजय दिलवाई।

पर इसी भारत में हर साल लाखों लोग किडनी, लीवर, हृदय और शरीर के अन्य अंगों के काम नहीं करने से कम उम्र में ही जान गँवा देते हैं या दुर्घटनाग्रस्त हो जाते हैं। अंगदान से कइयों की जिंदगी बचाई जा सकती है, लेकिन अंगदान के प्रति लोगों में न सिर्फ जागरूकता की कमी है, बल्कि इसके प्रति समाज में भ्रांतियाँ भी हैं। इन्हीं भ्रांतियों को दूर करने की आवश्यकता है।

सरकार ने अंगदान को बढ़ावा देने के लिए कुछ निर्णायक पहल की है और सभी

प्रमुख सरकारी अस्पतालों में अंग प्रत्यारोपण की सुविधा शुरू की है। बेशक अंगदान मामले में सरकार की ओर से विलंब हुआ है, लेकिन अब स्वास्थ्य मंत्रालय ने सरकारी अस्पतालों में अंग एवं ऊतक प्रत्यारोपण में प्रशिक्षण देने का निर्णय लिया है।

भारत में स्थिति चिंताजनक इसलिए भी है, क्योंकि ज्यादातर लोगों को पता ही नहीं है कि अगर वे अंगदान करना चाहते हैं तो कहाँ जाएँ और किससे संपर्क करें। मेडिकल साइंस के अनुसार जीवित व्यक्ति के दो गुर्दों में से एक दान में दिया जा सकता है, जबकि आँत और लीवर के अंश को किसी की जान बचाने के लिए दिया जा सकता है, क्योंकि कटे हुए आँत और लीवर अपने आप बढ़ जाते हैं।

एक मृत व्यक्ति द्वारा किए गए अंगदान से लगभग सात व्यक्तियों को जीवनदान मिल सकता है। अंगदान में एक बड़ी समस्या अस्पतालों द्वारा समय से रोगी को ब्रेनडेड घोषित न कर पाना भी है, जिसके बाद मृतक के अंग खराब होने लगते हैं। कई देशों में अंगदान ऐच्छिक न होकर अनिवार्य है। सिंगापुर में हर नागरिक को स्वाभाविक अंगदाता मान लिया जाता है और 'ब्रेनडेड' घोषित किए जाने पर अस्पताल और सरकार का उसके अंगों पर अधिकार होता है। भारत में 1994 में मानवीय अंगों के प्रत्यारोपण के लिए कानून बनाया गया था, ताकि विभिन्न किस्म के अंगदान और प्रत्यारोपण को सुचारु रूप दिया जा सके।

हालाँकि हमारे यहाँ पर अंगदान को लेकर तमाम अड़चनें हैं, तो भी कई परिवार इस बाबत शानदार उदाहरण पेश कर रहे हैं। बात करते हैं राजधानी के जुनेजा परिवार की। जुनेजा परिवार ने अपने बेटे अनमोल के एक हादसे में मारे जाने के बाद उसका शरीर राजधानी के एम्स अस्पताल को डोनेट करने का फैसला लिया। बड़ी बात यह है कि इस परिवार में पहले से आँख दान की परंपरा रही है। अनमोल के दादा, दादी और

नाना आँख दान कर चुके हैं। एक सड़क हादसे के शिकार अनमोल को ब्रेनडेड घोषित किया गया था। उसके परिवारवालों ने उसकी देह एम्स को सौंप दी। इसका लाभ यह हुआ कि आठ लोगों को नई जिंदगी मिली। इसके अलावा उसके कॉर्निया, वॉल्व, बोंस, स्किन आदि ऑर्गन को बैंक में जमा करा दिया गया, जो बाद में लोगों के काम आएँगे।

महत्त्वपूर्ण है कि 'ब्रेनडेड' वह स्थिति है, जब लंबे समय तक दिमाग को खून न पहुँचने पर दिमाग की कोशिकाएँ मृत हो जाती हैं और मरीज को बचाया नहीं जा सकता। इस स्थिति का सामना करनेवाले कुछ लोग अपने करीबियों के ब्रेनडेड होने पर उसके अंग-दान करने का फैसला लेने लगे हैं। एक ब्रेनडेड आदमी से किडनी, हार्ट, लीवर, फेफड़े, कॉर्निया लिया जा सकता है।

बेशक, एक इनसान के शरीर के किसी अंग को किसी दूसरे इनसान में प्रत्यारोपित करना मेडिकल साइंस की दुनिया का चमत्कार है। इसके चलते हजारों-लाखों लोग मौत को हराने में सफल हो गए। पर, अगर बात भारत की करें तो अभी हम कमजोर साबित हो रहे हैं। भारत में अंगदान और देह दान को लेकर माहौल नहीं बन पा रहा है। एक अनुमान के मुताबिक, भारत में हर साल करीब दो लाख लोगों को अंग प्रत्यारोपण की दरकार होती है। इनमें से ज्यादातर रोगी कम उम्र के होते हैं। इनकी जीने की उम्मीद इस बात पर निर्भर करती है कि इन्हें कोई कब अंगदान करेगा।

भारत में 1994 में सरकार ने ब्रेनडेड को अंगदान की स्वीकृति दी, लेकिन सच यह है कि बीमार लोगों की अंगों की जरूरत आज भी अंगदान करनेवालों की संख्या से कहीं ज्यादा है।

अंगदान की इसी बढ़ती जरूरत को समझते हुए 'ब्रेनडेड' इनसान के अंगदान करने के बारे में जागरूकता फैलाने की जरूरत है। इस लिहाज से जागरूकता बढ़ाने में सेलिब्रेटीज और फिल्मों की अहम् भूमिका हो सकती है। अगर क्रिकेट और फिल्मी सितारे अंगदान और देहदान का वादा करें तो समाज इस तरफ गंभीरता से सोच सकता है। तब इस बाबत माहौल बनेगा। हाँ, इस लिहाज से पहल तो हो ही गई है।

बहरहाल, दुर्घटना, बीमारी या सामान्य मौत की स्थिति में शरीर के अलग-अलग हिस्से दान किए जा सकते हैं। मौत के बाद शरीर को महज जला देने या दफना देने से किसी का भला नहीं होगा और सच यह है कि अंगदान करने से कभी किसी का बुरा नहीं होता। भारत में अंगदान की दर एक प्रतिशत से भी कम यानी मात्र 0.08 फीसद है। दूसरी तरफ स्पेन में यह दर 35, ब्रिटेन में 27, अमेरिका में 26, कनाडा में 14 और ऑस्ट्रेलिया में 11 है।

भारत में हर साल यहाँ 6 हजार हार्ट ट्रांसप्लांट, बीस हजार लीवर ट्रांसप्लांट, तीन हजार बोनमैरो ट्रांसप्लांट एवं डेढ़ लाख किडनी ट्रांसप्लांट की जरूरत होती है, लेकिन

2 प्रतिशत मरीजों को भी यह मयस्सर नहीं हो पाता है। "हर साल एक लाख मरीजों को किडनी प्रत्यारोपण की जरूरत पड़ती है, लेकिन इसमें सिर्फ 5 हजार लोगों की ही जरूरत पूरी हो पाती है। 95 फीसदी अंगदान वे लोग करते हैं, जिनसे मरीज का खून का रिश्ता होता है।"

अंगदान को लेकर डॉक्टर और मरीज कई अंधविश्वासों का भी सामना करते हैं। कई लोग समझते हैं कि अगर अंगदान कर देंगे तो अगले जन्म में वो हिस्से शरीर में नहीं होंगे। अमेरिका में यूनिवर्सिटी ऑफ मिशिगन के एक अध्ययन के मुताबिक, कुछ लोग इस बात से डरते हैं कि उनको दिया गया अंग किसी हत्यारे का न हो। इस अध्ययन के अनुसार प्राप्त पक्ष के लोग ऐसे व्यक्ति के अंग, खून या डी.एन.ए. को प्रत्यारोपित करवाना चाहते हैं, जिसका व्यक्तित्व और व्यवहार उनसे मेल खाता हो, पर दोनों पक्षों का आपसी परिचय कराए जाने से बचा जाता है। अंगदान प्राप्त करनेवाले परिवार को यह नहीं बताया जाता कि अंगदान किसने किया है। हमारे यहाँ कई झूठी मान्यताएँ भी काम कर रही हैं, मसलन लोग मानते हैं कि यदि मृत व्यक्ति की आँखों को दान दिया जाता है तो उसे स्वर्ग नहीं मिलता या फिर अगले जन्म में वह उस अंग के बिना जन्म लेता है। ऐसी धारणाओं को दूर करने के लिए ठोस प्रयास करने की जरूरत है।

*(13 अगस्त, 2016, राष्ट्रीय सहारा)*

□

# कितनी मिले प्रेस को आजादी

एन.डी.टी.वी. पर एक दिन के प्रसारण के बैन पर हाय-तौबा मचाई जा रही है। रोक को अभिव्यक्ति की आजादी से जोड़कर देखा जा रहा है। रोक का विरोध करनेवालों से आप बहस करो तो वे आपको 'भक्त' से लेकर 'मोदी का आदमी' का तमगा दे देते हैं। हालाँकि सारा देश जानता है कि अभिव्यक्ति की आजादी के नाम पर अराजकतावादी आजादी परोसता रहा है एन.डी.टी.वी.। एन.डी.टी.वी. की राष्ट्रभक्त पत्रकारिता के बारे में पूरे देश को मालूम है। कारगिल की लड़ाई के दौरान इसकी एंकर बरखा दत्त की पत्रकारिता के कारण भारतीय सेना के कई जवानों को अपनी जान तक गँवानी पड़ी थी। तब किसी ने उफ तक नहीं किया, न किसी चैनल ने, न ही सिद्धांत बघारनेवाले तथाकथित बड़े टिप्पणीकारों ने। 2जी घोटाले में इसी चैनल की महिला पत्रकार का दलाली में नाम आया, कोई कार्रवाई क्यों नहीं हुई? कश्मीर में पत्थरबाजों की वकालत भी इसी चैनल ने की और जे.एन.यू. प्रकरण पर अपना स्क्रीन इसी चैनल ने काला किया।

अब सरकार ने कार्रवाई की तो लगे चिल्लाने आजादी, आजादी। एन.डी.टी.वी. के पक्ष में आँसू बहानेवालों से पूछा जाना चाहिए कि क्या देश की सुरक्षा संबंधी संवेदनशील सारी जानकारी चैनलों और सोशल मीडिया के माध्यम से सार्वजनिक करने की इन्हें छूट दे दी जाए, ताकि दूसरे मुल्कों को हथियारों के भंडारण और संहारक हथियारों की जानकारी घर बैठे मिल सके, प्रश्न यह है कि क्या प्रेस की स्वतंत्रता असीमित है अथवा क्या इसकी अपनी कुछ मर्यादाएँ भी हैं? स्वतंत्रता का मतलब बेशक प्रत्येक व्यक्ति को विचार और अभिव्यक्ति की पूर्ण स्वतंत्रता प्राप्त होनी चाहिए और राज्य के द्वारा किसी प्रकार की विचारधारा अथवा भावों की अभिव्यक्ति पर किसी प्रकार का कोई प्रतिबंध नहीं लगाया जाना चाहिए। आज अपने देश में यही हो भी रहा है।

निश्चित रूप से किसी विचार का दमन करना सत्य का दमन करने के समान है, लेकिन, क्या अभिव्यक्ति की स्वंतत्रता की आड़ में किसी को देश-हित के साथ

समझौता करने की इजाजत मिल जानी चाहिए? बिल्कुल नहीं। यह किसी भी राष्ट्र और समाज में स्वीकार्य नहीं हो सकता। सरकार ने पठानकोट की रिपोर्टिंग के लिए एन.डी.टी.वी. को सांकेतिक दंड दिया है। एन.डी.टी.वी. से उसे कोई निजी खुंदक नहीं है। मुझे मालूम हुआ है कि उसे ढेर सारे सरकारी क्षेत्र की कंपनियों के विज्ञापन भी मिल रहे हैं। अगर सरकार के मन में उसे क्षति ही पहुँचाना होता तो वहाँ पर सरकारी उपक्रमों के विज्ञापन धड़ल्ले से न आ रहे होते। एन.डी.टी.वी. पर ऐक्शन को प्रेस की आजादी का गला घोंटना बतानेवालों को जरा इमरजेंसी के काले दिनों का स्मरण कर लेना चाहिए। कायदे से तब हुआ था, प्रेस की आजादी का दमन।

## इमरजेंसी का दौर

मुझे इमरजेंसी का जिक्र आते ही सबसे पहले याद आती है 25 और 26 जून, 1975 के बीच की रात। 26 जून, 1975 की सुबह देश को मालूम चला कि इंदिरा गांधी ने देश में इमरजेंसी लागू कर दी है। तब खबरिया चैनल, इंटरनेट या ट्विटर नहीं थे। इसलिए सारे देश को इमरजेंसी के लगने के संबंध में सुबह के अखबारों की सुर्खियों से पता चला था। आपातकाल में मीडिया पर कठोर सेंसरशिप लगा दी गई, तो भी अभिव्यक्ति की स्वतंत्रता पर पूरी तरह ग्रहण नहीं लग सका। सेंसरशिप के बदले में भूमिगत बुलेटिनों ने कुछ हद तक इसकी क्षतिपूर्ति की। कुछ अखबारों ने संपादकीय का स्थान खाली छोड़कर या उस स्थान पर काली स्याही पोतकर सरकार का विरोध किया। आपातकाल के दौरान एक ओर जहाँ सत्ता और सरकार की चापलूसी करनेवाले पत्रकार थे, वहीं दूसरी ओर प्रेस की आजादी के लिए संघर्ष करनेवाले पत्रकार भी बड़ी तादाद में थे। कुलदीप नैयर, देवेंद्र स्वरूप, पंडित भानु प्रताप शुक्ल, दीनानाथ मिश्र, अच्युतानंद मिश्र, श्याम खोसला, सूर्यकांत बाली, के.आर. मलकानी जैसे पत्रकारों ने तो जेल की यातनाएँ भोगीं या भूमिगत रहकर आंदोलन चलाया। इमरजेंसी में मेरी किताब 'जनांदोलन' को जब्त कर लिया गया था। उसकी प्रतियों को जला दिया गया। मैं उस

दौर में लोकनायक बाबू जय प्रकाश नारायण के साथ दिन-रात काम कर रहा था।

बेशक सेंसरशिप के कारण सरकार और समाज के बीच सूचनाओं का प्रसारण इकतरफा हो रहा था। सरकार की घोषणाओं की खबरें जनता तक पहुँच जाती थी। इसके विपरीत आपातकाल के विरोध की खबरें सरकार तक नहीं पहुँच पाती थीं। एन.डी.टी.वी. पर कार्रवाई की तुलना इमरजेंसी से करनेवालों को याद रखना चाहिए कि तब करीब पौने चार हजार अखबारों के डिक्लेरेशन जब्त कर लिये गए थे। सवा तीन सौ पत्रकारों को मीसा में बंद कर दिया गया था। उन्हें किसी कोर्ट से जमानत भी नहीं मिल सकती थी। करीब 300 अखबारों के विज्ञापन बंद कर दिए गए। इतना ही नहीं ब्रिटेन के टाइम और गार्जियन के भारत में रिपोर्ट्र्स को देश से निकाल दिया गया था। रायटर सहित अन्य एजेंसियों के टेलेक्स और टेलीफोन कनेक्शन काट दिए गए थे। वहीं इंदिरा गांधी ने पी.टी.आई., यू.एन.आई., समाचार भारती और हिंदुस्थान समाचार का जबरन विलय कर सरकारी संवाद समिति 'समाचार' नाम की एजेंसी स्थापित कर दी थी। हिंदुस्थान समाचार की बेहतरीन जगहों पर स्थित अचल संपत्तियों को औने-पौने दामों पर बेचा गया। नई समाचार एजेंसी पूरी तरह से सरकारी कब्जे में थी। क्या उस दौर जैसा दमन मीडिया पर हो रहा है? एन.डी.टी.वी. पर देश की सुरक्षा के साथ खिलवाड़ करने के चलते उसको सांकेतिक रूप से दंडित किया जा रहा है। तो इसमें कुछ लोगों को तकलीफ क्यों हो रही है। अब स्यापा करनेवाले भूल गए कि इमरजेंसी घोषित होने के तुरंत बाद प्रेस-परिषद् को खत्म किया गया। दहशत और आतंक के माहौल में अधिकतर पत्र-पत्रिकाओं ने सेंसरशिप को स्वीकार कर लिया था। कोई चारा भी नहीं बचा था। मुझे दहशत और आतंक के माहौल के वे दिन अच्छी तरह याद हैं। कई पत्रकार, जो आंदोलन के नेताओं के करीब थे, उन्हें बुरी तरह जलील किया गया। माँ-बहन की गालियाँ दी गईं। बरबाद कर देने की धमकी दी गईं। थानों में घंटों खड़ा रखा गया। आंदोलनकारी भूमिगत नेताओं का पता पूछने के लिए जलती सिगरेट से दागा गया। खुद मुझे एक बार भूमिगत गोविंदाचार्यजी का पता पूछने के लिए प्रताड़ित किया गया था।

वामपंथी दल और तथाकथित प्रगतिशील पत्रकार-साहित्यकार इंदिराजी की इमरजेंसी का समर्थन कर रहे थे। मैं उन दिनों 'सर्चलाइट' और 'प्रदीप' (अब हिंदुस्तान टाइम्स और हिंदुस्तान) का स्टाफ रिपोर्टर था। मेरी एक रिपोर्ट पर वामपंथी इतने नाराज हुए कि पूरे प्रदेश में पुलिस के संरक्षण और सहयोग से 'सर्चलाइट' और 'प्रदीप' की प्रतियाँ वितरित होने के पूर्व ही जलवा दीं। पटना में वामपंथियों ने जुलूस निकाला। वे 'सर्चलाइट' प्रेस तक आये। मैं उस वक्त कुछ लिख रहा था। शोरगुल सुनकर नीचे आया। मैं लगभग सभी को पहचानता था। दो सौ की भीड़ में बीस-तीस वामपंथी कार्यकर्ता रहे होंगे। बाकी सारे पटना पुलिस लाइन के जवान थे। वामपंथी नेताओं ने इशारा किया और

सभी प्रेस के अलग–अलग कमरों में जाकर पेट्रोल डालकर आग लगाने लगे। न्यूज प्रिंट के गोदाम में आग लगते ही सर्चलाइट प्रेस की दो मंजिला विशाल इमारत धू–धूकर जल उठी। भीड़ में एक हवलदार मेरे गाँव के थे। मैंने पूछा, "क्या कर रहे हैं?" जवाब मिला, "ऊपर का आदेश है।"

## कितनी चाहिए आजादी

मीडिया को कितनी मिले आजादी? इस मसले पर डॉ. अंबेडकर की राय जान लेना समीचिन होगा। उन्होंने संविधान सभा में कहा था, "समाचार–पत्र (जाहिर है, तब खबरिया चैनल और सोशल मीडिया नहीं था) नागरिकों के विचारों की अभिव्यक्ति का एक महत्त्वपूर्ण साधन है, लेकिन नागरिकों को व्यक्तिगत रूप से प्राप्त अधिकारों की तुलना में प्रेस को कोई विशेष अधिकार प्राप्त नहीं है।" यानी बाबा साहेब अंबेडकर संकेतों में कह रहे हैं, अभिव्यक्ति की स्वतंत्रता की अपनी सीमाएँ हैं। ये असीमित नहीं हैं। इसलिए अभिव्यक्ति की स्वतंत्रता का यह कतई अर्थ नहीं है कि आप निरंकुश हो जाएँ। कोई भी राष्ट्र और समाज अपनी अनुशासनहीन प्रेस को झेलकर सुचारु रूप से नहीं चल सकता है। एक बात और। प्रेस की स्वतंत्रता का संविधान में कोई अलग से उल्लेख नहीं है, लेकिन

इस अधिकार की संपूर्णता के उपयोग के लिए किसी प्रकार के संशय की गुंजाइश नहीं है। वक्त आ गया है, जब मीडिया को अपनी सीमाओं को स्वयं तय करना होगा।

## निंदा हो

कौन रोक रहा है पत्रकारिता के माध्यम से सरकार की कठोर आलोचना करने से। आप करप्शन, शैक्षणिक अराजकता, महँगाई, बढ़ते अपराध, अव्यवस्था वगैरह पर लिखो, वीडियो क्लिप दिखाओ, बहस करो, कोई नहीं रोकता, लेकिन देश की रक्षा से संबंधित मामलों में आपको अतिरिक्त समझदारी बरतने की जरूरत होती है। समाचार को सनसनीखेज बनाने के लिए अपनी टी.आर.पी. बढ़ाने के लिए आप राष्ट्र की सुरक्षा से समझौता तो नहीं कर सकते? राष्ट्र की सुरक्षा, एकता और अखंडता से ऊपर कुछ नहीं हो सकता। राष्ट्र सुरक्षित है, तभी तक आप भी सुरक्षित हैं और तभी तक मीडिया की आजादी भी। बेशक देश में अब कोई सरकार प्रेस का गला नहीं घोंट सकती, पर कुछ सवालों पर लक्ष्मण रेखाएँ खींची जानी जरूरी हो गई हैं।

## गया पाबंदी का वक्त

केंद्रीय सूचना और प्रसारण मंत्री पद पर रहते हुए अरुण जेटली ने 18 जनवरी, 2015 को प्रथम न्यायमूर्ति जे.एस. वर्मा स्मृति व्याख्यान में कहा था कि मीडिया संस्थानों पर पाबंदी का समय नहीं रहा है और प्रौद्योगिकी के चलते सेंसरशिप असंभव हो गई है, लेकिन जिस तरीके से सुरक्षा एजेंसियों के आतंकवाद निरोधक अभियानों को कवर किया जाता है, वह वर्तमान में मीडिया की जिम्मेदारी के लिहाज से एक अहम् विषय है। सवाल यह उठता है कि मीडिया को सीधे मौके पर जाने की अनुमति होनी चाहिए या कुछ प्रतिबंध होने चाहिए। मुझे मालूम है कि हमारी सुरक्षा एजेंसियों और रक्षा मंत्रालय का स्पष्ट मत है कि जिस समय सुरक्षा अभियान चल रहा हो, उस सीमित अवधि में घटनास्थल से रिपोर्टिंग के तरीके पर बहुत सख्त अनुशासन बनाकर रखना होगा।

आज संविधान के अनुच्छेद 352 के तहत आपातकाल भी लगा दिया जाए तो भी सेंसरशिप का प्रभाव शून्य रहेगा। उपग्रह अपने आप में भौगोलिक सीमाओं को नहीं मानते। इ-मेल इस दायरे में नहीं आता। फैक्स मशीन इसकी इजाजत नहीं देती। यानी जो लोग एन.डी.टी.वी. पर उठाए कदम पर आँसू बहा रहे हैं, उन्हें समझ लेना चाहिए कि अब सरकार के बस से बाहर है, मीडिया पर सेंसरशिप लगाना, लेकिन गैर-जिम्मेदाराना ढंग से स्वच्छंदचारी पत्रकारिता भी तो बंद होनी ही चाहिए।

*(11 नवंबर, 2016, हरिभूमि)*

□

# अब डराते यू.पी. के शहर और सड़कें

अब सच में उत्तर प्रदेश के शहरों और सड़कों पर सफर करते हुए भय का भाव मन में बना रहता है। कत्ल, लूटपाट, फिरौती, बलात्कार, यहाँ तक कि पुलिसकर्मियों पर ही हमले आम बातें हो गई है। पहले इस तरह का नहीं था अपना उत्तर प्रदेश। अपराधी अब खुलकर नंगा नाच कर रहे हैं। उन्हें रोकनेवाली पुलिस असहाय सी दिख रही है और सच पूछा जाए तो उत्तर प्रदेश सरकार अपराधों को रोकने को लेकर गंभीर होती तो उसने अपने पुलिस महकमों के रिक्त पड़े पदों को भर दिया होता। आगे बढ़ने से पहले जरा प्रदेश के इन आँकड़ों को देख लेते हैं। उत्तर प्रदेश पुलिस में 3.64 लाख से कुछ अधिक ही राज्य में पुलिसकर्मियों के स्वीकृत पद हैं, पर फिलहाल सारे राज्य में मात्र 1.65 लाख पुलिसकर्मी ही काम कर रहे हैं। 1.99 लाख से अधिक पद रिक्त पड़े हैं। देश में सर्वाधिक पुलिसकर्मियों के पद उत्तर प्रदेश में ही रिक्त हैं। इस मसले पर हाल ही में सुप्रीम कोर्ट में एक जनहित याचिका भी दायर की गई थी, जिस पर सुप्रीम कोर्ट ने गहरी चिंता जताते हुए सरकार को नोटिस भी जारी किया है।

दरअसल, उत्तर प्रदेश में कानून-व्यवस्था तार-तार हो चुकी है। गुंडे-बदमाशों ने पुलिस से डरना छोड़ दिया है। स्थिति उल्टी हो चुकी है। शातिर बदमाशों और अपराधी किस्म के तथाकथित छुटभैए राजनेताओं की गीदड़भभकी से अब पुलिस महकमा ही डरने लगा है। उत्तर प्रदेश विधानसभा में पेश हुई एक सरकारी रिपोर्ट के मुताबिक, अखिलेश यादव के नेतृत्व वाली समाजवादी पार्टी सरकार के पहले चार साल के कार्यकाल में पुलिस पर 1,044 हमले हुए। दरअसल बीजेपी विधायक डॉ. राधा मोहन अग्रवाल ने इस संबंध में सरकार से एक सवाल पूछा था, जिसका जवाब तत्कालीन संसदीय कार्यमंत्री आजम खान ने दिया था। यह आँकड़ा उन्होंने ही पेश किया था। हमलों में कई पुलिसवाले मारे भी गए। अखिलेश सरकार के पाँचवें साल में भी पुलिस पर हमले होते रहे। हालाँकि उसके आँकड़ें सरकार ने देना अभी तक जरूरी नहीं समझा। अभी भी प्रदेश में पुलिसवालों को

निशाना बनाए जाने की खबरें आए दिन सुर्खियों में रहती हैं। इस तरह के मामलों ने सरकार के कानून और व्यवस्था को लेकर किए जा रहे दावों की पोल खोल दी है।

## खूनी राष्ट्रीय राजमार्ग

उत्तर प्रदेश के राष्ट्रीय राजमार्ग भी अब डरावने होते जा रहे हैं। इन पर रोज लाशें मिल रही हैं। जरा याद करें पिछले साल बुलंदशहर के पास हाईवे पर हुई माँ-बेटी के साथ सामूहिक बलात्कार की घटना को। नोएडा से शाहजहाँपुर जा रहे एक परिवार के साथ गाजियाबाद-कानपुर राष्ट्रीय राजमार्ग-91 पर बदमाशों ने खौफनाक वारदात को अंजाम दिया था। बदमाशों ने तीन घंटे तक परिवार को बंधक बनाए रखा और लूटपाट के बाद माँ और बेटी से गैंगरेप किया और राज्य पुलिस लंबी मशक्कत के बाद आरोपियों को पकड़ पाई और इस केस से जुड़ा एक बेहद अफसोसजनक पहलू यह रहा कि आजम खान ने रेप केस को कथित रूप से राजनीतिक षड्यंत्र बताया था, जिसके बाद गैंगरेप पीड़ित के पिता की अपील पर संज्ञान लेते हुए सुप्रीम कोर्ट ने राज्य सरकार और आजम खान को नोटिस जारी किया था। हालाँकि बाद में आजम खान ने सुप्रीम कोर्ट से फटकार लगने के बाद बेशर्मी से माफी भी माँग ली थी।

जिस तरह उत्तर प्रदेश के राष्ट्रीय राजमार्ग लाशों को ठिकाने लगाने की मुफीद जगह के रूप में उभर रहे हैं, अब इन पर लगातार अज्ञात लाशों के मिलने के कारण दहशत

का माहौल है। बीते कुछ समय पहले दिल्ली–आगरा एक्सप्रेस हाईवे पर एक हफ्ते के भीतर छह लाशें मिलीं। इनकी हालत देखकर समझ आ रहा था कि इन्हें बड़ी ही बेरहमी से कत्ल करने के बाद हाईवे पर फेंक दिया गया। अभागे मृतकों में दो नौजवान और दो औरतें थीं। इससे पहले भी इस स्थान पर सात लाशें मिली थीं। दरअसल हाईवे पर मिलनेवाली लाशों की शिनाख्त करना भी पुलिस के लिए खासा कठिन होता है। जाहिर है, इस कारण से हत्यारे कानून की गिरफ्त से बचे रहते हैं। दरअसल उत्तर प्रदेश के विभिन्न क्षेत्रों में हत्याएँ करने के बाद उन्हें राज्य के हाईवे पर ठिकाने लगा दिया जाता है। कई बार शव बक्से में डाले होते हैं। उत्तर प्रदेश के हाईवे पर हत्याओं से लेकर लूटपाट आम बात है। नेशनल क्राइम रिकॉर्ड ब्यूरो द्वारा प्रकाशित आँकड़ों पर गौर करें तो समझ आ जाएगा कि उत्तर प्रदेश के हाईवे कितने डरावने होते जा रहे हैं। उत्तर प्रदेश को देश के क्राइम स्टेट का तमगा मिल सकता है। उसकी अभिव्यक्ति इस राज्य से गुजरनेवाले हाईवे पर भी होती है।

देश का सबसे बड़ा हाईवे का नेटवर्क उत्तर प्रदेश में है। राज्य में 8,483 किलोमीटर लंबा हाईवे है। उत्तर प्रदेश से सटी आबादी में दूसरे नंबर के राज्य बिहार में राष्ट्रीय राजमार्ग की लंबाई 4,967 किलोमीटर है, यानी उत्तर प्रदेश का आधा। इन राजमार्गों पर सफर करना सुखद और सुरक्षित हो, इसके लिए जरूरी है कि अपराधियों के मन में पुलिस का खौफ हो। वे अपराध को अंजाम देने से पहले दस बार सोचें, पर जब उत्तर प्रदेश में एक लाख से अधिक पुलिसकर्मियों के पद ही खाली पड़े हैं तो आप क्या उम्मीद कर सकते हैं। इतने पद कोई एक दिन में तो रिक्त नहीं हुए। कायदे से समाजवादी पार्टी के नेताओं से राज्य की जनता को सवाल पूछना चाहिए कि उसने इतने पुलिसकर्मियों के पदों को क्यों नहीं भरा ? यही सवाल कांग्रेसी नेताओं से भी पूछा जाए, जिसने समाजवादी पार्टी के साथ मिलकर विधानसभा का चुनाव लड़ा।

यकीन मानिए कि कठोर एक्शन लिये बगैर तो राजमार्ग कभी भी सुरक्षित नहीं होनेवाले, पर अखिलेश सरकार की काहिली बदस्तूर बनी रही। उत्तर प्रदेश में बुलंदशहर की घटना के बाद राजमार्ग के लिए खास पुलिस दस्ते बनाने की बात कुछ समय तक चली और उसके बाद उस फाइल को लगता है कि अब ठंडे बस्ते में डाल दिया गया है।

## कत्ल और बलात्कार

जरा सोचिए कि जिस राज्य ने देश को सर्वाधिक सात प्रधानमंत्री दिए हों, उस राज्य में कत्ल और बलात्कार के मामले बढ़ते ही जा रहे हैं। नेशनल क्राइम रिकॉर्ड ब्यूरो और स्टेट क्राइम रिकॉर्ड ब्यूरो द्वारा जारी आँकड़ों में कहा गया है कि हत्या और बलात्कार जैसे गंभीर अपराधों के मामले में उत्तर प्रदेश देश में सबसे ऊपर है। वर्ष 2015 में यू.पी.

में हुए ऐसे जघन्य अपराधों की संख्या दूसरे राज्यों की तुलना में कहीं ज्यादा है। इतना ही नहीं, वर्ष 2015 में दलितों के खिलाफ अत्याचार के सबसे ज्यादा 8358 मामले भी उत्तर प्रदेश में ही दर्ज किए गए हैं। चीख-चीखकर आँकड़ें यह बता रहे हैं कि वर्ष 2015 में उत्तर प्रदेश में हत्या के सबसे ज्यादा 4732 मामले दर्ज किए गए। इसके बाद बिहार में 3178 मामले दर्ज हुए। महिलाओं के खिलाफ अपराधों के मामले में भी उत्तर प्रदेश सबसे आगे रहा। यहाँ ऐसे 35527 मामले दर्ज किए गए। राज्य में महिलाओं के खिलाफ रोजाना औसतन 97 अपराध होते रहे हैं।

निश्चित रूप से लखनऊ तथा आगरा राज्य के सबसे बड़े और महत्त्वपूर्ण शहरों में से हैं, पर ये भी अपराध मुक्त नहीं रहे। तहजीब और ताजमहल के शहर में भी खून बहता रहा, लफंगई होती रही। नेशनल क्राइम रिकॉर्ड ब्यूरो के आँकड़ों के अनुसार, साल 2015 में लखनऊ में सबसे अधिक 118 नागरिकों की हत्याएँ हुईं। 2014 में यहाँ 109 हत्याएँ हुई थीं। वहीं 92 हत्याओं के साथ मेरठ दूसरे और 74 हत्याओं के साथ आगरा तीसरे नंबर पर रहा।

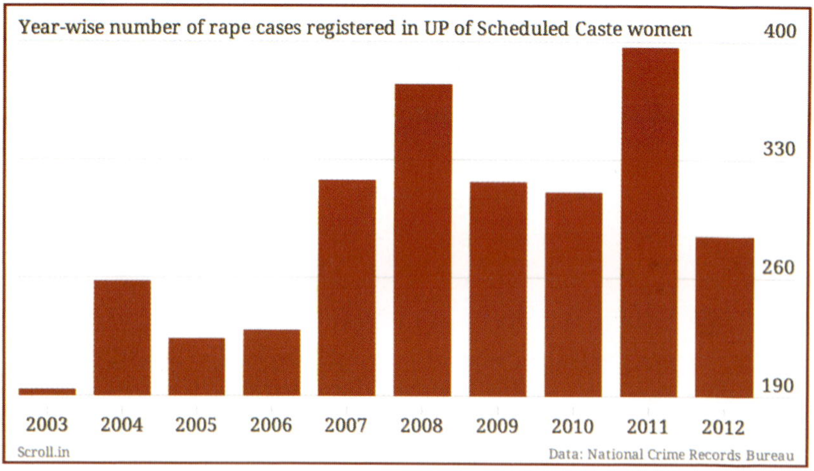


## दागदार सपा नेता

नेशनल क्राइम रिकॉर्ड ब्यूरो के मुताबिक, अखिलेश सरकार के पहले चार साल में उत्तर प्रदेश में 93 लाख से ज्यादा क्राइम की घटनाएँ हुई हैं। इनमें से 71 फीसद क्राइम सपा के विधायक, नेताओं या अखिलेश सरकार में मंत्रियों के जिलों में हुए हैं। मैं इस क्रम में राज्य विधानसभा में 31 मार्च, 2015 को समाप्त हुए वर्ष के लिए प्रस्तुत कैग की रिपोर्ट के कुछ बिंदुओं को यहाँ पर रखना चाहता हूँ। इस रिपोर्ट में कहा गया है कि

वर्ष 2010–11 से लेकर 2014–15 के बीच प्रदेश में महिलाओं के खिलाफ होनेवाले अपराधों में 61 प्रतिशत की बढ़ोतरी हुई है। इस रिपोर्ट में कहा गया है कि वर्ष 2013–14 में महिला के खिलाफ अपराधों में बहुत तेजी से बढ़ोतरी हुई। वर्ष 2012–13 में जहाँ यह संख्या 24552 थी, वह 2013–14 में 31810 हो गई और वर्ष 2014–15 में भी इसमें कोई कमी नहीं हुई।

बेशक, नेशनल क्राइम रिकॉर्ड ब्यूरो तथा कैग की रिपोर्टों से अब कोई बहस की गुंजाइश नहीं बची है कि उत्तर प्रदेश में सूरते-हाल बदत्तर हो चुके हैं। जरा देखिए कि कैग की रिपोर्ट पर कांग्रेस नेता अखिलेश प्रताप सिंह ने कहा था कि रिपोर्ट ने यह साफ कर दिया है कि सपा के शासनकाल में कानून एवं व्यवस्था की स्थिति सबसे खराब रही। यह बात दीगर है कि उनकी ही कांग्रेस पार्टी ने इस विधानसभा चुनाव में सपा के साथ जनता से वोट माँगी।

*(16 फरवरी, 2017, जन प्रवाद)*

□

# अब नहीं बचेगा एटमी गुंडा पाकिस्तान

पाकिस्तान के लिए मुँह छिपाने के लिए जगह नहीं मिल पा रही है। ईरान ने पाकिस्तान को चेतावनी दे दी है कि उसकी सेनाएँ पाकिस्तान में घुसकर आतंकी ठिकानों को नष्ट कर देंगी। इरानी सेना के प्रमुख मेजर जनरल मोहम्मद बाकरी ने कहा, "ईरान की पाकिस्तान से लगती पूर्वी सीमा आतंकियों की ट्रेनिंग और हथियारबंदी के लिए सुरक्षित ठिकाना बन चुकी है। इन आतंकियों की भरती सऊदी अरब करवा रहा है। हम ये हालात कत्तई बर्दाश्त नहीं करेंगे। हम उम्मीद करते हैं कि पाकिस्तान आतंकी ठिकानों को बंद कर देगा।"

## तनातनी का दौर

पहले भी धमकी दे चुका है ईरान। पाकिस्तान और ईरान की सेना के बीच हाल के सालों में गोलीबारी की घटनाएँ बढ़ी हैं। साल 2014 में जैश-अल-अदल ने 5 ईरानी बॉर्डर गार्ड्स को अगवा कर लिया था। इसके बाद ईरान ने चेतावनी दी थी कि गार्ड्स को छुड़वाने के लिए उसकी सेना पाकिस्तान के भीतर घुसने से भी गुरेज नहीं करेगी। एक स्थानीय सुन्नी धर्मगुरु के दखल के बाद मामला सुलझ पाया था। इस धमकी से पहले बीती 28-29 सितंबर की रात को पाकिस्तान लंबे समय तक याद रखेगा। उस दिन भारतीय सेना के कमांडों ने आजाद कश्मीर में घुसकर 38 आतंकी मार गिराए। उसी समय पाकिस्तान की पश्चिमी सीमा पर ईरान ने मोर्टार दागे। ईरान के बॉर्डर गार्ड्स ने सरहद पार से बलूचिस्तान में तीन मोर्टार दागे। पाकिस्तान और ईरान के बीच 900 किलोमीटर की मिलती सीमा है। याद रखिए कि यह वही ईरान है, जिसने 1965 में भारत के साथ जंग में पाकिस्तान का खुलकर साथ दिया था। ईरानी नेवी भी साथ दे रही थी पाक नेवी का और अफगानिस्तान और बाँग्लादेश के पाकिस्तान के संबंधों की हकीकत हाल ही में सामने आ ही गई थी, जब इन दोनों ने भारत के साथ इस्लामाबाद में सार्क सम्मेलन का बहिष्कार करने का फैसला किया था। भारत के साथ भूटान के सम्मेलन से दूर रहने से कहीं अहम् इन इस्लामिक देशों का पाकिस्तान को उसकी औकात बताना था, यानी पाकिस्तान नाम के इस एटमी गुंडे को अब माफ करने के मूड में नहीं हैं बहुत सारे देश।

बीती 22 सितंबर को पाकिस्तान के एक और पड़ोसी देश अफगानिस्तान ने संयुक्त राष्ट्र में उसे पानी पी–पीकर कोसा। अफगानिस्तान ने कहा कि पाकिस्तान आतंकी हमलों की साजिश रचकर और तालिबान तथा हक्कानी नेटवर्क जैसे समूहों को प्रशिक्षण और आर्थिक मदद देकर उसके नागरिकों के खिलाफ 'अघोषित युद्ध' चला रहा है। अफगानिस्तान के उप राष्ट्रपति सरवर दानिश ने कहा कि उनके देश ने बार–बार पाकिस्तान से ज्ञात आतंकवादी पनाहगाहों को नष्ट करने के लिए कहा है, लेकिन स्थिति में कोई तब्दीली नहीं आई है। तालिबान और हक्कानी नेटवर्क को वहाँ (पाकिस्तान में) प्रशिक्षण और आर्थिक मदद भी दी जाती है, यानी सभी पड़ोसी देश पाकिस्तान की हरकतों से आजिज आ चुके हैं।

## एटमी बम गिराने की धमकी

एटमी बमवाले गुंडे पाकिस्तान ने ईरान पर एटम बम गिराने की धमकी तक दे डाली थी। पाकिस्तान के पास एटम बम तो है, लेकिन उसे सहेजने और उसके सही इस्तेमाल की तमीज नहीं है। ये वह मुल्क है, जिसने परमाणु जगत् के कालेबाजार से तकनीक और यूरेनियम हासिल करके परमाणु बम तो बना लिया है; लेकिन उससे होनेवाले विनाश की गंभीरता से नावाकिफ है। एटमी ताकत से लैस ये मुल्क अकसर अपने पड़ोसियों और दूसरे मुल्कों को एटम बम का रौब दिखाता है।

कुछ समय पहले जब सऊदी अरब और ईरान के बीच विवाद छिड़ा तो पाकिस्तान के आर्मी चीफ जनरल रहील शरीफ ने कहा कि अगर ईरान ने सऊदी अरब को डराने–धमकाने की कोशिश की, तो पाकिस्तान ईरान को दुनिया के नक्शे से मिटा देगा। वहीं शरीफ अब सऊदी के नेतृत्ववाले 34 देशों के सैन्य समूह के चीफ बन गए हैं। इसी तरह से पाकिस्तान का रक्षा मंत्री बार–बार कहता रहता है कि जंग की हालत में हम (भारत) पर एटम बम फोड़ कर उसे नेस्तनाबूद कर देंगे। इस जाहिल रक्षा मंत्री का नाम है ख्वाजा आसिफ मुहम्मद।

## अपना हुआ बेगाना

बाँग्लादेश 1971 तक पाकिस्तान का अंग हुआ करता था, लेकिन पाकिस्तान से बाँग्लादेश इसलिए खफा है, क्योंकि वह उसके आंतरिक मामलों में टाँग अड़ाने से बाज नहीं आता। बाँग्लादेश में आजकल 1971 के सैन्य कत्लेआम के गुनाहगारों को लगातार फाँसियाँ दी जा रही हैं। इससे पाकिस्तान को बड़ी तकलीफ होती है। तकलीफ होनी लाजिमी है, क्योंकि तब पाकिस्तान की जंगली सेना ने अपने ही देश के लाखों बाँग्लाभाषियों को मार डाला था। तब पाकिस्तान सेना का वे ही लोग साथ दे रहे थे, जिन्हें आजकल बाँग्लादेश में सूली पर लटकाया जा रहा है।

क्या अब यह भी किसी को बताने की जरूरत है कि पाकिस्तान अपनी एटमी ताकत होने पर इतराता है। पाकिस्तान दुनिया के तमाम मुल्कों को डराना-धमकाना चाहता है, दादागिरी करना चाहता है और जरा देखिए कि जो सऊदी अरब एक ओर जहाँ पाकिस्तान के लिए ईरान को धमकाता है, वही सऊदी अरब भारत के प्रधानमंत्री नरेंद्र मोदी को अपने देश का सर्वोच्च नागरिक सम्मान देता है। सऊदी अरब ने प्रधानमंत्री नरेंद्र मोदी को अपने देश का सर्वोच्च नागरिक सम्मान 'द किंग अब्दुल्लाजीज साश' से सम्मानित किया। यह पुरस्कार आधुनिक सऊदी राज्य के संस्थापक अब्दुल्लाजीज अल सौद के नाम पर है।

## ईरान पर हो फोकस

भारत की विदेश नीति को तय करनेवालों को अब बाँग्लादेश, अफगानिस्तान और ईरान पर खास फोकस रखना होगा। मौजूदा मोदी सरकार अपनी विदेश नीति में इन तीनों देशों पर विशेष फोकस दे भी रही है। अगर बात ईरान की हो तो केंद्रीय पेट्रोलियम मंत्री धर्मेंद्र प्रधान, उसके बार विदेश मंत्री सुषमा स्वराज और फिर स्वयं प्रधानमंत्री नरेंद्र मोदी ईरान की दो दिवसीय यात्रा पर गए थे।

ईरान के राष्ट्रपति डॉ. हसन रूहानी के निमंत्रण पर हुई अपनी यात्रा में मोदीजी ने ईरान के सर्वोच्च नेता अयातुल्लाह अल खुमैनी से भी भेंट की थी। खुमैनी आमतौर पर किसी विदेशी राष्ट्राध्यक्ष से मिलते नहीं है, लेकिन वे मोदीजी से मिले। इससे साफ है कि ईरान मोदी की यात्रा को खासी तरजीह दे रहा था।

भारत के लिए ईरान एक बहुत महत्त्वपूर्ण देश है। ईरान न केवल तेल का बड़ा व्यापारिक केंद्र है, बल्कि मध्य-एशिया, रूस तथा पूर्वी यूरोप जाने का एक अहम् मार्ग

भी है। मोदी की ईरान यात्रा इस लिहाज से भी अहम थी, क्योंकि उससे कुछ समय पहले ही अमेरिका समेत छह विश्व शक्तियों ने ईरान के ऊपर से लगे आर्थिक प्रतिबंधों को हटाया था। जहाँ तक तेल और गैस का मामला है, भारत इस नई स्थिति को अपने हाथ से जाने नहीं देना चाहेगा। भारत ऊर्जा से लबरेज ईरान के साथ अपने संबंधों में नई इबारत लिखने का मन बना चुका है।

## भारत-ईरान में मित्रता क्यों जरूरी

अब भारत-ईरान को सम्मिलित रूप से पाकिस्तान की गुंडई को दुनिया के सामने लाने में परस्पर सहयोग करना होगा। भारत के लिए ईरान में चाबहार बंदरगाह परियोजना महत्त्वपूर्ण है। ईरान ने भारत को चाबहार बंदरगाह के निर्माण का काम सौंपा है। भारत इसका प्रबंधन भी देखेगा। इसे बनाने में भारत लगभग 8.5 करोड़ डॉलर खर्च करेगा। यह विदेश में स्थित भारत का पहला बंदरगाह होगा, जो भारत के मुंद्रा पोर्ट से केवल 940 किमी. की दूरी पर है। चाबहार पोर्ट ईरान के दक्षिण-पूर्व प्रांत सिस्तान में है, जो चीन द्वारा बनाए जानेवाले ग्वादर पोर्ट के काफी नजदीक है। इसके निर्माण के बाद भारत के माल को मध्य-एशिया, ईरान की खाड़ी तथा पूर्वी-यूरोप तक एक तिहाई समय में पहुँचाने का काम करेगा।

चाबहार बंदरगाह भारत-ईरान संबंधों में मील का पत्थर माना जा सकता है। इस बंदरगाह से भारत अपना सामान मध्य एशिया तथा रूस तक आराम से पहुँचा सकेगा। इन सब जगहों में तेल, प्राकृतिक गैस तथा अन्य खनिज-पदार्थों के अकूत भंडार हैं। अब भारत को ईरान के साथ अपने संबंध को लेकर बहुत समझदारी से कदम उठाने होंगे। उसके गिले-शिकवे दूर करने होंगे। भारत किसी भी हालत में ईरान की अनदेखी नहीं कर सकता। अब कहनेवाले कह रहे हैं कि ईरान और पाकिस्तान के संबंध खराब हुए तो पाकिस्तान में शिया-सुन्नी एक-दूसरे की जान के प्यासे हो जाएँगे। कुल मिलाकर पाकिस्तान अब फँस चुका है, अपने ही जाल में। अब उसे कोई बचा नहीं सकता।

*(23 जनवरी, 2017, दबंग दुनिया)*

□

# अब नारों से नहीं काम से मिलता है वोट

मुझे 1971 के लोकसभा चुनावों का दौर याद आता है। वरिष्ठ पत्रकार, कवि और लेखक श्रीकांत वर्मा ने कांग्रेस के लिए एक नारा लिखा, जिसने अखिल भारतीय स्तर पर अपनी पहचान बनाई थी। नारा था—"वे कहते हैं इंदिरा हटाओ, इंदिरा कहती हैं गरीबी हटाओ—अब आप ही चुनिए?" गरीबी तो आज तक नहीं हटी (बल्कि, बढ़ती ही चली गई); पर कांग्रेस को 1971 के चुनाव में बड़ी जीत मिली और श्रीकांत वर्मा राज्यसभा पहुँच गए। इसी प्रकार के अन्य कई लोकलुभावन नारे कांग्रेस ने दिए। 'कांग्रेस लाओ, गरीबी हटाओ', "जात पर न पात पर, मुहर लगेगी हाथ पर।" दूसरी तरफ प्रमोद महाजन का 'इंडिया शाइनिंग' और मायावती का भड़काऊ नारा—"तिलक तराजू और तलवार, इनको मारो जूते चार' या लालू प्रसाद का—"भूराबाल (भूमिहार, राजपूत, ब्राह्मण और लाला यानी कायस्थ) साफ करो" भी खासे चर्चित नारे हुए, पर बीते दिनों संपन्न हुए पाँच राज्यों के विधानसभा

चुनावों के दौरान शायद ही कोई नारा अपने लिए खास जगह बना सका। आखिरकार क्यों? क्या अब देश नारों से नहीं, बल्कि ठोस काम और ईमानदार वादों के आधार पर किसी दल के हक में वोट देने लगा है? इन चुनावों का एक बड़ा संकेत यह भी है।

राजनीति के कई पंडित कह रहे थे कि नोटबंदी के चलते जिस तरह से देश की जनता को कष्ट हुआ, उसका खामियाजा भुगतना पड़ेगा भाजपा को विधानसभा चुनावों में, पर यह आशंका निर्मूल साबित होती रही। उत्तर प्रदेश की जनता ने नोटबंदी पर अपनी सहमति की जबरदस्त मुहर लगा दी। उत्तर प्रदेश के नतीजे बता रहे हैं कि भाजपा नोटबंदी से उबर चुकी है। मोदी अपनी चुनावी सभाओं में मतदाताओं को समझाने में सफल रहे कि नोटबंदी देश हित में है। इससे काला बाजार में लिप्त तत्त्वों को कसा जा सकेगा। जनता ने मोदीजी की बात को समझा और उनके पक्ष में वोट दिया, यानी नारों से दिल जीतने की कोशिश नहीं हुई। जमीनी काम दिखाकर ही कायदे की बात से बात बनी।

अब यह सवाल गौण हो चुका है कि इस नोटबंदी के लागू किए जाने को लेकर वोटर परेशान हुए या नहीं, क्योंकि उन्होंने अपने वोट भाजपा को देकर साफ तौर पर यह फैसला कर दिया कि प्रधानमंत्री मोदी की ईमानदारी और गरीबों के लिए लगातार किए जा रहे काम में विश्वास रखते हैं और इसलिए वोट उनकी पार्टी को ही देंगे। बेशक, इस नारेविहीन चुनाव में मोदी की लहर उन सबको दिख रही थी, जो चुनाव अभियान के दौरान उत्तर प्रदेश की खाक छान रहे थे और इसमें कोई संदेह भी नहीं है कि जनता से सीधा संवाद करने का मोदी का नायाब तरीका अभी भी पूरी तरह कारगर है। वे जनता से क्षण भर में ही सीधा संवाद बना लेते हैं। आज भारत में मोदी अकेले सबसे लोकप्रिय नेता हैं। उनके सामने सब बौने दिखते हैं। इस समय भारतीय राजनीति में उनकी निजी

ईमानदारी, कड़ी मेहनत और व्यक्तिगत साख के करिश्मे के आगे कोई नहीं ठहरता!

कोई माने या न माने, पर लगता तो यह भी है कि हाल ही में भारतीय सेना द्वारा सीमा पार की गई सर्जिकल स्ट्राइक का उत्तर प्रदेश और उत्तराखंड के चुनावों में भाजपा को भारी लाभ हुआ है। पाकिस्तान के खिलाफ 'निर्णायक' कार्रवाई करके प्रधानमंत्री मोदी ने सारे संसार को यह संदेश दे दिया था कि अब भारत सीमा के उस पार से होनेवाली आतंकी कार्रवाई पर सिर्फ 'निंदा' और 'कड़ी निंदा' ही नहीं करेगा, बल्कि कड़ी कार्रवाई करेगा। सर्जिकल स्ट्राइक से भारत की एक मजबूत छवि उभरी है और उत्तर प्रदेश की जनता ने भाजपा के हक में वोट देकर सर्जिकल स्ट्राइक का समर्थन किया है। वे मोदी ही थे, जिन्होंने प्रधानमंत्री बनने से पहले 2013 में जब एक भारतीय जवान का सिर काट दिया गया था, तब कहा था कि भारत को पाकिस्तान के साथ 'उसी भाषा में बात करनी चाहिए, जिसे वह समझता है', न कि उसे 'प्रेमपत्र' भेजना चाहिए।

मोदी सरकार द्वारा 2017-18 को "गरीब कल्याण वर्ष घोषित करने और ढाई वर्षों में 93 कल्याणकारी योजनाओं के लागू करने से भी भाजपा को लाभ हुआ। गाँव-गाँव शौचालय बने। गरीबों के घरों में भी उज्ज्वला योजना के तहत गैस के चूल्हे मिले और धुआँ तथा प्रदूषण से उनकी मुक्ति हुई। मात्र 12 रुपए में दो लाख का दुर्घटना बीमा, अटल पेंशन योजना, जन-धन योजना, सुकन्या योजना, न्यूनतम वेतन में वृद्धि, महिला कामगारों को 6 माह का सवैतनिक गर्भावस्था अवकाश आदि योजनाओं के जमीनी कार्यान्वयन ने गरीबों का दिल छू लिया। इन सभी योजनाओं की विशेषता यह रही कि इनमें धर्म, जाति, अगड़े-पिछड़े और दलित-महादलित के आधार पर कोई भेदभाव नहीं किया गया। जो भी भारत का नागरिक हैं और गरीब है, सबको लाभ मिला। 'सबका साथ, सबका विकास' जमीन पर उतरता नजर आया तो मायावती का अभेद्य वोट बैंक का दुर्ग भी ध्वस्त हो गया।

और अब तो ऐसे ठोस संकेत मिल रहे हैं कि उत्तर प्रदेश में भाजपा की घोर एंटी मुसलिम छवि पेश करने की सपा-बसपा-कांग्रेस की तमाम कोशिशों के बावजूद भाजपा के हक में मुसलमान औरतों ने बढ़-चढ़कर वोट डाले। जब से मोदी और भाजपा तीन तलाक कानून में संशोधन करने की वकालत करने लगे थे, तभी से सताई हुई मुसलमान औरतें और पढ़ी-लिखी मुसलमान युवतियाँ भाजपा के हक में आने लगी थीं। उन्हें नरेंद्र मोदी में अपने रहनुमा की छवि दिखाई दे रही थी। नतीजा तो दिख रहा है—देवबंद, रामपुर, मुजफ्फरनगर, सहारनपुर और बरेली जैसे मुसलमानबहुल इलाकों में भाजपा की विजय को समझिए। बरेली जिले की तो सभी 9 सीटें जीतकर भाजपा ने एक रिकॉर्ड ही कायम कर दिया। वहाँ पर मुसलमान औरतों ने भाजपा को दिल-खोलकर वोट दिया।

अपने आप को मुसलमानों का मित्र बतानेवाले कथित सेक्युलर दलों ने कभी भूल

से भी मुसलमान औरतों के हक में कोई कदम नहीं उठाया। सहानुभूति का एक शब्द भी उनकी जुबान पर नहीं आया। उन्हें खुद मुख्तार बनाने के संबंध में नहीं सोचा। ये औरतें सीलनभरे घरों के बंद कमरों में ही अपनी जिंदगी को घुट-घुटकर गुजार देती हैं। उत्तर प्रदेश में भाजपा की सभाओं में बड़ी तादाद में मुसलमान औरतें पहुँचीं। ये भाजपा नेताओं से मिलती भी रहीं, यानी मुसलमान औरतें भाजपा के हक में खड़ी थीं और भाजपा को उत्तर प्रदेश में विजय मिलने के मूल में जवाहरलाल नेहरू यूनिवर्सिटी से लेकर रामजस कॉलेज में अभिव्यक्ति की आजादी के सवाल पर देश विरोधी हरकते भी लगातार सुनियोजित ढंग से जारी रहीं, जिसका मूल उद्देश्य पाँच राज्यों के चुनावों में युवा मतदाताओं को भाजपा के विरुद्ध खड़ा करना था, पर वे सफल न हो सके। उत्तर प्रदेश के मतदाताओं ने भाजपा को अपना वोट देकर एक तरह से मोदीजी को देश विरोधी शक्तियों पर अंकुश लगाने का स्पष्ट निर्देश भी दे दिया। इसमें कोई शक नहीं है कि कन्हैया कुमार

से लेकर उमर खालिद जैसे लोग 'कश्मीर की आजादी' और 'देश के टुकड़े करके रहेंगे' सरीखे नारे लगाकर देश को कमजोर करने की हरचंद चेष्टा कर रहे हैं।

अब उत्तर प्रदेश में कुछ ही दिनों के भीतर भाजपा की सरकार सत्ता पर काबिज हो जाएगी। उसके ऊपर एक बड़ी चुनौती रहेगी उत्तर प्रदेश के लाखों नौजवानों को रोगजार उपलब्ध करवाने की। वास्तव में पिछले लगभग डेढ़ दशक के कार्यकाल के दौरान समाजवादी पार्टी और बहुजन समाज पार्टी ने प्रदेश को कसकर नोचकर खाया है। इन दलों की सरकारों ने करप्शन के सारे कीर्तिमान ध्वस्त कर दिए। इन दलों की सरकारों की काहिली के चलते नौकरी पाने के लिए नौजवानों में हाहाकार मचा हुआ है। समाजवादी पार्टी की सरकार ने तो विकास सिर्फ फाइलों और विज्ञापनों में किया।

उत्तर प्रदेश में नौजवानों को नौकरी नहीं मिल रही है। वे धक्के खा रहे हैं। अखिलेश यादव ने बीते पाँच सालों के दौरान राज्य में बेरोजगारों की बढ़ती फौज को कम करने के लिए कोई ठोस पहल नहीं की। नेशनल सैंपल सर्वे आर्गेनाइजेशन (एन.एस.एस.ओ.) के मुताबिक, वर्ष 2017 में उत्तर प्रदेश में बेरोजगारों (18–35 साल के आयु वर्ग) की फौज का आँकड़ा 1.3 करोड़ के आसपास है। अब आप स्वयं अंदाजा लगा सकते हैं कि किन हालातों में पहुँच चुका है उत्तर प्रदेश।

हालाँकि अब नौजवानों में यह आस जगी है कि नरेंद्र मोदी की देख-रेख में नई सरकार उत्तर प्रदेश का चौतरफा विकास करेगी। अब उसे मालूम है कि नारेबाजी से जनता के प्रश्नों के हल नहीं निकलेंगे। हालाँकि एक दौर में नारों के बिना चुनाव बिना छौंक की दाल जैसी ही माने जाते थे। इसलिए नारे होते थे तो चुनावों का लुत्फ भी बढ़ जाता था। हर चुनाव कुछ नए नारे लेकर आते थे, पर लगता है कि नारों का युग अब गुजर चुका है। अब तो काम करके ही आप जनता के दिलों में जगह बना सकते हैं।

*(17 मार्च, 2017, राष्ट्रीय सहारा)*

□

# आई.टी. सेक्टर में छँटनी से निकलेंगे नए अवसर

आई.टी. सेक्टर में छँटनी की खबरें आजकल लगातार हेडलाइनों में जगह पा रही हैं। हालाँकि आई.टी. इंडस्ट्री सेक्टर से जुड़े जानकार दावा कर रहे हैं कि पिछले तीन साल में सेक्टर में 6 लाख और पिछले तीन महीने में 50,000 नए लोगों को नौकरियाँ मिलीं। ऐसे में थोड़ी सी छँटनी की खबरों से नवजवानों को घबराने की जरूरत नहीं है। हालाँकि, जब किसी पेशेवर की नौकरी किसी भी कारण

से चली जाती है तो उसके सामने बड़ा संकट खड़ा हो जाता है, अपने परिवार की गाड़ी को खींचने को लेकर। हालाँकि इस सेक्टर में छँटनी से इन्फोसिस के संस्थापक चेयरमैन एन.आर. नारायणमूर्ति भी काफी आहत नजर आ रहे हैं, लेकिन इन तमाम हताशा-निराशा की खबरों के बीच जिन पेशेवरों को पींक स्लिप मिल रही है, उन्हीं में से भविष्य में कई एन.आर. नारायणमूर्ति, नंदन नीलकेणी, जी.आर. गोपीनाथ, सुनील भारती मित्तल वगैरह निकलेंगे। संकट में फँसे लोग ही कोई नया और बड़ा अजूबा करके दिखा देते हैं। इसके एक नहीं, सैकड़ों उदाहरण हमारे इसी देश में मौजूद हैं। जिनकी आज नौकरी जा रही है या जिन्होंने नौकरी किसी कारण से छोड़ी है, वे ही आगे चलकर बहुत से लोगों को नौकरी दे रहे होंगे। जे.पी. आंदोलन में सक्रिय होने के कारण 1974 में एक बड़े अखबार मालिक ने मुझे यह कहकर अपने अखबार से निकाल दिया था, "बेटा, आप बहुत अच्छा लिखते हो, लेकिन बहुत ही तीखा लिखते हो। यदि आप ऐसा ही लिखते रहोगे तो इंदिराजी हमारी सारी चीनी मिलें बंद करवा देंगी।" उस वक्त तो मेरी आँखों के आगे अँधेरा छा गया था, लेकिन उस ठोकर ने मुझे उद्यमी बना दिया और आज मैं डेढ़ लाख से ज्यादा लोगों को स्थायी रोजगार प्रदान कर रहा हूँ।

## बूँद-बूँद से सागर

अब शिव नाडार का ही उदाहरण ले लेते हैं। 72 साल के नाडार एच.सी.एल. टेक्नोलॉजीज के संस्थापक चेयरमैन हैं। डी.सी.एम. समूह में नौकरी करते थे। शिव ने 1976 में राजधानी में एक छोटे से दफ्तर से एच.सी.एल. इंटरप्राइजेज की स्थापना की, तो 1991 में वे एच.सी.एल. टेक्नोलॉजी के साथ बाजार में एक नए रूप में हाजिर हुए। उन्होंने अपने साथ के छह दोस्तों से कहा कि क्यों न एक कंपनी ही खोल ली जाए, जो ऑफिस इक्विपमेंट्स बनाए। इसके चलते 1976 में एच.सी.एल. की नींव पड़ी। आज उनकी नेटवर्थ 11.9 बिलियन डॉलर है। लाखों पेशेवर उनके साथ काम कर रहे हैं। बेशक, वे नौकरी कर रहे होते तो कब के रिटायर हो चुके होते हैं।

## बदला जॉब प्रोफाइल

अब एक बात समझ लेनी चाहिए कि देश में 10 बजे से 5 बजे की नौकरियाँ का दौर समाप्त हो गया है। अब नौकरियाँ मिलती और जाती रहेंगी। नौकरी जाने से निराश होने की जरूरत नहीं है। अब आपको अपने को लगातार री-इनवेंट करते रहना होगा। वक्त के साथ अपने को ढालना होगा। जब नौकरियों में आरक्षण के सवाल पर लगातार आंदोलन चल रहे हैं, तो उद्यमी नौजवानों को अपना कोई बिजनेस चालू करने के बारे में विचार करना ही होगा। नौकरी के लिए अपना बायोडाटा बनाकर रोज दर्जनों जगह

भेजने भर से बात नहीं बनेगी। सरकारी नौकरियाँ तो लगातार घटती ही जा रही हैं। इन हालतों को देखते हुए ही अब सरकार नए उद्यमियों को पूँजी देने के लिए भी तत्पर है, ताकि वे अपने बिजनेस का श्रीगणेश कर सकें। हाल ही में देश में मुद्रा बैंक योजना की शुरुआत की गई है। इस योजना को छोटे कारोबारियों को बढ़ावा देने की दिशा में एक क्रांतिकारी कदम माना जा रहा है। मुद्रा बैंक का पूरा नाम 'माइक्रो यूनिट्स डेवलपमेंट फंड रिफाइनेंस एजेंसी' है। मुद्रा बैंक योजना में 10 लाख रुपए तक के सस्ते लोन बिना किसी गारंटी या बिना जमीन-मकान गिरवी रखे हुए उपलब्ध कराने का प्रावधान है। मुद्रा बैंक से देश के करीब 6 करोड़ छोटे कारोबारियों को फायदा मिलेगा। छोटी मैन्युफैक्चरिंग यूनिटों और दुकानदारों को इससे लोन मिलेगा।

## पहली पीढ़ी के उद्यमी

अब देश में पहली पीढ़ी के सफल उद्यमियों की भरमार है। सुनील भारती मित्तल ने 'एयरटेल' नाम से देश की ग्राहक संख्या के लिहाज से सबसे बड़ी टेलीकॉम सेक्टर की कंपनी खड़ी की। एयरटेल आज एक दर्जन से ज्यादा देशों में अपनी सेवाएँ दे रही है और चंडीगढ़ के सचिन बंसल की कोई अनदेखी नहीं कर सकता। उन्होंने भारत की सबसे बड़ी ऑनलाइन रिटेल कंपनी 'फ्लिपकार्ट' को स्थापित किया। सेना से रिटायर हुए जी.आर. गोपीनाथ ने अपनी एयरलाइन 'डेक्कन एयरवेज' ही चालू कर दी। इस तरह के सैकड़ों उदाहरण मिल सकते हैं।

## जंग से एविएशन संसार

अगर कैप्टन जी.आर. गोपीनाथ जैसा साधारण फौजी इनसान किसी एविएशन कंपनी का मालिक हो सकता है तो आप भी हो सकते हैं। बेशक कहनेवाले कुछ भी कहें, पर हमारे संविधान निर्माताओं ने देश को इस तरह का संविधान दिया, जिसके चलते सबको बराबरी के मौके मिलते हैं। कर्नाटक के एक दीन-हीन किसान का बेटा कैप्टन गोपीनाथ एविएशन कंपनी का मालिक बन जाए तो आप क्या कहेंगे। सपना या हकीकत। अपना महान् देश ऐसे ही मौके देता है कि आप सपनों को हकीकत में बदले दें। गोपीनाथ ने यह करके दिखाया, क्योंकि यहाँ पर उन्हें अवसर मिले। वे स्कूल के बाद सेना में गए। 1971 की भारत-पाकिस्तान जंग लड़ी। जंग में दुश्मन के दाँत खट्टे कर दिए। फिर कुछ और करने का मन करने लगा। इसलिए आर्मी की नौकरी छोड़ी और उसके बाद तमाम छोटे-बड़े काम करते हुए एविएशन कंपनी के मालिक बन गए।

## नौकरी देने का सुख

अगर सुनील मित्तल, कैप्टन गोपीनाथ, शिव नाडार, नंदन नीलकेणी जैसे उद्यमी नौकरी कर रहे होते तो ज्यादा-से-ज्यादा एकाध फ्लैट ही खरीद पाते, लेकिन उद्यमी बनने के बाद इन्हें हजारों-लाखों लोगों को नौकरी देने का सुख मिला। यकीन मानिए कि ये आपके जैसे ही हैं। ये सफल इसलिए हो पाए, क्योंकि इनमें कुछ हटकर करने का जुनून

था। ये धुन के पक्के थे। ये हार मानने के लिए तैयार नहीं थे। आई.टी. सेक्टर में जिन पेशेवरों को पिंक स्लिप मिल रही है, उनके पास अगर कोई 'एक खास आइडिया' होगा तो वे भी बुलंदियों को छूने लगेंगे। यही नया आइडिया आपके लिए वरदान साबित हो सकता है। आज देश के हर छोटे-बड़े शहर में फाइनेंस, रीयल एस्टेट, मीडिया, टेलीकॉम, सर्विस सेक्टर वगैरह में सफल हो चुके हजारों-लाखों उद्यमी बाकी के लिए प्रेरणा बन रहे हैं। ये कामयाब इसलिए ही हुए, क्योंकि इनके पास कोई नया काम शुरू करने का शानदार आइडिया था। दरअसल कोई नया कारोबार शुरू करनेवाले के रास्ते में शुरुआती पूँजी जुटाना हमेशा से चुनौती भरा कार्य रहा है। पूँजी का जुगाड़ न होने के कारण न जाने कितने लाख संभावित उद्यमियों के सपने बिखर गए, लेकिन अब मोदीजी द्वारा सपनों को साकार करने के लिए मुद्रा बैंक की स्थापना के बाद नए उद्यमियों के सामने यह मसला नहीं रहेगा। मुझे हाल ही में बैंकिंग क्षेत्र के एक आला अधिकारी बता रहे थे कि बड़े ताम-झामवाले कारोबारी समूह, जिन्हें मीडिया खासा फोकस में रखता है, वे देश में सिर्फ सवा करोड़ लोगों को रोजगार दे रहे हैं। इसके विपरीत छोटी-मोटी दुकानें, ब्यूटी पार्लर, मैकेनिक शॉप, गैराज, दर्जी, कुम्हार, छोटे दुकानदार, बुनकर तथा ऐसा ही छोटा-मोटा धंधा करनेवाले 5.75 करोड़ छोटे उद्यमी करीब 12 करोड़ लोगों को रोजगार दे रहे हैं।

## बिजनेस में टूटते मिथक

हमारे इधर बहुत से लोग मानते हैं कि बिजनेस तो सिर्फ मारवाड़ी, पंजाबी, गुजराती या पारसी ही कर सकता है, जबकि यह बात अब गलत साबित हो चुकी है। अब बिजनेस का संसार अधिक समावेशी हो चुका है। इधर सभी जातियों, शहरों, कस्बों और सभी जातियों और वर्गों से संबंध रखनेवाले आ रहे हैं। दलित भी बड़ी संख्या में बिजनेस की ओर खींचे चले आ रहे हैं। शिव नाडार बैकवर्ड जाति से हैं। दलित अब छोटी-मोटी नौकरी करके ही खुश नहीं हैं। ये भी उद्यमी बन रहे हैं। बनना भी चाहिए। बाबा भीमराव अंबेडकर का सपना भी यही था। उन्हें सफलता भी मिल रही है। इनके तमाम सपने हैं। उन्हें ये साकार करना चाहते हैं। ओबीसी जातियों से भी तमाम उद्यमी निकल रहे हैं।

देश में 1991 से शुरू हुए आर्थिक उदारीकरण ने सबको बिजनेस की दुनिया में कदम बढ़ाने के अवसर दिए। जब बेहद कठिन परिस्थितियों से दो-चार होते हुए दलित उद्यमी बन सकते हैं, तो बाकियों को इस संसार से दूर नहीं रहना चाहिए। अब तो दलितों ने फिक्की, एसोचैम और सी.आई.आई. की तर्ज पर अपना संगठन बना लिया है। नाम रखा है 'दलित इंडियन चेंबर ऑफ कॉमर्स ऐंड इंडस्ट्री' (डिक्की)।

इस क्रम में मैं अपने कारोबारी जीवन का भी संक्षिप्त में जिक्र करने की आपसे अनुमति चाहता हूँ। मुझे जेपी आंदोलन में सक्रिय रहने के कारण 1974 में पटना में

पत्रकार की नौकरी से निकाल दिया गया। उसके बाद मैंने महज 250 रुपए से शुरू किया था 'प्राइवेट सिक्युरिटी एजेंसी' का बिजनेस। आज हमारी कंपनी का सालाना टर्नओवर 5500 करोड़ रुपए पहुँच चुका है। डेढ़ लाख से ज्यादा लोग इसमें स्थायी नौकरी करते हैं। मैं जय प्रकाश नायारणजी के कहने पर ही कारोबारी बना। मीडिया में नौकरी चले जाने के बाद मैं जेपी से मिलने गया। जेपी ने पूछा था कि अब क्या करोगे? मैंने कहा फ्री-लांसिंग करूँगा। तब जेपी ने सलाह दी कि कुछ ऐसा करो, जिससे गरीबों का दिल छू सको। तब मैंने सिक्युरिटी एजेंसी चालू की। मेरा दावा है कि अब नौकरी से निकाले जानेवालों को नई नौकरी तलाश करने की बजाय अपना कोई बिजनेस करने के बारे में ही सोचना चाहिए। अगर उनमें धैर्य, समर्पण और कड़ी मेहनत करने का माद्दा होगा तो वे ही नौकरी देने वाले बनने लगेंगे।

*(2 जून, 2017, हरिभूमि)*

□

# आर्थिक और वैश्विक स्तर पर छाप छोड़ता भारत

किसी सरकार के काम का आकलन मुख्य रूप से दो मोर्चों पर होता है। पहला, कोई सरकार आर्थिक मोर्चे पर किस तरह का काम कर रही है, दूसरा, उसकी विदेश नीति के नतीजे कितने सकारात्मक रहे। बेशक, इन दोनों मोर्चों पर नरेंद्र मोदी के नेतृत्ववाली एन.डी.ए. सरकार का प्रदर्शन शानदार माना जा सकता है। इसने अपने ढाई साल से कुछ कुछ अधिक के कार्यकाल में इन दोनों मोर्चों पर अपनी छाप छोड़ी है। पहले बात आर्थिक क्षेत्र से ही कर लेते हैं। पिछले साल की 8 नवंबर स्वतंत्र भारत के इतिहास की यादगार तिथि मानी जाएगी। उस दिन प्रधानमंत्री मोदी ने देश की अर्थव्यवस्था को दीमक की तरह से जर्जर करनेवाले कालेधन पर करारा हथौड़ा मारा।

सरकार के विमुद्रीकरण अभियान को सारे संसार ने देखा। इसके जरिए कालेधन को खत्म करने के लिए एक ईमानदार कोशिश शुरू हुई। आयकर की चोरी करनेवालों को कसा गया। अभी से ही नोटबंदी के सुखद परिणाम सामने आ रहे हैं। अब बैंकों के पास पर्याप्त धन है। अब सरकार बैंकों में आए धन का उपयोग विनिर्माण प्रोजेक्ट्स से लेकर कल्याणकारी योजनाओं पर करेगी। निश्चित रूप से नोटबंदी की प्रक्रिया के दौरान देश कतारों में खड़ा रहा है। दिक्कतें हुईं आम जनता को। इससे कोई इनकार नहीं कर सकता, पर देश को इसका लाभ होगा। अब ब्याज दरें घटेंगी। बैंकों के पास जनता और उद्योगपतियों को आसानी से सस्ता कर्ज देने के लिए ढेर सारी रकम आ गई है।

### बजट में सौगातें

मोदी सरकार अब साल 2017-18 का आम बजट पेश करनेवाली है। जाहिर है, उसमें समाज के सभी वर्गों के लिए सौगातें होंगी, पर उसने अपने अभी तक के कार्यकाल

में भी अहम् योजनाएँ देश को दीं। हर इनसान का ख्वाब होता है कि उसकी अपनी छत हो, यानी उसका अपना एक घर हो। मैं मानता हूँ कि यह सरकार इस सपने को पूरा करने जा रही है। 'प्रधानमंत्री आवास योजना—सबके लिए आवास (शहरी) मिशन' से देश के उन लाखों शहरी लोगों को छत मिल सकेगी, जिनके पास अभी अपना घर नहीं है। शहरों में रहनेवाले गरीब परिवारों को साफ-सुथरा आवास मुहैया कराने के उद्देश्य से केंद्र सरकार ने यह योजना शुरू की। केंद्र और राज्य की भागीदारी से चलनेवाले इस मिशन के क्रियान्वयन पर आनेवाले खर्च का 60 फीसदी धन केंद्र देगा, जबकि 40 फीसदी खर्च राज्य सरकार वहन करेगी। इसके तहत 2022 तक शहर के सभी गरीबों को आर्थिक मदद देकर आवास देने का लक्ष्य रखा गया है। कई राज्यों ने अपने यहाँ यह योजना शुरू कर दी है, लेकिन मुझे मालूम चला है कि यू.पी. सरकार ने उत्सुकता नहीं दिखाई।

## डिजिटल इंडिया

डिजिटल इंडिया देश का आर्थिक स्तर पर कायाकल्प करने के इरादे से मौजूदा सरकार की सबसे महत्त्वाकांक्षी योजनाओं में से एक है। इसका मकसद भारत को एक इलेक्ट्रॉनिक अर्थव्यवस्था में बदलना है। सरकार की मंशा है कि सभी सरकारी विभाग और भारत की जनता एक-दूसरे से डिजिटल रूप से या इलेक्ट्रॉनिक तौर पर जुड़ें, ताकि प्रभावी प्रशासन चलाया जा सके। नोटबंदी के बाद देश इस दिशा में तेजी से आगे बढ़ भी रहा है। इसी क्रम में प्रधानमंत्री जन-धन योजना की भी बात करनी पड़ेगी। इसके शुरू होने

के पहले दिन ही डेढ़ करोड़ बैंक खाते खोले गए थे और हर खाता धारक को 1,00,000 रुपए का दुर्घटना बीमा कवर दिया गया और मेक इन इंडिया योजना की अनदेखी मुमकिन नहीं है। इसके तहत भारत में वैश्विक निवेश और विनिर्माण को आकर्षित करने की योजना बनाई गई। मेक इन इंडिया अभियान इसलिए शुरू किया गया, जिससे भारत में बड़ी संख्या में रोजगार के अवसर पैदा हों और अर्थव्यवस्था को बढ़ावा मिले।

## आक्रामक विदेश नीति

बीजेपी नीत एनडीए सरकार की विदेश नीति में आमूल-चूल बदलाव साफतौर पर दिखाई दे रहे हैं। जैसा कि मैं बार-बार कह रहा हूँ कि अब हमारी विदेश नीति दिल्ली और आगरा तक सीमित नहीं है। अब इसमें अहमदाबाद, बनारस और चंडीगढ़ वगैरह शामिल है। फ्रांस के राष्ट्रपति फ्रांसिस ओलांद भारत आते हैं। वे पिछले वर्ष गणतंत्र दिवस समारोह के मुख्य अतिथि थे, लेकिन वे दिल्ली से पहले चंडीगढ़ पहुँचे। ओलांद की चंडीगढ़ में अगवानी की प्रधानमंत्री नरेंद्र मोदी ने। वहाँ पर भी विस्तार से दोनों देशों के नेताओं के बीच गुफ्तगू हुई। उनसे पहले जापान के प्रधानमंत्री शिंजो अबे भारत यात्रा के लिए आए तो वे मोदी के साथ बनारस पहुँचे। दोनों ने गंगा आरती में शिरकत की और थोड़ा और पीछे चलते हैं। चीन के राष्ट्रपति शी जिनपिंग अपनी भारत यात्रा के समय पहले अहमदाबाद पहुँचे और उसके बाद दिल्ली। ये भारत की विदेश नीति का नया मिजाज है। जिनपिंग भारत दौरे पर बारास्ता अहमदाबाद होते हुए दिल्ली पधारे। गुजरात दौरे के दौरान चीनी राष्ट्रपति ने नरेंद्र मोदी के साथ महात्मा गांधी के ऐतिहासिक साबरमती आश्रम का भी दौरा किया। जिनपिंग इसमें स्थित बापू के मूल प्रवास स्थल हृदय कुंज में भी गए। दोनों नेताओं ने साबरमती नदी के किनारे मोदी के ड्रीम प्रोजेक्ट रिवरफ्रंट पर चहलकदमी करते हुए बातचीत भी की। वहीं पर शी जिनपिंग के सम्मान में रात्रिभोज का आयोजन भी किया गया। चीनी राष्ट्रपति के सम्मान में आयोजित रात्रिभोज में 100 से अधिक लजीज गुजराती व्यंजन परोसे गए और लजीज भोजन के साथ दोनों देशों के बीच गंभीर मंथन भी हुआ आपसी और अंतरराष्ट्रीय मसलों पर। जिनपिंग के दौरे के महज दो घंटे के भीतर भारत-चीन के बीच तीन बड़े समझौते हुए।

हमारी नई विदेश नीति ने पाकिस्तान को मुँह दिखाने लायक नहीं छोड़ा है। जरा याद करें पिछले साल नवंबर में इस्लामाबाद में आयोजित होनेवाले सार्क सम्मेलन का भारत की तरफ से बहिष्कार करने के बाद अफगानिस्तान और बाँग्लादेश ने भी सार्क सम्मेलन का बहिष्कार किया। भारत के साथ भूटान का सम्मेलन से दूर रहने से कहीं अहम् इन इस्लामिक देशों का पाकिस्तान को उसकी औकात बताना था और अंत में श्रीलंका और मालदीव ने भी सार्क सम्मेलन का बहिष्कार करने की घोषणा करके

पाकिस्तान को कसकर एक तमाचा मारा, यानी पाकिस्तान नाम के इस एटमी गुंडे को अब माफ करने के मूड में नहीं हैं बहुत से देश। यह सब भारत की नई विदेश नीति के फलस्वरूप संभव हुआ।

बाँग्लादेश ने उड़ी में भारत के सर्जिकल एक्शन का समर्थन किया। बाँग्लादेश कभी पाकिस्तान का अंग था, लेकिन पाकिस्तान से बाँग्लादेश इसलिए खफा है, क्योंकि वह उसके आंतरिक मामलों में टाँग अड़ाने से बाज नहीं आता। बाँग्लादेश में आजकल 1971 के सैन्य कत्लेआम के गुनाहगारों को फाँसी दी जा रही है। इससे पाकिस्तान को बड़ी तकलीफ होती है। तकलीफ होनी लाजिमी है, क्योंकि तब पाकिस्तान की जंगली सेना ने अपने ही देश के लाखों बाँग्लाभाषियों को मार डाला था। तब पाकिस्तान सेना का वे साथ दे रहे थे, जिन्हें आजकल बाँग्लादेश में सूली पर लटकाया जा रहा है। पाकिस्तान वास्तव में एक असभ्य और जंगली देश के रूप में विश्व के मानचित्र पर उभरा है। इसलिए कोई भी आधुनिक राष्ट्र उससे संबंध रखने के लिए तैयार नहीं है। अभी बीती 22 सितंबर को पाकिस्तान के एक और पड़ोसी अफगानिस्तान ने संयुक्त राष्ट्र में उसे पानी पी-पीकर कोसा। अफगानिस्तान ने कहा कि पाकिस्तान आतंकी हमलों की साजिश रचकर और तालिबान तथा हक्कानी नेटवर्क जैसे समूहों को प्रशिक्षण और आर्थिक मदद देकर उसके नागरिकों के खिलाफ 'अघोषित युद्ध' चला रहा है। अफगानिस्तान के उपराष्ट्रपति सरवर दानिश ने कहा कि उनके देश ने बार-बार पाकिस्तान से ज्ञात आतंकवादी पनाहगाहों को नष्ट करने के लिए कहा है, लेकिन स्थिति में कोई तब्दीली नहीं आई है। तालिबान और हक्कानी नेटवर्क को वहाँ

(पाकिस्तान में) प्रशिक्षण और आर्थिक मदद दी जाती है, यानी सब पड़ोसी पाकिस्तान की हरकतों से आजिज आ चुके हैं।

कहते हैं, दुश्मन का दुश्मन दोस्त होता है। भारत की विदेश नीति में अब बाँग्लादेश, अफगानिस्तान और ईरान पर खास फोकस है। अगर बात ईरान की हो तो बीते साल केंद्रीय पेट्रोलियम मंत्री धर्मेंद्र प्रधान, फिर विदेश मंत्री सुषमा स्वराज और अंत में प्रधानमंत्री नरेंद्र मोदी 22 और 23 मई को ईरान की दो दिवसीय यात्रा पर गए थे।

ईरान के राष्ट्रपति डॉ. हसन रूहानी के निमंत्रण पर हुई यात्रा में मोदी ने ईरान के सर्वोच्च नेता अयातुल्लाह अल खुमैनी से भी भेंट की थी। खुमैनी आमतौर पर किसी विदेशी राष्ट्राध्यक्ष से मिलते नहीं है, लेकिन वे मोदी से मिले। साफ है कि ईरान मोदी की यात्रा को खासी तरजीह दे रहा था। भारत के लिए ईरान एक बहुत महत्त्वपूर्ण देश है। ईरान न केवल तेल का बड़ा व्यापारिक केंद्र है, बल्कि मध्य-एशिया, रूस तथा पूर्वी यूरोप जाने का एक अहम् मार्ग भी है। मोदी की ईरान यात्रा इस लिहाज से भी अहम थी, क्योंकि उससे कुछ समय पहले ही अमेरिका समेत छह विश्व शक्तियों ने ईरान से प्रतिबंधों को हटाया था। जहाँ तक तेल और गैस का मामला है, भारत इस नई स्थिति को अपने हाथ से जाने नहीं देना चाहेगा। भारत ऊर्जा से लबरेज ईरान के साथ अपने संबंधों में नई इबारत लिखने का मन बना चुका है। वर्तमान में भारत मुख्य रूप से कच्चे तेल को सऊदी अरब और नाइजीरिया से आयात करता है। अब भारत-ईरान को पाकिस्तान की गुंडई को दुनिया के सामने लाने में परस्पर सहयोग करना होगा। यह भारत की विदेश नीति का नया और आक्रमक चेहरा है।

□

# एक हिंदू को मारते पाक में कठमुल्ला

पाकिस्तान के बलूचिस्तान सूबे में एक हिंदू को मारने के लिए पाकिस्तान में नापाक जोर-आजमाइश हो रही है। थाने जलाए जा रहे हैं, पुलिस से मारपीट की जा रही है। उस बेचारे हिंदू, जिसका नाम पुलिस ने अभी तक जाहिर नहीं किया है, पर उसपर ईशनिंदा का आरोप है। उसकी जान के प्यासे वे ही है, जो उसके आसपास रहते हैं। वे पुलिस से माँग कर रहे हैं कि उस हिंदू को उन्हें सौंप दिया जाए, ताकि वे उसे अपनी तरह की सजा दे सकें। सजा यानी उसको सड़कों पर दौड़ा-दौड़ा कर बर्बरतापूर्वक मार डालें। अब जरा देख लीजिए कि उसे मारने के लिए लोग पागल हो रहे हैं और समूचे पाकिस्तान में इस वहशी मानसिकता के खिलाफ सरकार से लेकर मानवाधिकार संगठन; सब खामोश बैठे हैं। हथियारों से लैस लोग उस अभागे शख्स को मारना चाहते हैं और क्षेत्र के बाकी हिंदुओं के व्यवसाय को बंद करवा रहे हैं। बलूचिस्तान में हिंदू बड़ी संख्या में रहते हैं। यहाँ हिंदुओं का पवित्र स्थान 'हंगलाज' भी है।

## मारे जाते हिंदू-सिख

कायदे से देखा जाए तो पाकिस्तान के हिंदुओं और सिखों की तो दुर्दशा पर चर्चा करने का भी कोई मतलब ही नहीं है। पाकिस्तान में हिंदुओं और सिखों की आबादी एक करोड़ के आसपास थी 1947 में। इसमें पूर्वी पाकिस्तान (अब बाँग्लादेश) शामिल नहीं था, लेकिन अब पाकिस्तान में मात्र 12 लाख हिंदू और 10 हजार सिख रह गए हैं। हिंदुओं और सिखों की इतनी बड़ी संख्या जो लगभग 88 लाख के करीब बनती है, आखिरकार गई कहाँ, क्या हुआ इनका ? इसका कोई जवाब किसी के पास नहीं हैं। पाकिस्तान में हिंदू और सिख समुदाय के लोगों की स्थिति बेहद दयनीय है। वे हमेशा डर और आतंक के साए में जीते हैं। पाकिस्तान के सिंध और पंजाब प्रांत में

हिंदू लड़कियों के साथ जबरन शादी के मामले बार-बार सामने आते रहे हैं और तो और पाकिस्तान मानवाधिकार आयोग ने भी माना कि देश में नाबालिग हिंदू लड़कियों का जबरदस्ती धर्म परिवर्तन करवाया जा रहा है, जिससे अल्पसंख्यक समुदाय बहुत चिंतित है। बहुत से मामलों में हिंदू लड़कियों का अपहरण कर पहले उनके साथ रेप किया जाता है और बाद में उन्हें धर्म गर्भवती बनाकर परिवर्तन पर मजबूर किया जाता है। सिंध प्रांत, विशेषकर देश की व्यापारिक राजधानी कराची में जबरदस्ती परिवर्तन की घटनाएँ लगातार हो रही हैं। बलूचिस्तान में जिस तरह से लोग ईशनिंदा का आरोप लगाकार एक हिंदू के खून के प्यासे हो रहे हैं, उससे साफ है कि पाकिस्तान में जंगल राज कायम है। पाकिस्तान के सिख भी आजकल अपने को ठगा महसूस कर रहे हैं। उन्हें लग रहा कि पाकिस्तान ने उन्हें दोयम दर्जे का नागरिक बना दिया है। उनकी नाराजगी की वजह यह है कि देश में चालू जनगणना के रजिस्टर में अलग से सिखों के लिए कॉलम नहीं बनाया गया। पेशावर में सिखों ने इस मुद्‌दे पर विरोध प्रदर्शन भी किया है। उनकी नाराजगी की एक वजह यह भी है कि उन्हें कोई सुन नहीं रहा। पाकिस्तान के अलग-अलग हिस्सों में अन्य अल्पसंख्यक समुदाय के लोग भी नजरअंदाज किए जाने की शिकायत कर रहे हैं। सिखों का कहना है कि, "सरकार उन्हें एक तरह से देश का नागरिक नहीं मानती। यह न सिर्फ दुर्भाग्यपूर्ण है, बल्कि सिखों के लिए चिंता का विषय है। पाकिस्तान में काफी सिख रह रहे हैं, लेकिन इस समुदाय को जनगणना फॉर्म की रिलीजियस कैटेगरी में शामिल न करके सिखों की गिनती 'अदर रिलीजन कैटेगरी' में की जाएगी, जो कि सिख जनसंख्या की वास्तविक तसवीर प्रस्तुत नहीं करेगी।'

## दुर्दशा ईसाइयों की भी

अब तो पाकिस्तान में ईसाइयों को भी गाजर-मूली की तरह से काटा जा रहा है। पहले वे काफी हद तक बचे हुए थे। पिछले साल मार्च में लाहौर के एक पार्क में दर्जनों ईसाई मारे गए थे। इस तरह के हमले पाकिस्तान के कुछ और शहरों में भी हुए। सुन्नी मुसलिम बहुसंख्यक देश पाकिस्तान में हिंदुओं के बाद ईसाई दूसरा सबसे बड़ा अल्पसंख्यक समूह है। पाकिस्तान में लगभग 18 करोड़ की आबादी में 1.6 प्रतिशत ईसाई हैं।

इधर बीते कुछेक सालों में पाकिस्तान के अंदर ईसाइयों को निशाना बनाकर कई बड़े हमले किए गए हैं। मार्च, 2015 में लाहौर के चर्चों में दो बम धमाके हुए थे, जिनमें 14 लोग मारे गए थे। 2013 में पेशावर के चर्च में हुए धमाकों में 80 लोग मारे गए थे। 2009 में पंजाब में एक उग्र भीड़ ने 40 घरों को आग लगा दी थी। इसमें आठ ईसाई मारे गए थे। 2005 में कुरान जलाने की अफवाह के बाद पाकिस्तान के फैसलाबाद से ईसाइयों को अपने घर छोड़कर भागना पड़ा था। हिंसक भीड़ ने चर्चों और ईसाई स्कूलों को आग लगा दी थी। 1990 के बाद से कई ईसाइयों को कुरान का अपमान करने और पैगंबर की निंदा करने के आरोपों में दोषी ठहराया जा चुका है। अब वे भी निशाने पर हैं। इस तरह पाकिस्तान में मानवाधिकारवादियों और शिया मुसलमानों से लेकर बाकी धार्मिक समूहों के लिए जीना मुहाल हो चुका है। जाहिर है, भारत के लिए ये कोई सुखद हालात नहीं हैं। हमारा पड़ोसी आग में जल रहा है।

कुछ समय पहले बनारस हिंदू विश्वविद्यालय में राजनीति शास्त्र के विद्यार्थियों के बीच व्याख्यान के दौरान एक छात्र ने प्रसिद्ध पाकिस्तान में जनमे (अब कनाडा के

नागरिक) तारिक फतह से सवाल किया है, "पाकिस्तान और दक्षिण एशिया में शांति का माहौल कैसे कायम होगा? तारिक फतेह साहब का दो-टूक जवाब था, "शांति स्थापित करने का एकमात्र उपाय है कि वर्तमान पाकिस्तान के सिंध, पंजाब और बलूचिस्तान को तीन स्वतंत्र राष्ट्रों में बाँट दिया जाए और उर्दू की जगह सिंधी, पंजाबी और बलूची को इन स्वतंत्र राष्ट्रों की राष्ट्रभाषा घोषित कर दी जाए। तभी इस क्षेत्र में शांति स्थापित हो पाएगी और कश्मीर समस्या का भी स्थायी निदान हो जाएगा।

## शिया-अहमदी भी शिकार

पाकिस्तान में शिया मुसलमान भी लगातार बेरहमी से मारे जा रहे हैं। इसी तरह से वहाँ पर अहमदिया मुसलमानों को मुसलमान ही नहीं माना जाता है। शिया वहाँ की आबादी का 10 से 15 फीसदी हैं। विभाजन के समय लगभग 25 फीसद थे। समूचे पाकिस्तान में शिया मुसलमानों और इनकी मसजिदों पर हमले होते हैं। उनके भी मानवाधिकारों को कोई देखने-सुनने वाला नहीं है। ये हालत मुसलमानों के ही एक वर्ग के हैं, वह भी एक कथित इस्लामिक देश में। वहाँ पर सुन्नी मुसलमानों के अलावा बाकी किसी का रहना अब मुश्किल होता जा रहा है। अब अहमदिया लोगों का हाल सुन लीजिए। द अकेडमी अवॉर्ड्स 2017 में महेरशेला अली ऑस्कर पाने वाले पहले मुसलिम अभिनेता बन गए। महेरशेला को फिल्म 'मूनलाइट' के लिए सर्वश्रेष्ठ सह अभिनेता का अवॉर्ड मिला। महेरशेला को पूरी दुनिया से बधाई दी गई। संयुक्त राष्ट्र में पाकिस्तान की राजदूत मलीहा लोधी भी महेरशेला को बधाई देने वालों में शामिल रहीं, लेकिन मलीहा ने अपना बधाईवाला ट्वीट जल्द ही डिलीट कर दिया। दरअसल, महेरशेला अहमदिया मुसलमान

हैं। पाकिस्तान में अहमदिया को आधिकारिक तौर पर मुसलिम नहीं माना जाता है। ऐसे में मलीहा के ट्वीट डिलीट करने की सोशल मीडिया पर भी चर्चा हुई।

दरअसल पाकिस्तान का मतलब है वहाँ की घोर कठमुल्ला पंजाबी सेना। यह सिर्फ सुन्नियों को ही पाकिस्तानी मानती है। स्विट्जरलैंड में बस गए पाकिस्तान मूल के इतिहासकार डॉ. इशितहाक अहमद कहते हैं कि पाकिस्तान सेना पर पंजाबियों का कब्जा है। जब तक यह खत्म नहीं होगा, तब तक पाकिस्तान में अल्पसंख्यकों के हालात सुधरनेवाले नहीं है। वहाँ पर इस्लामिक कट्टरपन पूरी तरह से हावी हो चुका है। वहाँ पर पिछले महीने ही ईशनिंदा के आरोप में अब्दुल वली खान विश्वविद्यालय के छात्र की हत्या का मामला सामने आया। छात्र पर हमला करनेवाली भीड़ में शामिल छात्र भी विश्वविद्यालय के ही थे। जान गँवानेवाला छात्र सिर्फ 23 साल का था और उसका नाम मशाल खान है। पत्रकारिता के छात्र मशाल खान (23) को ईशनिंदा से संबंधित सामग्री सोशल मीडिया में पोस्ट करने के आरोप में मार डाला। मशाल को सेकंड फ्लोर पर स्थित हॉस्टल के उसके कमरे से खींचकर निकाला गया। इसके बाद उसे निर्वस्त्र कर पिटाई करने के बाद गोली मारी गई, फिर नीचे फेंक दिया। इसके बावजूद जब तक उसकी मौत नहीं हुई, भीड़ उसे पीटती रही।

कहने की जरूरत नहीं कि अगर बलूचिस्तान में ईशनिंदा के आरोप झेल रहे हिंदू लोगों को प्रदर्शनकारियों को सौंप दिया गया तो उसे भी मशाल खान की तरह से मार डाला जाएगा।

*(18 मई, 2017, डेली न्यूज ऐक्टिविस्ट)*

□

# ओम पुरी और अदनान सामी का फर्क समझिए

अदनान सामी पहले पाकिस्तान के नागरिक थे। अब वे भारत की नागरिकता ले चुके हैं। सामी और अपने ही देश की कुछ नामवर फिल्मी हस्तियों के बीच के अंतर को समझने की जरूरत है। भारतीय सेना के आजाद कश्मीर में घुसकर आतंकियों का नाश करनेवाले 'सर्जिकल स्ट्राइक' का अदनान सामी स्वागत करते हैं, वहीं भारतीय सेना के एक्शन की अपने ही देश की कुछ कथित नामवर हस्तियाँ मीन-मेख निकाल रही हैं। ये अपनी गैर-जिम्मेदाराना बयानबाजियों से सेना की शहादत का अपमान कर रही हैं। अदनान सामी का कहना है कि आतंकवाद की कोई सीमा नहीं होती। उनके इस बाबत किए ट्वीट की पाकिस्तान में खासी निंदा हुई। उन्होंने कहा कि उनकी प्रतिक्रिया साफ तौर पर दरशाती है कि वे पाकिस्तानी आतंकवादियों और पाकिस्तान' के बीच के फर्क को नहीं समझते।

अदनान सामी ने कहा, "हमें यह देखना चाहिए कि स्ट्राइक क्यों हुई और किसके खिलाफ हुई? यह किसी भूमि पर कब्जा करने के उद्‍देश्य से की गई 'स्ट्राइक' नहीं थी, बल्कि एक अनुचित हमले का सही जवाब था। स्ट्राइक आतंकवादी शिविरों को निशाना बनाकर की गई थी।" उन्होंने कहा, "आतंकवाद की कोई सीमा नहीं होती। आतंकवादी मुंबई, पेशावर और पेरिस सभी को निशाना बनाते हैं।"

वहीं अभिनेता ओम पुरी ने एक टी.वी. चैनल के साथ इंटरव्यू के दौरान भारतीय सेना की शहादत का मजाक उड़ाया। एंकर ने जब ओम पुरी से पाकिस्तानी कलाकारों के भारत में काम करने को लेकर सवाल किया तो ओम पुरी अपना आपा खो बैठे और उन्होंने पाकिस्तानी एक्टरों का पक्ष लेते हुए कहा, "क्या देश में 15-20 लोग भी ऐसे हैं, जिन्हें बम बाँधकर पाक भेजा जा सके? कौन जबरदस्ती लोगों को फौज में भेजता है। किसने उनसे कहा कि वे फौज में जाएँ?"

ओम पुरी के बयान का सिलसिला यहीं नहीं रुका। उन्होंने कहा कि भारत और पाकिस्तान को इजरायल और फिलिस्तीन न बनाएँ। जाहिर है, जहाँ अदनान सामी जैसा शख्स पाकिस्तान की हरकतों को कोस रहा है, वहीं ओमपुरी अपने जवानों की शहादत का मजाक बना रहे है।

## सीखें नाना पाटेकर से

ओम पुरी जैसे गैर-जिम्मेदार इनसान को नाना पाटेकर से भी कुछ सीखना चाहिए। नाना पाटेकर ने भारतीय सेना की तारीफ करते हुए कहा, "पहले मेरा देश। देश के अलावा मैं किसी को नहीं जानता। न जानना चाहता हूँ। कलाकार देश के सामने खटमल की तरह हैं।" नाना ने यह बयान सलमान खान के बयान के ऊपर अपनी प्रतिक्रिया में दिया था, जिसमें उन्होंने बॉलीवुड में पाकिस्तानी कलाकारों के काम करने पर बैन लगाने की माँग भी की थी।

## आगे बढ़ने से पहले

बताते चलें कि अदनान सामी के पिता फ्लाइट लेफ्टिनेंट अरशद सामी खान पाकिस्तान एयरफोर्स में थे। वे 1965 तथा 1971 के युद्धों में पाकिस्तान एयरफोर्स की तरफ से भारतीय फौज से लड़े भी थे। फ्लाइट लेफ्टिनेंट अरशद सामी खान एयरफोर्स से रिटायर होने के बाद भी पाकिस्तान के सार्वजनिक जीवन में सक्रिय रहे। वे डेनमार्क और नॉर्वे में पाकिस्तान के राजदूत भी रहे। वे पाकिस्तान के राष्ट्रपतियों क्रमश: गुलाम इशहाक खान, फारूख लगहरी और प्रधानमंत्रियों बेनजीर भुट्टो, गुलाम मुस्तफा और नवाज शरीफ के निजी स्टाफ में भी रहे, यानी कि उनका पाकिस्तान में एक अहम रुतबा था। उस शख्स का पुत्र है अदनान सामी। वह अब भारतीय बनकर गौरवान्वित है। भारत की नागरिकता ले चुका है। कोई बात तो जरूर ही होगी, तब ही तो उसने भारतीय नागरिकता ली। उसने भारतीय सेना के आजाद कश्मीर में घुसकर आतंकियों का नाश करने की कार्रवाई को ठीक बताया। वहीं कुछ एहसानफरामोश भारतीय कलाकार ही सेना के जवानों क अपमान कर रहे हैं।

ये वही अदनान हैं, जिन्होंने 'तेरी ऊँची शान है मौला'''' और 'भीगी-भीगी रातों में' जैसे मशहूर गीत गाए हैं। अदनान सामी करीब डेढ़ दशक से भी ज्यादा वक्त से भारत में रह रहे हैं। यहाँ पर गीत-संगीत की दुनिया में अपने लिए एक ऊँचा मुकाम बना भी चुके हैं। मतलब यह कि अदनान सामी अब हमारे हैं।

कुल मिलाकर यह अफसोसजनक है कि उड़ी की घटना के बाद पाकिस्तानी कलाकारों के भारत में काम करने या न करने के सवाल पर हमारा बॉलीवुड बँट गया। हालाँकि फिल्म निर्माताओं के संगठन इम्पा ने पाकिस्तानी कलाकारों के बॉलीवुड में काम करने पर रोक लगा दी। पाकिस्तानी कलाकारों पर इस बैन से कोई फर्क पड़े, न पड़े, लेकिन बॉलीवुड इनकी वजह से बँटता नजर आया। सलमान खान समेत बॉलीवुड के कई कलाकार पाकिस्तानी कलाकारों के बॉलीवुड में काम करने का समर्थन कर रहे हैं, वहीं कुछ कलाकारों की नजर में पाक कलाकारों पर लगा बैन बिल्कुल वाजिब है। बेहतर होता कि इस मसले पर सारा बॉलीवुड एक साथ खड़ा होता। आखिर बॉलीवुड में काम करनेवाले पाकिस्तानी एक्टर पाकिस्तान में चलनेवाली आतंकवाद की फैक्टरी के खिलाफ क्यों चुप हैं? आतंकवाद के खिलाफ दो शब्द बोलने में उन्हें इतना कष्ट क्यों हुआ?

मैं समझता हूँ कि अनुपम खेर ने सही कहा, "हमने हमेशा से पाकिस्तानी कलाकारों को अपनी अच्छाई और मित्रता दिखाई है। पाकिस्तान के कई लोग बहुत अच्छे हैं, लेकिन जब बात मेरे देश और मेरे देश के जवानों की हो तो मैं कूटनीतिज्ञों की भाँति मीठी-मीठी गोल-गोल बातें तो नहीं कर सकता। मेरा रुझान तो स्पष्ट रूप से मेरे देश की तरफ ही है।"

अनुपम खेर से मिलती-जुलती प्रतिक्रिया नाना पाटेकर की भी रही। नाना पाटेकर ने कहा, "पाकिस्तानी कलाकार बाद में, पहले मेरा देश। देश के अलावा मैं किसी को

नहीं जानता और न जानना चाहूँगा। जवानों से बड़ा हीरो कोई नहीं हो सकता। हम एक्टर तो बहुत मामूली लोग हैं। हमारे असल हीरो हमारे जवान ही हैं।"

अफसोस है कि बॉलीवुड में लंबे समय से कुछेक संदिग्ध चरित्रवाले कलाकार भी रहे हैं। इन छुपे रुस्तमों में से अनेक के मुंबई बम धमाकों के गुनाहगार दाऊद इब्राहिम से घनिष्ठ संबंध भी रहे हैं। ये दाऊद की पार्टियों में बिरयानी उड़ाते थे और बेशर्मी से कुछ चाँदी के सिक्कों के लिए ठुमके भी लगाते थे।

दाऊद पाकिस्तान में है और यह सर्वविदित है कि उसका सिक्का अब भी मुंबई में चलता है। फिल्म जगत् का एक गुट उसी के बल पर फिल्म उद्योग में पाँव जमाए हैं। दाऊद का अपना समधी और कभी पाकिस्तान क्रिकेट टीम का कप्तान जावेद मियाँदाद तो खुलकर भारत के खिलाफ जहर उगल रहा है। कभी-कभी लगता है कि बॉलीवुड के बहुत से कलाकार इसलिए पाकिस्तान के विरुद्ध बोलने की हिम्मत नहीं जुटाते कि इससे कहीं दाऊद खफा न हो जाए। यही कारण समझ आता है कुछ फिल्मी कलाकारों के पाकिस्तानपरस्त होने का।

इन विवादों के बीच इस सदी के महानायक अमिताभ बच्चन ने 11 अक्तूबर को अपने 74वें जन्मदिन पर यह कहकर विवादों पर पूर्ण विराम लगाने की कोशिश की है, "यह वक्त सैनिकों के साथ खड़े रहने का और उनके साथ एकजुटता प्रदर्शित करने का है। हमारे देश की सीमाओं पर जो घटनाएँ हो रही हैं, उससे देश में भारी आक्रोश है और जनता बेहद नाराज हैं। यह समय सचमुच उन सैनिकों के साथ खड़े होने का है, जो सीमाओं की रक्षा और आतंकवादियों की चाल को असफल करने में अपने जीवन की कुरबानी दे रहे हैं।"

खैर, भारतीय सेना की 'सर्जिकल स्ट्राइक' के सवाल पर सारा देश एक साथ खड़ा है। ओम पुरी से लेकर सर्जिकल अटैक के सुबूत माँगनेवाले अरविंद केजरीवाल तक को देश वक्त आने पर जरूर सही सबक सिखाएगा।

*(13 अक्तूबर, 2016, हरिभूमि)*

□

# विश्व पर्व बनी दीपावली

अमेरिका के पूर्व राष्ट्रपति बराक ओबामा ने पिछले वर्ष प्रधानमंत्री नरेंद्र मोदी को फोन कर दीपावली की बधाई दी। उसके बाद मोदी ने एक ट्वीट करके कहा कि यह जानकर अच्छा लगा कि व्हाइट हाउस में भी दीपावली का त्योहार मनाया जाता है। अमेरिका में वर्ष 2009 में पहली बार किसी अमेरिकी राष्ट्रपति के तौर पर बराक ओबामा ने व्हाइट हाउस के ईस्ट रूम में दीपोत्सव का परंपरागत दीया जलाया था। इस बार तो अमेरिका में चुनाव अभियान चल रहे हैं। रिपब्लिकन पार्टी के उम्मीदवार ट्रम्प, उनकी 34 वर्षीय बेटी और डेमोक्रेटिक पार्टी की उम्मीदवार पूर्व राष्ट्रपति बिल क्लिंटन की पत्नी हिलेरी क्लिंटन ने भी हिंदू मंदिरों और प्रवासी भारतियों के संगठनों में जा-जाकर अभी से दीये जलाने शुरू कर दिए हैं।

अब आलोक पर्व दीपावली सिर्फ भारत तक ही सीमित नहीं रह गई है, इसे सारे संसार के चप्पे-चप्पे में मनाया जाता है। यह महापर्व भारत की सीमाओं को तो बहुत पहले ही लाँघ चुका है। अब तो दीपावली को एक तरह से क्रिसमस और ईद की तरह से विश्व पर्व की श्रेणी में रखा जा सकता है।

दरअसल भारत से दशकों पहले (सन् 1834 से 1884 के बीच) सात समंदर पर चले गए भारतीय अपने तीज-त्योहारों को अब भी बहुत ही श्रद्धा और उत्साह के भाव से साथ मनाते हैं। नोबेल पुरस्कार विजेता डॉ. विद्याधर सूरज प्रसाद नायपाल पहली बार 1961 में दीपावली की रात को ही बंबई पहुँचे। यह देखकर उन्हें भारी निराशा हुई कि यहाँ पर ज्यादातर घरों के बाहर मोमबत्तियाँ से आलोक सज्जा हो रही थी। उनके देश त्रिनिदाद में दीपावली पर अब भी मिट्टी के दीये जलाने का ही प्रचलन है। मोमबत्ती जलाने की परंपरा चर्चों के आविर्भाव के बाद प्रारंभ हुई, यानी दो हजार वर्ष पूर्व, जबकि दीपक की परंपरा हजारों वर्ष पूर्व रामायण और महाभारत काल में भी मिलती है। वास्तव में मोमबत्ती जलने से प्रदूषण फैलता है। इसके ठीक विपरीत मिट्टी के दीये में तिल, तीसी, अरंड,

करंज, सरसों, नारियल आदि के तेल में या शुद्ध घी में रुई की बाती जलाने पर वातावरण शुद्ध होता है और बरसात में उत्पन्न भिन्न प्रकार के कीड़े-मकोड़े, जो फसलों के लिए नुकसानदायक हैं, नष्ट हो जाते हैं।

अगर डॉ. नायपाल देश के किसी गाँव में जाते तो उन्हें कतई निराशा नहीं होती, क्योंकि छोटे शहरों और गाँवों में अब भी दीये जलाए जाते हैं। दीपोत्सव की तैयारियाँ कई देशों में दो-दो हफ्ते पहले चालू हो जाती है। मैं बीते दिनों सिंगापुर गया था किसी निजी कार्य के सिलसिले में। अक्तूबर के दूसरे सप्ताह से ही टापू राष्ट्र पर दीपावली का खुमार चढ़ चुका था। भारतीय आबादी के गढ़ से रंगून या लिटिल इंडिया के बाजार और तमाम सड़कें दीपावली के लिए सज चुकी थीं। यह आलम चीनी आबादीवाले क्षेत्रों से लेकर एयरपोर्ट तक है। प्रकाश पर्व अब सिंगापुर की सांस्कृतिक पहचान में शामिल हो चुका है। जमकर खरीदारी हो रही है। सिंगापुर में दीपावली के त्योहार को लेकर खास प्रबंध किया गया है। सिंगापुर में चलनेवाली मेट्रो को दीपावली के लिए खासतौर पर तैयार किया गया है। सिंगापुर में इस दिन सरकारी छुट्टी रहती है। वहाँ की दीपावली को देखकर लगता है, जैसे 'नन्हे भारत' में दीपावली मनाई जा रही है। वहाँ 'हिंदू एंडाउमेंट बोर्ड ऑफ सिंगापुर' कई बड़े सांस्कृतिक आयोजन भी करता है।

श्रीलंका, म्याँमार, थाईलैंड, मलेशिया, सिंगापुर, इंडोनेशिया, ऑस्ट्रेलिया, न्यूजीलैंड, फिजी, मॉरीशस, केन्या, तंजानिया, दक्षिण अफ्रीका, गुयाना, सूरीनाम, त्रिनिदाद और टोबैगो, नीदरलैंड्स, कनाडा, ब्रिटेन, अमेरिका वगैरह में भी दीपावली की छटा देखते ही बनती है।

कनाडा के प्रधानमंत्री जस्टिन ट्रूडो ने बीते साल दीपावली पर मांट्रियल में भारतीय आबादी के साथ डांस फ्लोर पर डांस किया। उनका जोश हैरान करनेवाला था। वे

दीपावली पर आयोजित कार्यक्रम में कुरता-पायजामा पहनकर एक पंजाबी गाने पर झूमते हुए नजर आए।

कैरेबियाई टापू देश त्रिनिदाद और टोबैगो में बड़ी संख्या में भारतीय बसे हैं और वहाँ खूब धूमधाम से दीपावली मनाई जाती है। लोग घरों में पूजा करते हैं। त्रिनिदाद और टोबैगो की आबादी में लगभग एक चौथाई हिंदू हैं। त्रिनिदाद में सन् 1845 में भारतवंशियों की पहली टुकड़ी पहुँची थी। उसी वर्ष से वहाँ दीपावली का उत्सव मनाया जाता है। त्रिनिदाद और टोबैगो में दीपावली के पर्व पर राष्ट्रीय अवकाश होता है। त्रिनिदाद के करीबी देश गुयाना में भी हिंदुओं की तादाद खासी है। वहाँ पर भी आलोक पर्व को बहुत ही भव्य तरीके से मनाया जाता है। गुयाना के तत्कालीन राष्ट्रपति छेदी जगन को इस बात का गौरव हासिल है कि वे पहले भारतीय मूल के शख्स थे, जिन्हें देश से बाहर राष्ट्राध्यक्ष बनने का गौरव मिला। वे 1961 में गुयाना के राष्ट्रपति बने थे। बाद में मॉरीशस आजाद होने के बाद जब आम चुनाव हुए तो भारतीय मूल के सर शिवसागर रामगुलाम मॉरीशस के प्रथम प्रधानमंत्री और बाद में राष्ट्रपति भी बने।

त्रिनिदाद और टोबैगो और गुयाना में त्योहारों की धूम गणेश जयंती के साथ ही शुरू होती है। गणेश जयंती के बाद 15 दिनों तक पितृपक्ष, उसके बाद नवरात्रि, रामलीला आदि उत्सव मनाए जाते हैं। फिर मनाई जाती है दीपावली। त्रिनिदाद के पूर्व प्रधानमंत्री वासुदेव पांडे एक बार बता रहे थे त्रिनिदाद के किसी भी छोटे-बड़े शहर का दीपावली पर नजारा भारत के किसी गाँव की तरह का ही होता है। भारत के विपरीत प्रवासी भारतीय अपने

घरों और अन्य इमारतों पर तेल के दीये ही जलाते हैं। जब ये ढेर सारे दीये दीपावली की रात को एक साथ प्रकाशमय होते हैं, तो दृश्य ही अदभुत होता है।

त्रिनिदाद की राजधानी पोर्ट ऑफ स्पेन शहर के तो एक बड़े चौराहे का नाम ही दीवाली स्ट्रीट है। अंग्रेज भारत के गन्ना प्रधान प्रदेशों, मुख्य रूप से उत्तर प्रदेश और बिहार तथा दक्षिण में महाराष्ट्र और तमिलनाडु के लोगों को गन्ने के खेतों में खेती करवाने के लिए इन देशों में बंधुआ मजदूर बनाकर ले गए थे। चूँकि इनसे एक एग्रीमेंट पर दस्तखत या अँगूठे का निशान लगवाया जाता था, इसीलिए इन्हें प्रचलित भाषा में 'गिरमिटिया' कहा जाने लगा।

जैसे-जैसे भारतीय प्रवासियों की संख्या बढ़ रही है, वैसे-वैसे दीपावली मनाने वाले देशों की संख्या भी बढ़ रही है। कनाडा में तो तेज आवाजवाले पटाखे छोड़ने पर रोक है। यहाँ अलग-अलग भारतीयों के क्लब या केंद्र हैं, जहाँ पर भारतीय अपने त्योहार मनाने के लिए एकत्र होते हैं। दीपावलीवाले दिन भारतीय अपने घरों को रोशनी से सजाते हैं और शाम को दीपावली उत्सव के लिए एक स्थान पर इकट्ठे हो जाते हैं। पकवानों के साथ भारतीय संगीत का आनंद भी उठाते हैं।

पड़ोसी देश नेपाल के काठमांडो सहित सभी नगर में दीपावली का पर्व पाँच दिन तक मनाया जाता है। परंपरा वैसी ही है, जैसी भारत की है। हाँ, थोड़ी भिन्नता भी है। पहले दिन कौवे को और दूसरे दिन कुत्ते को भोजन कराया जाता है। लक्ष्मी पूजा तीसरे दिन होती है। इसी दिन से नेपाल संवत् शुरू होता है, इसलिए व्यापारी इसे शुभ दिन मानते हैं। चौथा दिन नए साल के तौर पर मनाया जाता है। इस दिन महापूजा होती है और बेहतर स्वास्थ्य की कामना की जाती है। पाँचवाँ दिन 'भाई टीका' होता है, जब बहनें भाइयों का तिलक करती हैं।

अगर बात अफ्रीकी देश मॉरीशस की करें तो वहाँ भारतवंशी दीपावली पर लक्ष्मी पूजन पूरे विधि-विधान से करते हैं। भारत के विपरीत वहाँ पर मिठाइयाँ घरों में ही पकाने की ही परंपरा है। सबसे गौरतलब बात यह है कि दीपोत्सव पर भारतवंशी परंपरगत भारतीय वेशभूषा में ही होते हैं।

अगर बात दक्षिण अफ्रीका की करें तो भारतीय समुदायबहुल इलाकों, जैसे जोहांसबर्ग के निकट लेनासिया और चैट्सवर्थ और डरबन के फोनेक्स में दीपावली बहुत ही भव्य तरीके से मनाई जाती है। दक्षिण अफ्रीका में दक्षिण भारतीय मूल के भारतीय अधिक हैं। भारतीय मूल के लोग महँगी मिठाइयाँ, लैंप्स और उपहार खरीद कर रोशनी का उत्सव मनाने के लिए एकत्र होते हैं किसी जगह पर। श्रीलंका में तमिल समुदाय के लोग इस दिन भी तेल स्नान के बाद नए कपड़े पहनते हैं और 'पोसई' (पूजा) कर बड़ों का आशीर्वाद लिया जाता है। शाम को पटाखे छोड़े जाते हैं।

कहते हैं कि भारत के बाद सर्वाधिक भारतीय रहते हैं अमेरिका, साउथ अफ्रीका और मलेशिया में। इन सब देशों में इनकी आबादी कई करोड़ है। मलेशिया में बर्मा में, बाँग्लादेश, थाईलैंड और ब्रिटेन के विभिन्न शहरों में भी दीप पर्व मनाया जाता है। लेस्टर में तो बहुत बड़ा आयोजन होता है।

ऑस्ट्रेलिया में भी दीपावली की धूम रहती है और मेलबोर्न में तो श्री शिव विष्णु मंदिर में दीपावली की रौनक देखते ही बनती है। न्यूजीलैंड में रह रहे भारतीय रोशनी का पर्व मनाते हैं। दोनों ही देशों में दीपावली पर सार्वजनिक अवकाश रहता है। भले ही पाकिस्तान में हिंदुओं को दोयम दर्जे का नागरिक माना जाए, पर वहाँ भी हिंदू रोशनी का पर्व धूम-धाम से मनाते हैं। कराची के स्वामी नारायण मंदिर में हिंदू एकत्र होकर पूजा-अर्चना करते हैं और पटाखों के साथ दीपावली मनाते हैं। पिछले साल पाकिस्तान के प्रधानमंत्री नवाज शरीफ ने भी हिंदुओं को संबोधित किया था और पर्व की शुभकामनाएँ दी थीं, यानी आपके साथ इस बार भी दीपावली दुनिया के तमाम भागों में भारतवंशियों के साथ-साथ पूरा विश्व पूरी श्रद्धा भाव और उल्लास के साथ मनाएगा।

*(29 अक्तूबर, 2016, दबंग दुनिया)*

□

# कक्षाएँ पाँच और शिक्षक एक

किसी भी देश-समाज की पहचान का पैमाना वहाँ के शिक्षा के स्तर से ही तय होता है। मोटे तौर पर जहाँ पर शिक्षा के प्रसार-प्रचार पर ईमानदारी से बल दिया जाता है, वे ही देश प्रगति की दौड़ में आगे निकल जाते हैं। दुर्भाग्यवश हमारे देश में स्कूली शिक्षा का स्तर तो भयंकर स्थिति पर पहुँच गया है। सरकार ने हाल ही में संसद् के पटल पर 'एक स्कूल—एक अध्यापक' विषय से संबंधित एक रिपोर्ट रखी। इसके अनुसार देश में 1,05,630 स्कूलों में मात्र एक ही शिक्षक है, यानी कक्षाएँ 5 या 6 और शिक्षक एक। रिपोर्ट का तटस्थ भाव से विश्लेषण करने से समझ आता है कि स्कूली शिक्षा को लेकर लगभग सभी राज्यों का प्रदर्शन निराशाजनक है।

अब चूँकि यह आँकड़ा शुद्ध रूप से सरकारी है, इसलिए इस पर विवाद के लिए स्थान भी है। स्पष्ट है कि देश में लाखों शिक्षकों के पद रिक्त हैं। इन्हें क्यों नहीं भरा जा रहा? यह एक अहम् सवाल है। अब आप खुद देख लें कि हमारे देश में शिक्षा व्यवस्था की ताजा स्थिति किस हद तक पटरी से उतर चुकी है। बेशक, स्कूली शिक्षा के स्तर में बड़ा सुधार किए बगैर हम संसार में सिर उठाकर नहीं चल सकते। किसी भी क्षेत्र में, चाहे वह साहित्य हो या कला-संस्कृति, विज्ञान हो या खेल-कूद, विश्व के विकसित देशों के बराबरी में खड़े होने का सपना भी हम कैसे देख सकते हैं?

यहाँ पर हम उन स्कूलों का तो जिक्र ही नहीं कर रहे, जो मान्यता प्राप्त नहीं हैं। इस तरह के स्कूलों में भी करोड़ों बच्चे पढ़ रहे हैं या पढ़ने का ढोंग कर रहे हैं। इन पर प्रशासन की नजर क्यों नहीं जाती, इस सवाल का उत्तर उन सभी को चाहिए, जो देश में स्कूली शिक्षा की बदहाली को लेकर चिंतित हैं। जो देश ज्ञान की देवी सरस्वती का आराधक होने का दावा करता है, वहाँ पर शिक्षा की यह बदहाल स्थिति सच में डराती है। हमारे लाखों नौनिहाल अंधकार की तरफ बढ़ रहे हैं। क्या कोई एक शिक्षक सारे स्कूल की सारी कक्षाओं को देख सकता है? असंभव। यही भारत हर वर्ष 5 सितबंर को

अध्यापक दिवस मनाता है। उस दिन सारा देश अपने गुरुजनों के प्रति कृतज्ञता का भाव भी दिखाता है, लेकिन विद्यालयों की स्थिति के बारे में यह शर्मनाक आँकड़ा, पूरे देश का सिर शर्म से झुका देता है।

## पढ़ो-पढ़ाओ

यह भी तथ्य है कि देश के मेधावी नौजवान आज के युग में कतई अध्यापक नहीं बनना चाहते। ये अध्यापन क्षेत्र से दूर भाग रहे हैं। आप अपने आसपास के किसी मेधावी लड़के या लड़की से मिलिए। वह आपको बताएगा कि उसकी शिक्षक बनने में कतई दिलचस्पी नहीं है। वह बीपीओ में नौकरी कर लेगा, सेल्समैन बनकर घर-घर की धूल फाँक लेगा, पर शिक्षक नहीं बनेगा। विवाह के बाजार में भी शिक्षक वर की कोई पूछ नहीं है। आप अखबारों में छपनेवाले वधू पक्ष के विज्ञापन देखिए। उधर भी कन्या पक्ष शिक्षक को लेकर उदासीन बना हुआ है। नतीजा यह हो रहा है कि अब बेहद औसत किस्म के या यूँ कहें कि घटिया स्तर के लोग अध्यापक बन रहे हैं। जाहिर है, औसत या उससे भी निचले स्तर के इंटेलिजेंस का इनसान अपने विद्यार्थियों के साथ न्याय तो नहीं ही कर सकता। हाँ, मात्र खानापूर्ति ही करेगा।

इन्हीं वजहों से देश के अधिकतर स्कूलों में शैक्षणिक गुणवत्ता के स्तर में तेजी से गिरावट आ रही है। इनमें कक्षा पाँच में पढ़नेवाले छात्रों को जोड़-घटाव तक नहीं आता है। वहीं कक्षा पाँच का छात्र भी कक्षा दो की अंग्रेजी की किताब भी नहीं पढ़ पाता है। क्या स्कूलों में बच्चे सिर्फ पढ़ने के लिए ही जाते हैं? इस प्रश्न का उत्तर 'हाँ' में ही मिलेगा, पर गुस्ताखी माफ! फिर यह मत कहिए हम बेहतरीन खिलाड़ी क्यों नहीं निकालते। इस बात

को समझ लें कि जब स्कूलों में बच्चों को खेलों की आधारभूत सुविधा ही नहीं मिलेगी तो वे ओलंपिक खेलों में खाक देश को मेडल दिलवाएँगे। देश के 70 फीसद स्कूलों में तो स्पोर्ट्स का कोई टीचर ही नहीं होगा। इतने ही स्कूलों में खेल के मैदान भी नहीं होंगे और यदि होंगे भी तो खेतों या चरागाहों से भी बदतर।

## सुनो गुरुजी की

वहीं शिक्षकों के साथ भी कई स्तरों पर अन्याय ही होता है। उन्हें अपनी कक्षाएँ लेने के अलावा जनगणना के वक्त घर-घर जाकर आँकड़े एकत्र करने से लेकर पंचायत से लेकर विधानसभा और लोकसभा चुनावों में पोलिंग बूथ पर भी ड्यूटी करनी पड़ती है। उन्हें ही मिड डे मील की व्यवस्था भी देखनी होती है, यानी पढ़ाने के अतिरिक्त कई और दायित्व भी उनके जिम्मे हैं और जब विद्यालयों में शिक्षक ही नहीं होंगे तो बच्चों को पढ़ाएगा कौन?

शिक्षा के अधिकार कानून के तहत एक स्कूल में 35 बच्चों पर एक टीचर होना अनिवार्य है, पर नियमों की कौन परवाह करता है। कहीं-कहीं तो 200 बच्चों पर 1 शिक्षक ही तैनात है और कहीं-कहीं तो पूरा-का-पूरा विद्यालय ही शिक्षा मित्र के सहारे चलता है। यह मजाक नहीं तो और क्या है? अब उत्तर प्रदेश की बात करना चाहूँगा, क्योंकि अखिलेश यादव एक तरफ विकास के बड़े-बड़े दावे करते थे, तो दूसरी तरफ उनके राज में दो लाख शिक्षकों के पद रिक्त थे। पिछले सालों के दौरान उत्तर प्रदेश में

स्कूली शिक्षा बद से बदतर होती चली गई। उत्तर प्रदेश में अध्यापकों के रिक्त पद कब भरे जाएँगे, कोई नहीं जानता। योगीजी एक गरीब परिवार से आते हैं। पहाड़ी गाँवों के छोटे स्कूलों में पढ़े हैं। वे इस दर्द को समझते हैं। आशा है वे इस पर त्वरित कारवाई करेंगे।

## स्थायी नौकरी नहीं

शहरों–महानगरों के निजी स्कूलों में अध्यापकों की स्थायी नियुक्ति बंद सी हो गई है। उन्हें 4 से 11 महीने के लिए ही कांट्रेक्ट पर नौकरी मिलती है। उनके ऊपर नौकरी चले जाने की तलवार स्थायी रूप से लटकी रहती है। इन हालातों में आप उनसे निष्ठा की उम्मीद करना तो छोड़ दीजिए। अब एक सवाल उन शिक्षकों से भी, जो बेहतर पगार पा रहे हैं और जिनकी नौकरी स्थायी और सुरक्षित है। क्या वे बताएँगे कि वे अपने बच्चों को बदलते वक्त के साथ किस तरह से तैयार कर रहे है, क्या वे खुद भी अपनी जेब से खर्च करके कभी कुछ पुस्तकें पढ़ते हैं? मुझे अफसोस के साथ कहना पड़ेगा कि इस तरह के शिक्षकों का आँकड़ा बेहद कम होगा। जिन शिक्षकों की नौकरी स्थायी हो गई, वे मानकर चलते हैं कि अब उन्हें कोई निकाल ही नहीं सकता। अब तो वे तब तक सुरक्षित हैं, जब तक वे रिटायर नहीं हो जाते। इसलिए अनेक टीचर अपने काम को लेकर गंभीर नहीं रहते और तमाम राज्यों के शिक्षा विभाग अपने अध्यापकों को नियमित ट्रेनिंग भी नहीं देते। पिछले शिक्षक दिवस पर प्रधानमंत्री नरेंद्र मोदी ने राष्ट्र निर्माण में शिक्षकों के अहम् रोल का जिक्र किया। प्रधानमंत्री मोदी ने अपने स्कूल के दिनों के एक मास्टरजी का स्मरण भी किया। यहाँ तक तो सब ठीक है, पर देश में शिक्षकों को उनका हक दिलवाने का दायित्व सारे समाज का है। वह जिम्मेदारी सिर्फ प्रधानमंत्री को ही नहीं दी जा सकती। अब उत्तर प्रदेश में या किसी अन्य राज्य में शिक्षकों के खाली पद नहीं भरे जा रहे तो इसमें प्रधानमंत्री क्या करेंगे।

शिक्षकों को भी समय–समय पर नियमित ट्रेनिंग मिलनी चाहिए। एक अनुमान के मुताबिक, 10 फीसद शिक्षकों को भी ट्रेनिंग नहीं मिल पाती। अगर उन्हें ट्रेनिंग नहीं मिलेगी तो शिक्षण के क्षेत्र में हो रहे नए–नए बदलावों को लेकर किस तरह से वे अपने को तैयार करेंगे। सीधी सी बात यह है कि देश को अपनी स्कूली शिक्षा पर गंभीरता से फोकस करना होगा। वरना हमारा देश प्रगति की दौड़ में लँगड़ाता ही रहेगा।

*(युगवार्ता, 9 अप्रैल, 2017)*

□

# बिहार कब खेलना सीखेगा

बिहार को आप देश के ज्ञान का केंद्र या राजधानी मान सकते हैं। महावीर, बुद्ध और चार प्रथम शंकराचार्यों में एक (मंडन मिश्र) और भारत के प्रथम राष्ट्रपति देशरत्न डॉ. राजेंद्र प्रसाद तक को बिहार ने ही दिया। ज्ञान प्राप्त करने की प्यास हरेक बिहारी में सदैव बनी रहती है। यहाँ तक तो सब ठीक है, लेकिन बिहार अब खेलेगा कब? रियो ओलंपिक खेलों के बाद यह सवाल पूछा जा रहा है। पूछा इसलिए जा रहा है, क्योंकि 10 करोड़ की आबादीवाला प्रदेश रियो ओलंपिक खेलों में भाग लेने गई भारतीय टोली में एक भी खिलाड़ी को नहीं भेज सका। क्यों? यह एक बड़ा सवाल है। क्या सिर्फ ज्ञान अर्जित करना ही पर्याप्त है? बिहारियों का कठिन सिविल सर्विजेस की परीक्षाओं में झंडे गाड़ने से लेकर देश-दुनिया के मसलों पर लंबी-लंबी बहसों में शामिल होना ही काफी नहीं है।

अब बिहारी समाज को खेलों में आगे आना ही होगा। सोचना होगा कि वे खेलों के संसार में किसी मुकाम पर क्यों नहीं पहुँच सके? बात राष्ट्रीय खेल हॉकी से शुरू करना चाहेंगे। समूचे बिहार में एक भी एस्ट्रो टर्फ से सुसज्जित हॉकी का मैदान नहीं है। हालाँकि मुख्यमंत्री नीतीश कुमार ने 30 अगस्त, 2011 को खेल दिवस के अवसर पर पटना के फीजिकल ग्राउंड में घोषणा की थी कि यहाँ एस्ट्रो टर्फ बिछाया जाएगा। तब वहाँ पर बिहार सरकार में मंत्री सुखदा पांडे भी मौजूद थीं। उस वादे को पाँच साल हो गए हैं, पर वहाँ एस्ट्रो टर्फ नहीं बिछा। राष्ट्रीय नायक दादा ध्यानचंद के जन्मदिन पर किए वादे को लेकर सरकारी उदासीनता देखने लायक है, यानी एक तो बिहार में खेलों का वैसे ही कल्चर नहीं है और ऊपर से सरकार की बेरुखी के चलते हालात बद से बदत्तर होते जा रहे हैं।

रियो ओलंपिक खेलों में गई भारतीय टोली में 66 पुरुष और 54 महिलाएँ थीं, लेकिन जैसा कि ऊपर बताया गया बिहार से एक भी गिनती के लिए भी नहीं था। इसके विपरीत

बाकी हिंदीभाषी राज्यों से भारतीय टोली में खिलाड़ियों की भागेदारी रही। उदाहरण के रूप में हरियाणा से 23, उत्तर प्रदेश से 8, राजस्थान से 3, झारखंड से 3, मध्य प्रदेश से 2, उत्तराखंड से 2 और जम्मू-कश्मीर, छत्तीसगढ़ और दिल्ली से 1-1 खिलाड़ी थे।

## रियो खेलों से पहले

बिहार के उप-मुख्यमंत्री तेजस्वी यादव ने कहा था कि मुझे इस बात की खुशी है कि बड़ी तादाद में भारतीय खिलाड़ी इस बार ओलंपिक खेलों में भाग ले रहे हैं, पर एक बिहारी होने के नाते मुझे अत्यंत दुःख होता है कि बिहार का कोई भी खिलाड़ी रियो खेलों में बिहार का नाम रोशन करने के लिए नहीं गया। तेजस्वी इस स्थिति के चलते खासे आहत दिख रहे थे। वे राज्य के युवा मंत्री हैं। वे खुद बढ़िया क्रिकेटर भी रहे हैं। इसलिए बिहार की खेलों में दुर्दशा पर उनका आँसू बहाना समझ आता है, लेकिन उन्हें आँसू बहाने की बजाय एक्टिव होने की जरूरत है, ताकि बिहार में खेलों का चौतरफा विकास हो सके। उन्हें अपने माता-पिता से भी पूछना चाहिए कि इतने बरसों तक राज्य की कमान सँभालने के बाद भी उन्होंने बिहार में खेलों का ठोस इन्फ्रास्ट्रक्चर क्यों विकसित नहीं किया।

बिहार ओलंपिक संघ ने करीब एक साल पहले राज्य में नेशनल गेम्स की मेजबानी करवाने के लिए राज्य सरकार को पत्र लिखा था, पर राज्य सरकार की तरफ से कोई जवाब नहीं आया। बिहार ओलंपिक संघ के सचिव मुश्ताक अहमद बता रहे थे कि

उन्होंने राज्य सरकार को पत्र लिखा कि वह (सरकार) राज्य में नेशनल गेम्स आयोजित करने के लिए सहयोग करे, लेकिन सरकार की तरफ से पत्र का जवाब तक नहीं दिया गया। तो क्या तेजस्वी यादव अब बिहार ओलंपिक संघ के साथ मिलकर बिहार में कम-से-कम नेशनल गेम्स का आयोजन करवाएँगे?

सच पूछिए तो बिहार में खेल-कूद को बढ़ावा देने की कभी कोई ईमानदार कोशिश ही नहीं हुई है। राज्य में खेलों की संस्कृति विकसित न हो पाने के लिए अभिभावक भी दोषी माने जाएँगे। वे भी अपनी जिम्मेदारी से बच नहीं सकते। उनका सारा फोकस बच्चों की पढ़ाई को लेकर ही रहता है। साक्षी मलिक या पी.वी. सिंधु तब पैदा होते हैं, जब आप माता-पिता के रूप में अपने बच्चों को भरपूर सहयोग और प्रोत्साहन देते हैं। साक्षी के पिता दिल्ली परिवहन निगम की बस में कंडक्टर हैं। उनकी आर्थिक दृष्टि से कोई हैसियत नहीं थी। फिर भी उन्होंने अपनी पुत्री को खेलों में आगे बढ़ने के लिए प्रेरित किया।

बिहार में खेलों के इन्फ्रास्ट्रक्चर का पन्ना साफ है। आपको समूचे बिहार में एक भी कायदे का स्वीमिंग पूल नहीं मिलेगा। सेना के कुछ स्वीमिंग पूल हैं, पर उनका तो सैन्यकर्मी ही इस्तेमाल करते हैं। यही नहीं, स्पोर्ट्स ऑथोरिटी ऑफ इंडिया (साई) ने बिहार में अपने सेंटर तक बंद कर दिए, क्योंकि उन्हें राज्य सरकार से रत्ती भर भी सहयोग नहीं मिल पा रहा था। इस पृष्ठभूमि में कहाँ से तैयार होंगे खिलाड़ी बिहार में?

यह ठीक है कि जिन खिलाड़ियों ने रियो खेलों में भाग लिया, उनमें से दो ही मेडल जीत पाए, पर कई खिलाड़ियों का प्रदर्शन उम्दा रहा। जिमनास्टिक में त्रिपुरा की दीपा करमाकर, शूटिंग में अभिनव बिंद्रा और पुरुष हॉकी टीम ने सराहनीय प्रदर्शन किया। हमारी हॉकी टीम क्वार्टर फाइनल तक पहुँची। कुछ खिलाड़ी चोटिल भी हो गए। वे बेहतर खेल का प्रदर्शन करने की क्षमताएँ रखते थे। देश अपने खिलाड़ियों से आगे चलकर और

बेहतर प्रदर्शन करने की उम्मीद रखता है और बिहारी आशा करते हैं कि उनके राज्य से भी कुछ खिलाड़ी ओलंपिक जैसे अहम् मंचों पर तिरंगा फहराएँ।

यकीन मानिए, जब मुझे मालूम चला कि रियो खेलों में बिहार से एक भी खिलाड़ी भारतीय दल में नहीं है तो मूल रूप से एक बिहारी होने के नाते मुझे बहुत अफसोस हुआ था। शर्मिंदगी भी महसूस हुई थी। यही भावना करोड़ों बिहारियों की भी रही होगी। यह सही है कि सारे भारतीय खिलाड़ी हमारे ही थे, पर बिहार से भी खिलाड़ी होते तो और भी बेहतर रहता। जब पी.वी. सिंधु का गोल्ड मेडल के लिए मैच चल रहा था, तब सारा देश देख रहा था। तब देश सिंधु को भारतीय के रूप में देख रहा था। इसलिए यहाँ पर प्रांतवाद की बात नहीं हो रही है। सीधी सी बात यह है कि जब देश का समावेशी विकास होगा, तब ही देश कायदे से आगे बढ़ेगा। इसलिए बिहार में खेलों की खराब स्थिति को लेकर चिंता जताई जा रही है।

बिहार में खेलों के विकास की दृष्टि से एक बड़ा कदम यह हो सकता है कि राज्य साल 2020 के नेशनल गेम्स की मेजबानी करे। भारतीय ओलंपिक संघ (आई.ओ.ए.) ने कहा है कि अगर बिहार के मुख्यमंत्री नीतीश कुमार आई.ओ.ए. को लिखित आवेदन दें, तो साल 2020 के नेशनल गेम्स की मेजबानी का मौका बिहार को मिल सकता है। इस बाबत भारतीय ओलंपिक संघ के शिखर पदाधिकारी बीते कुछ समय पहले दिल्ली में बिहार के खेलमंत्री विनय बिहारी से मिले भी थे।

बिहार के लिए यह शानदार अवसर है कि वह राज्य में खेलों का इन्फ्रास्ट्रक्चर विकसित करे। नेशनल गेम्स के आयोजन के चलते बिहार में बहुत से स्टेडियम बन जाएँगे। कुछ को क्रमोन्नत कर दिया जाएगा। अभी तो बिहार में एक साइकिल ट्रैक तक नहीं है। बेशक कोई भी बिहार में खेलों की मौजूदा स्थिति को जानकार सन्न रह जाएगा, पर बिहार संभावनाओं से लबरेज राज्य है। बिहार की 58 फीसदी आबादी 25 साल से कम उम्र की है, यानी यहाँ से देश को एक से बढ़कर एक बेहतरीन खिलाड़ी मिल सकते हैं, पर मिलेंगे कैसे? क्या बिहार सरकार और बिहारी समाज इसके लिए तैयार है?

*(7 सितंबर, 2016, स्वदेश)*

□

# तीन तलाक : कब तक सहेंगी अत्याचार मुसलिम बहनें ?

अगर आपको भारत में मुसलिम औरतों की हैसियत को जानना है तो बेहतर होगा कि आप अब्दुल बिस्मिल्लाह का उपन्यास 'झीनी-झीनी बीनी चदरिया' पढ़ लें। इसमें मुसलमान परिवारों का चित्रण किया गया है, जहाँ नारी दूसरे या कहें कि तीसरे दर्जे के इनसान के रूप में रहती है। इसमें एक जगह लेखक एक पात्र से कहलवाता है, 'औरत की आखिर हैसियत ही क्या है ? औरत का इस्तेमाल ही क्या है ? चूल्हा-हांड़ी करे, साथ में सोए, बच्चे जने और पाँव दबाए। इनमें से किसी काम में कोई गड़बड़ की तो बोल देंगे, तलाक, तलाक, तलाक।'

और अब उसी अँधेरे में जिंदगी जीने को अभिशप्त मुसलमान औरतों को तीन तलाक से मुक्ति दिलाने की पहल चालू हुई तो अपने को मुसलमानों का रहबर और रहनुमा कहनेवाले मुसलिम नेता विरोध करने लगे। ये प्रेस कॉन्फ्रेंस कर रहे हैं कि वे सरकार की ईंट-से-ईंट बजाकर रख देंगे। हालाँकि इनके पत्रकार सम्मेलनों में दाढ़ी वाले मुल्ला तो भरे होते है, पर कोई औरत नहीं होती।

इसलिए अब देश को समझ आ जाना चाहिए कि ये मुसलमानों के रहनुमा कहलानेवाले किस तरह से मुसलमान औरतों को मध्ययुगीन काल में रखना चाहते हैं। ट्रिपल तलाक के मसले पर सरकार के प्रगतिशील रुख का ये बेशर्मी से विरोध कर रहे हैं। कायदे से इनसे पूछा जाना चाहिए कि क्या इन्हें यहाँ तीन तलाक को सपोर्ट करने और गाय का मांस खाने के लिए सरकार से युद्ध के अलावा भी कुछ और आता है क्या ? मेरी कुछ दिन पहले मुसलिम पर्सनल लॉ बोर्ड के एक सदस्य से बात हो रही थी। मैंने उनसे कुछ सवाल पूछे। एक, ट्रिपल तलाक कानून में बदलाव से आपकी ही बेटियों को और अधिकार हासिल होंगे, इससे किसी हिंदू का क्या लेना-देना ? दूसरा, अगर तमाम

मुसलिम देशों ने इस कानून को खत्म कर दिया है और इसमें उनका इसलाम आड़े नहीं आया तो फिर आपको कैसे लगता है कि इससे इस देश में मुसलिमों के अधिकारों या उनके धर्म पर कोई आँच आ जाएगी?

इन सवालों के वे जवाब नहीं दे सके। बिना बात की बहस में उलझे रहे। अंत में सिर्फ एक बात मेरी समझ में जरूर आ गई कि यदि यह कौम अब तक अँधेरे से निकल नहीं पाई तो उसका सबसे बड़ा कारण तथाकथित धर्म गुरु ही हैं।

ऑल इंडिया मुसलिम पर्सनल लॉ बोर्ड के नेता मौलाना मोहम्मद वली रहमानी कह रहे हैं कि प्रधानमंत्री मोदी यूनिफार्म सिविल कोड लाकर देश को तोड़ने की कोशिश कर रहे हैं। सदियों से सताई जा रही औरतों को हक देने की बात शुरू हुई तो इन मौलानाओं को तकलीफ चालू हो गई। तीन तलाक पर केंद्र ने सुप्रीम कोर्ट में हलफनामा दाखिल करके कहा है, ये धर्म नहीं, महिलाओं के अधिकार का मामला है। सरकार ने लैंगिक समानता, धर्मनिरपेक्षता, धार्मिक प्रथाओं और अंतरराष्ट्रीय नियमों का हवाला देते हुए इन मसलों पर नए सिरे से विचार करने की वकालत की है।

दरअसल अपने कालजयी उपन्यास 'आधा गाँव' में राही मासूम रजा एक जगह कहते हैं, 'मर्द हैं तो ताक-झाँक भी करेंगे, रखनियाँ भी रखेंगे।' इन पंक्तियों के मर्म को जरा समझिए। रजा एक तरह से कह रहे हैं कि मुसलिम समाज का मर्द कुछ भी करे, उसे सब माफ है। मुसलमान औरतें एक बार में तीन तलाक बोलने वाले अपने पति के जुल्मों-सितम से सदियों से जूझ रही हैं।

पर अब तो इस देश की मुसलिम औरतें भी जाग उठी हैं। ये भी अब गुलामी की जंजीर को तोड़ने का मन बना चुकी हैं। अब इन्हें नामंजूर है कि इनके शौहर इन्हें तीन बार तलाक कहकर जब चाहें, इनकी जिंदगी को बरबाद कर दें। इस लिहाज से बने बर्बर कानून को बदलने के लिए आंदोलन चलाया जा रहा है। आंदोलन ने अब अखिल भारतीय शक्ल ले ली है। बेशक देश की मुसलमान औरतों की स्थिति बाकी धर्मों की औरतों से काफी बदतर है। कहने को इसलाम में माँ के पैरों के नीचे जन्नत है और उसकी नाफरमानी बहुत बड़ा गुनाह है और बहन की शक्ल में उसकी आबरू की खातिर भाई की जान कुरबान हो सकती है और बीवी की शक्ल में वह मर्द के लिए सबसे कीमती तोहफा है, परंतु मुसलिम औरतें तो पुरुष की आश्रिता ही बनकर रह गई हैं। कहने को इसलाम के अधिकांश नियम एवं कानून नारी की सुरक्षा का विचार कर बनाए गए थे। क्या कोई इस सच्चाई को झुठला सकता है कि आज अपने देश में मुसलमान औरतें पूरी तरह से अपने पिता, पति और भाइयों पर ही आश्रित हैं?

दीन-धर्म की आड़ में नाइनसाफी भले ही दुनिया की रवायत रही हो, लेकिन अब किसी अदृश्य शक्ति का खौफ दिखाकर जागरूक होते नागरिकों का शोषण संभव नहीं

रह गया है। तीन तलाक जैसी कुप्रथा की चपेट में आकर अचानक बेसहारा हो चुकी तमाम महिलाएँ अब अपने धर्म के अलंबरदारों से सवाल कर रही हैं। बीते दिनों देश की 50 हजार मुसलिम महिलाओं और पुरुषों ने तीन तलाक की व्यवस्था को खत्म करने के लिए एक ऑनलाइन पीटिशन पर साइन किए हैं। इस याचिका को भारतीय मुसलिम महिला आंदोलन की ओर से शुरू किया गया। इस पीटिशन पर गुजरात, महाराष्ट्र, मध्य प्रदेश, कर्नाटक, तमिलनाडु, तेलंगाना, ओड़िशा, पश्चिम बंगाल, बिहार, झारखंड, केरल और उत्तर प्रदेश जैसे राज्यों में बसे हजारों मुसलमानों ने हस्ताक्षर किए हैं।

सबसे अफसोस की बात यह है कि जब मुसलमान औरतों की जिंदगी में खुशी लाने की कोशिश शुरू हुई तो कथित मुसलिम रहनुमा कह रहे हैं कि तलाक कानून के खिलाफ बोलनेवाली मुसलिम औरतों को आर.एस.एस. हवा दे रहा है। उत्तर प्रदेश में आर.एस.एस. की मुसलिम महिला संघ की अध्यक्ष फराह फैज भी सुप्रीम कोर्ट में तीन तलाक के विरोध में पहुँच गई हैं। उनका दावा है कि इसलाम में कुरान के तहत देनेवाले तलाक की व्यवस्था के तहत तीन तलाक नहीं आता है। तीन तलाक की वजह से मुसलिम महिलाओं के अधिकारों का हनन हो रहा है। इसे खत्म किया जाना चाहिए।

## जानवरों से बदत्तर

मुसलिम समाज को करीब से जाननेवाले जानते हैं कि शादी, तलाक और गुजारा भत्ता के लिए कोई सही नियम न होने की वजह से अधिकतर मुसलमान औरतों को जानवरों से बदतर जिंदगी बितानी पड़ती है। कोई माने या न माने, पर मुसलमान औरतों के हक में मुसलिम समाज का रुख वास्तव में बहुत ही भेदभावपूर्ण रहा है। हिंदी के प्रसिद्ध

उपन्यासकार शानी ने 'काला जल' उपन्यास में मुसलमान परिवार में बहू पर होनेवाली शब्द बाणों की वर्षा का विस्तार से जिक्र किया है कि किस तरह से बहू को तानें सुनने पड़ते हैं। इसे पढ़कर आप समझ जाएँगे कि किन विषम हालातों में मुसलमान औरत को शादी के बाद अपनी ससुराल में रहना होता है।

आज मुसलमानों के पिछड़े होने का सबसे बड़ा कारण उस समाज की औरतों का पिछड़ापन ही है। तलाक के वास्तविक अर्थ, सही नियमों एवं शर्तों को भली-भाँति समझे बिना ही मर्दों ने औरतों पर तलाक से संबंधित नियम थोप दिए हैं, सिर्फ अपनी सुविधा के वास्ते।

## अँधेरे में रहतीं ये माताएँ

निस्संदेह मुसलिम औरतें आर्थिक रूप से स्वावलंबी नहीं है। वे आर्थिक रूप से पुरुष पर आश्रित हैं। अँधेरे और घुटन में साँसें ले रही हैं। शिक्षा क्षेत्र में प्रवेश करनेवाली औरतों में मुसलमान लड़कियों की संख्या बेहद मामूली है। 'सात नदियाँ, एक समंदर' उपन्यास में एक जगह कहा गया है कि 'इन औरतों की बातें समझ में नहीं आतीं। जुल्म सहेंगी, मगर जालिम को जालिम नहीं कहेंगी। जो मूर्ति इनके मन में किसी की बन जाती है, वह जिंदगी भर बनी रहेगी।'

## गायब मोमबत्ती मार्च ब्रिगेड

देश में तीन तलाक पर चलनेवाली बहस के दौरान मुझे देश की कथित प्रगतिशील बिरादरी कहीं नहीं दिखाई दे रही है। यह सेक्युलर ब्रिगेड चुप है। ग्रेटर नोएडा में अखलाक के कत्ल पर अपने पुरस्कार वापस करनेवाले लेखकों से लेकर मुंबई बम धमाकों के दोषी याकूब मेमन को बचाने के लिए मोमबत्ती मार्च निकालने वाले वैसे ही गायब हो गए हैं, जैसे कि गधे के सिर पर से सींग। इनकी लंबी चुप्पी डरावनी सी लगती है। ये क्यों नहीं उन मुसलिम नेताओं और संगठनों के खिलाफ खड़े होते, जो मुसलमान औरतों को उनका वाजिब हक दिलवाने के रास्ते में अवरोध खड़े कर रहे हैं, क्या इनसे यह सवाल नहीं पूछा जाना चाहिए? अलबत्ता दो प्रगतिशील कही जानेवाली मुसलिम महिला फिल्म अभिनेत्री—शबाना आजमी और माकपा की वरीय नेत्री और पूर्व सांसद सुभाषिणी अली ने अब तीन तलाक और बहु-विवाह प्रथा को समाप्त किए जाने की माँग तब की है, जब मामला गरमा गया है।

*(18 अक्तूबर, 2017, स्वदेश)*

□

# कश्मीर न बन जाए केरल

केरल के कन्नूर जिले में पिछले सप्ताह बछड़े को काटने की नृशंस घटना ने देश के लिए यह संदेश दिया है कि 'गॉड्स ओन कंट्री' यानी 'ईश्वर का अपना देश' केरल अब कश्मीर बनने की राह पर बढ़ा चला जा रहा है। यह कोई मामूली घटना नहीं है, इसलिए इस पर ओछी राजनीति न हो तो बेहतर ही रहेगा। कन्नूर में कुछ कांग्रेसी कार्यकताओं ने भाजपा कार्यालय के सामने गौमांस समारोह आयोजित किया था। इसमें इन्होंने खुले वाहन में सरेआम बछड़ा काट डाला। फिर वहीं पर सरेआम उसका मांस पकाया, खाया और खानेवाले लोगों के बीच बाँटा भी। इसी कन्नूर जिले में भाजपा और संघ के राष्ट्रवादी कार्यकर्ताओं की लगातार हत्याएँ हो रही हैं।

## सिमी का गढ़

दरअसल कांग्रेस के ये कार्यकर्ता केंद्र सरकार द्वारा हत्या के लिए गौवंश की बिक्री पर प्रतिबंध के फैसले का विरोध कर रहे थे। केरल में जो हुआ, वह विचारहीन और नृशंसता की हद है। यहाँ पर सवाल यह नहीं है कि बछड़े को सरेआम काटने वाले कांग्रेस से थे या नहीं। बड़ा प्रश्न यह है कि क्या गऊ के नाम पर भारत को बाँटने का कुचक्र नहीं रचा जा रहा है ? केरल देश के लिए दूसरा कश्मीर साबित न हो, इस बात के पुख्ता इंतजाम करने होंगे। याद रखिए कि घोर देश विरोधी 'सिमी' यानी या 'स्टुडेंट इस्लामिक मूवमेंट ऑफ इंडिया' का जन्म भले ही उत्तर प्रदेश के अलीगढ़ में हुआ हो, पर इसके कैडर केरल में ही पैदा होकर देश भर में जाते रहे हैं। यह कहने को तो प्रतिबंधित इस्लामिक संगठन है, पर इसका असली और घोषित ध्येय भारत को 'इस्लामिक राष्ट्र' में बदलना है। भारत सरकार जब कांग्रेसियों के हाथ में थी, तब भी मानती थी कि सिमी आतंकवादी गतिविधियों से जुड़ा हुआ एक राष्ट्रवादी संगठन है।

सिमी भारत में आतंकवादी गतिविधियों में अपनी भागीदारी के लिए 2002 में ही भारत सरकार द्वारा प्रतिबंधित कर दिया गया था। हालाँकि अगस्त, 2008 में भारत सरकार की उदासीनता की वजह से एक विशेष न्यायाधिकरण में सिमी पर से प्रतिबंध हटा लिया गया था। ये प्रतिबंध बाद में भारत के सर्वोच्च न्यायालय द्वारा 6 अगस्त, 2008 को पुनः बहाल किया गया। सिमी को अनलॉफुल एक्टिविटीज प्रिवेंशन ऐक्ट 1967 (यू.ए.पी.ए.) के तहत प्रतिबंधित किया गया था। सिमी फिलहाल 2019 तक के लिए प्रतिबंधित है। सिमी की केरल में पकड़ को नजरअंदाज करना खतरे से खाली नहीं होगा। केरल में पेट्रो डॉलर तो आ ही रहे हैं, बेशक केरल एक बहुत विकट राज्य के रूप में उभर रहा है। केरल तेजी से इसलामी आतंकवाद की प्रजनन भूमि में बदल रहा है। केरल के हिंदुओं में असुरक्षा की भावना व्याप्त है और वे इन ताकतों के खिलाफ एक सेतु के रूप में मात्र संघ को ही देखते हैं।

## केरल की परंपराएँ नष्ट

कम्युनिस्ट पार्टियों ने अपने हिंदू विरोधी रुख के कारण ही केरल की मूल परंपराओं और जीवन मूल्यों को नष्ट करने की लगातार कोशिश की है। युवा पीढ़ी अब एक बार फिर अपनी जड़ों से जुड़ना चाहती है और वह संघ और उसके विभिन्न प्रकल्पों में अपने सांस्कृतिक पुनरुत्थान को देख रही है और जरा दुर्भाग्य देखिए कि केरल में बछड़े को जिस तरह से सरेआम कत्ल किया गया, उसके विरोध में देश के महानगरों में एक्टिव कैंडिल ब्रिग्रेड ने जंतर-मंतर पर कोई कैंडिल मार्च नहीं निकाला। किसी लेखक ने केरल सरकार को कोसते हुए अपने पुरस्कार को भी वापस नहीं किया। दुर्भाग्यवश इनकी केरल

में राजनीतिक विरोधियों के मारे जाने पर जुबानें सिल जाती हैं, तो इनके चुप रहने को यह क्यों नहीं माना जाए कि ये केरल में एक खास राजनीतिक दल से जुड़े लोगों के मारे जाने से विचलित नहीं होते हैं? यही है इनकी सहिष्णुता और छद्‌म धर्म निरपेक्षता।

दरअसल भारतवर्ष में गौहत्या जैसे सवालों पर राजनीति के लिए कोई जगह ही नहीं होनी चाहिए। जिन लोगों ने सरेआम बछड़ा काटा, वे कत्लखानों से ताल्लुक रखनेवाले लोग हैं। पार्टी का झंडा लेकर गाय काटने की यह देश में शायद पहली कैमरे में दर्ज वारदात होगी। खाने का अधिकार अगर संवैधानिक है, तो एक-दूसरे का सम्मान करना भी संविधान की ही भावना है। पब्लिक में आप किसी के सामने मुरगा या बकरा तक नहीं काट सकते, क्योंकि बात भावनाओं की नहीं है, इसका विपरीत दिमागी असर भी होता है। केरल के कन्नूर में यूथ कांग्रेस के नेताओं ने जो कांड किया है, उसका एक ही मकसद लगता है विरोध के नाम पर दूसरे समुदायों में चिढ़ पैदा की जाए। केंद्र सरकार ने पशु बाजार में बूचड़खानों के लिए जानवरों को खरीदने और बेचने पर रोक लगा दी है। इसी के विरोध में यह गोकशी की गई। यह दुर्भाग्य नहीं तो और क्या कहा जाएगा कि जिस कांग्रेस ने 1952 से लेकर 1972 तक दो बैलों की जोड़ी और गाय-बछड़े के चिह्न पर देश भर में चुनाव लड़े, अब वह बछड़े की सरेआम हत्या कर अपना स्वयं का सर्वनाश करने पर उतारू है।

अब यह स्वीकार कर लेना होगा कि गॉड्स ओन कंट्री यानी ईश्वर के अपने देश केरल में हालात बद से बदत्तर होते जा रहे हैं। वहाँ पर रोज ही कोई-न-कोई राजनीतिक कार्यकर्ता मारा जा रहा है। बर्बरतापूर्वक उनके हाथ-पैर काट दिए जाते हैं। केरल अपनी संस्कृति और प्राकृतिक संपदा के लिए पहचाना जाता है। समुद्र के किनारे स्थित केरल के तट अपने शांतिपूर्ण माहौल के लिए लोगों के बीच काफी लोकप्रिय हैं। इस शांतिपूर्ण माहौल के पीछे राजनीतिक कार्यकताओं का कत्लेआम हो रहा है। आज के दिन भाजपा या संघ से जुड़ा होना खतरे से खाली नहीं है। अब बछड़े को जिस तरह से सरेआम मारा गया, उससे सारा देश सन्न है।

## लचर लेफ्ट

केरल में भाजपा की बढ़ती ताकत के कारण लेफ्ट फ्रंट के नेताओं की पेशानी से भी पसीना छूट रहा है। भाजपा केरल में एक महत्त्वपूर्ण राजनीतिक पार्टी के तौर पर उभर रही है। वैसे केरल में भाजपा ने एक राजनीतिक पार्टी के रूप में 1987 के विधानसभा चुनाव से अपनी मौजूदगी दर्ज करा दी थी। केरल में भाजपा को खड़ा करने में जनसंघ के दौर में पार्टी से जुड़े ओ. राजगोपाल का खास रोल रहा है। ओ. राजगोपाल ने पंडित दीनदयाल उपाध्याय की नीतियों से प्रभावित होकर 1960 में ही भारतीय जनसंघ से जुड़कर केरल

की राजनीति में कदम रखा। कार्यकताओं के सतत प्रयास से पिछले कुछ साल में केरल की धरती पर भाजपा की नींव यकीनन मजबूत हुई है। इसके चलते वहाँ पर माकपा और मुसलिम लीग के लोगों में खासी बौखलाहट है। कन्नूर की घटना को दबा देने से बात नहीं बनेगी। वहाँ पर देश विरोधी ताकतों को कुचलना ही होगा। दरअसल पिछले साल मई में जब केरल में लेफ्ट फ्रंट सरकार सत्तासीन हुई तो लग रहा था कि अब केरल में अमन कायम होगा, राजनीतिक विरोधियों की हत्याएँ रुकेंगी और प्रदेश सरकार राज्य के समावेशी विकास पर जोर देगी, पर हुआ इसके ठीक विपरीत। लेफ्ट फ्रंट के मुख्य घटक माकपा तो संघ और भाजपा की जान की दुश्मन होकर उभरा। इसने एक ठोस रणनीति के तहत संघ–भाजपा के कार्यकताओं पर सुनियोजित हमले चालू करवा दिए।

केरल में पिछले 50 वर्षों में आर.एस.एस. के 267 सक्रिय कार्यकताओं की हत्या हुई है! इनमें से 232 लोग, यानी अधिकांश माकपा के गुंडों द्वारा ही मारे गए। वर्ष 2010 के बाद संघ के 16 कार्यकर्ताओं की सी.पी.एम. द्वारा बेरहमी से बर्बरतापूर्ण हत्या कर दी गई। किसी के पैर काट दिए गए, किसी की आँखें फोड़ दी गईं, अनेक को पीट–पीटकर जीवन भर के लिए अपाहिज बना दिया गया। इन घायलों की संख्या मारे गए लोगों से लगभग छह गुना है। इन झड़पों के बाद शांति व्यवस्था के नाम पर पुलिस द्वारा क्रूरता का नंगा नाच किया गया। माकपा के गढ़ केरल के कन्नूर जिले में ही संघ स्वयंसेवकों पर सर्वाधिक अत्याचार हुए हैं। कन्नूर में पुलिस बल लेफ्ट फ्रंट के हाथ का खिलौना

भर है। जिन राजनीतिक कार्यकताओं को मारा गया, उन्हें सरकार से कभी कोई मदद भी नहीं मिली। अब कन्नूर में कांग्रेसी बछड़े को मार रहे थे और पुलिस वहाँ से नदारद थी। केरल के हालात चौतरफा स्तर पर खराब हो रहे हैं। वहाँ पर बेरोजगारी बढ़ रही है। अब सरकार को देश के सबसे साक्षर राज्य के लिए सुनिश्चित करना होगा कि वह दूसरा कश्मीर न बने। केरल देश का बेजोड़ राज्य है। सारे देश और दुनिया को यहाँ से सेवा भावना से ओत-प्रोत नर्सें और मेहनतकश मलयाली मिलते हैं। इस पर किसी की नजर तो लगी ही है। केरल की सुंदर छवि को बहाल करने की जिम्मेदारी सारे देश के ऊपर है।

*(11 जून, 2017, युगवार्ता)*

□

# नहीं बचेंगे देश के दुश्मन

कश्मीर में हालात खराब भले ही दिख रहे हों, पर देश को कतई विचलित होने की आवश्यकता नहीं है। इसी तरह से छत्तीसगढ़ में अब माओवादी बचेंगे नहीं। दोनों जगहों पर देश विरोधी ताकतों को सख्ती से और सफलतापूर्वक कुचला जाएगा। कश्मीर में मुठ्ठी भर स्कूली कन्याओं द्वारा सुरक्षा बलों पर पथराव करवाने के ड्रामे और छत्तीसगढ़ में शहीद हुए सी.आर.पी.एफ. के जवानों के शवों को देखकर देश भर में गुस्सा है। सारा देश इन ताकतों को सख्तीपूर्वक कुचलने की माँग कर रहा है। छत्तीसगढ़ में जिस कायरता से सी.आर.पी.एफ. के जवानों को शहीद किया गया, उसे देश याद रखेगा। अब माओवादियों के बचने का प्रश्न ही नहीं उठता है और अगर बात कश्मीर की करें तो भारतीय सेना किसी भी स्थिति से निपटने में पूर्णतः सक्षम एवं समर्थ है। कश्मीरवादी के भीतरी इलाकों में ही नहीं, एल.ओ.सी. पर भी सेना ने आतंकी मनसूबों को पूरी तरह नाकाम बनाते हुए कई कुख्यात आतंकियों को मार गिराया है, पर सोशल मीडिया पर आतंकियों के लगातार वायरल हो रहे वीडियो व स्थानीय युवकों की आतंकी संगठनों में भरती को तत्काल रोकना भी जरूरी है।

## नरमी नहीं

एक बात साफ है कि आतंकियों के प्रति कोई नरमी नहीं होगी। उन्हें मार गिराया जाएगा, लेकिन आम लोगों को किसी प्रकार का नुकसान न पहुँचे, यह भी सुनिश्चित किया जा रहा है। अब कश्मीर की जनता को भी राज्य में हालात सामान्य बनाए रखने के लिए सरकार और सेना का साथ देना होगा, क्योंकि देश विरोधी तत्त्वों की हरकतों के कारण सामान्य कश्मीरी जनता त्राहि-त्राहि कर रही है। राज्य में पर्यटन उद्योग बुरी तरह तबाह हो चुका है। कुटीर उद्योग और हस्तशिल्प के मशहूर काम-धंधे समाप्त हो

उसने गॉड्स ऑन कंट्री में वामपंथी विचारधारा से निपटने के लिए मिशन मोड में काम करने का फैसला किया है। हाल ही में उड़ीसा में पार्टी के राष्ट्रीय अध्यक्ष अमित शाह ने कार्यकारिणी की बैठक में केरल में संघ और भाजपा कार्यकताओं पर जानलेवा हमलों के मुद्दे को उठाया। उन्होंने पार्टी नेताओं से कहा कि वामपंथी विचारधारा की पकड़वाले राज्यों में पार्टी अपना अभियान तेज करेगी। उन्होंने माना कि राज्य में लगातार वामपंथी और भाजपा कार्यकताओं के बीच हिंसक झड़प के मामले सामने आते रहते हैं।

निश्चित रूप से भाजपा को केरल में अपने विरोधियों को मात देनी होगी। अब भाजपा के नेतृत्ववाली केंद्र सरकार हर 15 दिन में कम-से-कम एक केंद्रीय मंत्री को केरल और त्रिपुरा भेजेगी। त्रिपुरा में अगले साल ही चुनाव होने हैं, यानी भाजपा केरल में माकपा की गुंडई से लड़ने के लिए कमर कस रही है, पर भाजपा खूनी लड़ाई नहीं लड़ेगी, वह तो वैचारिक स्तर पर माकपा को धूल में मिलाएगी। लोकतंत्र में विरोधियों को धूल में मिलाने के रास्ते में हिंसा के लिए कोई स्थान नहीं है। भाजपा इस तथ्य को भली प्रकार से समझती है। इसलिए उसकी तरफ से अब केरल में लड़ी जाएगी वैचारिक लड़ाई। दरअसल पिछले साल मई में जब केरल में लेफ्ट फ्रंट सरकार सत्तासीन हुई तो लग रहा था कि अब केरल में अमन होगा। राजनीतिक विरोधियों की हत्याएँ नहीं होंगी और सरकार राज्य के समावेशी विकास पर जोर देगी, पर हुआ इसके विपरीत। लेफ्ट फ्रंट की मुख्य घटक तो संघ और भाजपा की जान की दुश्मन होकर उभरी। इसने एक ठोस रणनीति के तहत संघ-भाजपा के कार्यकताओं पर हमले चालू करवा दिए।

केरल में पिछले 50 वर्षों में आर.एस.एस. के 267 सक्रिय कार्यकताओं की हत्याएँ हुई हैं! इनमें से 232 लोग, यानी अधिकांश माकपा के गुंडों द्वारा ही मारे गए। वर्ष 2010 के बाद, सोलह संघ कार्यकताओं की सी.पी.एम. द्वारा बेरहमी से बर्बरतापूर्ण हत्या कर दी गई। किसी के पैर काट दिए गए, किसी की आँखें फोड़ दी गईं, अनेक को पीट-पीट कर जीवन भर के लिए अपाहिज बना दिया गया। इन घायलों की संख्या मारे गए लोगों से लगभग छह गुना है। इन झड़पों के बाद शान्ति व्यवस्था के नाम पर पुलिस द्वारा क्रूरता का नंगा नाच किया गया। हाँ यह सच है कि माकपा द्वारा किए जानेवाले प्रत्येक हमले के बाद पुलिस कुछ लोगों को गिरफ्तार करती है, लेकिन लगभग सभी मामलों में वास्तविक अपराधियों को हाथ भी नहीं लगाया जाता। पुलिस केवल उन लोगों को गिरफ्तार करती है, जिन्हें गिरफ्तार करने के लिए पार्टी हरी झंडी दे देती है। इसे समझना चाहिए कि यह कैसे और क्यों होता है ? दरअसल माकपा लीडरशिप का अपने कार्यकताओं और केरल पुलिस पर पूरा प्रभाव है और माकपा के गढ़ केरल के कन्नूर जिले में ही संघ स्वयंसेवकों पर सर्वाधिक अत्याचार हुए हैं। कन्नूर में पुलिस बल लेफ्ट फ्रंट के हाथ का खिलौना भर है और जिन राजनीतिक कार्यकताओं को मार गया, उन्हें सरकार से कभी कोई मदद भी

नहीं मिली। संघ ने स्थानीय लोगों की मदद से अपने ऐसे पीड़ित कार्यकताओं, जिनकी हत्याएँ हुई हैं, के परिजनों की देखरेख हेतु समुचित व्यवस्था बनाई है। इसी प्रकार अंगभंग के कारण स्थायी रूप से अपाहिज हुए कार्यकर्ता के उपचार में कोई कसर नहीं छोड़ी जाती।

और दुर्भाग्य देखिए कि केरल में राजनीतिक कार्यकताओं के कत्लेआम पर जंतर-मंतर पर कैंडिल मार्च नहीं निकलता। कोई लेखक केरल सरकार को कोसते हुए अपने पुरस्कार को भी वापस नहीं करता। कश्मीर में आजादी के नारे लगाने वालों को टीम अरुंधति राय का बेशर्मी से समर्थन मिलने लगता है। ये देश के टुकड़े करनेवालों के भी साथ खड़े हो जाते हैं। दुर्भाग्यवश इनकी केरल में राजनीतिक विरोधियों के मारे जाने पर जुबानें सिल जाती हैं, तो इनके चुप रहने को माना जाए कि ये केरल में एक खास राजनीतिक दल से जुड़े लोगों के मारे जाने से विचलित नहीं हैं, क्या संघ-भाजपा से जुड़े लोगों का मारा जाना मानवाधिकारों के हनन की श्रेणी में नहीं आता, देश जानना नहीं चाहता कि देश के कथित मानवाधिकारवादी केरल में भाजपा-संघ के कार्यकताओं के कत्लेआम पर चुप क्यों रहते हैं? आजादी के नारे लगानेवाले अरुंधति राय से लेकर कन्हैया कुमार, उमर खालिद और तमाम किस्मों के स्वघोषित बुद्धिजीवी और स्वघोषित मानवाधिकार आंदोलनकारियों के लिए अफजल गुरु से लेकर अजमल कसाब के मानवाधिकार हो सकते हैं, पर माकपा के गुंडों की गोलियों से छलनी भाजपा-संघ के कार्यकताओं के मानवाधिकारों का कोई मतलब नहीं है? जो अपराधियों के प्रति भी संवेदना दिखाने के हिमायती हों, वे आम नागरिकों के सम्मान और जीवन के तो रक्षक होने ही चाहिए, पर कभी-कभी लगता है कि इस देश के पेशेवर मानवाधिकारों के रक्षक सिर्फ अपराधियों के प्रति ही संवेदनशील हैं।

गॉड्स ऑन कंट्री यानी 'ईश्वर के अपने देश केरल' में यही तो हो रहा है। वहाँ पर राजनीतिक कार्यकर्ता मारे जा रहे हैं। उनके हाथ–पैर काट दिए जाते हैं। केरल अपनी संस्कृति और प्राकृतिक संपदा के लिए जाना जाता है। समुद्र के किनारे स्थित केरल के तट अपने शांतिपूर्ण माहौल के लिए लोगों के बीच काफी लोकप्रिय हैं, पर इस शांतिपूर्ण माहौल के पीछे कत्लेआम हो रहे हैं राजनीतिक कार्यकर्ताओं के। इधर भाजपा या संघ से जुड़ा होना खतरे से खाली नहीं है।

दरअसल लेफ्ट फ्रंट के नेताओं की पेशानी से केरल में भाजपा की बढ़ती ताकत के कारण पसीना छूट रहा है। भाजपा केरल में एक महत्त्वपूर्ण राजनीतिक पार्टी के तौर पर उभर रही है। वैसे केरल में भाजपा ने एक राजनीतिक पार्टी के रूप में 1987 के विधानसभा चुनाव से अपनी मौजूदगी दर्ज करा दी थी। केरल में भाजपा को खड़ा करने में जनसंघ के दौर में पार्टी से जुड़े राजगोपाल का खास रोल रहा है। ओ. राजगोपाल ने पंडित दीनदयाल उपाध्याय की नीतियों से प्रभावित होकर 1960 में ही भारतीय जनसंघ से जुड़कर केरल की राजनीति में कदम रखा। कार्यकताओं के सतत प्रयास से पिछले कुछ सालों में केरल की धरती पर भाजपा की नींव यकीनन मजबूत हुई है। यह मैंने स्वयं तब महसूस किया कि जब 25 सितंबर, 2016 को मैं कोझीकोड (कालीकट) गया था। वह दिन इसलिए भी महत्त्वपूर्ण था, क्योंकि 50 वर्ष पूर्व दीनदयालजी कोझीकोड में ही भारतीय जनसंघ के अध्यक्ष बने थे। 50 वर्षों में केरल भगवामय हो चुका है। यह मैंने स्वयं देखा कि माकपा के लोगों में कैसी बौखलाहट है।

लेफ्ट फ्रंट की परेशानी की एक बड़ी वजह यह भी है कि देश में संघ की शाखाओं की सर्वाधिक संख्या केरल में ही है। राज्य में पढ़े–लिखे युवा भारी संख्या में संघ में शामिल होने के लिए उत्सुक हैं। दरअसल केरल एक बहुत विकट राज्य के रूप में उभर रहा है। केरल तेजी से इसलामी आतंकवाद की प्रजनन भूमि में बदल रहा है। केरल के हिंदुओं में असुरक्षा की भावना है और वे इन ताकतों के खिलाफ एक सेतु के रूप में संघ को देखते हैं। कम्युनिस्ट पार्टियों ने अपने हिंदू विरोधी रुख के कारण केरल की मूल परंपराओं और जीवन मूल्यों को नष्ट करने की कोशिश की थी। युवा पीढ़ी अब एक बार फिर अपनी जड़ों से जुड़ना चाहती है और वह संघ और उसके अनुषंगों में अपने सांस्कृतिक पुनरुत्थान को देख रही है। इसके अतिरिक्त मुख्यधारा के राजनीतिक दलों में उसे भाजपा में अकूत संभावनाएँ नजर आती हैं। देश का सबसे साक्षर राज्य संकट से दो–चार हो रहा है। देश को राजनीतिक दलों को राजनीतिक मतभेदों को दरकिनार करके वहाँ पर स्वस्थ राजनीतिक माहौल स्थापित करने की दिशा में ठोस पहल करनी होगी।

*(30 अप्रैल, 2017, युगवार्ता)*

□

# कैसे मिलेगी यू.पी. के नौजवानों को नौकरी

उत्तर प्रदेश में आगामी विधानसभा चुनावों को बहुत वक्त नहीं बचा है। इस चुनाव में एक बड़ा मुद्दा राज्य में नवयुवकों की बेरोजगारी है। बेरोजगारी के बोझ तले राज्य पूरी तरह दब चुका है। राज्य के नौजवानों को उनकी शैक्षणिक योग्यता के मुताबिक रोजगार नहीं मिल रहा है। वे धक्के खा रहे हैं। यकीन मानिए कि नौकरी पाने के लिए हाहाकार मचा हुआ है।

नेशनल सैंपल सर्वे आर्गेनाइजेशन (एन.एस.एस.ओ.) के मुताबिक वर्ष 2017 में उत्तर प्रदेश में बेरोजगारों (18–35 साल के आयु वर्ग) की फौज का आँकड़ा 1 करोड़ 30 लाख के आसपास था। राज्य में एक ही नौकरी के लिए सैकड़ों–हजारों नहीं, लाखों नौजवान आवेदन करते हैं। क्या आप मानेंगे कि राज्य में सफाईकर्मियों के 40 हजार पदों के लिए 18 लाख से ज्यादा आवेदन आए हैं? अकेले कानपुर नगर निगम (के.एम.सी.) को 3275 स्थानों के लिए सात लाख अर्जियाँ प्राप्त हुई हैं। इनमें पाँच लाख से ज्यादा ग्रेजुएट, पोस्ट ग्रेजुएट, एम.बी.ए. जैसी डिग्रीधारक आवेदनकर्ता भी हैं। एक और गौर करने लायक तथ्य यह है कि सफाईकर्मी बनने के लिए अब ऊँची जातियों के नौजवान भी बड़ी संख्या में तैयार हैं। वे भी खुलकर आवेदकों की कतार में खड़े हैं। पहले सफाईकर्मी बाल्मिकी और मेहतर, डोम आदि जातियों के लोग ही बनते थे, पर अब ब्राह्मण, वैश्य तथा राजपूत भी तैयार हैं, यानी नौकरी पाने के लिए उत्तर प्रदेश का नौजवान अब किसी भी स्तर पर जा रहा है। हालाँकि किसी नौकरी को जाति से जोड़ना भी उचित नहीं होगा, पर उत्तर प्रदेश के नौजवानों के लिए तो सरकारी नौकरी पाना जीवन–मरण का प्रश्न बन चुका है।

## कैसे मिले नौकरी

बीती जुलाई में उत्तर प्रदेश सरकार ने राज्य के 75 जिलों में कांट्रेक्ट पर सफाईकर्मियों की 40 हजार रिक्तियाँ निकाली थीं। इन्हें मासिक 15 हजार रुपए का वेतन मिलेगा।

सफाईकर्मी के पद के लिए अपना दावा पेश करनेवाले उम्मीदवार की न्यूनतम शैक्षणिक योग्यता आठवीं होनी चाहिए। सबसे चिंता का विषय यह है कि बेरोजगारी को कम करने या दूर करने के लिए राज्य सरकार के पास कोई ठोस या दीर्घकालीन योजना नहीं है। यह बात समझ से परे है कि प्रदेश सरकार बीते सालों में अपने यहाँ सरकारी या निजी क्षेत्र में नौकरियाँ सृजित कर पाने में पिछड़ क्यों गई? आगामी विधानसभा चुनाव के बाद जो भी सरकार राज्य में सत्तासीन होगी, उसे देशी-विदेशी निवेश आकर्षित करने के उपाय तलाश करने ही होंगे। अब उसे हाथ पर हाथ रखकर बैठने की इजाजत नहीं मिल सकती।

## सर्वाधिक ग्रेजुएट उत्तर प्रदेश से

उत्तर प्रदेश के मेरे एक विद्वान् मित्र बता रहे थे कि देश में हर साल सर्वाधिक ग्रेजुएट उत्तर प्रदेश देता है, पर उनके लिए नौकरी कहीं नहीं है। इसीलिए उन्हें अपने शहर और राज्य से बाहर धक्के खाने पड़ते हैं। उद्योग और वाणिज्य महासंघ (एसोचैम) का दावा है कि राज्य सरकार ने राज्य में 40 हजार करोड़ रुपए के निवेशक के लिए विभिन्न कंपनियों के साथ करार कर रखा है। यह बहुत अच्छी बात है, पर यह निवेश जमीन पर कब दिखेगा, इससे कितने रोजगार के अवसर सृजित होंगे? इन सवालों के उत्तर भी मिलने चाहिए। अब आप देखिए कि तमिलनाडु देखते-देखते देश के ऑटो

और आई.टी. सेक्टर का हब बन गया। आज तमिलनाडु में लाखों नौजवानों को इन क्षेत्रों से जुड़ी कंपनियों में रोजगार मिला हुआ है। उत्तर भारत के भी लाखों नौजवानों को तमिलनाडु में रोजगार मिला हुआ है और तमिलनाडु एक सफल औद्योगिक प्रदेश के रूप में विकसित हो चुका है। तमिलनाडु में कॉग्निजेंट, टी.सी.एस., इन्फोसिस, टी.वी.एस. मोटर्स, हुंडई मोटर्स, अशोक लेलैंड समेत तमाम प्रमुख आई.टी. और ऑटो सेक्टर की कंपनियों की बड़ी-बड़ी इकाइयाँ हैं। इनमें हजारों करोड़ों का निवेश हुआ है। अब देश की प्रमुख ऑटो कंपनी महिंद्रा ऐंड महिंद्रा ने घोषणा की है कि वह भी तमिलनाडु में 2000 करोड़ रुपए का निवेश करेगी। उत्तर प्रदेश में बेरोजगारी के मसले पर चर्चा करते हुए तमिलनाडु का उदाहरण इसलिए देना पड़ रहा है, क्योंकि देश का एक राज्य देश-विदेश से हर साल भारी निवेश आकर्षित कर रहा है और उत्तर प्रदेश में हालात जस-के-तस हैं, जबकि उत्तर प्रदेशवासियों में योग्यता और क्षमता में कोई कमी नहीं है। वे मेहनती और ईमानदार भी हैं।

जिस राज्य ने देश को पाँच प्रधानमंत्री दिए, वहाँ के हालात बुरे होना बहुत बड़ा सवाल खड़ा करता है। वहाँ का नौजवान खून के आँसू पी रहा है। दरअसल, तमिलनाडु जैसे राज्य में निवेश इसलिए होता है, क्योंकि वहाँ कंपनियों को उस मात्रा में घूस नहीं खिलानी पड़ती, जितना उत्तर प्रदेश में। क्या उत्तर प्रदेश सरकार इस तरह का दावा कर सकती है कि उनके राज्य में आनेवाले निवेशकों को कदम-कदम पर रुकावटों से दो-चार नहीं होना पड़ता? यह बात भी नहीं है कि उत्तर प्रदेश औद्योगिक क्षेत्र में हमेशा

पिछली पंक्ति में ही खड़ा था। एक समय में कानपुर देश का प्रमुख कारोबारी शहर था। इसे हिंदुस्तान का मैनचेस्टर भी कहा जाता था। दिल्ली के करीब मोदीनगर, नोएडा, साहिबाबाद, गाजियाबाद, इलाहाबाद का नैनी, जौनपुर, गोरखपुर, अपने आप में अहम औद्योगिक केंद्र थे, लेकिन अब ये सब गुजरे दौर की बातें हो गई हैं। अब देखा जाए तो नोएडा और ग्रेटर नोएडा में ही निवेश आ रहा है। अब अगर उत्तर प्रदेश से निवेशक दूर चला गया है तो इसके मूल में बुनियादी सुविधाओं के अभाव से लेकर और लचर कानून-व्यवस्था तक मुख्य कारण हैं। देश में आर्थिक उदारीकरण का दौर शुरू होने के बाद जहाँ गुजरात, महाराष्ट्र, तमिलनाडु, आंध्र प्रदेश और कर्नाटक निजी क्षेत्र का निवेश पाने में सफल रहे, वहीं उत्तर प्रदेश जैसा बड़ा राज्य मात खा गया।

इस संदर्भ में वर्ल्ड बैंक की साल 2015 में प्रकाशित एक रिपोर्ट बड़ी खास है। रिपोर्ट का दावा है कि उत्तर प्रदेश में रोजगार के अवसर तेजी से घट रहे हैं। इस लिहाज से उत्तर प्रदेश सिर्फ बिहार और ओड़िशा से ही बेहतर है। वहीं खेती की तरफ से भी उत्तर प्रदेश के लोगों का तेजी से मोहभंग हुआ है। इसकी सबसे बड़ी वजह खेती से कई बार लागत का भी न निकल पाना है। अखिलेश सरकार के इन 5 सालों में ही लाखों लोग खेती से बाहर हुए हैं। अभी उत्तर प्रदेश में 53 फीसद से भी कम लोग खेती में लगे हैं, जबकि आजादी के समय 90 प्रतिशत के करीब लोग उत्तर प्रदेश में किसी-न-किसी रूप में खेती पर आश्रित थे। उत्तर प्रदेश में कुछ साल पहले तक भी 78 फीसदी लोग खेती से जुड़े थे। अब बेहतर जीवन जीने की चाहत में खेती से दूर हो रहे हैं, लेकिन खेती से दूर जाने पर भी इनका जीवन सुधर नहीं रहा है। ऐसी स्थिति में उत्तर प्रदेश विधानसभा के चुनाव से पहले हरेक दल को जनता के सामने यह बताना चाहिए कि उसका बेरोजगारी को दूर करने के लिए क्या कार्यक्रम है, जनता भी नेताओं से पूछे कि वे अब तक बेरोजगारी खत्म करने के स्तर पर क्यों सफल नहीं हुए? जनता को उन नेताओं को खारिज करना चाहिए, जो उनके सवालों के जवाब ईमानदारी से न दे पाएँ।

*(29 दिसंबर, 2016, दैनिक जागरण)*

□

# कौन कत्ल कर रहा है बेटे-बेटियों का

राजधानी दिल्ली के समयपुर बादली में बीते दिनों बंटी गुप्ता नाम के एक 26 वर्षीय शख्स ने अपने दो बरस के अबोध पुत्र को तालाब में फेंक दिया। उसने खुद पुलिस को दिए अपने इकबालिया बयान में बताया कि जब वह अपने पुत्र को तालाब में फेंक रहा था तो रोते हुए पुत्र ने भीख माँगते हुए कह रहा था, "मुझे मत फेंको। मैं अब नहीं रोऊँगा।" यही नहीं, बंटी अपनी दो पुत्रियों को अपने कोठरीनुमा घर में बंद करके लापता हो गया। दोनों कन्याएँ जब भूख से तड़पते हुए मौत के करीब थीं, तब उन्हें कुछ पड़ोसियों ने बचाया। इस खबर को पढ़कर किसी

पत्थर दिल इनसान के भी रोंगटे खड़े हो जाते हैं। मन अवसाद से घिर जाता है और इन बच्चों की माँ अपने शराबी पति की हरकतों से आजिज आकर पहले ही घर छोड़ चुकी थी। यह ठीक है कि वह अपने पति की करतूतों से त्रस्त और प्रताड़ित थीं, दुःखी थीं, लेकिन माँ का अपने बच्चों को मरने के लिए छोड़कर जाना बहुत कुछ कहता है। माँ तो कठिन हालातों में भी अपनी कोख से जनमे बच्चों को छोड़ती नहीं है, तो फिर बंटी की पत्नी ने बच्चों को कैसे छोड़ा?

दूसरी तरफ दिल्ली से दूर मुंबई में मीडिया की दुनिया में दौलत-शोहरत अर्जित करनेवाली इंद्राणी मुखर्जी को लीजिए। इंद्राणी मुखर्जी ने अपनी पुत्री शीना का कत्ल कर दिया। इंद्राणी पर आरोप है कि उसने अपनी बेटी शीना की गला दबाकर हत्या की। स्टार इंडिया के पूर्व सी.ई.ओ. पीटर मुखर्जी की पत्नी इंद्राणी मुखर्जी को वर्ष 2012 में अपनी पुत्री शीना की हत्या के मामले में हिरासत में लिया गया था। पहले कहा जा रहा था कि इंद्राणी की बहन थी शीना। अब खुलासा हुआ है कि शीना तो इंद्राणी की पुत्री थी, उसके पहले पति से। कहनेवाले कह रहे हैं कि इंद्राणी ने अपने ड्राइवर श्याम राय के साथ मिलकर शीना की हत्या की थी।

बंटी और इंद्राणी के वर्ग चरित्र में अंतर है। बंटी बेरोजगार था। फिर नशे की लत का शिकार था। इसके चलते उसका परिवार आर्थिक संकट के कठिन दौर से गुजर रहा था, पर वह पिता भी था। अपने बच्चों पर अत्याचार करते हुए वह कैसे भूल गया कि वह उनका पिता है? यहाँ अगर पिता राक्षस हो गया था तो फिर बच्चों की माँ इतनी पत्थर दिल कैसे हो गई, माँ की ममता का क्या हुआ?

दिल्ली और मुंबई के केस कहीं मिलते-जुलते हैं तो कहीं भिन्न हो जाते हैं। जहाँ

दिल्ली का परिवार गरीबी की मार से जूझ रहा था, वहीं मुंबई में इंद्राणी अकूत दौलत की मालकिन थी। उसने कथित तौर पर अपनी बेटी की हत्या कराई, क्योंकि उसे इस बात की नाराजगी थी कि शीना का उसके मौजूदा पति पीटर मुखर्जी की पहली पत्नी के बेटे से अफेयर था। दोनों मामलों में खून के रिश्ते शर्मसार हुए।

बेशक, दोनों केस बहुत सारे सवाल समाज और अपराध के कारणों का खुलासा करनेवालों के समक्ष छोड़ रहे हैं। पहला, क्या हमारे यहाँ परिवार नाम की संस्था क्रमशः धीरे-धीरे कमजोर पड़ रही है और अपने खून के संबंधियों को मारनेवाले कौन हैं, क्यों आर्थिक संकट के वक्त बंटी की मदद के लिए कोई सामने नहीं आया?

वहीं बंटी गुप्ता और इंद्राणी मुखर्जी के केस साफतौर पर इस बात की चीख-चीखकर गवाही दे रहे हैं कि हमारे इर्द-गिर्द इनसानियत का खून करनेवाले घूम रहे हैं। कभी-कभी यकीन सा होने लगता है कि हमारे आसपास कुछ इनसान की शक्ल में हैवान घूम रहे हैं। ये खून के प्यासे हैं। इन्हें किसी की जान लेने में रत्ती भर भी देरी नहीं लगती। इनके लिए अपने पुत्र या पुत्री तक का कत्ल करना मामूली सी बात है।

यहाँ पर नैतिकता का सवाल सामने आ रहा है। मुंबई के पेज थ्री सर्किल में घूमनेवाली इंद्राणी, जो कई पुरुषों से संबंध रख चुकी थी, वह नैतिकता के प्रश्न पर पुत्री की बेरहमी से जान ले लेती है। इंद्राणी के लिए नैतिकता का सवाल क्यों इतना अहम हो गया, यह भी विचारणीय मसला है।

इंद्राणी ने पीटर मुखर्जी से पहले भी कई बार विवाह किए थे। उसके पीटर से विवाह के बाद भी अपने एक प्रेमी से पति बने शख्स संजीव खन्ना से भी मधुरतम संबंध बरकरार थे। यह उसका निजी मामला है, पर इस पर बात इसलिए हो रही है, क्योंकि उसने नैतिकता के प्रश्न पर अपनी जवान पुत्री की जीवनलीला ही समाप्त कर दी, जबकि वह स्वयं जवानी से बुढ़ापे तक न जाने कितने पुरुषों से बेहिचक संबंध बनाती और तोड़ती रही।

और जरा गौर करें कि भारतीय परंपराओं और लोक-लाज को ठेंगा दिखाने वाली इंद्राणी को यह कतई स्वीकार नहीं था कि उसकी पुत्री उसके वर्तमान पति के पुत्र से संबंध बनाए। यहाँ पर वह ठीक हो सकती है, लेकिन क्या उसका खुद का बार-बार पति बदलना सही माना जा सकता है? और जो शख्स शीना का पिता था, उसे भी देख लें। वह गुवाहाटी में रहता है। वह सारे घटनाक्रम को लेकर निर्विकार रुख अपनाए हुए हैं। याद नहीं आता कि उसने एक बार भी अपनी पुत्री के कत्ल पर शोक जताया हो। बेशक, यह सब सुनकर आप स्तब्ध होते हैं। इसी क्रम में बहुचर्चित आरुषि तलवार केस का उल्लेख करने का भी मन हो रहा है। उसमें भी खूनी रिश्ते तार-तार हुए थे। आपको याद होगा कि आरुषि और हेमराज की 15 मई, 2008 को हत्या हुई थी।

लंबी पुलिस तफ्तीश और कोर्ट में चली जिरह के बाद आरुषि के पिता राजेश एवं

माँ नूपुर तलवार को अपनी 14 वर्षीया बेटी और नौकर हेमराज के कत्ल का कोर्ट ने दोषी माना था। अपनी मासूम सी बेटी की जान लेते हुए डॉ. राजेश तलवार के हाथ काँपे नहीं, उसका खून देखकर तलवार दंपती सामान्य कैसे रहे, उन्होंने एक पल भी नहीं सोचा कि वे अपनी ही पुत्री की जीवनलीला खत्म कर रहे हैं? बंटी गुप्ता से लेकर इंद्राणी के हाथ खून से सने हैं। ये देखने में हमारे-आपकी तरह ही लगते हैं, लेकिन वास्तव में ये हैं तो नरपिशाच। इनसे बचिए।

कारण क्या है, आखिरकार, समाज का नैतिक पतन इस हद तक कैसे हो गया? पचास साल पहले तो ऐसी घटनाएँ सुनने को शायद ही मिलती थीं। क्या संयुक्त परिवारों का विघटन इसका कारण है? या फिर, शिक्षा पद्धति से नैतिक शिक्षा को हटा देने का परिणाम, या फिर पश्चिमी सभ्यता की बिना सोचे-समझे अंध भक्ति या फिल्मों और टेलीविजन के हिंसक और अनैतिक कार्यक्रम? कारण कुछ भी हो, इसपर समाज और शासन व्यवस्था को आज नहीं तो कल गंभीरता से चिंतन-मनन करके कारगर कदम तो उठाने ही होंगे।

*(3 सितंबर, 2016, दैनिक जागरण)*

□

# कौन कर रहा फतवों के बहाने सियासत

एक के बाद एक फतवों के आने का सिलसिला रुकने का जैसे नाम ही नहीं ले रहा है। फिलहाल, दूर-दूर तक कोई उम्मीद भी नहीं है कि ये कभी थमेंगे भी। थमें तो तब, जबकि आम मुसलमान फतवे जारी करनेवाले घोर प्रतिक्रियावादी मुल्लाओं के खिलाफ खड़े हों। मुसलिम समाज के भीतर इस तरह की कोई हलचल नहीं दिख रही है। लगता है कि मुसलिम समाज इन फतवों को लेकर निर्विकार भाव पाले हुए है। या मुल्लाओं की दहशत इन्हें सता रही है। ताजा फतवा प्रधानमंत्री नरेंद्र मोदी के खिलाफ आया है। मोदी के खिलाफ कोलकाता की टीपू सुल्तान मसजिद के शाही इमाम सैयद मोहम्मद नुरुर रहमान बरकती ने फतवा जारी करते हुए मोदी की दाढ़ी काटने वाले को या उन पर काली स्याही फेंकने पर 25 लाख रुपए का इनाम रख दिया है। जरा देख लीजिए कि कितना खतरनाक है यह फतवा। वे पश्चिम बंगाल की मुख्यमंत्री ममता बनर्जी के घोषित रूप से खासमखास हैं। हालाँकि अब उन्हें खुद ही फतवे का सामना करना पड़ रहा है। शाही इमाम बरकती के खिलाफ मुंबई के मदरसा-दारुल-उलूम अली हसन सुन्नत के मुफ्ती मंजर हसन खान अशरफी मिस्बही ने उनके मोदी के खिलाफ जारी फतवे को सिरे से खारिज कर दिया है।

उन्होंने शाही इमाम के नमाज अदा करने के हक पर भी सवाल खड़े कर दिए। मिस्बही ने दावा किया कि बरकती मुफ्ती है ही नहीं और उन्हें अपनी राजनीतिक राय को फतवे के तौर पर पेश कर उसकी पवित्रता को खत्म करने की कोशिश हरगिज नहीं करनी चाहिए, यानी फतवे पर फतवे की राजनीति हो रही है।

बात-बात पर फतवे जारी करनेवालों से समूचे इसलाम की छवि प्रभावित हो रही है, पर मजाल है कि मिडिल क्लास मुसलमान भी इन फतवे जारी करनेवालों के खिलाफ सड़कों पर उतर जाएँ। वे चुप हैं। उनकी चुप्पी डरानेवाली है। मरघट वाली चुप्पी। क्यों? मुझे प्रख्यात पाकिस्तानी पत्रकार-लेखक-विचारक तारिक फतेह का उर्दू चैनल का

इंटरव्यू याद आ रहा है, जिसमें उन्होंने कहा था, "'भारत में अल्ला का इसलाम' नहीं 'मुल्ला का इसलाम' चलाया जा रहा है, जिसका मजहब से कोई वास्ता ही नहीं है।" वास्ता है सिर्फ वास्ते की राजनीति से।

अब देवबंद की बात कर लें। देवबंद भारत के मुसलमानों का महत्त्वपूर्ण केंद्र है। कुछ समय पहले महिलाओं और पुरुषों के एक साथ काम करने को भी अवैध बताया गया था। जरा सोचिए कि किस युग में अब भी रहते हैं फतवे देनेवाले। क्या आज के जमाने में यह मुमकिन है? नहीं, पर किसी भारतीय मुसलमान ने इस फतवे की निंदा नहीं की। इसी तरह से देवबंद ने अपने एक और फतवे में कहा कि इसलाम के मुताबिक सिर्फ पति को ही तलाक देने का अधिकार है और पत्नी अगर तलाक दे भी दे, तो वह वैध नहीं है।

दरअसल एक व्यक्ति ने देवबंद से पूछा था, पत्नी ने मुझे तीन बार तलाक कहा, लेकिन हम अब भी साथ रह रहे हैं, क्या हमारी शादी जायज है? इस पर देवबंद ने कहा कि सिर्फ पति की ओर से दिया तलाक ही जायज है और पत्नी को तलाक देने का अधिकार नहीं है। जब सारा संसार स्त्रियों को जीवन के हर क्षेत्र में समता-बराबरी के लिए कृत संकल्प है तो देवबंद औरत को दोयम दर्जे का इनसान बनाने पर तुला है।

एक और उदाहरण लीजिए। देवबंद ने अंगदान और रक्तदान को भी इसलाम के मुताबिक हराम करार दे दिया। देवबंद से पूछा गया था कि रक्तदान करना इसलाम के हिसाब से सही है या गलत? इसके जवाब में देवबंद ने कहा, शरीर के अंगों के हम मालिक नहीं हैं, जो अंगों का मनमाना उपयोग कर सकें, इसलिए रक्तदान या अंगदान करना अवैध है। इन फतवों को सुनकर तो यही लगता है कि देवबंद मुसलमानों को किसी और दुनिया में ले जाना चाहता है।

## क्या है फतवा

फतवा यानी वह राय, जो किसी को तब दी जाती है, जब वह अपना कोई निजी मसला लेकर मुफ्ती के पास जाता है। फतवे का शाब्दिक अर्थ असल में सुझाव ही है और इसका मतलब यह है कि कोई इसे मानने के लिए कानूनी रूप से बाध्य नहीं है। यह सुझाव भी सिर्फ उसी व्यक्ति के लिए होता है और वह भी उसे मानने या न मानने के लिए आजाद होता है। इसे आलिम-ए-दीन की शरीयत के मुताबिक जारी किया जाता है, पर जिन मुद्दों पर जिस तरह के फतवे आते हैं, उनसे साफ है कि इन्हें जारी करनेवाले अपने समाज को घोर अंधकार के युग में ही रखना चाहते हैं। शायद यह मुल्लाओं द्वारा चलाए जा रहे 'वोट बैंक की राजनीति' के माफिक भी है। वे गरीब मुसलमानों को अशिक्षित और कठमुल्ला बनाकर भेड़-बकरियों की तरह बाड़े में बंद रखना चाहते हैं। जिधर हाँक दिया, चले गए।

दिल्ली की जामा मसजिद के शाही इमाम अहमद बुखारी भी लंबे समय से मनचाहे फतवे दे रहे हैं। चुनावी मौसम में तो वे निश्चित रूप से फतवा किसी दल विशेष के पक्ष या विपक्ष में देने से भी पीछे नहीं हटते। हालाँकि वे भी सियासत के संसार में अपने खुद के लिए और अपने करीबियों के लिए कुछ खास पाने के पुराने ख्वाब और ख्वाहिश लंबे अरसे से पाले हुए हैं।

यह सच है कि फतवे मुसलमानों पर 'बाध्य' तो नहीं होते, पर इनसे एक नकारात्मक माहौल जरूर बन जाता है। इसलाम के अधिकांश धर्मग्रंथ अरबी में उपलब्ध हैं। इन धार्मिक पुस्तकों तक सामान्य मुसलमानों की पहुँच नहीं है। इस पृष्ठभूमि में मुसलमानों को जो इमाम और मौलवी बताते हैं, वे उसी पर यकीन कर लेते हैं। इसलिए बहुत से मुसलमान फतवों पर अमल करना शुरू कर देते हैं। यही समस्या की जड़ है। यही है 'मुल्लाओं का राजनीतिक इसलाम' जो कि 'अल्ला के इसलाम' यानी कुरान शरीफ की आयतों के विरुद्ध है। यही विकृति आई है भारत के मुसलमानों की समझ में, जो शुद्ध रूप से मुल्लाओं के फतवों का इसलाम है।

कुछ बेतुके फतवों पर हँसी भी आ जाती है, जिसने सानिया मिर्जा तक को नहीं छोड़ा। आपको याद होगा कि स्टार टेनिस खिलाड़ी सानिया मिर्जा की स्कर्ट से कोलकाता के एक इसलामी संगठन को एतराज हो गया। इसलिए उसने फतवा जारी कर दिया कि अगर सानिया ढंग के कपड़े पहनकर नहीं खेलेगी तो उसे टेनिस खेलने नहीं दिया जाएगा। संगठन का कहना था कि सानिया छोटी स्कर्ट और टाइट टॉप पहनकर युवाओं को भ्रष्ट कर रही है। बेशक, कोई भी सभ्य इनसान इस तरह के फतवा देनेवालों की बीमार मानसिकता पर तरस ही खाएगा। मैं यहाँ भारत के शत्रु हाफिज सईद के खिलाफ बरेली में जारी फतवे का भी उल्लेख अवश्य ही करना चाहूँगा। बरेली की दरगाह आला

हजरत से जुड़ी संस्था मंजर-ए-इसलाम सौदागरान के मुफ्ती मुहम्मद सलीम बरेलवी ने मुंबई हमलों के मास्टरमाइंड हाफिज सईद के खिलाफ जारी एक फतवे में उसे इसलाम से 'खारिज' कर दिया था। इसमें उसे मुसलमान मानने और उसकी बातों को सुनने को नाजायज बताया गया था। वास्तव में इस प्रकार के फतवे कम ही सुनने को मिलते हैं।

क्यों नहीं मुल्ला उन माता-पिता के खिलाफ फतवा देते हैं, जो अपने बच्चों को स्कूल भेजने से बचते हैं, क्यों फतवे परिवार नियोजन के पक्ष में नहीं आते, क्यों फतवे उन मुसलमानों के विरुद्ध जारी नहीं होते, जो कट्टरपंथी इस्लामिक संगठन आई.एस.आई. के प्रति नरम रवैया अपनाते हैं, यह भी सोचने का विषय है कि क्यों फतवे औरतों के खिलाफ ही ज्यादा-से-ज्यादा जारी होते हैं? मुझे आश्चर्य होता है कि कान्वेंट स्कूलों और सरस्वती शिशु मंदिरों में पढ़नेवाले बच्चों और 'को-एजुकेशन' शिक्षा संस्थानों में पढ़नेवाली मुसलिम बालिकाओं के माता-पिता को समाज से बहिष्कार और कब्रिस्तान में जगह न देने तक के फतवे देनेवाले मुल्ला उन बड़े मुसलमान अधिकारियों, जजों, वकीलों, डॉक्टरों और सांसदों के खिलाफ फतवा क्यों नहीं जारी करते, जो अपने बच्चों को कभी मदरसों में नहीं भेजते, लड़के-लड़कियों को नामी-गिरामी कान्वेंट और 'को-एजुकेशनल' स्कूल कॉलेजों और आवासीय विद्यालय में पढ़ाते हैं, यदि वे अंग्रेजी और 'को-एजुकेशन में' अपने बच्चों को पढ़ाकर भी

'सच्चे मुस्लमान' बने रह सकते हैं, तो क्या मुल्लाओं का फतवा 'गरीब और कमजोर' मुसलमानों के लिए ही है क्या?

और अब मैं फिर से टीपू सुल्तान मसजिद के इमाम सैयद मोहम्मद नुरूर रहमान बरकती पर लौटूँगा। वे नोटबंदी के बहाने प्रधानमंत्री मोदी पर हमला बोलते रहे। क्या उन्हें मालूम है कि कालेधन की अर्थव्यवस्था क्या होती है, क्या उन्हें पता है कि काला धन देश को किस तरह से खोखला करता है? शायद नहीं। इसके बावजूद वे मोदी सरकार पर गुस्सा निकालते रहे। दरअसल वे पश्चिम बंगाल की मुख्यमंत्री ममता बनर्जी के इशारों पर मोदी के खिलाफ जहर उगल रहे हैं। क्या यह सब इसलामसम्मत है? इमाम साहब को याद रखना चाहिए कि उनकी हरकतों को देखा जा रहा है। मुसलमान समाज भी उन पर नजर रखे हुए है। वे चुनावी मौसम में अपने धार्मिक कर्तव्यों का निर्वाह करने की बजाय सियासत कर रहे हैं। उन्हें शर्म आनी चाहिए।

देश के मुसलमानों को अब तो यह खुलकर कहना ही चाहिए कि वे 'अल्ला का इसलाम' यानी कुरान शरीफ को मानेंगे और 'मुल्लाओं के इसलाम' जो कुरान-सम्मत नहीं, मात्र वोट बैंक की राजनीति के लिए मुसलमानों को बरगलाने के लिए है, उसे सिरे से खारिज करेंगे।

*(16 जनवरी, 2017, दबंग दुनिया)*

□

# कौन शामिल हो रहा है आतंकियों के जनाजों में ?

हाल में दो आतंकियों के जनाजों में उमड़ी भीड़ से सरकार के कर्णधारों से लेकर देश के हरेक राष्ट्रवादी नागरिक की पेशानी पर पसीना आने लगा है। भारतीय सुरक्षा बलों के साथ मुठभेड़ में बुरहान मुजफ्फर वानी की मौत के बाद निकले जनाजे में हजारों लोग उमड़े। शव यात्रा के समय जमकर उत्पात भी हुआ। बुरहान के जनाजे के बहाने अब मुंबई धमाकों के गुनहगार याकूब मेमन की मुंबई में निकली शव यात्रा को भी जरा याद करें। मुंबई में वर्ष 1993 में हुए सीरियल बम विस्फोट के मामले में दोषी याकूब मेमन को नागपुर केंद्रीय कारागार में फाँसी दी गई। इसके बाद उसकी मुंबई में शव यात्रा निकली। उसमें भी हजारों लोग शामिल हुए। सवाल यह है कि क्या कानून की नजरों में गुनहगार साबित हो चुके मेमन और बुरहान को लेकर समाज के एक वर्ग का इस तरह का सम्मान और प्रेम का भाव दिखाना जायज है ? यह मामला गंभीर है और देश इस सवाल का उत्तर उन सभी से चाहता है, जो मेमन और बुरहान को हीरो के रूप में पेश करने में शर्मिंदगी महसूस नहीं करते।

गौरतलब है कि बुरहान हिजबुल मुजाहिदीन के कमांडर के तौर पर काम कर रहा था। वह आतंकवादियों की भरती कर रहा था। उन्हें प्रशिक्षित कर रहा था और आत्मघाती बना रहा था। वहीं मेमन ने मुंबई धमाकों की रणनीति बनाने में खास भूमिका अदा की थी। मुझे अफसोस के साथ कहना पड़ रहा है कि याकूब मेनन से लेकर बुरहान जैसे खून के प्यासों की शवयात्रा में शामिल होकर मुसलिम समुदाय का एक गुमराह वर्ग देश में बेहद खराब संदेश देता है। इन परिस्थितियों में यदि कोई इसलाम और आतंकवाद को एक साथ जोड़कर देखे तो इसमें गलत क्या है ? वक्त की माँग है कि देश अमनपसंद शिया और बरेलवी मुसलिमों को आगे बढ़ाए। ये देशभक्त होते हैं और आतंकवाद की

खिलाफत करते हैं। आतंकी विचारधारा से प्रभावित सुन्नियों के एक वर्ग और मूर्ख वहाबियों से निबटने का यही एकमात्र रास्ता हो सकता है, साथ ही जरूरी यह है कि किसी भी आतंकवादी का अंतिम संस्कार सार्वजनिक तौर पर होना बंद हो।

बताते चलें कि जालिम बुरहान वानी के वीडियो किसी भी भारतीय का खून खौलाने के लिए काफी हैं। अपने ही मजहब के कई निरीह मासूमों का जिहाद के नाम पर कत्ल कर देनेवाले इस हत्यारे को शहीद करार देनेवाले हिंदुस्तान को क्या संदेश दे रहे हैं, यह इस मजहबी जुनूनी भीड़ की मौजूदगी से पता चल गया। बुरहान वानी को जे.एन.यू. में देश विरोधी नारे लगाने का आरोपी उमर खालिद अब शहीद साबित करने की कोशिश कर रहा है। उस पर आतंकवादियों को उकसाने और राष्ट्रद्रोह का मुकदमा चलना चाहिए। उमर खालिद ने अपने फेसबुक पोस्ट पर बुरहान की तुलना लैटिन अमेरिकी क्रांतिकारी चे ग्वेरा तक से कर दी। अब सवाल यह है कि आखिर आतंकी बुरहान वानी को शहीद बताने वाले उमर खालिद पर अब तक कार्रवाई क्यों नहीं हुई?

दूसरी तरफ बुरहान के हक में कुछ सेक्युलरवादी लेखक भी जल्दी सामने आने लगेंगे, क्योंकि इनकी कलम देश को तोड़नेवाली शक्तियों के लिए ही चलती है। ये छत्तीसगढ़ के दीन-हीन आदिवासियों का खून बहाने वाले माओवादियों के साथ खड़े होते हैं। उन्हें कश्मीर के अलगाववादी नेता यासीन मलिक और इफ्तिखार गिलानी के समर्थन में लिखने में भी लज्जा नहीं आती। इनमें अरुंधति राय भी शामिल हैं। वे कश्मीर की आजादी की पैरोकार हैं। इसके लिए उन्हें मोटी रकमवाले पुरस्कार से भी कई बार

नवाजा गया है, यानी वह भारतीय संसद् के उस प्रस्ताव को कागज का टुकड़ा मान रही हैं, जिसमें संकल्प लिया गया है कि भारत पाकिस्तान अधिकृत कश्मीर (पी.ओ.के.) का अपने में विलय करेगा। इस प्रस्ताव को संसद् ने ध्वनिमत से सर्वसम्मति से 22 फरवरी, 1994 को पारित किया था। इस प्रस्ताव से बेपरवाह अरुंधति राय कश्मीरी अलगावदियों की तरह कश्मीर की आजादी की पुरजोर वकालत करती हैं।

यहाँ मैं संसद् के पी.ओ.के. पर पारित उस प्रस्ताव का खासतौर पर उल्लेख करना चाहता हूँ। संसद् ने उपर्युक्त प्रस्ताव को ध्वनिमत से पारित करके पी.ओ.के. पर भारत का हक जताया था। प्रस्ताव में कहा गया था, "जम्मू-कश्मीर भारत का अटूट अंग है। पाकिस्तान को उस भाग को छोड़ना ही होगा, जिस पर उसने कब्जा जमाया हुआ है।" उस प्रस्ताव का संक्षिप्त अंश कुछ इस तरह है, "ये सदन पाकिस्तान और पाकिस्तान अधिकृत कश्मीर में चल रहे आतंकियों के शिविरों को दी जा रही ट्रेनिंग पर गंभीर चिंता जताता है कि उसकी तरफ से आतंकियों को हथियारों और धन की सप्लाई के साथ-साथ प्रशिक्षित आतंकियों को घुसपैठ करने में मदद दी जा रही है। सदन भारत की जनता की ओर से संकल्प लेता है—(क) जम्मू-कश्मीर भारत का अभिन्न अंग है और रहेगा। भारत के इस भाग को देश से अलग करने का हर संभव तरीके से जवाब दिया जाएगा। (ख) भारत में इस बात की क्षमता और संकल्प है कि वह उन नापाक इरादों का मुँहतोड़ जवाब दे, जो देश की एकता, प्रभुसत्ता और क्षेत्रीय अंखडता के खिलाफ हो और माँग करता है— (ग) पाकिस्तान जम्मू-कश्मीर के उन इलाकों को खाली करे, जिसे उसने कब्जाया हुआ है। (घ) भारत के आतंरिक मामलों में किसी भी हस्तक्षेप का कठोर जवाब दिया जाएगा।"

देश के इतने अहम् संकल्प के बावजूद कश्मीर के मुद्दे पर अरुंधति राय एवं कुछ और कथित लेखक व मानवाधिकारवादी एक अलग लाइन लेते हैं। ये निश्चित रूप से राष्ट्रद्रोह का गंभीर मामला है। कश्मीर में देश विरोधी ताकतों से लड़नेवालों के खिलाफ मोर्चा लेनावालों में अरुंधति राय के अलावा जवाहरलाल नेहरू छात्र संघ के अध्यक्ष कन्हैया कुमार भी हैं। कन्हैया ने कुछ समय पहले कहा था कि भारतीय सेना के जवान कश्मीर में रेप करने में सबसे आगे हैं, यानी अपनी सियासत चमकाने के लिए सेना को भी नहीं छोड़ा जा रहा है। वहीं अरुंधति राय ने हाल ही में एक तमिल पुस्तक के विमोचन के अवसर पर कहा कि भारतीय सेना कश्मीर, नगालैंड, मिजोरम वगैरह में अपने लोगों पर अत्याचार करती रही है।

स्पष्ट है कि अरुंधति राय का नजरिया पूरी तरह से न सिर्फ सरकार-विरोधी है, बल्कि भारत विरोधी भी है। मैं मानता हूँ कि सरकार की नीतियों का विरोध देश के हरेक नागरिक का अधिकार है। इसमें कोई बुराई नहीं है कि आप सरकार की किसी नीति

से सहमत या असहमत हों, लेकिन माओवादियों के खेमे में बैठी इस मोहतरमा को तो बेनकाब किया ही जाना चाहिए। सबसे दु:खद और चिंताजनक बात यह है कि अरुंधति राय सरीखे देश-विरोधी तत्त्वों के कुछ चाहनेवाले इनके लेखों-बयानों को सोशल मीडिया पर शेयर करके बेशर्मी से अपने राष्ट्रद्रोह को उजागर करते हैं। इन्हें यह सब करने में बड़ा आनंद आता है। इनकी बस एक ही समस्या है कि आज एक ऐसा आदमी प्रधानमंत्री की कुरसी पर बैठा है, जिसका नाम नरेंद्र मोदी है और जो सच्चा देशभक्त है, जबकि अरुंधति राय उन कथित लेखकों के समूह का नेतृत्व करती हैं, जिन्हें भारत-विरोध प्रिय है। इन लेखकों की जमात सुविधाभोगी है। ये वही लेखक हैं, जो दादरी कांड के बाद अभिव्यक्ति की आजादी का कथित तौर पर गला घोंटे जाने के बाद अपने साहित्य अकादमी पुरस्कार लौटा रहे थे।

ऐसे में भारतीय सेना पर कठोर टिप्पणी करनेवालों से पूछा जाना चाहिए कि वे क्यों कभी सेना के कश्मीर से लेकर चेन्नई की भीषण बाढ़ में राहत कार्यों पर लिखना पसंद नहीं करते? बताते चलें कि पिछले साल जम्मू-कश्मीर में आई बाढ़ की विपदा से निपटने के लिए सेना और वायुसेना के जवानों ने दिन-रात एक कर दिया था। कभी घाटी में लोगों का विरोध झेलनेवाली सेना लोगों के लिए देवदूत बन गई थी। बाढ़ से आई तबाही में सेना ने जिस तरह से जान जोखिम में डालकर लोगों को बचाने का अभियान छेड़ा, उससे लोग सेना के मुरीद हो गए। सेना के प्रति लोगों के दिल में आदर और सम्मान बढ़ा। इसके अलावा उत्तराखंड में साल 2013 में आई बाढ़ हो या फिर देश के किसी अन्य भाग में आई दैविक आपदा, सेना हर जगह मौजूद रही; जनता को राहत पहुँचाने के लिए, पर अरुंधति राय और कन्हैया कुमार सरीखे कथित दिग्भ्रमित और राष्ट्रद्रोही बुद्धिजीवियों को

यह सब नहीं दिखा या वे देखना नहीं चाहते। अरुंधति राय की यासीन मलिक के साथ हाथ में हाथ डाले फोटो देखिए। ये वही यासीन मलिक हैं, जो इस्लामाबाद में भारतीय उच्चायोग के बाहर मुंबई हमलों के मास्टरमाइंड हाफिज सईद के साथ बैठकर धरना देते हैं। इससे अंदाजा लगाया जा सकता है कि किस तरह के आस्तीन के साँप इस देश में पल रहे हैं।

पिछले साल दादरी कांड को लेकर जिस तरह से कथित लेखकों ने अपने सम्मान वापस करने की होड़ मचा रखी थी, उसके बाद देश की जनता ने इन लेखकों का असली चेहरा देख लिया है। इन्हें तो भारत-विरोध का बहाना चाहिए। अब ये बुरहान को महान् बताने लगे हैं। वामपंथी कविता कृष्णन ने भी मोर्चा सँभाल लिया है। वे भी बुरहान के हक में सामने आ गई हैं। कह रही हैं कि बुरहान का कत्ल किया गया। हालाँकि, उन्होंने तब क्यों नहीं बुरहान की आलोचना की थी, जब पंपोर में आतंकी हमले में कई सी.आर.पी.एफ. के जवान शहीद हो गए थे। दरअसल देश को आतंकियों के साथ-साथ उनके जनाजों में भाग लेनेवालों से अरुंधति राय और कन्हैया कुमार सरीखे कथित सेक्युलरवादी तत्त्वों से लड़ना होगा। इस देश में वोट बैंक की क्षुद्र राजनीति के लिए पिछले साठ सालों में सत्ताधारियों ने जिस तरह आतंकवाद, उग्रवाद, अलगाववाद और संप्रदाय तथा जातिवाद का जहर सींचा है, उसे सही करने का प्रधानमंत्री नरेंद्र मोदी के सामने एक मौका भी है और एक चुनौती भी।

*(12 जुलाई, 2016, WWW.ichowk.in)*

□

# कौन हैं वे, जिनका उठ जाता देश से भरोसा ?

भारत में हाल के दिनों में एक ऐसा तबका उभरकर सामने आया है, जो 'चिर असंतुष्ट' है। इसका एक सूत्रीय एजेंडा देश-विरोधी अभियान चलाना है। इस तबके का मुंबई धमाकों के गुनाहगार याकूब मेमन को फाँसी होने पर सुप्रीम कोर्ट से भरोसा उठ जाता है। मेमन को फाँसी की सजा से राहत नहीं मिली तो इनका राष्ट्रपति प्रणब कुमार मुखर्जी से भी भरोसा उठ गया। इनका पाकिस्तान में घुसकर आतंकियों के ठिकानों को नष्ट करनेवाले सर्जिकल स्ट्राइक के सबूत नहीं मिलने पर सरकार और सेना से भरोसा उठ जाता है और अब इन तत्त्वों के रहनुमाई करनेवाले जब उत्तर प्रदेश विधानसभा चुनावों में धूल में मिल गए तो इनका ईवीएम मशीनों पर से भी भरोसा उठ गया।

विडंबना यह है कि इन कथित छद्म सेक्युलरवादियों और तथाकथित प्रगतिशीलों को खाद-पानी मिल रहा है, सोशल मीडिया से। ये बेशर्मी से आजादी के नारे लगाते हैं, सड़कों से लेकर सोशल मीडिया तक पर। जब इनसे आजादी के नारे लगाने के कारण पूछे जाते हैं तो ये कहने लगते हैं कि हम तो बेरोजगारी और अन्याय से आजादी के नारे लगा रहे थे। चूँकि हमारा कानून लचर है, इसलिए ये खुले घूमते हैं, इंटरव्यू देते हैं और अपनी जीवनियाँ भी लिखते हैं।

अब वक्त आ गया है कि देश को इन तत्त्वों को अच्छी तरह पहचान लेना चाहिए, क्योंकि ये ही भारतीय सुरक्षा बलों के साथ मुठभेड़ में मारे गए आतंकी बुरहान मुजफ्फर वानी की मौत के बाद निकले जनाजे में हजारों लोगों के उमड़ने को वाजिब मान रहे थे। ये मुंबई धमाकों के गुनहगार याकूब मेमन की मुंबई में निकली शव यात्रा में शामिल होकर उसे भी सही बता रहे थे।

मुंबई में वर्ष 1993 में हुए सीरियल बम विस्फोट के मामले में दोषी याकूब मेमन को नागपुर केंद्रीय कारागार में फाँसी दी गई। इसके बाद उसकी मुंबई में शव यात्रा निकली। उसमें हजारों लोग शामिल हुए। सवाल यह है कि क्या कानून की नजरों में गुनाहगार साबित हो चुके मेमन को लेकर समाज के एक वर्ग का इस तरह का सम्मान और प्रेम का भाव दिखाना जायज है? कदापि नहीं, पर आजादी के नारे लगानेवाले उस जनाजे में शामिल हुए लोगों के साथ खड़े थे।

उत्तर प्रदेश विधानसभा चुनावों में जनता के खारिज किए जाने के बाद बसपा नेत्री मायावती ने ईवीएम में मीन-मेख निकालना चालू कर दिया। बस, इसके बाद असंतुष्ट बिरादरी मैदान में उतर आई। इसने सोशल मीडिया को रंग दिया। ये कह रहे हैं कि भाजपा के शिखर नेता लालकृष्ण आडवाणी ने भी ईवीएम की विश्वसनीयता पर सवाल खड़े किए थे, पर ये उत्तर प्रदेश से इतर हुए राज्यों में चुनाव नतीजों को लेकर शांत हैं, यानी इन्हें वहाँ पर ईवीएम में कोई खामी नजर नहीं आ रही। आखिरकार, 2007 में जब मायावती को और 2012 में अखिलेश यादव को बहुमत मिला था, तब यह सवाल क्यों नहीं उठाया गया। यदि ईवीएम में गड़बड़ी उनके शासनकाल में हुई तब तो उन्हीं की सरकार बननी चाहिए थी, लेकिन समाजवादी पार्टी और मुलायम ऐंड कंपनी का दुर्भाग्य कि ऐसा हुआ नहीं।

दरअसल मामला गंभीर है और देश इस सवाल का उत्तर उन सभी से चाहता है, जो मेमन और बुरहान को हीरो के रूप में पेश करने में शर्मिंदगी महसूस नहीं करते और जो अब ईवीएम मशीनों की विश्वसनीयता पर उँगलियाँ उठा रहे हैं। पूर्व चुनाव आयुक्त कुरैशी ने भी कहा है कि ईवीएम मशीनों की विश्वसनीयता पर उँगली उठाना सरासर गलत है और देश की निष्पक्ष चुनाव व्यवस्था पर जनता में भ्रम फैलानेवाला है।

बुरहान वानी से लेकर याकूब मेमन के शुभचिंतक ही अब चीख-चीखकर ईवीएम मशीनों को लेकर सोशल मीडिया पर बहस कर रहे हैं। बुरहान वानी को जे.एन.यू. में देश-विरोधी नारे लगाने का आरोपी उमर खालिद शहीद साबित करने की कोशिश कर रहा था।

उमर खालिद ने अपने फेसबुक पोस्ट पर बुरहान की तुलना लैटिन अमेरिकी क्रांतिकारी चे ग्वेरा तक से की थी। अब वही उमर खालिद रामजस कॉलेज में अभिव्यक्ति की आजादी पर भाषण देने के लिए आमंत्रित किया जाता है। इसी उमर खालिद का साथ देनेवाले असंतुष्ट बिरादरी से जुड़े कुछ स्वयंभू सेक्युलरवादी लेखक छत्तीसगढ़ के दीन-हीन आदिवासियों का खून बहानेवाले माओवादियों के साथ खड़े होते हैं। उन्हें कश्मीर के अलगाववादी नेताओं—यासीन मलिक और इफ्तिखार गिलानी के समर्थन में लिखने में भी लज्जा नहीं आती। इनमें अरुंधति राय भी शामिल हैं। वे कश्मीर की आजादी की पैरोकार हैं। इसके लिए उन्हें मोटी रकमवाले पुरस्कार से भी कई बार नवाजा गया है, यानी वह भारतीय संसद् के उस प्रस्ताव को कागज का टुकड़ा मान रही हैं, जिसमें संकल्प लिया गया है कि भारत पाकिस्तान अधिकृत कश्मीर (पी.ओ.के.) का अपने में विलय करेगा।

अरुंधति राय उन स्थायी भारत-विरोधी लेखकों और तत्त्वों का नेतृत्व करती हैं, जिन्हें भारत-विरोध प्रिय है। इन लेखकों की जमात सुविधाभोगी है। ये वही लेखक हैं, जो दादरी कांड के बाद अभिव्यक्ति की आजादी का कथित तौर पर गला घोंटे जाने के बाद अपने साहित्य अकादमी पुरस्कार लौटा रहे थे। और इस अभियान के तहत कैंडिल मार्च निकालनेवालों को माकपा और भाकपा का हर हाल में समर्थन मिलता ही है। माकपा के नेता सीताराम येचुरी से लेकर प्रकाश करात और भाकपा नेता डी. राजा को भी देश

तोड़नेवाली शक्तियों के लिए हमेशा खड़े रहना वाजिब लगता है। माकपा को याद रखना चाहिए कि उनकी निंदनीय नीतियों के कारण ही उन्हें जनता रद्दी की टोकरी में हर जगह फेंक रही है। उत्तर में माकपा और बाकी वाम दलों का सूपड़ा साफ हो गया है। जमानत तक नहीं बची है उत्तर प्रदेश और उत्तराखंड में।

अरुंधति राय और उमर खालिद से पूछा जाना चाहिए कि ये और इनकी बिरादरी सेना के कश्मीर से लेकर चेन्नई की भीषण बाढ़ में राहत कार्यों पर लिखना पसंद नहीं करते? साल 2015 में जम्मू-कश्मीर में आई बाढ़ की विपदा से निपटने के लिए सेना और वायु सेना के जवानों ने दिन-रात एक कर दिया था। उस वक्त तो घाटी में लोगों का विरोध झेलनेवाली सेना उन्हीं कश्मीरी लोगों के लिए देवदूत बन गई थी। बाढ़ से आई तबाही में सेना ने जिस तरह से जान जोखिम में डालकर लोगों को बचाने का अभियान छेड़ा, उसपर तो कभी नहीं लिखा इस मोमबत्ती बिरादरी ने। इसके अलावा उत्तराखंड में साल 2013 में आई बाढ़ हो या फिर देश के किसी अन्य भाग में आई दैवी आपदा, सेना और आर.एस.एस. के स्वयंसेवक हर जगह मौजूद रहे जनता को राहत पहुँचाने के लिए, पर अरुंधति राय और कन्हैया कुमार सरीखे कथित दिग्भ्रमित और राष्ट्रद्रोही बुद्धिजीवियों को यह सब नहीं दिखा या वे देखना ही नहीं चाहते।

और दादरी कांड को लेकर जिस तरह से कथित लेखकों ने अपने सम्मान वापस करने की होड़ मचा रखी थी, उसके बाद देश की जनता इन लेखकों का असली चेहरा देख लिया है। जब समाजवादी सरकार की फोरेंसिक लैब ने जब्त मांस को गौमांस साबित कर दिया, तब तो यह पुरस्कार वापसी ब्रिगेड छुट्टी मनाने चली गई। इन्हें तो मात्र भारत विरोध का बहाना चाहिए। अब यही लोग ईवीएम मशीन में खोट निकाल रहे हैं। देश में चुनावों के मौकों पर पिछले बीसियों सालों से ईवीएम मशीनों का लगातार प्रयोग हो रहा है, पर ये कोई तर्क सुनने के लिए राजी ही नहीं। अनाप-शनाप तर्क पेश करते जा रहे हैं। दरअसल वोट बैंक की क्षुद्र राजनीति के लिए पिछले साठ सालों में सत्ताधारियों ने देश को आतंकवाद, उग्रवाद, अलगाववाद और संप्रदाय तथा जातिवाद के जहर से सींचा है।

अब इस बिरादरी से दिल्ली के मुख्यमंत्री अरविंद केजरीवाल भी जुड़ चुके हैं या पहले से ही जुड़े हुए हैं, लेकिन अरविंद केजरीवाल यह भूल रहे हैं कि इसी ईवीएम से उन्होंने दिल्ली विधानसभा का चुनाव जीता था। विडंबना यह है कि यह बिरादरी अपनी सुविधा के अनुसार सड़कों से लेकर सोशल मीडिया पर उतरती है। बेशक, देश को इनसे सावधान रहना होगा और मोदी सरकार को राष्ट्रद्रोह को पुनः परिभाषित कर उचित सख्त कानूनी कार्रवाई करनी पड़ेगी, ताकि ऐसे राष्ट्रविरोधी तत्त्वों को सबक सिखाया जा सके।

*(17 मार्च, 2017, जन प्रवाद)*

□

# क्या नदियाँ मैली ही रहेंगी

अब कभी-कभी तो ऐसा लगता है कि शायद हम और हमारा समाज ही अपनी जीवनदायनी नदियों को साफ-निर्मल रखने को लेकर गंभीर नहीं है। लाख सरकारी कोशिशों और प्रधानमंत्री नरेंद्र भाई के आह्वान के बावजूद इस बार भी गणेशोत्सव पर देश भर में गणेश की प्रतिमाएँ नदियों में ही विसर्जित होती रहीं, मानो नदियों की सफाई को लेकर किसी के मन में संवेदना ही न बची हो। गणेशोत्सव के बाद अब दुर्गा पूजा का समय आ गया, फिर दीवाली, फिर चित्रगुप्त पूजा और फिर छठ। अगर गणेशोत्सव पर ईको फ्रेंडली गणेश की मूर्तियाँ बन और बिक सकती हैं तो फिर दुर्गा पूजा के वक्त क्यों नहीं? अगर हम अपने को बदलेंगे नहीं तो फिर हमें अपनी नदियों की गंदगी और उनके प्रदूषित होनेवाले किसी मसले पर बोलने का अधिकार नहीं होगा।

इस बार कुछेक गणेशोत्सव समितियों ने ही गणेश की ईको फ्रेंडली प्रतिमाएँ बनाईं। ईको फ्रेंडली गणेश प्रतिमाओं की खासियत यह थी कि इन्हें नारियल और सुपारी के रेशों और छिलकों से तैयार किया गया था। इन प्रतिमाओं में शुद्ध रूप से मिट्टी, गोंद और हर्बल रंगों का ही उपयोग किया गया। 'स्प्राउट गणेश' नाम की स्वयंसेवी संस्था ने मक्का के आटे, गेंहू के आटे, पालक के पत्ते आदि से शुद्ध शाकाहारी नूडल्स बनाए, जिन्हें मिट्टी की खोखली गणेश की प्रतिमा में भर दिया। इससे मिट्टी का भी सीमित उपयोग हुआ और भारी मात्रा में मूर्ति विसर्जन के बाद मछलियों को भी भोजन प्राप्त हो गया। इस संस्था ने सिर्फ 9 इंच की मूर्तियों का ही निर्माण और प्रचार किया और छोटी मूर्तियों के प्रचलन को प्रोत्साहित किया। कहने की जरूरत नहीं कि इस तरह की मूर्तियों के नदियों में विसर्जित करने से नदियाँ कतई प्रदूषित नहीं होंगी।

आपको याद होगा कि एक दौर में मूर्तियाँ मिट्टी की ही बनती थीं। उन पर स्वाभाविक हर्बल रंग ही किए जाते थे, पर अब तो ये पत्थर तथा भारी धातुओं और

प्लास्टर ऑफ पेरिस जैसी घातक वस्तुओं की भी बनने लगी हैं। कुछ मूर्तियाँ, जो पत्थर से बन रही हैं, उन पर खतरनाक रसायनों से तैयार रंग किए जाते हैं। और ये सब अंतत: नदियों में ही पहुँचते हैं। कुछ साल पहले केंद्रीय प्रदूषण नियंत्रण बोर्ड (सी.पी.सी.बी.) ने दुर्गा पूजा की मूर्तियों के हुगली नदी में विसर्जित करने के असर पर एक आँखें खोलनेवाला अध्ययन किया था। उसके मुताबिक, हर साल दुर्गा पूजा के अंत में करीब 20 हजार माँ दुर्गा की मूर्तियाँ हुगली में विसर्जित की जाती हैं। इसके चलते नदी में करीब 17 टन वार्निश और बड़ी मात्रा में रासायनिक रंग हुगली के जल में मिलता है। इन रंगों में मैगनीज, सीसा, क्रोमियम जैसी धातु मिली होती हैं। दुर्गा पूजा के बाद हुगली में तेल, मोबिल और ग्रीस की मात्रा में भारी इजाफा हो जाता है।

जरा सोचिए कि इतनी मूर्तियों के नदियों में जाने से उनके साथ हम कितना अन्याय कर रहे हैं। दो बातें एक साथ नहीं हो सकतीं। एक तरफ हम नदियों को साफ करने का संकल्प लें, दूसरी ओर इन्हें भाँति-भाँति के तरीकों से गंदा करें। नदियों-समुद्र में मूर्ति विसर्जन की परंपरा पर विराम लगाने की रस्मीतौर पर बरसों से पुरजोर माँग हो रही है, पर कोई नहीं जानता कि इस माँग से कब भारतीय समाज अपने को जोड़ेगा। फिलहाल तो तसवीर निराश करनेवाली हैं। इनके नदी और समुद्र में मिलने से इनका जल कितना प्रदूषित होता है, यह अब साफ हैं और किसे नहीं पता कि उत्तर प्रदेश के कई समुदाय गंगा नदी में लाशें तक बहा देते हैं। पिछले साल मकर सक्रांति पर दर्जनों लाशें कानपुर के पास गंगा में बहती हुई मिली थीं। यह नहीं हो सकता कि ये परंपराएँ भी चलती रहें और गंगा अविरल और निर्मल भी बनी रहे। एक बात समझ लेनी चाहिए कि नदियों को

साफ करना और साफ रखना सिर्फ सरकारों का ही दायित्व नहीं हो सकता। इस कार्य में समाज की सक्रिय और समर्पित भागेदारी भी जरूरी है। इसलिए अब समाज के जागने का वक्त भी आ गया है। इसमें पहले ही काफी देरी हो चुकी है। हम गंगा सहित तमाम नदियों के साथ निरंतर खिलवाड़ कर रहे हैं।

बहरहाल, केंद्र सरकार चाहती है कि आगामी 2018 तक गंगा सफाई की महत्त्वाकांक्षी परियोजना पूरी हो जाए। सरकार ने सुप्रीम कोर्ट को आश्वासन दिया है कि गंगा नदी की सफाई सरकार के इसी कार्यकाल में पूरी हो जाएगी। केंद्र सरकार का जवाब सुप्रीम कोर्ट में तब आया, जब अदालत की बेंच ने पर्यावरणविद् एम.सी. मेहता की जनहित याचिका पर सुनवाई के दौरान केंद्र सरकार को आड़े हाथ लेते हुए पूछा था कि उसके शासनकाल में गंगा की सफाई का काम पूरा हो जाएगा या नहीं। इस पर सॉलीसिटर जनरल रणजीत कुमार ने न्यायालय के समक्ष सरकार का पक्ष रखते हुए कहा कि गंगा को साफ करने का काम 2018 तक पूरा कर दिया जाएगा। अब सरकार तो यह चाहती तो है कि गंगा साफ हो जाए, पर देश कितना चाहता है। क्या यह कार्य सिर्फ सरकार अकेले पूरा कर सकती है? इसके लिए सबका सक्रिय सहयोग जरूरी है। सुप्रीम कोर्ट तो यहाँ तक मानता है कि पिछले 30 सालों में गंगा की सफाई के लिए कोई काम ही नहीं हुआ है। कोई सवाल पूछे उनसे, जो पिछले 70 वर्षों से देश पर शासन करते रहे हैं।

कुछ साल पहले तक गणेशोत्सव महाराष्ट्र और कुछ निकटवर्ती राज्यों तक ही सीमित था। अब इसने भी अखिल भारतीय स्वरूप ले लिया है। इस बार दिल्ली में गणेशोत्सव के दौरान सैकड़ों गणेश प्रतिमाएँ यमुना में विसर्जित हुईं। सबसे बड़ी बात यह

है कि गणेशोत्सव को गैर-मराठी भी मना रहे हैं। इसमें कोई बुराई भी नहीं है, पर समस्या यह है कि विसर्जन के विकल्प नहीं खोजे जा रहे, जिसके चलते नदियाँ बदबूदार होती जा रही हैं। यमुना तो अब नाले में तब्दील हो चुकी है, ऐसा कहा जाए तो अतिशयोक्ति नहीं होगी।

क्या इतना भी संभव नहीं है कि स्थानीय प्रशासन यह तो सुनिश्चित कर ही ले कि मूर्तियों को विसर्जित करने से पहले उन्हें पहनाए गए सारे वस्त्रों तथा विभिन्न धातुओं से बने गहनें उतार लिये जाएँ। इस नियम का कठोरता से पालन हो। लाख सिर पटकने के बाद भी भक्तों को समझ नहीं आ रहा कि अगर हम प्रकृति का ही सम्मान नहीं करेंगे तो हम ईश्वर का सम्मान कहाँ से करेंगे।

अब मैं बात गंगा सफाई को लेकर करना चाहता हूँ। गंगा के 2500 किलोमीटर लंबे मार्ग में देश की 43 फीसदी आबादी बसी हुई है। यह विश्व का अधिकतम मानव घनत्ववाला क्षेत्र है। ऋषिकेश, हरिद्वार, कानपुर, इलाहाबाद, बनारस, पटना, मुंगेर, भागलपुर, साहेबगंज, कोलकाता जैसे कई महत्त्वपूर्ण और बड़े-बड़े नगर गंगा के किनारे बसे हुए हैं। इन नगरों में हजारों कल-कारखाने हैं। इनसे निकलनेवाला कचरा सब गंगा में ही जाता है। सरकारें तो गंगा, यमुना और दूसरी नदियों को साफ करने को लेकर गंभीर हैं। पिछले तीन दशकों से गंगा को निर्मल करने का कार्य चल रहा है, लेकिन इसमें अपेक्षित सफलता नहीं मिली। अब तो लगता है कि सरकार भले ही इसे स्वच्छ करने के संबंध में प्रयासरत है, पर जनता कोई बहुत गंभीर नहीं है। इसलिए ही सरकार

ने गंगा सफाई परियोजना को सरकारी के बजाय सामाजिक बनाना तय किया है। सरकार चाहती है कि गंगा को हमेशा स्वच्छ बनाए रखने का जिम्मा इसके किनारे रहनेवाले और इसकी आस्था में लगे लोग खुद ही सँभालें। क्या वे इस दायित्व को अपने कंधे पर लेने के लिए तैयार हैं?

बेशक, गंगा के सामने संसार की कोई भी नदी नहीं ठहरती, खास तौर पर उसके द्वारा पोषित आबादी के मुकाबले में। वेदों में कहा गया है कि गंगा के स्मरण और दर्शन मात्र से समस्त पाप धुल जाते हैं। उसके जल का आचमन करने और उसमें स्नान करना हजारों तीर्थ करने के बराबर है, पर अफसोस कि हमने सदियों से गंगा का अनादर किया है। अब तो हरिद्वार के बाद से ही गंगा की गुणवत्ता प्रभावित होने लगती है।

एक बात और। गंगा और दूसरी नदियों की सफाई ही पर्याप्त नहीं है। वे जिधर से गुजरती हैं, वहाँ पर पर्यटन और मनोरंजन उद्योग को भी बढ़ावा दिया जाए। लंदन में टेम्स नदी और सिंगापुर में सिंगापुरा नदी के तट पर सुंदर पर्यटन स्थल विकसित किए गए हैं। यह सब हम क्यों नहीं कर सकते। इसकी शुरुआत गंगा से क्यों न हो। अगर इस तरह की किसी योजना पर अमल हो जाए तो बड़ी तादाद में स्थानीय लोगों को रोजगार भी मिलने लगेगा।

कहने को तो गंगा और दूसरी नदियों को भारत में सिर्फ नदी के रूप में ही नहीं देखा जाता, ये भारतीय जनमानस की आस्था तथा आध्यात्मिकता की प्रतीक भी हैं, पर लगता है कि ये सब बनावटी बातें हैं। हम एक तरफ इन्हें पूजनीय मानते हैं, दूसरी तरफ गंदा करके इसका अपमान करने से भी बाज नहीं आते। क्या हम कभी सुधरेंगे?

*(6 अक्तूबर, 2016, दैनिक जागरण)*

□

# क्यों आता है किसी राज्य में निवेश ?

कावेरी और महानदी के जल बँटवारे से लेकर एयरपोर्ट के नामकरण तक पर तमिलनाडु-कर्नाटक, उड़ीसा, छत्तीसगढ़ वगैरह राज्य हाल ही में लड़ रहे हैं। इनके विवाद कटु भी होते गए, पर इन विवादों से परे आजकल इनमें एक प्रतिस्पर्धा और भी चल रही है। वह है देसी-विदेशी निवेश को आकर्षित करने के लिए। यकीन मानिए यह स्वस्थ प्रतिस्पर्धा जारी रहनेवाली है। इसको लेकर किसी को परेशानी भी नहीं होनी चाहिए। जो राज्य जितने ठोस कदम उठाएँगे, उतना ही उन्हें प्रत्यक्ष विदेशी निवेश (एफ.डी.आई.) और देश के अंदर से ही प्राइवेट सेक्टर का निवेश भी मिलेगा।

दरअसल, अब अधिकतर राज्य अपने को निवेश के लिए सबसे मुफीद जगह साबित करने की जी-तोड़ कोशिश में लगे हैं। राज्यों के बीच जारी यह पूरी कवायद 'ईज ऑफ डूइंग बिजनेस' लिस्ट में ऊँचा स्थान पाने को लेकर है। यह सूची वर्ल्ड बैंक तैयार करता है। बीते दिनों वर्ल्ड बैंक की टीम ने भारत के राज्यों की रैंकिंग लिस्ट जारी की है। इससे पहले टीम ने बिजनेस करने में आसानी की दिशा में भारतीय राज्यों की तरफ से उठाए गए 100 कारगर उपायों का आकलन किया था। जब पिछले साल पहली बार रैंकिंग लिस्ट जारी की गई थी, तब बिजनेस आसान करने में 98 पैमानों पर राज्यों का आकलन किया गया था, लेकिन इस साल उनका आकलन 340 पैमानों पर किया गया है।

## कौन सबसे आगे

इस साल देश के नए राज्य तेलंगाना ने नंबर वन की कुरसी हथिया ली है। तेलंगाना ने अपने पैदाइशी प्रतिद्वंद्वी आंध्र प्रदेश को मामूली अंतर से पछाड़ दिया है, तो यह मत सोचिए कि आंध्र प्रदेश के मुख्यमंत्री चंद्रबाबू नायडू और तेलंगाना के मुख्यमंत्री के. चंद्रशेखर राव मात्र लड़ते ही रहते हैं। इनके बीच एक स्वस्थ प्रतिस्पर्धा भी चल रही

है। इस सूची में गुजरात हमेशा की तरह अपनी बेहतर जगह बनाए रखता है। वर्ल्ड बैंक की रैंकिंग को अब अधिकतर राज्य बहुत गंभीरता से ले रहे हैं। राज्यों ने कई विशेषज्ञ सलाहकारों को नियुक्त कर भी यह सुनिश्चित करने की कोशिश की है कि बिजनेस आसान करने की दिशा में उठाए गए उनके कारगर कदम बेकार न जाएँ। एक बात साफ है कि जिन राज्यों को बेहतर रैंकिंग मिलेगी, वहाँ पर देश-विदेश से मोटा निवेश आएगा। जाहिर है, इससे उन राज्यों का चौमुखी विकास भी होगा।

इस बीच, भारत सरकार का डिपार्टमेंट ऑफ इंडस्ट्रियल पॉलिसी ऐंड प्रमोशन (डी.आई.पी.पी.) भी हर साल एक सूची जारी करता है, जो यह बताती है कि देश के कौन से राज्य बिजनेस करने के लिहाज से उत्तम हैं। इस पूरी कवायद के पीछे एक मात्र लक्ष्य राज्यों के बीच निवेश और विकास को लेकर एक स्वस्थ प्रतिस्पर्धा को बढ़ावा देना है। इसके लिए डी.आई.पी.पी. राज्यों की रैंकिंग तय करने के लिए प्रत्येक राज्य को 285 प्रश्नोंवाली एक विस्तृत प्रश्नावली भेजती है। इसके पीछे डी.आई.पी.पी. का मुख्य उद्देश्य यह पता करना रहता है कि राज्यों में 'ईज ऑफ डूइंग बिजनेस' से जुड़े विभिन्न कारक कितने प्रभावी ढंग से लागू हैं। इस प्रश्नावली में राज्यों में मौजूद औद्योगिक उपयोग की जमीन के लैंड बैंक की उपलब्धता, नगरपालिका कार्यालय में लैंड रिकॉर्ड्स का कंप्यूटरीकरण, डिस्ट्रिक्ट कोर्ट में कमर्शियल विवाद के लिए इ-फाइलिंग की व्यवस्था, कानून व्यवस्था की स्थिति, कौशल विकास, परिवहन, जल, विद्युत्, कुशल कामगार, सरकारी कर्मचारियों की दक्षता जैसे आयाम शामिल किए गए हैं।

## कैसे आएगा निवेश

चूँकि मैं पिछले 40 वर्षों से स्वयं भी एक कारोबारी रहा हूँ, इसलिए मुझे लगता है कि जो राज्य निवेश करने की उत्सुक कंपनियों को तुरंत भूमि का अधिग्रहण करने में मदद करेंगे, पर्यावरण अनुमति दिलवाने में विलंब नहीं करेंगे, श्रम कानूनों का भ्रष्टाचार रहित अनुपालन करेंगे, इन्फ्रास्ट्रक्चर संबंधी आवश्यकताओं की पूर्ति करेंगे और कर प्रणाली की प्रक्रिया को सरल और परेशानीमुक्त बनाएँगे, वहाँ पर अच्छा निवेश होने लगेगा और जो यह सब सुनिश्चित नहीं करेंगे वे पिछड़ जाएँगे।

दरअसल अब दुनिया लड़-मरकर आगे नहीं बढ़ेगी। अब आर्थिक विकास के सहारे ही आगे बढ़ा जा सकेगा। भारत 2015 में चीन और अमेरिका जैसे शक्तिशाली देशों को भी पीछे छोड़ते हुए दुनिया का सबसे आकर्षक देश बन गया, एफ.डी.आई. को आकर्षित करने के मापदंड पर। लंदन से प्रकाशित होनेवाले प्रतिष्ठित अखबार 'दि फाइनेंशियल टाइम्स' ने आँकड़ों के हवाले से कहा है कि भारत में प्रत्यक्ष विदेशी निवेश 31 अरब डॉलर हुआ, जबकि चीन में 28 और अमेरिका में 27 अरब डॉलर ही रहा, यानी भारत में आनेवाला निवेश विभिन्न राज्यों में ही तो जा रहा है। अच्छी बात यह है कि अब अपने देश के अनेक राज्यों में इस तरह की होड़ शुरू हो चुकी है। बिहार, उत्तर प्रदेश और कुछ पूर्वोत्तर राज्य ही अपवाद माने जाएँगे।

क्या यह भी अब किसी को बताने की जरूरत है कि तमिलनाडु, आंध्र प्रदेश, कनार्टक, हरियाणा समेत बहुत से राज्यों की सूरत आई.टी., टेलीकॉम और ऑटोमोबाइल जैसे क्षेत्रों ने बदलकर रख दी? इन क्षेत्रों की कंपनियों ने अनेक राज्यों में खरबों रुपए का निवेश किया। लाखों नौजवानों को रोजगार दिया। जाहिर है, इतने भारी-भरकम निवेश ने इन राज्यों की जनता को सुखी जीवन देने में मदद की।

पर अफसोस होता है कि जहाँ तमाम राज्य अपने यहाँ पर निवेश लाने को लेकर कसकर मेहनत कर रहे हैं, अपने को बदल रहे हैं, वहीं बिहार पहले की तरह से अजगर की रफ्तार से चल रहा है। देश में 1991 के बाद शुरू हुए आर्थिक उदारीकरण के बाद हर स्तर पर सकारात्मक बदलाव देखने में आए, पर बिहार में गुजरे 25 सालों से राज करनेवालों ने विकास के नाम पर सिर्फ शिलान्यास भर किए। उनसे जरा पूछ लीजिए कि उन्होंने राज्य के औद्योगिक विकास के लिए क्या किया, उन्होंने किसानों के ज्वलंत मसलों को किस तरह से दूर किया, कितने रोजगार पैदा किए? सच्चाई यह है कि गुजरे 25 सालों के दौरान बिहार में औद्योगिक या कृषि क्षेत्र का रत्तीभर भी विकास नहीं हुआ। 'लालू-राबड़ी-नीतीश राज' में बिहार में नए उद्यमियों को अपने यहाँ निवेश के लिए कभी बुलाने की जहमत नहीं उठाई। इसके साथ ही पहले से चलनेवाले उद्योगों के मसलों को हल करने के लिए कोई सिंगल विंडो सिस्टम भी नहीं स्थापित किया। निवेश आने की

जगह उद्यमियों का पलायन हुआ। बिहार में अपना कारोबार स्थापित करनेवाले उद्योगों के लिए भूमि आवंटन की कोई ठोस व्यवस्था नहीं की गई। राज्य में इन्फ्रास्ट्रक्चर नाम की कोई चीज लालू-राबड़ी-नीतीश के दौर में विकसित नहीं की गई। आज बिहार में बिजली-पानी की आपूर्ति की कोई व्यवस्था पक्की नहीं है। सड़कें खस्ताहाल हैं। जिस सड़क के लिए नीतीश विकास पुरुष कहे जाते हैं, वहाँ की सड़क देख लें तो फिर विकास नाम से आपको चिढ़ होने लगेगी।

सत्तर के दशक में डॉ. जगन्नाथ मिश्र के मुख्यमंत्रित्व में राज्य के विभिन्न क्षेत्रों में औद्योगिक विकास के लिए पाँच औद्योगिक विकास प्राधिकरण पटना, मुजफ्फरपुर, बोकारो, राँची और जमशेदपुर में बनाए गए थे। इनमें तीन तो झारखंड में चले गए। बिहार की दो अथॉरिटी पटना और मुजफ्फरपुर भी अराजकता और अपहरण के माहौल में बंद हो गईं। निवेशक भाग गए। अब सुशासन बाबू अथॉरिटी की बेशकीमती जमीनों को अपने चहेते लोगों को औने-पौने दामों पर देकर मॉल, सिनेमाघर, स्कूल और शो रूम खुलवाने में लगे हैं।

बिहार में समूची ट्रासंपोर्ट व्यवस्था का भगवान् ही मालिक है। पब्लिक ट्रांसपोर्ट तो है ही नहीं। एक समय में बिहार राज्य पथ परिवहन निगम का देश भर में नाम था। आज के बिहार से पड़ोसी उत्तर प्रदेश और झारखंड और उड़ीसा तक भी बेहतर नजर आता है। बीते कुछ समय पहले 'बीमारू' कहे जाने पर काफी तीखी बहस छिड़ गई थी। आखिर बिहार को 'बीमारू' बनाया किसने, बिहार के लोगों ने या बिहार के नेताओं और शासकों ने? भारत सरकार के आँकड़ों के मुताबिक, बिहार में 6 फीसदी घरों में ही नौकरीपेशा हैं। इनमें से सरकारी नौकरी में तो मात्र 4 फीसदी हैं, जबकि राष्ट्रीय स्तर पर नौकरीपेशा घरों की संख्या करीब साढ़े नौ फीसदी है। बिहार इस मामले में कुल 36 राज्यों और केंद्रशासित प्रदेशों की सूची में 33वें नंबर पर है। यह ठीक है कि बिहार में सरस्वती पूजा बंगाल के बाद सर्वाधिक धूमधाम से मनाई जाती है, पर उसी बिहार की 43 फीसदी जनता निरक्षर है, जबकि देश की साक्षरता का औसत 35.73 फीसदी है यानी राष्ट्रीय औसत

से करीब आठ प्रतिशत कम। बिहार में 65 फीसदी ग्रामीण आबादी ऐसी है, जिसके पास अपनी कोई जमीन नहीं है, यानी भूमिहीन मजदूरों की फौज खड़ी है। ऐसे में बिहार का विकास कैसे होगा?

## रुके बेमतलब के विवाद

कावेरी जल विवाद पर कुछ हफ्ते पहले बेंगलुरू बुरी तरह झुलसा। तमिल मूल के नागरिकों के साथ मारपीट हुई। उनकी दुकानों, मकानों को आग के हवाले कर दिया गया। इस तरह की अप्रिय घटनाओं को रोकना होगा। जाटों को आरक्षण देने के सवाल पर हजारों करोड़ रुपए की संपत्ति नष्ट कर दी गई हरियाणा में। अब यह सुनिश्चित करना ही होगा कि इस तरह की घटनाएँ फिर न हों। निश्चित तौर पर इन घटनाओं के चलते निवेशक भागता है। जाट आंदोलन के बाद हरियाणा में निवेशक सम्मेलन हुआ था। उसमें महिंद्रा समूह के चेयरमैन आनंद महिंद्रा ने सरकार को साफ कह दिया था कि वे उसी हालत में राज्य में निवेश के संबंध में सोचेंगे अगर हरियाणा में अमन होगा। हरियाणा सरकार ने राज्य में निवेशकों को लुभाने के लिए 'हैपनिंग हरियाणा ग्लोबल इन्वेस्टर्स' सम्मेलन किया था।

बेशक, जाट आंदोलन से हरियाणा की निवेश को लेकर छवि खराब हुई थी। हिंसा के कारण कई निवेशक निश्चित रूप से बिदक गए थे। हरियाणा में कई सारी जापानी और कोरियाई कंपनियों ने निवेश किया है, खासतौर से गुड़गाँव-मानेसर बेल्ट में इनकी काफी मौजूदगी है। इनमें मारुति-सुजुकी, होंडा, कैनन, याकुल्ट, डेंसो, मित्सुबिसी, टोयो, डाइकिन, योकोहोमा, शोवा, निप्पन, कन्साई पेंट्स आदि प्रमुख हैं। सीधी सी बात यह है कि अब राज्यों को अपनी आपसी कटुता को भुलाकर साथ-साथ मिलकर या अपने स्वयं के स्तर पर निवेश आकर्षित करना ही होगा। बिना निवेश के वे अपने राज्यों का विकास किसी भी सूरत में नहीं कर पाएँगे। अब तो उनकी आँखें खुल जानी चाहिए।

*(22 अक्तूबर, 2016, दैनिक जागरण)*

□

# क्यों खास होगी मोदी की इजराइल यात्रा ?

प्रधानमंत्री नरेंद्र मोदी की आगामी इजराइल यात्रा की घोषणा नहीं हुई है, पर उनका निकट भविष्य में इस एकमात्र यहूदी मुल्क जाना तय है। दरअसल दोनों देश अपने राजनयिक संबंधों की रजत जयंती मना रहे हैं। मोदी की आगामी इजराइल यात्रा निश्चित रूप से एक मील का पत्थर साबित होने जा रही है। वे पहले भारतीय प्रधानमंत्री होंगे, जो इजराइल यात्रा पर जाएँगे। हालाँकि वे गुजरात के मुख्यमंत्री के रूप में पहले भी इजराइल का दौरा कर चुके हैं। भारत ने साल 1992 में इजराइल के साथ पूर्ण राजनयिक संबंध स्थापित किए थे, मगर किसी भारतीय प्रधानमंत्री या राष्ट्रपति ने कभी वहाँ का दौरा नहीं किया। साल 2003 में तत्कालीन इजराइली प्रधानमंत्री एरियल शेरोन भारत की यात्रा पर आए थे। ऐसा करनेवाले वे पहले इजराइली प्रधानमंत्री थे। भारत के साथ द्विपक्षीय संबंधों को रक्षा और व्यापार सहयोग से लेकर रणनीतिक संबंधों तक विस्तार देने का श्रेय काफी हद तक उनको ही जाता है।

## रिश्तों में नई इबारत

केंद्र में भाजपा के नेतृत्ववाली सरकार के 2014 में सत्तासीन होने के बाद तय था कि अब दोनों देशों के रिश्तों में नई इबारत लिखी जाएगी। भारतीय जनता पार्टी यह मानती रही है कि इजराइल से मजबूत रिश्ते स्थापित होने से दोनों देशों का भला होगा। दोनों देशों की सत्तासीन पार्टियाँ, यहाँ की भारतीय जनता पार्टी और वहाँ की लिकुड में राष्ट्रवाद के सवाल पर एक ही राय है, यानी विचारधारा के स्तर पर दोनों देशों में कई समानताएँ हैं। इसकी वजह से अब दोनों देशों के आपसी संबंधों को विस्तार मिलना तय है। दरअसल, सन् 1948 में जन्म के बाद से ही इजराइल, फिलिस्तीनियों और पड़ोसी

अरब देशों के साथ जमीन के स्वामित्व के प्रश्न पर निरंतर लड़ रहा है। हालाँकि भारत ने 1949 में संयुक्त राष्ट्र में इजराइल को शामिल करने के खिलाफ वोट दिया, लेकिन फिर भी इजराइल को शामिल कर लिया गया। अगले साल ही भारत ने इजराइल के अस्तित्व को स्वीकार कर लिया था। यही भारत और इजराइल के संबंधों का श्रीगणेश था।

भारत ने 15 सितंबर, 1950 को इजराइल को मान्यता दे दी। अगले साल बंबई (अब मुंबई) में इजराइल ने अपना वाणिज्य दूतावास खोला, पर भारत अपना वाणिज्य दूतावास इजराइल में नहीं खोल सका। भारत और इजराइल को एक-दूसरे के यहाँ आधिकारिक तौर पर दूतावास खोलने में चार दशकों से भी लंबा वक्त लग गया, मतलब नई दिल्ली और तेल अवीव में इजराइल और भारत के एक-दूसरे के राजदूतावास सन् 1992 में खुले। मुझे याद है कि नई दिल्ली में इजराइल का दूतावास शुरू में बाराखंभा रोड पर स्थित गोपालदास भवन में खुला था। मुझे उसके उद्घाटन समारोह में भाग लेने का सुअवसर प्राप्त हुआ था।

## क्या मिला अरब से ?

निर्विवाद रूप से इजराइल भारत के सच्चे मित्र के रूप में लगातार सामने आ रहा है। हालाँकि फिलिस्तीन के सवाल पर भारत आँखें मूँद कर अरब संसार के साथ विगत दशकों में खड़ा रहा, पर बदले में भारत को वहाँ से अपेक्षित सहयोग और समर्थन नहीं मिला। भारत अरब देशों की वकालत करता रहा, पर कश्मीर के सवाल पर अरब देशों ने सदैव पाकिस्तान का ही साथ दिया। यह ठीक है कि अब वहाँ पर भी बदली हुई बयार बह रही है और तो और सऊदी अरब भी परदे के पीछे इजराइल से रिश्तों को स्थापित कर रहा है।

## रिश्तों में मुसलिम फैक्टर

अफसोस कि भारत खुलकर इजराइल के साथ संबंधों को नई दिशा देने से बचता रहा। केंद्र में कांग्रेस सरकारों के दौर में भारत के कूटनीतिक हितों की बलि दी जाती रही। माना जाता है कि इजराइल से संबंध रखने के चलते देश के मुसलमान खफा हो जाएँगे। इस कूटनीतिक विफलता के लिए कांग्रेस और वामपंथी पार्टियाँ ही उत्तरदायी हैं। दुर्भाग्यवश हमारे यहाँ सत्ता उनके हाथों में लंबे समय तक रही, जिन्हें यह भी लगता था कि इजराइल से संबंध प्रगाढ़ करने से उन प्रवासी भारतीयों के हित प्रभावित होंगे, जो खाड़ी के देशों में रहते हैं। इसके अलावा कच्चे तेल के आयात का भी सवाल था, पर देश के हितों की घोर अवहेलना हुई। हम उस अरब संसार के साथ खड़े रहे, जो हमारे शत्रु पाकिस्तान को खाद-पानी देता रहा।

## अनदेखी अपने यहूदियों की

जब मुसलमानों के तुष्टीकरण के लिए देश के हितों की अनदेखी हो रही रही थी, तब किसी भी पूर्ववर्ती सरकार ने भारत के यहूदियों के बारे में कभी नहीं सोचा। भारत में हजारों यहूदी सदियों से रहते हैं। राजधानी में मेरे सरकारी आवास के बगल में ही है यहूदी धार्मिक स्थान जूदेह हयम सिनगॉग है। इसके प्रभारी एजिकिल आइजेक मलेकर मराठी हैं। जाहिर है, उनकी मातृभाषा मराठी है। उन्होंने पुणे में संस्कृत का भी अध्ययन किया। वे हिंदू धर्म के ग्रंथों का भी गहन अध्ययन कर चुके हैं। वे बता रहे थे कि भारत में आज भी करीब 6 हजार यहूदी हैं। ये केरल, महाराष्ट्र और देश के अन्य भागों में हैं। उन्होंने कहा कि हमारे खून में भारत है। इजराइल से अवश्य हम भावनात्मक स्तर पर जुड़े हैं। भारत की पाकिस्तान पर 1971 के युद्ध में जंग के महानायकों में लेफ्टिनेंट जनरल जे.एफ.आर. जैकब भी थे। वे यहूदी थे। पूर्वी पाकिस्तान (अब बाँग्लादेश) में अंदर घुसकर पाकिस्तानी फौजों पर भयानक

आक्रमण करवानेवाले इस्टर्न कमांड के चीफ ऑफ स्टॉफ जनरल जैकब की वीरता की गाथा रोमांचक है। उनके आक्रमण युद्ध कौशल का ही परिणाम था कि नब्बे हजार से ज्यादा पाकिस्तानी सैनिकों ने अपने हथियारों समेत भारत की सेना के समक्ष आत्म-समर्पण किया था, जो कि अभी तक का विश्व भर का सबसे बड़ा सैन्य आत्म-समर्पण है।

मेरा सवाल यह है कि अगर हमने मुसलमानों के लिए इजराइल से दूरियाँ बनाईं तो हमने अपने यहूदी देशवासियों की राष्ट्रभक्ति की भावनाओं का आदर करते हुए इजराइल से मैत्रीपूण संबंध क्यों नहीं बनाए, क्या यह कांग्रेस की मुसलिम तुष्टीकरण की नीति का उदाहरण नहीं है?

## सहयोग के कदम

यह तय था कि केंद्र में भाजपा की सरकार के आने के बाद दोनों देशों के संबंधों में पहलीवाली स्थिति नहीं रहेगी और यही हुआ भी। अब दोनों देशों के नेता मौजूदा आपसी रिश्तों के बारे में बात करने से बचते नहीं हैं। इजराइली वित्तमंत्री मोशे यालून ने अपनी भारत यात्रा के दौरान माना था कि उनके देश के सैन्य उद्योग के लिहाज से भारत महत्त्वपूर्ण है। उन्होंने भारत के साथ तकनीकी दक्षता और विशेषज्ञता को साझा करने की इच्छा भी जताई थी और नई सरकार के आने के बाद से कई द्विपक्षीय समझौते हुए हैं, जिसमें कृषि, शोध एवं विकास, अर्थव्यवस्था, उद्योग और सुरक्षा में सहयोग शामिल है। कृषि क्षेत्र में आपसी सहयोग द्विपक्षीय संबंधों का एक महत्त्वपूर्ण पक्ष है। इजराइल में पानी की भारी कमी है, फिर भी वहाँ ड्रिप सिंचाई एरीगेशन पद्धति के विशेषज्ञ भरे पड़े हैं। अद्भुत प्रयोग किया है इजराइलियों ने। बागबानी, खेती, बागान प्रबंधन, नर्सरी प्रबंधन,

सूक्ष्म सिंचाई और सिंचाई के बाद कृषि प्रबंधन के क्षेत्र में इजराइली प्रौद्योगिकी से भारत को काफी लाभ मिला है। इसका हरियाणा, महाराष्ट्र और गुजरात में काफी उपयोग किया गया है। विदर्भ और मराठवाड़ा क्षेत्र की कृषि समस्या दूर करने के लिए महाराष्ट्र के मुख्यमंत्री देवेंद्र फडणवीस ने कुछ समय पहले इजराइल की यात्रा की थी। दूसरी तरफ भारत इजराइल को मुख्यतः खनिज ईंधन, तेल, मोती और रत्नों का निर्यात करता है।

## युद्धों में मदद

युद्ध विशेषज्ञ कहते हैं कि इजराइल तब भी भारत के साथ खड़ा था, जब उसे मदद की सर्वाधिक दरकार थी, यानी युद्धों के कठिन दौर में इजराइल ने हमारा साथ दिया। इजराइल ने 1965 और 1971 में पाकिस्तान के खिलाफ युद्ध के दौरान भी भारत को मदद दी। भाजपा नेता तरुण विजय ने संसद् में यह बात कही भी थी। 1965 और 1971 में इजराइल ने भारत को गुप्त जानकारियाँ देकर मदद की थी। कहा तो यह भी जाता है कि तब भारतीय सुरक्षा या खुफिया अधिकारी साइप्रस या तुर्की के रास्ते इजराइल जाते थे। वहाँ उनके पासपोर्ट पर मुहर तक नहीं लगती थी। उन्हें मात्र एक कागज दिया जाता था, जो उनके इजराइल आने का सुबूत होता था। 1999 के करगिल युद्ध में इजराइल की मदद के बाद भारत और इजराइल खासतौर पर करीब आए। तब इजराइल ने भारत को एरियल ड्रोन, लेजर गाइडेड बम, गोला-बारूद और अन्य हथियारों की मदद दी। इसके साथ ही इजराइल को डर सता रहा था कि कहीं यह परमाणु बम ईरान या किसी इसलामी चरमपंथी संगठन के हाथ न लग जाए। आप कह सकते हैं कि हमेशा से ही भारत और इजराइल के बीच सैन्य संबंध सबसे अहम् रहे हैं। इजराइल ने करगिल युद्ध के दौरान इस्तेमाल किए गए लेजर गाइडेड बम और मानवरहित हवाई वाहन भी हमें दिए थे। संकट के समय भारत के अनुरोध पर इजराइल की त्वरित प्रतिक्रिया ने उसे भारत के लिए भरोसेमंद हथियार आपूर्ति करनेवाले देश के तौर पर स्थापित किया और इससे दोनों देशों के रिश्ते काफी मजबूत हुए हैं।

वस्तुतः भारत-इजराइल संबंधों के परिप्रेक्ष्य में यह साल अपने आप में विशेष महत्त्व रखता है। इस बदले माहौल में प्रधानमंत्री नरेंद्र मोदी इजराइल की यात्रा पर जानेवाले हैं। निश्चित रूप से प्रधानमंत्री मोदी की इजराइल के प्रधानमंत्री बेंजामिन नेतन्याहू और बाकी नेताओं की बातचीत से दोनों देशों के संबंधों को नई गति और ऊर्जा मिलेगी।

*(16-30 अप्रैल, 2017, यथावत)*

# क्यों न मनाएँ इको फ्रेंडली त्योहार

लखनऊ में बकरीद की जगह पर बकरे की आकृति का केक काटा गया। यह पहल लखनऊ के राष्ट्रीय मुसलिम मंच ने की। इरादा यह था कि बकरीद को ईको फ्रेंडली तरीके से मनाया जाए। ईको फ्रेंडली यानी ऐसी बकरीद, जिससे हमारा पर्यावरण प्रभावित या प्रदूषित न हो। सृष्टि का नुकसान न हो। कुछ दकियानूसी लोग कहते हैं कि ईको बकरीद का विचार इसलाम विरोधी है। निश्चित रूप से बकरीद से लेकर दीवाली और होली आदि त्योहारों को बदलते वक्त में ईको फ्रेंडली ढंग से मनाने की आवश्यकता है।

बकरीद पर कई स्तरों पर माँग हुई कि मिट्टी के बकरे की कुरबानी दी जाए। लाखों बकरों की एक साथ कुरबानी वास्तव में इकोसिस्टम के लिए खतरे की घंटी तो है ही। सोशल मीडिया के पाकिस्तानी मित्रों ने भी बकरीद पर पशुओं की अंधाधुंध बलि प्रथा का जोरदार विरोध किया। यह छोटी बात नहीं है। पाकिस्तान जैसे घोर कट्टर इस्लामिक मुल्क में पशुओं की कुरबानी के खिलाफ आखिरकार कुछ लोग तो खड़े हो ही गए। फेसबुक पर मासूम से दिखनेवाले बकरों की तसवीर में दोनों बेहद कातर भाव से एक-दूसरे को देख रहे हैं, मानो कह रहे हों कि अब तो यह उनकी अंतिम मुलाकात है, इंशाअल्लाह अगले जन्म में मिलेंगे! यह प्रश्न सिर्फ मुसलमानों से ही नहीं है, उन हिंदुओं से भी है, जो पशु बलि देते हैं—अंधविश्वास के चक्कर में पड़कर अपने ईष्ट को प्रसन्न करने के लिए, उनसे भी यही सवाल पूछा जाएगा। क्या पशुओं की बलि देने से उनके भगवान् प्रसन्न होंगे, क्या जानवरों की कुरबानी देने से अल्लाह खुश होते हैं?

बड़ी संख्या में एक्टिविस्ट जानवरों की कुरबानी और हत्या के खिलाफ आवाज उठा रहे हैं। बॉलीवुड एक्टर इरफान खान ने बकरीद पर कुरबानी को लेकर कठोर टिप्पणी में कहा कि लोग बिना इनका मतलब और इनके पीछे का संदेश जाने चीजों को फॉलो कर रहे हैं। इरफान के मुताबिक, कुरबानी का असली मतलब अपनी कोई प्यारी

सी चीज या किसी बुरी आदत को कुरबान करना होता है, न कि बकरीद से दो दिन पहले एक बकरा खरीद लो और उसकी कुरबानी दे दो—यह तो कोई कुरबानी नहीं हुई न!

बेशक, अगर हम अपने खासमखास पर्वों को मनाने के तरीके में कुछ बदलाव कर दें, तो इसमें क्या बुराई है, यानी पर्व इस तरह आयोजित हों कि सृष्टि का संतुलन न बिगड़ पाए। बकरीद से कुछ दिन पहले से ही सोशल मीडिया पर बकरीद पर पशुओं की बलि के वीडियो वायरल होने लगे थे। उन्हें देखकर पत्थर दिल शख्स भी पसीज जाता था। आतंकवादी संगठन आई.एस.आई.एस. ने तो कई तथाकथित अमेरिकी जासूसों की ही बेरहमी से बाकायदा कुरबानी कर दी। इन सबके चलते भविष्य में ईको फ्रेंडली बकरीद मनाने के संबंध में एक सार्थक चर्चा तो शुरू हो ही गई है। इसलिए ईको फ्रेंडली बकरीद क्यों नहीं मनाई जाए?

बात सिर्फ ईको फ्रेंडली बकरीद तक ही नहीं है। दरअसल ईको फ्रेंडली दीवाली, गणेशोत्सव और होली मनाई भी जाने लगी हैं। इसे और गति देने की जरूरत तो है ही। इस साल गणेशोत्सव और बकरीद भी साथ-साथ मनाए गए। इसलिए बकरीद को ईको फ्रेंडली तरीके से मनाने पर बहस हुई, वहीं इको फ्रेंडली गणेश प्रतिमा की भी जमकर माँग उठी। मध्य प्रदेश और महाराष्ट्र के मेरे कई मराठी मित्रों ने बताया कि शुद्ध मिट्टी से बने हुए गणेशजी ऑनलाइन मँगवाए गए। ईको फ्रेंडली गणेश प्रतिमाओं की खासियत यह थी कि इन्हें नारियल और सुपारी से तैयार किया गया था। इन प्रतिमाओं को शुद्ध रूप से मिट्टी, गोंद और हर्बल रंगों से बनाया गया। मुंबई में तो फिल्म एक्टर ऋतेश देशमुख (पूर्व मुख्यमंत्री विलास राव देशमुख के पुत्र) ने तो अपने हाथों से चाकलेट से गणपति की अतिसुंदर प्रतिमा तैयार की, जिसका विसर्जन भी अनोखे ढंग से किया। गरम दूध से

अभिषेक करके पिघले हुए गणेश रूपी चाकलेट-मिल्क को गरीब बच्चों को पिलाया। मुंबई के एक मूर्तिकार दत्तात्रेय ने तो कमाल ही कर दिया। उनकी संस्था ट्री (वृक्ष) गणेश ने इस बार शुद्ध मिट्टी की 4000 गणपति प्रतिमाएँ तैयार कीं, जिनमें सब्जी, फूल, फलों के बीज भरकर गमले की बुनियाद में रखकर लोगों से कहा कि विसर्जन के दिन गमले को बालकनी में रख दो और रोज पानी डालकर अभिषेक करो। गणपति मिट्टी में मिल जाएँगे और फूल खिल उठेंगे। इससे भी अनोखा प्रयोग स्वयंसेवी संस्था स्प्राउट गणेश ने मक्का के आटे, गेहूँ के आटे, पालक के पत्ते आदि से शुद्ध शाकाहारी नूडल्स बनाए, जिन्हें मिट्टी की खोखली गणेश की प्रतिमा में भर दिया। इससे मिट्टी का भी सीमित उपयोग हुआ और भारी मात्रा में मूर्ति विसर्जन के बाद मछलियों को भी भोजन मिला। इस संस्था ने सिर्फ 9 इंच की मूर्तियों का ही निर्माण किया और छोटी मूर्तियों के प्रचलन को प्रोत्साहित किया। है न कमाल! इस तरह की मूर्तियों के नदियों में विर्सजित करने से नदियाँ प्रदूषित नहीं होंगी।

हालाँकि अभी भी इस दिशा में लंबा सफर तय करना है। गणेशोत्सव के बाद अब दुर्गा पूजा का समय आ जाएगा और फिर दीवाली, चित्रगुप्त पूजा और फिर छठ। अगर गणेशोत्सव पर ईको फ्रेंडली गणेश की मूर्तियाँ बिक सकती हैं तो फिर दुर्गा पूजा के वक्त क्यों नहीं। अगर हम अपने को बदलेंगे नहीं तो फिर हमें अपनी नदियों की गंदगी और उनके प्रदूषित होनेवाले किसी मसले पर बोलने का अधिकार नहीं होगा।

देश को ईको फ्रेंडली पटाखें चलाने के संबंध में भी संकल्प लेना ही होगा। इससे हम दीवाली पर पटाखे भी जला सकेंगे और धुआँ व प्रदूषण भी न होगा। पिछले साल बाजार में ऐसे पटाखे भी मिले। वातावरण प्रदूषण की समस्या को कम करने की सोच के चलते ही इस तरह के इको फ्रेंडली पटाखों को बाजार से लाखों लोगों ने खरीदा भी। फिर भी ये कम पड़ गए। इस बार शायद इसके निर्माता ज्यादा बनाएँगे। इको फ्रेंडली पटाखों की खूबियाँ ये हैं कि इनको हाथ में पकड़कर भी चलाया जा सकता है। इनसे धुआँ नहीं निकलता, बल्कि रंग-बिरंगे कागजों और थरमोकोल की रंग-बिरंगी गोलियाँ फव्वारे के रूप में निकलती हैं। ये अन्य पटाखों की तुलना में सस्ते भी होते हैं और सुरक्षा के लिहाज से भी ठीक होते हैं। कायदे से देखा जाए तो इको फ्रेंडली पटाखे ही चलाने चाहिए। इससे एक पंथ, दो काज होंगे, पटाखों की खरीदारी पर अधिक व्यय नहीं होगा और पर्यावरण भी दूषित होने से बच जाएगा!

दरअसल वक्त गुजरने के साथ भाँति-भाँति के पटाखे बाजार में बिकते हैं। इनमें से अधिकांश पटाखे अत्यधिक धुआँ निकालते हैं। उनके धमाके की आवाज भी बहुत तेज होती है, जो सरकार से स्वीकृत मानक से कई गुना ज्यादा होती है। अब बाजार में इको फ्रेंडली पटाखे बिक रहे हैं, जिनसे धुआँ नहीं निकलता है। बेहतर होगा कि सिर्फ

इस तरह के पटाखे ही अब बिकें। बेशक, पटाखों का शोरगुल और प्रदूषण सभी के लिए नुकसानदायक होता है। अधिक रोशनी और शोरगुलवाले पटाखों के कारण आँखों की रोशनी तक चली जाती है। यही नहीं, बहरेपन के भी अनेक लोग शिकार हो जाते हैं। ऐसे में ईको फ्रेंडली पटाखे ही बिकने चाहिए। सरकार को इस लिहाज से कड़े कानून बनाने होंगे।

इको फ्रेंडली होली खेलने का भी संकल्प लेना होगा। तमाम लोग अब रासायनिक रंगों के विकल्प ढूँढ़ने लगे हैं। होली पर पानी की जिस तरह से बरबादी होती है, उसे रोकने पर भी बहस चल रही है। एक तरफ पानी की किल्लत से देश दो-चार हो रहा है, दूसरी तरफ पानी की पर्व के नाम पर बरबादी तो अपराध ही है। होली पर रंगों के प्रयोग के खिलाफ भी कई स्तरों पर आवाजें उठने लगी हैं और इससे सुखद कुछ नहीं हो सकता कि होली पर चंदन से तिलक लगाया जाए और फूलों से होली खेली जाए।

मेरे होली मिलन समारोह में हजारों की संख्या में आनेवाले लोग संगीत और पकवान का आनंद लेते हैं। मेरे होली मिलन में गीले रंगों या रासायनिक अबीर-गुलाल पर प्रतिबंध होता है। सिर्फ चंदन का टीका और फूलों की होली!

बेशक, सनातन संस्कृति के इस विशुद्ध भारतीय पर्व को प्राकृतिक रंगों के साथ ही खेला जाना चाहिए। प्रकृति से प्राप्त फूल-पत्तियों से बने रंग किसी भी तरह से हानि

नहीं पहुँचाते। रासायनिक रंगों को तो होली के बाद छुड़ाने में सैकड़ों लीटर पानी खर्च हो जाता है, जबकि रासायनिक गुलाल से खेली होली में भी औसतन लगभग 50 लीटर पानी प्रति व्यक्ति पर लगता है। वहीं अगर कुदरती रंगों का इस्तेमाल करें, तो नहाने में जो 15-20 लीटर पानी लगता है। इस तरह सीधे रूप से हम पानी की बचत कर जल संरक्षण में सहयोग देंगे। कायदे से होली खेलने के लिए आवश्यकतानुसार पानी की एक निश्चित मात्रा तय कर लेने से होली पर कम-से-कम पानी का उपयोग होगा, अगर होली पर सूखे रंगों का अधिकाधिक प्रयोग हो। किसी भी स्थिति में गुब्बारों में पानी भरकर होली न खेली जाए। जब होली खेलना खत्म हो जाए, तभी नहाने जाएँ। बार-बार नहाने अथवा हाथ-मुँह धोने से पानी की बरबादी होती है। इन उपायों को अपनाने से भी जल की बरबादी रोकी जा सकती है।

बहरहाल, बकरीद को ईको फ्रेंडली बनाने के संबंध में सोचने को लेकर सकारात्मक तरीके से विचार करने की जरूरत तो सभी महसूस कर ही रहे हैं। अगर देश के संविधान में बार-बार संशोधन हो सकता है तो हम अपने पर्वों के मनाने के तरीके में कुछ बदलाव करने के संबंध में क्यों नहीं सोच सकते? खुशियाँ जरूर मनाएँ, पर प्रकृति को प्रताड़ित करके कभी नहीं। पिछले दिनों राष्ट्रीय मुसलिम मंच ने लखनऊ में बकरीद की जगह पर बकरे की आकृति का केक काटा। इरादा यह था कि बकरीद को ईको फ्रेंडली तरीके से मनाया जाए।

*(1-15 अक्तूबर, 2017, यथावत)*

□

# खतरे में पाकिस्तानी मानवाधिकार कार्यकर्ता

आजकल पाकिस्तान में मानवाधिकार कार्यकर्ता लापता हो रहे हैं। उनका कहीं कोई अता-पता ही नहीं मिल रहा। बीते कुछ समय के भीतर पाकिस्तान से पाँच मशहूर मानवाधिकार कार्यकर्ता गायब हैं। उन्हें धरती निगल गई या वे आसमान में समा गए, कुछ समझ नहीं आ रहा। मानवाधिकारों के हनन के मामले पर पाकिस्तान पहले ही बेनकाब हो गया है। वहाँ पुलिस मनमानी गिरफ्तारी, प्रताड़ना, न्यायेत्तर हत्याएँ और यौन हिंसा आदि के जरिए व्यापक मानवाधिकार उल्लंघन में लिप्त है। कुछ समय पहले मानवाधिकारों की स्थिति पर पूरी दुनिया में नजर रखनेवाली एमेनेस्टी इंटरनेशनल एजेंसी की एक रिपोर्ट के मुताबिक पाक पुलिस फोर्स के भ्रष्ट अधिकारियों के कारण धार्मिक अल्पसंख्यकों की स्थिति बहुत संवेदनशील है।

पाकिस्तान में कट्टरपंथियों की आलोचना करनेवालों का खराब वक्त चल रहा है। उनकी आवाज भी दबाई जा रही है। लापता कार्यकर्ताओं में एक प्रोफेसर भी शामिल है। फातिमा जिन्ना विश्वविद्यालय के प्रोफेसर सलमान हैदर के गायब होने के बाद पाकिस्तान में मानवाधिकार के क्षेत्र में सक्रिय बिरादरी सन्न है। वे कुछ समय पहले तक इस्लामाबाद में दिखे थे। वे कट्टरपंथियों की जमकर आलोचना करनेवाले के लिए जाने जाते थे।

पाकिस्तान के सुप्रीम कोर्ट ने 10 फरवरी, 2015 को केंद्रीय और राज्य सरकारों से यह कहा था कि जब भी कोई लाश मिले तो गायब हो गए लोगों के रिश्तेदारों से संपर्क किया जाए, ताकि वे उसे पहचान सकें। आप समझ सकते हैं कि पाकिस्तान में अब किस तरह के हालात पैदा हो चुके हैं। सरकारी आँकड़ों के अनुसार 2009 से अब तक अधिकारियों को 4,557 लाशें मिली हैं, जो संभवत: अपहरण किए गए लोगों की हैं, जिनकी गैर-कानूनी तरीके से हत्या की गई होंगी।

दरअसल पकिस्तान के लगभग सभी प्रांतों, विशेष रूप से बलूचिस्तान में लोगों को

गायब किया जा रहा है। पाकिस्तान की मानवाधिकार कार्यकर्ता और अधिवक्ता आसमाँ जहाँगीर दिल्ली में बता रही थीं कि ये एक खुला हुआ राज है कि लोगों को सरकारी एजेंसियाँ ही उठाती हैं, बाहर से कोई नहीं आता।

आपको याद होगा कि पिछले साल सितंबर में भारत ने संयुक्त राष्ट्र में बलूचिस्तान तथा पाकिस्तान अधिकृत कश्मीर में व्यापक मानवाधिकार उल्लंघन करने का आरोप लगाया था। जिनेवा में संयुक्त राष्ट्र मानवाधिकार परिषद् के 33वें सत्र के दौरान भारत के राजदूत एवं स्थायी प्रतिनिधि अजीत कुमार ने कहा कि पाकिस्तान की पहचान तानाशाही, लोकतांत्रिक नियमों की अनुपस्थितिवाला और बलूचिस्तान सहित देश में व्यापक मानवाधिकार उल्लंघनकर्ता के तौर हो चुकी है। पाकिस्तान एक ऐसा देश है, जिसने बलूचिस्तान और पाकिस्तान के कब्जेवाले कश्मीर के साथ ही अपने नागरिकों का भी मानवाधिकारों का योजनाबद्ध तरीके से उल्लंघन किया है। मुझे एक पाकिस्तानी मानवाधिकार कार्यकर्ता ने कुछ समय पहले सिंगापुर में बताया था कि सिंध और पंजाब प्रांतों में भी हालात बदतर हो रहे हैं। पुलिस हर साल सैकड़ों मासूम लोगों का फर्जी एनकाउंटर कर रही है। यातना के तरीकों में डंडा और चमड़े के पट्टे से पीटने, धातु के रॉड से पाँवों को फैलाना और कुचलना, यौन हिंसा, लंबे समय तक नींद से वंचित करना और मानसिक यातना शामिल है।

पाकिस्तान अव्वल दर्जे का बेशर्म देश है। कश्मीर में मानवाधिकार के उल्लंघन के मामले को पाकिस्तान जोर-शोर से उठाता है, लेकिन जब पाक अधिकृत कश्मीर में मानवाधिकार दमन का मुद्दा उठता है तो पाकिस्तान चुप्पी साध लेता है। सभी प्रमुख मानवाधिकार आयोगों की रिपोर्टें साबित कर रही हैं कि वहाँ पर हालात दिल दहलानेवाले हैं, वहीं गिलगित में रहनेवालों का कहना है कि जहालत और जलालत अब उनकी नियति

बन चुकी है। हर सवाल का जवाब मारपीट, हर आँसू का हिसाब हिंसा होता है। उन लोगों के दर्द को केवल सिसकियों और चीखों से समझा जा सकता है। बुनियादी सुविधाओं की माँग करने पर उनके साथ जुल्म की इंतेहा होती है, जिसे वे कहीं बयाँ नहीं कर सकते हैं।

जैसा कि मैंने पहले ही कहा कि पाकिस्तान में अब सरकार की तरफ से मानवाधिकारवादियों को गायब किया जा रहा है। हालात, विशेषकर बलूचिस्तान प्रांत में खराब हैं। 2014 के अंत में लागू किए गए प्रोटेक्शन ऑफ पाकिस्तान ऐक्ट (पी.पी.ए.) ने स्थिति को और बदतर कर दिया। पी.पी.ए. ने सुरक्षाबलों को यह अधिकार दे दिया कि किसी संदिग्ध को 90 दिनों तक हिरासत में रखा जा सकता है। हिरासत में लिये जाने के लिए परिवार को बताने या जरूरी प्रक्रिया के पालन की भी जरूरत नहीं है। इसका दु:खद पक्ष यह है कि पाकिस्तान की इस नाजुक स्थिति को लेकर विश्व बिरादरी चुप है। पाकिस्तान सरकार को लताड़ा नहीं जा रहा, ताकि वह सुधरे।

और तो और शिया मुसलमान भी मारे जा रहे हैं पाकिस्तान में। वे वहाँ पर आबादी का 10 से 15 फीसदी हैं। हाल ही में बलूचिस्तान प्रांत में शिया मसजिद में हमले में बीस से अधिक शिया मुसलमान मारे गए। बीते कई सालों से शिया धार्मिक स्थलों को आतंकवादी हमलों में निशाना बनाया जा रहा है। उनके मानवाधिकारों को कोई देखने-सुननेवाला नहीं है। यह हाल मुसलमानों के एक वर्ग का है, कथित इस्लामिक देश में। वस्तुत: वहाँ पर सुन्नी मुसलमानों के अलावा बाकी किसी का रहना अब मुश्किल होता जा रहा है।

ऐसी स्थिति में पाकिस्तान के हिंदुओं और सिखों की दुर्दशा पर चर्चा करने का कोई

मतलब नहीं है। बताते चलें कि 1947 में पाकिस्तान में हिंदुओं और सिखों की आबादी क्रमश: एक करोड़ के आसपास थी। इसमें हम पूर्वी पाकिस्तान (अब बाँग्लादेश) को शामिल नहीं कर रहे। अब वहाँ करीब 12 लाख हिंदू और 10 हजार सिख रह गए हैं। आखिर हिंदुओं और सिखों की इतनी बड़ी संख्या गई कहाँ, क्या हुआ इनका ? पाकिस्तान में हिंदू और सिख समुदाय के लोगों की स्थिति बेहद दयनीय है। वे हमेशा डर और आतंक के साए में जीते हैं। पाकिस्तान के सिंध में हिंदू लड़कियों के साथ जबरन शादी के मामले बार-बार सामने आते रहे हैं। पाकिस्तान के हिंदू समुदाय ने एक सेमीनार कराची में कुछ समय पहले किया था। विषय था, 'पाकिस्तान में हिंदू मुद्दे और समाधान।' इसमें शामिल वक्ताओं ने पाकिस्तान में हिंदुओं की बहन-बेटियों का हो रहा जबरन धर्म परिवर्तन मीडिया के माध्यम से सारी दुनिया के सामने उजागर किया था।

## ईसाइयों पर जुल्म

अन्य समुदायों के अल्पसंख्यकों की तरह ईसाइयों की भी यही दशा है। इसका खुलासा खुद पाकिस्तान का मानवाधिकार आयोग करता रहा है। अब तो ईसाइयों को भी गाजर-मूली की तरह से काटा जा रहा है। पहले वे बचे हुए थे। पिछले साल मार्च में लाहौर के एक पार्क में दर्जनों ईसाई मारे गए थे। इस तरह के हमले पाकिस्तान के कुछ और शहरों में भी हुए। सुन्नी मुसलिम बहुसंख्यक देश पाकिस्तान में हिंदुओं के बाद ईसाई दूसरा सबसे बड़ा अल्पसंख्यक समूह है। पाकिस्तान में लगभग 18 करोड़ की आबादी में 1.6 प्रतिशत ईसाई हैं।

बीते कुछेक सालों में ईसाइयों को निशाना बनाकर कई बड़े हमले किए गए हैं। मार्च, 2015 में लाहौर के चर्चों में दो बम धमाके हुए थे, जिनमें 14 लोग मारे गए थे। 2013 में पेशावर के चर्च में हुए धमाकों में 80 लोग मारे गए थे। 2009 में पंजाब में भीड़ ने 40 घरों को आग लगा दी थी। इसमें आठ ईसाई मारे गए थे। 2005 में कुरान जलाने की अफवाह के बाद पाकिस्तान के फैसलाबाद से ईसाइयों को अपने घर छोड़कर भागना पड़ा था। हिंसक भीड़ ने चर्चों और ईसाई स्कूलों को आग लगा दी थी। 1990 के बाद से कई ईसाइयों को कुरान का अपमान करने और पैगंबर की निंदा करने के आरोपों में दोषी ठहराया जा चुका है। अब वे भी निशाने पर हैं, यानी पाकिस्तान में मानवाधिकारवादियों और शिया मुसलमानों से लेकर बाकी धार्मिक समूहों के लिए जीना मुहाल हो चुका है। जाहिर है, भारत के लिए ये कोई सुखद हालात नहीं है। हमारा पड़ोसी आग में जल रहा है। पाकिस्तान में ताजा हालात की तरफ भारत को विश्व बिरादरी का ध्यान आकृष्ट करना होगा।

*(13 अप्रैल, 2017, पूर्वांचल प्रहरी)*

□

# गऊ बिना अधूरा भारत

अब गाय को राष्ट्र पशु घोषित करने की माँग चौतरफा स्तर पर होने लगी लगी है। यह माँग अब हिंदू संगठनों या चंद नेताओं तक ही सीमित नहीं रही है और तो और, जमीयत उलेमा-ए-हिंद के प्रमुख मौलाना अरशद मदनी ने भी सरकार से गाय को राष्ट्रीय पशु का दर्जा देने की अपील की है। सवाल यह है कि देश को स्वतंत्र हुए 70 साल होने जा रहे हैं, अभी तक गौ-हत्या पर रोक क्यों नहीं लगी, इसे अभी तक राष्ट्र पशु का दर्जा क्यों प्राप्त नहीं हुआ? भारत देश की आत्मा है गाय। याद रखनेवाला बिंदु यह है कि संविधान में गौहत्या पर प्रतिबंध, राज्य के नीति निर्देशक तत्त्वों में शामिल है। ये नीति निर्देशक तत्त्व, राज्य और केंद्र सरकार को नीति निर्धारण में पथ-प्रदर्शन के लिए हैं। गौ-हत्या के संबंध में संविधान का अनुच्छेद 48 कहता है, "राज्य कृषि और पशुपालन को आधुनिक और वैज्ञानिक प्रणालियों से संगठित करने का प्रयास करेगा और विशिष्टतया गायों और बछड़ों तथा अन्य दुधारू और वाहक पशुओं की नस्लों के परीक्षण और सुधार के लिए और उनके वध पर रोक लगाने के लिए कदम उठाएगा।"

केरल के कन्नूर में कांग्रेस के कुछ सिरफिरे कार्यकर्ताओं ने जिस बेशर्मी और निर्ममता से सरेआम बछड़े को काटा और उसके मांस को सरेआम पकाया और वितरण किया, वह न केवल अमानवीय था, बल्कि संविधान की मूल भावना के विरुद्ध था। क्या बछड़े को काटनेवालों को संविधान का सम्मान नहीं करना चाहिए था? आज जिस प्रकार गौ-वंश की तस्करी और गौ-मांस का निर्यात हो रहा है, वह तो किसी से छुपा नहीं है, लेकिन लंबे समय से इस सवाल पर एक चुप्पी सबने साध रखी थी। दरअसल गौ-रक्षा को लेकर कुछ ताकतें प्रश्न खड़े कर रही हैं। कहा जा रहा है कि किसी के खानपान के हक को छीना नहीं जा सकता। बिल्कुल ठीक बात है, पर गऊ के मांस को खाने की वकालत करनेवाले हो सके, तो संविधान पढ़ लें। सारी स्थितियाँ स्पष्ट हो जाएँगी।

## रक्षक भारत की

महात्मा गांधी ने अपनी प्रसिद्ध पुस्तक 'हिंद स्वराज' में गौ-रक्षा के विषय में अपने विचार स्पष्ट किए थे। एक बार किसी ने उनकी गौ-रक्षा के बारे में राय जाननी चाही थी। इसके जवाब में महात्मा गांधी ने कुछ यूँ अपनी राय जाहिर की थी। उन्होंने कहा था, "मैं खुद गाय को पूजता हूँ। गाय भारत की रक्षा करनेवाली है, क्योंकि उसकी संतान पर हिंदुस्तान का, जो खेती प्रधान देश है, आधार है।" उन्होंने यह भी कहा था, "गाय उपयोगी जानवर है, इसे मुसलमान भी कबूल करेंगे।"

## क्योंकि है पूजनीय

बेशक गऊ के वध पर रोक लगनी ही चाहिए। गऊ सारे भारत के लिए पूजनीय है। उत्तर प्रदेश, बिहार, उत्तराखंड, झारखंड, मध्य प्रदेश, हरियाणा, पंजाब, दिल्ली, गुजरात, महाराष्ट्र, राजस्थान वगैरह में कोई इसके वध करने के संबंध में सोच भी नहीं सकता। देश के कुछ पूर्वोत्तर तथा दक्षिण भारत के राज्यों के छोटे से समूह गाय के मांस का सेवन करते हैं। भारत जैसे बेहद विविधता से भरे देश में यह मुमकिन है। इसका यह कतई मतलब नहीं है कि सब हिंदू गाय का मांस खाते हैं। गाय का खानेवालों की संख्या बहुत ही छोटी सी है। इसलिए जो लोग गाय के मांस काटने और खाने की वकालत करते हैं, वे भारत की मूल आत्मा को जानते ही नहीं हैं। एक बात समझ से परे

है कि आई.आई.टी. और जे.एन.यू. जैसे शिक्षण संस्थानों में गाय मांस के फेस्टिवल कैसे आयोजित हो जाते हैं? आई.आई.टी., मद्रास के परिसर में बीते दिनों 'बीफ फेस्टिवल' का आयोजन हुआ। वहाँ पर इसका विरोध कर रहे कुछ छात्रों ने कथित रूप से एक पी-एच.डी. छात्र को पीट दिया। जब देश में गौ-हत्या पर रोक लगाने की पुरजोर माँग उठ रही है, तब आई.आई.टी., मद्रास में बीफ फेस्टिवल की अनुमति कैसे मिल गई? इस घटना के विरोध में केरल के मुख्यमंत्री पी विजयन ने छात्र पर हुए हमले की निंदा करते हुए कहा कि हमारा संविधान हमें अपनी पसंद का भोजन करने की आजादी देता है और असहिष्णुता का कोई भी कृत्य हमारे संविधान में निहित मूल अधिकारों का उल्लंघन है। वे इस तरह की बयानबाजी करते हुए संविधान की मूल भावना की स्वयं घोर अनदेखी कर गए। उन्हें कौन बताए कि संविधान के नीति-निर्देशक तत्त्वों में गौ-मांस की बिक्री पर रोक लगाने की राय व्यक्त की गई है।

## सभ्यता का आधार

निर्विवाद रूप से हमारी संस्कृति और सभ्यता का आधार गंगा, गऊ और गायत्री रहे हैं। उसे कामधेनु तथा सर्व देवमयी गौ माता माना है। वह हमें दूध, दही, घी, गोबर-गोमूत्र के रूप में पंचगव्य प्रदान करती है। सृष्टि की संरचना पंचभूत से हुई है। यह पिंड, यह ब्रह्मांड, पृथ्वी, जल, अग्नि, वायु, आकाशरूप पंचभूतों के पाँच तत्त्वों से बना है। वेदों में कण-कण के प्रति कृतज्ञता के भाव की अभिव्यक्ति है। भारत पुरातन काल से सूर्य-चंद्र, ग्रह नक्षत्र, पशु-पक्षी, जीव-जंतु, पेड़-पौधों को पूज्य मानता रहा है। प्रकृति का कण-कण हमें देता ही है। इस प्राकृतिक संरचना में गाय को भारत ने विशेष दर्जा दिया है।

और अगर बात गांधीजी और गौ-रक्षा की हो तो उनके लिए गौ-सेवा और कौमी एकता कभी विरोधाभासी नहीं रहे। हालाँकि वे मानते थे कि गाय की रक्षा के लिए मनुष्य की हत्या करना हिंदू धर्म और अहिंसा धर्म से दूर होना होना है, यानी बापू होते तो वे गौ-रक्षा की आड़ में लफंगई करनेवालों को माफ नहीं करते। जिस धर्म ने गाय की पूजा का प्रवर्तन किया, वह मनुष्य के अमानवीय बहिष्कार का समर्थन कैसे कर सकता है, उसका औचित्य कैसे ठहरा सकता है?

## तथ्यों से परे

कुछ कथित प्रगतिशील बुद्धजीवियों के दावों के विपरीत लगभग शत-प्रतिशत हिंदू गौ-हत्या का विरोध करते हैं। यह कहना भी गलत है कि आज ताकतवर उच्च जातियाँ ही बीफ के खिलाफ हैं, लेकिन दलित और जनजातियाँ हमेशा से बीफ खाती रही हैं। मैं 50 सालों से सार्वजनिक जीवन में हूँ और देश का चप्पा-चप्पा घूम चुका हूँ। मैं दावे

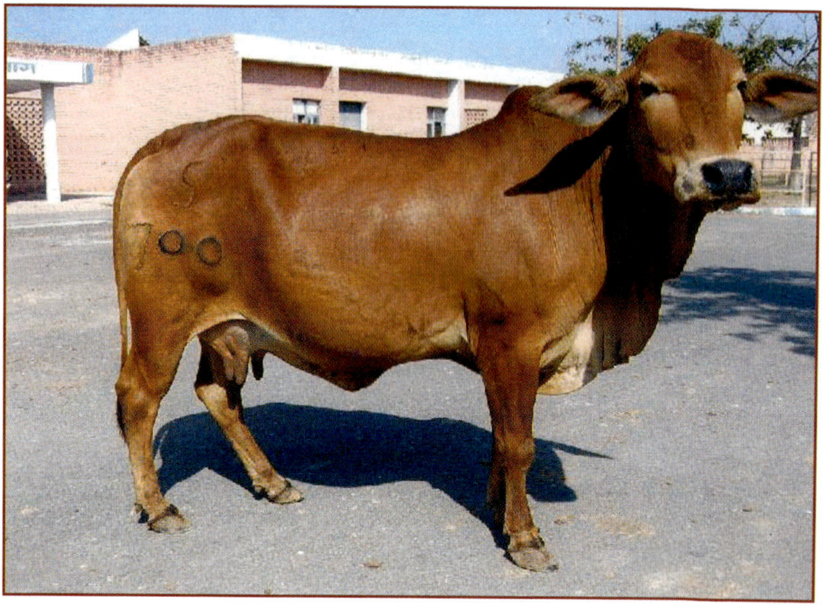

के साथ कह सकता हूँ कि अधिकतर हिंदू बीफ नहीं खाते। ये बीफ खाने की इजाजत चाहनेवाले कह रहे हैं कि प्राचीन हिंदू धर्मग्रंथों से भी यह तथ्य स्थापित होता है कि उच्च जाति के हिंदू और महान् ऋषि भी आदिकाल में बीफ खाते थे। वे इस बाबत नीरद चौधरी की पुस्तक 'द कॉन्टिनेंट ऑफ ससी' का जिक्र करते हैं। नीरद चौधरी कहते हैं, "वेदों में गौ-वंश के प्रति प्रेम उसके हर संभव आर्थिक उपयोग की वजह से दरशाया गया है, यहाँ तक कि भोजन के लिए उसे मारकर खाने की बात भी कही गई है।"

"मैं मानता हूँ कि गऊ के बराबर मनुष्य का उपकार करनेवाला कोई दूसरा जीव है ही नहीं। गौ घास खाकर और जल पीकर मनुष्य को दूध से तृप्त करती है। उसके बछड़ों के द्वारा हमारी खेती होती है। वह कपास उपजाकर हमारे पहनने के लिए वस्त्र देती है और मरने के बाद भी अपनी हड्डी और चर्म से मनुष्य की सेवा करती है। इसीलिए ऋषि लोग सृष्टि के आरंभ से गौ की देवता के समान पूजा और सत्कार करते आए हैं। भारत के करोड़ों मनुष्य गौ को पूजते हैं और गौमाता कहते हैं।" जब प. मदनमोहन मालवीय, भारतीय गोरक्षा प्रचारक मंडल, काशी के सभापति थे, तब उन्होंने गाय के संबंध में अपनी यह राय रखी थी।

मुगलकाल में बादशाह अकबर के दरबार में जब एक गौ-कशी करनेवाले को पेश किया गया तो उसने उसे सरेआम सौ कोड़े मारने का हुक्म दिया था, ताकि कोई भविष्य में गौ-कशी की बात सोच भी न सके। अकबर ने कहा, "मैं गाय को अपनी माँ के बराबर

मानता हूँ, जब मेरी माँ का दूध सूख गया था, तब मैं गाय के दूध पर ही पला हूँ। गाय मेरी माँ है। इसकी हत्या मेरे लिए बरदाश्त से बाहर है।

और भारत जैसे कृषि प्रधान देश में गाय परिवार की रक्षा करना अति आवश्यक है। हमारी खेती ट्रैक्टरों से नहीं, बल्कि बैलों पर निर्भर है, क्योंकि हमारे अधिकतर किसानों के पास औसतन मात्र 2 एकड़ या उससे भी कम की जोत के खेत हैं। ये छोटे किसान ट्रैक्टर खरीद भी नहीं सकते। ट्रैक्टरों को डीजल चाहिए और डीजल तो कोई खेती में पैदा नहीं होता। अत: हमारी कृषि और ग्रामीण अर्थव्यवस्था का भविष्य 'गाय' और 'बैल' पर जितना निर्भर हो, उतनी ही खेती आत्मनिर्भर होगी। न ट्रैक्टर खरीदने की नौबत आएगी, न खाद खरीदने के लिए भटकना पड़ेगा।

भारत और गाय का संबंध अलग तरह का है। जो लोग गाय पालते हैं, उनके लिए गाय परिवार के सदस्य का दर्जा ले लेती है। वह हमें कई चीजें उपलब्ध करवाती है। उसका दूध अमृत है। वह हमारे शरीर के लिए सबसे उत्तम है। भारत सदियों से गाय के प्रति कृतज्ञता का भाव रखता है। यह दु:खद है कि बीते कुछ समय से गऊ को लेकर देश में खेमेबाजी होने लगी है। इस पर विराम लगे और गऊ को देश में वह स्थान मिले, जिसकी वह हकदार है।

*(3 जून, 2017, दैनिक जागरण)*

□

# गाँव में दारू-ही-दारू, दवा गायब

भले ही देश अपने चौतरफा विकास पर इतराए, पर सबको स्तरीय स्वास्थ्य सुविधाएँ देने के मोर्चे पर हमें अभी लंबी यात्रा को तय करना है। गाँवों में दारू तो पहुँच रही है, पर दवा नहीं। गाँवों में साबुन, शैंपू, टूथपेस्ट खरीदे जा रहे हैं, लेकिन दवा न खरीदी जा रही है, न ही उपलब्ध है। ग्रामीण भारत की सेहत सच में डराती है। क्रोम डाटा एनेलिटिक्स ऐंड मीडिया के एक हालिया सर्वे में ये तथ्य सामने आए हैं, यानी गाँव रोगी होते चले जा रहे हैं। चूँकि गाँवों में कायदे से दवा पहुँच ही नहीं पा रही है, जो पहुँच भी रही है, वह ज्यादातर नकली है तो बेचारे ग्रामीण झोलाछाप डॉक्टरों के भरोसे ही रहने को मजबूर हैं। वे भी नामवर कंपनियों की ही नकली दवाएँ बेच रहे हैं।

राजधानी दिल्ली को तो बीते दिनों चिकनगुनिया और डेंगू जैसे नए दौर के रोगों ने अपनी चपेट में ले लिया था। हर दूसरे घर में इन नामुराद रोगों के रोगी थे। हालत काबू से बाहर हो रहे थे, तो जरा सोच लें कि जब राजधानी दिल्ली की यह हालत है तो भला गाँवोंवालों की कौन सुध लेगा?

इसके साथ ही इस सर्वे ने दावा किया है कि ग्रामीण भारत में स्वास्थ्य सुविधाएँ नाम के लिए ही मौजूद हैं। इसलिए रोगी की हालत खासी बिगड़ने पर ही उसे किसी शहर के अस्पताल में इलाज के लिए लेकर जाया जाता है और अब देखिए, एक दूसरा पहलू। देश का हैल्थकेयर सेक्टर 15 फीसद की सालाना रफ्तार से कुलाँचे भर रहा है, पर लगता है इसका लाभ वह अभागा हिंदुस्तानी नहीं पा रहा है, जो गाँवों में रहने को अभिशप्त है। वे गाँव, जो विकास से कोसों दूर बसते हैं। नए-नए प्राइवेट अस्पताल सिर्फ शहरों के लिए हैं। वहाँ पर तमाम सुविधाएँ हैं। बेहतर डॉक्टर और स्तरीय टेस्ट की सुविधाएँ उपलब्ध हैं। मुझे आप किसी बड़े अस्पताल समूह का नाम बता दें, जिसने किसी गाँव में डिस्पेंसरी भी खोली हो।

## चाँदी झोलाछाप डॉक्टरों की

आप किसी गाँव में चले जाएँ। आपको एक जैसा नजारा ही देखने को मिलेगा। कुछ झोलाछाप डॉक्टर मरीजों को देख रहे होते हैं। इतना ही नहीं, राजधानी दिल्ली के गाँवों में भी कायदे के डॉक्टर नहीं हैं। दिल्ली में करीब 300 से अधिक गाँव और शहरीकृत गाँव हैं। साफ है कि हम अपने गाँवों में बेहतर स्वास्थ्य सुविधाएँ पहुँचा पाने में अब तक नाकामयाब ही रहे। वैसे तो हमारे देश में समूचे हैल्थ सेक्टर की हालत डाँवाँडोल ही है। भारत में डॉक्टरों और पैरामेडिकल स्टाफ की भारी कमी है। देश में हर साल एक लाख नए डॉक्टरों की जरूरत है, जबकि मिल पा रहे हैं महज 35 हजार। इस कमी को दूर करने के लिए तुरंत बड़ी पहल करनी होगी। क्या कोई कर रहा है? फिलहाल तो नहीं लगता। अब विलंब के लिए वक्त नहीं बचा है। अब बड़े कदम उठाने ही होंगे। हैल्थ रिसर्च पर भी फोकस देने की जरूरत है। हालाँकि भारत में डॉ. रेड्डीज से लेकर सन फार्मा समेत कई विश्वस्तरीय दवा कंपनियाँ हैं। इनका सालाना कारोबार अरबों रुपए का है, लेकिन इनका रिसर्च पर बजट बहुत कम है। भारत सरकार और राज्य सरकारों को इस तरफ भी फोकस करना होगा।

## बड़ा अनुसंधान नहीं

दुर्भाग्य से हमारे देश में हैल्थ रिसर्च क्षेत्र में कोई बड़ा अनुसंधान नहीं हो पाता। इन सबके चलते गाँवों में रहनेवालों को स्तरीय स्वास्थ्य सुविधाएँ कतई नहीं मिल पातीं। इन नामवर कंपनियों को अपनी दवाओं को गाँवों में भी पहुँचाना होगा। अभी तो बड़ी कंपनियों की नकली दवाएँ ही धड़ल्ले से गाँवों में बिकती हैं और उनके दुष्प्रभाव से प्रतिवर्ष हजारों जानें जाती हैं।

उत्तर प्रदेश और देश के अन्य राज्यों में नकली दवाओं के बढ़ते धंधे पर मुझे कुछ समय पहले मेरे एक प्रख्यात डॉक्टर मित्र बता रहे थे कि उत्तर प्रदेश में तो नकली दवाओं का बाजार लगातार बढ़ता ही जा रहा है। इन पर कोई रोक-टोक नहीं है। एक अनुमान के मुताबिक, देश में बिकनेवाली कुल दवाओं में से 25 से 30 फीसदी नकली हैं। सिर्फ पैकिंग से नकली दवाओं की पहचान कर पाना कठिन है। सबसे बड़ी मुश्किल यह है कि नकली दवाओं में बीमारी दूर करने का तत्त्व असली दवा के मुकाबले बेहद कम होता है। भारत में छोटी-बड़ी 11 हजार दवा कंपनियाँ हैं, जो हजारों ब्रांड की दवाएँ बनाती हैं। माना जा रहा है कि वर्ष 2017 तक नकली दवाओं का कारोबार करीब सात खरब रुपए तक पहुँचने की उम्मीद है। ये गाँवों में खासतौर पर खूब बिकती हैं।

उत्तर प्रदेश, बिहार, हरियाणा, चंडीगढ़, मध्य प्रदेश, गुजरात, महाराष्ट्र, दिल्ली और नोएडा नकली दवाओं के बड़े हब के रूप में उभरे हैं। इस मामले में दक्षिण और उत्तर-पूर्व के राज्य कुछ हद तक बेहतर हैं। कहने को नकली दवा बनाने या बेचनेवालों के खिलाफ सख्त कार्रवाई के निर्देश हैं। ड्रग ऐक्ट के तहत दोषी को जुरमाने के साथ-साथ आजीवन कारावास की सजा भी सुनाई जा सकती है, पर मासूम लोगों को मौत बाँटनेवालों पर यह कार्रवाई पर्याप्त नहीं है। सांकेतिक कार्रवाई भर हो जाती है।

स्वस्थ भारत का निर्माण किए बगैर देश अपने को विकसित होने का दावा नहीं कर सकता। यदि लोग स्वस्थ होंगे, तभी देश की तरक्की सुनिश्चित हो सकेगी। चूँकि अब भी भारत गाँवों में ही बसता है तो उनकी अनदेखी गंभीर साबित हो सकती है। बेशक, अभी तक सरकारें स्वास्थ्य क्षेत्र के ऊपर जो बजट खर्च करती आई हैं, वह माँग के अनुसार

तो नहीं होता। सरकारों को हैल्थ सेक्टर के लिए बजट बढ़ाने की जरूरत है, ताकि गाँवों में मरीजों को हर वह सुविधाएँ उपलब्ध हो, जो कि एक निजी अस्पताल में उपलब्ध होती है। क्या यह बात किसी से छिपी हुई है कि हमारे गाँवों में आपको कायदे की डिस्पेंसरी भी नहीं मिलती ? उनमें किसी स्तरीय मेडिकल कॉलेज से शिक्षित डॉक्टर का होना भी असंभव बात है।

दिल्ली से लेकर पटना और भोपाल से लेकर चंडीगढ़ के अस्पतालों में रोगियों की भीड़ में आपको ग्रामीण रोगी ही मिलेंगे। मेरे पास दिल्ली आवास पर जितने भी पैरवीकार आते हैं, उनमें आधे से ज्यादा एम्स में मरीज दिखाने के लिए आते हैं। इनके पास बड़े शहरों में इलाज के लिए जाने के अतिरिक्त कोई विकल्प नहीं हैं। सभी सियासी दल गाँव और ग्रामीणों के हक में वादे-दावे करते नहीं थकते, लेकिन क्या यह सच नहीं है कि इनके पास उस गाँव वाले की सेहत को लेकर कोई योजना-परियोजना तक नहीं है ?

## कॉरपोरेट अस्पताल

निश्चित रूप से देश में हैल्थ सेक्टर का बड़े पैमाने पर कॉरपोरेटीकरण हो रहा है, लेकिन इसका लाभ गाँवों में नहीं हो रहा है। कॉरपोरेट अस्पताल सिर्फ महानगरों और बड़े शहरों में ही चल रहे हैं और इनमें भी तमाम तरह की गड़बड़ियाँ हैं। इनमें रोगी को सस्ता और सही इलाज नहीं मिल रहा। मरीज महँगे इलाज की वजह से जानें गँवा रहे हैं। यदि किसी को कैंसर, किडनी, लीवर की समस्या हो जाए तो वह मृत्यु से समझौता करने को मजबूर है। इसलिए देश के हैल्थकेअर सेक्टर को दोबारा से समीक्षा कर के दृढ करने की जरूरत है। इसमें ग्रामीण भारत भी नहीं छूटना चाहिए।

अब यह सवाल पूछा जाना चाहिए कि क्या हैल्थ फॉर ऑल के लक्ष्य से हम चूक गए हैं। फिलहाल तो यही लगता है। तो क्या किया जाए, ताकि देश की सेहत सुधर सके। गांधीजी कहते थे, गाँवों में जब तक शहरों जैसी सुविधाएँ विकसित नहीं की जाएँगी, तब तक समग्र भारत का विकास नहीं होगा। महात्मा गांधी की इसी अवधारणा पर केंद्र से लेकर राज्य सरकारों को अपनी योजनाओं को तैयार करना होगा। सरकारों को उन डॉक्टरों को प्रोत्साहित करना होगा, ताकि वे गाँवों में काम करने को लेकर उत्साह दिखाएँ। गाँवों में जाने से कतराएँ नहीं। इसके लिए जरूरी है कि गाँवों तक में सड़कों का जाल बिछे। वहाँ पर भी नियमित बिजली आए, अच्छे स्कूल खुलें और दूसरी अन्य जरूरी सुविधाएँ स्थापित की जाएँ। मैं मानता हूँ कि गाँवों में जरूरी आधारभूत संरचना खड़ा करने के बाद ही वहाँ पर स्वास्थ्य सेवाओं में सुधार मुमकिन है। चुनौती बड़ी है, पर असंभव तो नहीं है।

*(4 नवंबर, 2016, दबंग दुनिया)*

□

# बिहार : गुम होती बेटियों का दर्द

बिहार में ऐसी सैकड़ों लड़कियाँ हैं, जिनके इंतजार में माता-पिता और परिजनों की आँखें पथरा रही हैं। बीते साल 3037 लड़कियों की 'गुमशुदगी' के मामले दर्ज हुए। यह सिर्फ लड़कियों के गुम होने का मसला नहीं है, एक बड़े नेटवर्क की सक्रियता का है। मुझे लगता है कि बिहार में आज के दिन एक बड़ा रैकेट काम कर रहा है, जो निर्धन परिवारों की जरूरतमंद लड़कियों पर निगाहें रखता है, फिर अपने जाल में फँसाकर सेक्स रैकेट आदि की जिल्लत भरी जिंदगी में धकेल देता है।

हाल तक तो यही माना जाता था कि बिहार से सिर्फ कम आयु के लड़कों की ही तस्करी होती है। इन्हें घरों में, ढाबों, सस्ते होटलों में, कल-कारखानों में मजदूरी करवाने के लिए देश के तमाम राज्यों में लेकर जाया जा रहा है, पर अब भारत सरकार के मूल्यांकन की संस्था नेशनल क्राइम रिकॉर्ड ब्यूरो (एन.सी.आर.बी.) के साल 2016 के आँकड़े एक चौंकानेवाली नई जानकारी का खुलासा कर रहे हैं। एन.सी.आर.बी. ने यह खुलासा किया है कि बीते साल बिहार में 3037 अल्पवयस्क लड़कियाँ गायब हुईं, यानी कि प्रतिदिन आठ या नौ। इसमें अधिसंख्य गरीब परिवारों की हैं। ये लड़कियाँ कहाँ और किस हाल में हैं, किसी को नहीं पता। कहने की जरूरत नहीं है कि यह एक बेहद चिंताजनक खुलासा है।

आखिर बिहार की बेटियाँ कहाँ जा रही हैं, क्या इनका कभी पता चल पाएगा? ज्यादातर लड़कियाँ स्कूल-कॉलेज या कोचिंग आने-जाने के दौरान ही गुम हो जा रही हैं। बेशक, इस सारे खेल के पीछे मानव तस्कर सक्रिय हैं। इन्हें राजस्थान, हरियाणा, पंजाब जैसे राज्यों में बेच दिया जा रहा है, जहाँ लैंगिक अनुपात में लड़कियाँ कम हैं, या फिर दिल्ली, मुंबई, कोलकाता, बेंगलुरु, हैदराबाद, चेन्नई के वेश्यालयों में देह-व्यापार में जबरदस्ती धकेल दिया जाता है। उसके बाद इनका कहीं कुछ पता ही नहीं चल पाता।

इनकी गुमशुदगी से जुड़े मामलों की फाइलों को भी कुछ महीने बाद बंद कर दिया जाता है। परिवारवाले भी किस्मत की मार समझकर बैठ जाते हैं।

आप अगर बिहार के अखबारों को लगातार छानते रहते हैं तो पाएँगे कि बिहार से बच्चों को बड़े पैमाने पर देश के विभिन्न भागों में बाल मजदूरी करवाने के लिए भी ले जाया जा रहा है। मैं बिहार से सांसद होने के नाते इन घटनाओं पर अपनी नजर बनाए रखता हूँ और दु:खी होता रहता हूँ। कुछ समय पहले मेरी एक खबर पर नजर पड़ी। खबर यह थी कि जी.आर.पी. ने 48 बच्चों को मुजफ्फरपुर जंक्शन से मुक्त कराया था। मौके से 12 मानव तस्करों को भी पकड़ा गया। बच्चों को मजदूरी कराने के लिए मुंबई ले जाया जा रहा था। सभी रक्सौल से एल.टी.टी. (कुर्ला) जानेवाली जनसाधारण एक्सप्रेस में सवार थे। मुक्त बच्चे पूर्वी व पश्चिम चंपारण के अलग-अलग इलाकों के थे। आप इस तरह की खबरों से लगातार दो-चार होते हैं। आखिर बाल मजदूरी करवानेवाले या लड़कियों का अपहरण करनेवाले गिरोहों को पुलिस पकड़ क्यों नहीं पा रही ? बिहार के हजारों नौनिहाल गायब हो रहे हैं, पर मजाल है कि बिहार में इस मसले को गंभीरता से लिया जा रहा हो। मैं अपने राजनीति और सामाजिक कामकाज के सिलसिले में देश के सुदूर इलाकों की खाक छानता रहता हूँ। मुझे अफसोस होता है कि दूर-दराज के स्थानों पर चलनेवाले छोटे-छोटे ढाबों में भी बिहारी बच्चे दिन-रात काम करते हुए मिल जाते हैं। अब दुर्भाग्य है कि इनके साथ बिहार की बेटियाँ भी शामिल हो गई हैं। बिहार में लड़कियों का अपहरण कर उन्हें

देह व्यापार की दलदल में धकेले जाने की खबर भी आए दिन मिलती रहती है। इसमें एक बड़ा रैकेट सक्रिय है। गुमशुदगी के ज्यादातर मामले ऐसे ही हैं। पुलिस अधिकांश मामलों को प्रेम प्रसंग में भागने का मामला बताकर पल्ला झाड़ लेती है। पीड़ितों की मानें तो अधिकांश मामलों में पुलिस का रवैया टालमटोल वाला ही रहता है।

बिहार में ऐसी सैकड़ों लड़कियाँ हैं, जिनके इंतजार में माता-पिता और परिजनों की आँखें पथरा रही हैं। बीते साल 3037 लड़कियों की 'गुमशुदगी' के मामले दर्ज हुए। यह सिर्फ लड़कियों के गुम होने का मसला नहीं है, एक बड़े नेटवर्क की सक्रियता का है। मुझे लगता है कि बिहार में आज के दिन एक बड़ा रैकेट काम कर रहा है, जो निर्धन परिवारों की जरूरतमंद लड़कियों पर निगाहें रखता है, फिर अपने जाल में फँसाकर सेक्स रैकेट आदि की जिल्लत भरी जिंदगी में धकेल देता है।

## बच्चों को मुसकराने दो

एक दौर था, जब बचपन मत मुरझाने दो, बच्चों को मुसकराने दो, जैसे नारे बिहार और देश में खूब गूँजते थे, पर अब बाल मजदूरी जैसे गंभीर सवाल पर कोई बहस तक नहीं होती। हाँ, कभी-कभार देश के महानगरों में सेमिनार जरूर हो जाते हैं। उनमें नोबेल पुरस्कार विजेता कैलाश सत्यार्थी और दूसरे नामवर लोग अपनी बात रख देते हैं। अखबार में फोटो और खबरें छप जाती हैं, फिर सबकुछ शांत हो जाता है।

दरअसल इन अभागे बाल मजदूरों को आप हर छोटे-बड़े शहर में ढाबों, दुकानों, फैक्टरियों, घरों वगैरह में दिन-रात काम करते हुए देखते हैं। कायदे से जिन हाथों में पेन-पेंसिल होनी चाहिए, वे सुबह से शाम तक मेहनत कर रहे होते हैं। चंद रुपए के लिए या सिर्फ पेट भरने के लिए। बाल मजदूरी की मूल समस्या गरीबी और अशिक्षा है। जब तक इसके कारणों को दूर नहीं किया जाएगा, जिससे बाल श्रमिक उत्पन्न हो रहे हैं, तब तक इस समस्या का हल नहीं हो सकता है। सरकारों को गरीबी और अशिक्षा को खत्म करना होगा।

## बिहार में बाल मजदूरी

बेशक, बाल मजदूरी के शिकार बच्चे उन परिवारों के हैं, जो हाशिए पर हैं या जो अनाथ हैं। बाल श्रम बच्चों का बचपन छीन रहा है। बचपन पढ़ने-लिखने, खेलने-कूदने और जीवन का आनंद उठाने के लिए होता है। ऐसा भी नहीं है कि बाल मजदूरी की समस्या सिर्फ बिहार तक सीमित है। इससे तो लगभग सारा देश ही प्रभावित है, पर बिहार में यह समस्या खासी विकराल रूप ले चुकी है और अब तो बेटियाँ गायब हो रही हैं, हजारों की तादाद में। निश्चित रूप से उनसे भी तमाम तरह के अच्छे-बुरे, नैतिक-

अनैतिक काम करवाए जा रहे होंगे। बिहार के भीतर बाल श्रम की समस्या बढ़ती ही जा रही है। बिहार के सीमांचल का पूर्णिया और अररिया तो बाल मजदूरों के लिए बदनाम है। बिहार सरकार को और बिहार के समाज को बाल मजदूरी से लड़ना होगा।

कहने को तो बाल मजदूरी कानून के तहत बच्चों के कार्य करने पर रोक है, पर कानून का असर गायब है। आपको याद होगा कि सन् 1973 तक इस ओर विश्व के किसी भी देश का ध्यान नहीं गया था। सन् 1973 में विश्व समुदाय ने रोजगार की न्यूनतम आयु सीमा पर एक संधि की। इसके अंतर्गत यह तय किया गया कि 15 वर्ष तक की आयु के बच्चों को कार्य पर नहीं लगाया जा सकता है, लेकिन केवल कानून बना देने से काम नहीं बन जाता। बाल मजदूरी को अगर वाकई में बिहार और पूरे देश से मिटाना है तो कुछ ठोस कदम तो उठाने ही होंगे, जैसे रोजगार के अधिक अवसर उत्पन्न कराना, ताकि माँ–बाप अपनी बेकारी से मजबूर होकर बच्चों को मजदूरी करने के लिए नहीं भेजें। शिक्षा के प्रति जागरूकता बढ़ाना, ताकि माँ–बाप बच्चों से अर्जित तात्कालिक लाभ को छोड़ उनके भविष्य के प्रति चिंतित हों। पुलिस और बच्चों से मजदूरी करानेवाले माफियाओं का संबंध खत्म करने के लिए उपाय करना, बाल मजदूरी से मुक्त कराए गए बाल श्रमिकों को बाल सुधार केंद्र भेजना इत्यादि, ताकि वे दोबारा अपनी पुरानी राह पर न आ जाएँ।

*(1–15 मई, 2017, यथावत)*

□

# गोवा-चीन पर नेहरू की अकारण जिद

पं. जवाहरलाल नेहरू एक शानदार शख्सियत थे, परंतु कभी-कभी ऐसा लगता है कि पंडितजी बेहद जिद्दी किस्म के इनसान थे। जब भी वे किसी बात की जिद पकड़ लेते थे, तब वे अपने अति वरिष्ठ साथियों-सहयोगियों की भी किसी अहम् मसले पर सलाह मानना अपनी तौहीन समझते थे। कश्मीर मामला सुलझाने की उनकी जिद तो सर्वविदित है ही। वे तो कश्मीर की समस्या को इस बुरी तरह उलझा गए कि अब तक पाँच पीढ़ियाँ नहीं सुलझा पाईं। गोवा की आजादी और चीन के साथ संबंधों को लेकर भी यह बात साफतौर पर समझी जा सकती है। पहले गोवा की बात कर लेते हैं।

सरदार पटेल ने साल 1950 में पंडित नेहरू को लिखे अपने एक पत्र में आग्रह किया था कि भारत को अब गोवा को पुर्तगाल से मुक्ति दिलवानी चाहिए, पर नेहरू सहमत नहीं थे, पटेल के सुझाव से। नेहरूजी को अंतरराष्ट्रीय नेता बनने की ज्यादा फिक्र थी। उन्हें लगता था कि यदि भारत पुर्तगाल के कब्जे से गोवा को मुक्त कराने की बात करेगा तो पश्चिमी देश नाराज हो सकते हैं। पटेल उनसे गोवा की स्वतंत्रता के संबंध में बार-बार बात कर रहे थे, पर नेहरू अपने उप-प्रधानमंत्री के सुझाव की लगातार अनसुनी करते रहे। एक बार 1950 में कैबिनेट की बैठक में पटेल ने नेहरूजी से सीधा सवाल किया, "क्या हम गोवा चलें, मात्र दो घंटे लगेंगे?" कहते हैं कि भरी कैबिनेट में पटेल के इस सवाल से नेहरू बड़े नाराज हुए थे, लेकिन यदि पटेल की बात मान ली गई होती तो 1961 तक गोवा की स्वतंत्रता की प्रतीक्षा न करनी पड़ती। गोवा 1950-51 में ही आजाद हो चुका होता।

## गोवा में सैन्य कार्रवाई

सर्वविदित है कि 1961 में अंततः गोवा में भारत के सशस्त्र बलों की कार्रवाई हुई, जिसकी वजह से भारत पर पुर्तगाली शासन पूर्ण रूप से समाप्त हो गया। इस सशस्त्र

कार्रवाई को नाम दिया गया था 'ऑपरेशन विजय'। हो सकता है कि देश की युवा पीढ़ी को न मालूम हो कि इस ऑपरेशन में वायु, जमीनी और समुद्री हमलों में लंबे समय से चले आ रहे पुर्तगाली औपनिवेशिक शासन को समाप्त कर दिया गया था। दरअसल नेहरूजी को नवंबर 1961 में अंतत: गोवा में सेना भेजनी ही पड़ी। यही काम दस बरस पहले भी हो सकता था। हुआ यह था कि पुर्तगाली सेना ने जब एक भारतीय नाव पर बम वर्षा शुरू कर दी। तब जाकर मजबूरी में और देश भर में हुई सार्वजानिक आलोचना से डरकर यह निर्णय लिया गया कि गोवा से पुर्तगाली शासन को समाप्त करना है। वजह यह थी कि कुछ ही महीनों बाद 1962 में देश में आम चुनाव होनेवाले थे और नेहरू की गोवा नीति की जिस प्रकार पूरे देश भर में कटु-आलोचना हो रही थी, नेहरूजी को यह डर सताने लगा कि यदि गोवा पर कोई कार्रवाई नहीं हुई तो 1962 का आम चुनाब कांग्रेस हार भी सकती है।

करीब 30 हजार सैन्य बलोंवाला एक मिशन बना और गोवा पर आक्रमण किया गया। 3 हजार पुर्तगाली सैनिक भारत की विशाल सेना के आगे धूल में मिल गए। पुर्तगाली गवर्नर ने अन्य देशों से मदद की गुहार भी लगाई, लेकिन संयुक्त राज्य अमेरिका, ब्रिटेन या अन्य किसी देश ने पुर्तगाल का साथ नहीं दिया। आखिरकार सबको यह पता था कि भारतीय राज्य को पुर्तगाल ने जबरन हथियाया हुआ है। सिर्फ, नेहरूजी को भ्रम सता रहा था। हारकर पुर्तगाली गवर्नर ने सफेद झंडा फहराकर आत्मसमर्पण कर दिया और इस तरह गोवा का भारत में विलय हो गया। हालाँकि आजादी के बाद से लेकर नवंबर, 1961 तक नेहरूजी गोवा में सेना भेजने से इसलिए घबराते रहे कि वहाँ पर सेना भेजने

से पुर्तगाल और विश्व बिरादरी हमारे से नाराज हो जाएगी। साफ है कि उन्होंने वक्त पर सरदार पटेल की सलाह यदि मान ली होती तो देश के आजाद होने के तुरंत बाद ही एक झटके में ही गोवा को भी आजाद करवाया जा सकता था।

## सलाह की अनसुनी

अंतरराष्ट्रीय मसलों पर नेहरूजी ने कभी भी किसी की नेक सलाह को नहीं सुना। उन्हें लगता था कि विदेश नीति के सबसे बड़े विशेषज्ञ वे ही हैं और वे जो कह-कर रहे हैं, वही अंतिम है। कूटनीति में उनसे अधिक समझ किसी की हो ही नहीं सकती। जाहिर है, नेहरू की इसी सोच का भारी खामियाजा भारत को उठाना पड़ा। यही नहीं, उप-प्रधानमंत्री और गृहमंत्री होने के नाते पटेल ने प्रधानमंत्री नेहरू को चीन के प्रति भी कई बार सचेत किया था। कई बार मौखिक रूप से और भरी कैबिनेट में भी चेतावनी दी और पत्र लिखकर 'ऑन रेकॉर्ड' भी जाहिर किया। यद्यपि विदेश विभाग को पंडित नेहरू स्वयं देखते थे, परंतु कई बार पटेल उप-प्रधानमंत्री की हैसियत से उन्हें (नेहरू) को सलाह देते थे, विदेश मामलों को लेकर। सरदार पटेल के अनुभव और दूरदर्शिता का लाभ, यदि उसी समय ले लिया जाता तो अनेक वर्तमान समस्याओं का जन्म ही न होता। 7 नवंबर, 1950 को पंडित नेहरू को लिखे एक पत्र में पटेल ने चीन तथा उसकी तिब्बत नीति के प्रति सावधान किया था। अपने पत्र में पटेल ने चीन को "भारत का दुश्मन तथा उसके व्यवहार को चालबाजीपूर्ण और अभद्रतापूर्ण" करार दिया था। पटेल ने नेहरू को लिखे पत्र में यह स्पष्ट किया था, "चीन के पत्रों की भाषा किसी दोस्त की नहीं, भावी दुश्मन की है। तिब्बत पर चीन का कब्जा समस्याओं को जन्म देगा।" पर नेहरू कहाँ पटेल की सलाह को मानने वाले थे। नतीजा देश ने आगे चलकर देख लिया। चीन ने 1962 में भारत पर अचानक हमला बोल दिया और भारत के बड़े भू-भाग पर कब्जा कर लिया।

## चीन प्रेम

नई पीढ़ी को शायद यह मालूम नहीं होगा कि भारत को 1953 में ही संयुक्त राष्ट्र सुरक्षा परिषद् के स्थायी सदस्य की पेशकश हुई थी? तब पंडित नेहरू ने उस पेशकश को अस्वीकार कर दिया था। भारत को बीती सदी के पाँचवें दशक में अमेरिका और सोवियत संघ ने अलग-अलग समय में संयुक्त राष्ट्र सुरक्षा परिषद् की सदस्यता दिलवाने की पेशकश की थी। तब ये दोनों देश संसार के सबसे शक्तिशाली देश थे। इनके पास इस बात की शक्ति थी कि वे किसी अन्य देश को सुरक्षा परिषद् के स्थायी सदस्य के रूप में जगह दिलवा सकते थे, पर नेहरूजी ने इन दोनों देशों से भारत की जगह चीन को संयुक्त राष्ट्र सुरक्षा परिषद् में जगह देने की वकालत की थी।

सेलेक्टड वर्क्स ऑफ नेहरू-खंड 11, पेज-248 में एस. राजगोपाल लिखते हैं, "जवाहरलाल नेहरू ने सोवियत संघ की भारत को संयुक्त राष्ट्र सुरक्षा परिषद् के छठे स्थायी सदस्य के रूप में प्रस्तावित करने की पेशकश को खारिज करते हुए कहा था कि भारत के स्थान पर चीन को जगह मिलनी चाहिए।"

और, अब भारत संयुक्त राष्ट्र सुरक्षा परिषद् का स्थायी सदस्य बनने के लिए गिड़गिड़ा रहा है और चीन ही राह का रोड़ा बना हुआ है, पर अब तो यह दूर की संभावना ही लगती है। वरीय कांग्रेस नेता और संयुक्त राष्ट्र संघ के पूर्व सहायक महासचिव शशि थरूर ने भी अपनी पुस्तक 'नेहरू—दि इनवेंशन ऑफ इंडिया' में लिखा है कि जिन भारतीय राजनायिकों ने उस दौर की विदेश मंत्रालय की फाइलों को देखा है, वे इस बात को मानेंगे कि "नेहरू ने संयुक्त राष्ट्र संघ के स्थायी सदस्य बनने की पेशकश को ठुकरा दिया था। नेहरू ने कहा था कि भारत की जगह चीन को संयुक्त राष्ट्र सुरक्षा परिषद् में ले लिया जाए।" तब तक ताइवान भी संयुक्त राष्ट्र सुरक्षा परिषद् का सदस्य बन चुका था। कुछ वर्ष पूर्व भाजपा के वरिष्ठ नेता और पूर्व उप-प्रधानमंत्री लाल कृष्ण आडवाणी ने भी अपने ब्लॉग में लिखा था, "नेहरूजी का अमेरिकी पेशकश को अस्वीकार करने से बढ़कर कोई इस बात का उदाहरण हो ही नहीं सकता है कि नेहरू देश के सामरिक हितों को लेकर कितने लापरवाह थे। वे चाहते ही नहीं थे कि अमेरिका चीन को हाशिए पर ले आए। उनके इस कदम से भारत के हित पर विपरीत प्रभाव हुआ।" और जिस चीन के प्रति नेहरूजी इतने उदार थे, वही चीन अब परमाणु आपूर्तिकर्ता समूह (एन.एस.जी.) का भारत को सदस्य नहीं बनने दे रहा है।

बहरहाल अब भारत को संयुक्त राष्ट्र सुरक्षा परिषद् की स्थायी सदस्यता उसी

स्थिति में मिल सकती है, जबकि सदस्यों की संख्या का विस्तार हो। इसके अलावा इस बात की उम्मीद बहुत ही कम है कि भारत को कभी भी संयुक्त राष्ट्र सुरक्षा परिषद् का स्थायी सदस्य का दर्जा मिल सकेगा। यह सब नेहरूजी की अदूरदर्शिता के कारण ही हो रहा है और जिस चीन को लेकर नेहरूजी ने अपनी दरियादिली का परिचय देते हुए संयुक्त राष्ट्र की सदस्यता सौंप दी, उसी ने हमारी पीठ में छुरा घोंपा। चीन ने हमारे अक्साईचिन क्षेत्र पर अपना कब्जा जमाया हुआ है। चीन की तरफ से कब्जाए हुए इलाके का क्षेत्रफल करीब 37,244 वर्ग किलोमीटर है, यानी कश्मीर घाटी जितना बड़ा क्षेत्र। सवाल उठता है कि क्या देश की नई पीढ़ी को यह मालूम है कि नेहरू की अदूरदर्शिता के चलते ही भारत ने इतना बड़ा अपना भू-भाग खो दिया।

चीन से 1962 की जंग में सबकुछ लुटा देने के बाद भी पंडित नेहरू देश को अपनी विदेश नीति का ज्ञान देते रहे। उन्होंने 22 दिसंबर,1962 को सभी मुख्यमंत्रियों को एक पत्र लिखा। इस पत्र में उन्होंने दलील दी कि चीन का भारत पर हमला हमारे लिए बुरे में अच्छा ही साबित होगा। अब हम अपनी सरहदों की रक्षा करने के लिए और गंभीर होंगे। हालाँकि नेहरू के इस तर्क को न तो तब किसी ने सही माना था, न ही कोई अब मानेगा। आखिरकार, उन्हें किसने रोका था, अपनी सीमाओं की सुरक्षा के प्रति गंभीर होने के लिए। क्या चीन को आक्रमण कर यह ज्ञान देने की जरूरत थी, नेहरू-गांधी परिवार की पाँच पीढ़ियाँ अब तक इस बात का जवाब नहीं दे पाईं। अब आप खुद तय कर लें कि पं. जवाहरलाल नेहरू ने अहम् मसलों पर देश को अपनी जिद के कारण कितनी हानि पहुँचाई और इसकी भरपाई कैसे संभव है?

*(14 नवंबर, 2016, जनसंदेश टाइम्स)*

□

# कट्टरपंथी इसलाम का रट्टू तोता जाकिर नाईक

अपने को इसलाम का खासमखास प्रवक्ता बतानेवाला डॉ. जाकिर नाईक का खेल अब खत्म होता नजर आ रहा है। डॉ. जाकिर नाईक सवालों के घेरे में हैं। कहनेवाले कह रहे हैं कि ढाका में आतंकी हमले में शामिल दो युवक नाईक के विचारों और भाषणों से प्रभावित थे। एक आतंकी ने सोशल साइट पर जाकिर नाईक का वह बयान शेयर किया था, जिसमें कहा गया था, "सभी मुसलमानों को आतंकी बनना चाहिए।"

वस्तुत: जाकिर नाईक की गतिविधियाँ तो शुरू से ही संदिग्ध थीं, पर दिग्विजय सिंह जैसे रहनुमाओं के चलते उसका कभी बाल बाँका नहीं हुआ। वह लगातार इसलाम के नाम पर जहर उगलता रहा और मुसलिम नवयुवकों में घोलता रहा। उसे रोज दुबई से रिले होनेवाले पीस टी.वी. पर सुना जा सकता है। एक रट्टू तोता की तरह नाईक कुरान, बाइबल और कुछ हिंदू ग्रंथों के पाठ सुननेवालों को अपने इसलाम के ज्ञान का पाठ पिला रहा होता है।

अब बड़ा सवाल यह है कि जब भारत में पीस टी.वी. के प्रसारण पर रोक है तो उसे कुछ केबल ऑपरेटर प्रसारित कैसे कर देते हैं, उन्हें इस काम के लिए धन कौन दे रहा है? यानी साफ है कि कमजोर कानून के चलते ही वे अपना धंधा चला रहे हैं। अफसोस की बात यह है कि जब हालात बेहद संगीन हो जाते हैं तो हमारी सुरक्षा एजेंसियों की नींद खुलती है। नाईक दावा करता है कि पीस टी.वी. के जरिए दुनिया भर में उसके 20 करोड़ दर्शक हैं। उसके जहरीले भाषणों के कारण कनाडा, ब्रिटेन और मलेशिया समेत पाँच देशों में नाईक के प्रवेश पर प्रतिबंध है।

कुल मिलाकर नाईक के भाषणों का निचोड़ यह होता है कि इसलाम ईश्वर का अंतिम धर्म और कुरान उसका अंतिम ग्रंथ है। यहाँ तक तो ठीक है। उसका दावा, उसे

मुबारक। यह अच्छी बात है कि अब कोई नया धर्म और कोई नई आसमानी किताब जमीन पर नहीं आएगी। वह कुरान को बाइबल और हिंदू ग्रंथों से बेहतर साबित करने की फिराक में लगा रहता है। उसके कार्यक्रमों में कुछ हिंदू भी आते हैं और कुछ हिंदू नौजवान उसके कार्यक्रमों में उससे प्रभावित होकर वहाँ पर इसलाम कबूल करने की घोषणा भी करते हैं। हालाँकि कुछ जानकार कहते हैं कि उसके कार्यक्रमों में हिंदुओं का मुसलमान बनने की बातें नाटक ही होती हैं। उसमें रत्ती भर भी सच्चाई नहीं होती। मुझे याद है कि एक दिन एक चीनी लड़की ने डॉ. जाकिर नाईक को पीस टी.वी. पर आनेवाले शो में अपने अकाट्य तर्कों से परास्त कर दिया था।

कहने का अर्थ यह है कि नाईक सिर्फ अपनी भीड़ में बोल सकता है, यानी जहाँ पूछनेवाले को बहस की इजाजत नहीं होती है। अब तक जाकिर नाईक किसी बड़ी यूनिवर्सिटी में बहस के लिए नहीं गया। किसी विज्ञान के प्रोफेसर से सीधे डिबेट नहीं करता है। आपको उससे बड़ा तोता आज की तारीख में ढूँढ़ने से नहीं मिलेगा। उसकी सारी बात और सारा ज्ञान कुरान पर आकर खत्म हो जाता है। यह आत्म मुग्ध विद्वान् मुसलिम समाज के अहंकार को येन–केन प्रकारेण प्रतिस्थापित करने में लगा रहता है, लेकिन इसमें यह कहने की हिम्मत नहीं है कि कुरान में कुछ गलत है या मुहम्मद साहब की यह बात गलत है। मुसलिम समाज में इसकी वृहत्तर लोकप्रियता वैचारिक गुलामी की सूचक है।

सच्चाई यह है कि जहरीले भाषण देनेवाला यह डॉक्टर मुसलमानों को कुरान का इंजेक्शन देता हैं। वह भोले–भाले लोगों को अपने मोह जाल में फँसाता है। उसका ताजा उदाहरण हमने ढाका के कत्लेआम में देखा। एक बात समझ लेनी चाहिए कि नाईक के

'पीस टी.वी.' के जितने समर्थक हैं, उससे कई गुना ज्यादा विरोधी हैं। मुसलमानों का भी एक वर्ग उससे नफरत करता है।

नाईक ने मुंबई के मझगाँव के सेंट पीटर स्कूल से स्कूली शिक्षा और केसी कॉलेज से पढ़ाई करने के बाद डॉक्टरी की पढ़ाई टोपीवाला नेशनल मेडिकल कॉलेज और बीवाईएल नायर चेरिटेबल हॉस्पिटल से की। 1991 में धार्मिक तकरीर देने का काम शुरू किया और इस्लामिक रिसर्च फाउंडेशन की स्थापना कर इसका प्रमुख बन गया।

दरअसल, जाकिर आतंकी कनेक्शन को लेकर पहले भी चर्चा में रहा है। हालाँकि तब उस पर लगे आरोपों को गंभीरता से नहीं लिया गया। आरोपों की गंभीरता से तफ्तीश भी नहीं हुई। ज्यादातर अंग्रेजी में ही बोलनेवाला जाकिर नाईक अब सुरक्षा एजेंसियों के निशाने पर है। ढाका के आतंकी कनेक्शन से उसके तार जुड़े हुए बताए जा रहे हैं। उसे अब सुरक्षा एजेंसियों के सामने सच का सामना करना होगा, क्योंकि वह अब भारतीय सुरक्षा एजेंसियों के रडार पर है।

## वेदों-पुराणों से तुलना

दरअसल, जाकिर नाईक पर पहले भी कई देशों में जहर घोलनेवाले विवादित सांप्रदायिक भाषण देने के आरोप लगते रहे हैं। उसकी इन्हीं हरकतों की वजह से ब्रिटिश सरकार सहित कई देशों की सरकारें ने अपने देश में उसके प्रवेश करने और विवादित धार्मिक भाषण देने पर प्रतिबंध लगा चुकी हैं। नाईक हमेशा वेदों और पुराणों की कुरान से तुलना करके उसे या तो नीचा दिखाने की कोशिश करता है या फिर चालू तर्कों और मनमाने उद्धरणों से हिंदुओं तथा मुसलमानों को भ्रमित करने की कोशिश करता है।

नाईक मंदिर और मूर्तियों का विरोध करते हुए अपनी लगभग सभी तकरीरों में कहता है कि इस संसार का मालिक निराकार है और मुसलिम धर्म उसी निराकार ईश्वर को मानता है। मंदिर में ईश्वर की साकार मूर्तिपूजा करनेवाले लोग अज्ञानी हैं। अब उससे यह कौन पूछे कि यदि वह वास्तव में सच कह रहा है तो यह भी बताए कि निराकार ईश्वर को याद करने के लिए यदि मंदिर और मूर्ति की जरूरत नहीं है तो फिर मसजिद की जरूरत क्यों है? आखिर मसजिद बनाना भी तो साकार मूर्तिपूजा ही है। मसजिद बनाकर एक साकार बुत आप क्यों बना रहे हैं, निराकार खुदा को माननेवाले तो कहीं भी उसकी प्रार्थना कर सकते हैं, तो फिर मसजिद बनाने की क्या जरूरत है? चार सौ साल पहले कबीर दस कह गए हैं, "कांकर-पाथर जोड़ के मसजिद लिया चुनाय। ता चढ़ि मुल्ला बाँग दें, क्या बहरा हुआ खुदाय।"

जाकिर नाईक के धर्म परिवर्तन पर विचार बेहद विवादास्पद हैं। जाकिर नाईक कहता है कि यदि कोई व्यक्ति मुसलिम से गैर-मुसलिम बन जाता है तो उसकी सजा मौत है, यहाँ तक कि इसलाम में आने के बाद वापस जाने की सजा भी 'मौत' है। बकौल नाईक शरीयत के मुताबिक नाबालिग हिंदू लड़की भी भगाई जा सकती है, लेकिन पढ़ी-लिखी वयस्क मुसलिम लड़की किसी हिंदू लड़के से शादी नहीं कर सकती और यदि कोई ऐसा करे तो उसकी सजा भी मौत है। जाकिर नाईक यह भी कहता है कि मुसलिम देशों में किसी अन्य धर्मावलंबी को किसी प्रकार के मानवाधिकार प्राप्त नहीं होने चाहिए। किसी अन्य धर्म के पूजा स्थल भी नहीं बनाए जा सकते। हालाँकि जाकिर नाईक अपनी तकरीरों में दावा करता है कि मुसलमान किसी भी देश में मसजिदें बना सकते हैं, लेकिन इसलामी देशों में चर्च या मंदिर नहीं बन सकता। उनसे शायद यह सवाल किसी ने नहीं पूछा कि यदि यही बात सभी देश अपने यहाँ लागू कर दें तो क्या आप गैर-मुसलिम देशों में मसजिद बना पाएँगे?

## विरोध में मुसलमान

यह संतोष की बात है कि अब आम और खास मुसलमान उसके खिलाफ बोलने लगे हैं। फिल्म अभिनेता आमिर खान ने जाकिर नाईक को आड़े हाथों लिया। आमिर खान ने कहा कि जाकिर धर्म का गलत प्रचार करते हैं। कोई धर्म आतंकवाद नहीं सिखाता,

प्यार की सीख देता है। आतंकवाद फैलानेवालों का मजहब से कोई रिश्ता नहीं होता। उधर, रजा एकेडमी के समर्थकों ने मुंबई में नाइक के खिलाफ रैली निकालकर बैन लगाने की माँग की। फिलहाल जाकिर नाईक मक्का में है। उसके भारत वापस आते ही उसकी क्लास सुरक्षा एजेंसियाँ लेंगी।

सबसे पहले बाँग्लादेश के अखबारों ने नाईक का सच दुनिया के सामने रखा। इस बात के लिए उनकी तारीफ की जानी चाहिए। जो काम भारत की धर्मनिरपेक्ष पत्रकार मंडली को करना चाहिए था, उसे एक मुसलिम देश के पत्रकारों ने किया। लानत है इस देश के मौजूदा सुविधाभोगी पत्रकरों पर! जाकिर की तकरीरों ने बाँग्लादेश की राजधानी ढाका में हमला करनेवाले कुछ आतंकियों को इतना प्रभावित किया कि वे इसके अनुयायी बन गए और इन्हें फॉलो करने लगे। ये दोनों आतंकी थे—रोहाना इब्ने इम्तियाज और निबरस इसलाम। 2009 में न्यूयॉर्क के सबवे में फिदायीन हमले की साजिश रखने के आरोप में गिरफ्तार नजीबुल्ला जाजी के दोस्तों ने बताया था कि वह काफी वक्त तक जाकिर नाईक की तकरीरों को टी.वी. पर देखता था। 2006 में मुंबई की लोकल ट्रेनों में हुए सिलसिलेवार बम धमाकों का आरोपी राहिल शेख भी नाईक से प्रभावित था। साफ है कि जाकिर नाईक मुसलमानों के एक वर्ग को पिछले कई सालों से आतंक की तरफ लेकर जा रहा है। अब वक्त आ गया है कि जाकिर नाईक के पैसों के लेन-देन का भी पता लगाया जाए। उसके पास इतने पैसे कहाँ से आते हैं कि वह विदेश से एक टी.वी. चैनल चला रहा है? इसकी भी जाँच होनी चाहिए।

*(10 जुलाई, 2016, www.subguru.com)*

□

# सिंधु-साक्षी के बाद जीतीं मुसलमान औरतें

अब मुंबई की हाजी अली दरगाह में मुसलमान महिलाएँ भी जाकर जियारत कर सकेंगी। मुंबई हाई कोर्ट ने एक बेहद खास फैसले में औरतों को वहाँ पर जाकर जियारत करने की अनुमति दे दी। बेशक, मुसलमान औरतों ने इस हक को हासिल करने के लिए लंबी लड़ाई लड़ी। यहाँ हाजी अली ट्रस्ट ने महिलाओं की एंट्री पर पाबंदी लगा रखी थी। हालाँकि अब हाजी अली ट्रस्ट ने हाईकोर्ट के इस फैसले को सुप्रीम कोर्ट में चुनौती देने का फैसला किया है।

हाजी अली में औरतों के साथ इस तरह के भेदभाव को लेकर महिलाओं की लड़ाई चल रही थी और इसी सिलसिले में दरगाह हाजी अली में प्रवेश के लिए महिलाओं ने भी मोर्चा खोल दिया था, जिसका हाजी अली ट्रस्ट पुरजोर विरोध कर रहा था। मुसलिम महिलाओं के हक के लिए लड़नेवाला एक समूह भारतीय मुसलिम महिला आंदोलन (बी.एम.एम.ए.) हाजी अली दरगाह के ट्रस्टी के साथ कानूनी लड़ाई लड़ रहा था और उसने दरगाह में महिलाओं के प्रवेश के लिए बॉम्बे हाईकोर्ट में याचिका भी दायर की थी। संगठन का कहना था कि महिलाओं को दरगाह में जाने से रोकना असंवैधानिक है।

बेशक, कोर्ट का यह फैसला मुसलिम महिलाओं को सामाजिक समानता का न्याय दिलाने की ओर एक महत्त्वपूर्ण कदम है। वहीं दरगाह के ट्रस्टी का कहना है कि किसी पुरुष मुसलिम संत की कब्र पर महिलाओं का जाना इसलाम में गुनाह है, इसलिए दरगाह के गर्भगृह में महिलाओं के प्रवेश पर पाबंदी सही है।

मैं मानता हूँ कि हाजी अली दरगाह में औरतों की एंट्री और कुछ माह पहले महाराष्ट्र के शनि शिंगणापुर मंदिर के गर्भगृह में महिलाओं के लिए प्रवेश खुलना और उनका उधर पूजा करना देश की औरतों के लिए खुशखबरी है। हाल के दौर में रियो

ओलंपिक खेलों में पी.वी. सिंधु और साक्षी मलिक की उपलब्धि को इसी रूप में लिया जाना चाहिए। हाजी अली में औरतों के प्रवेश पर हाई कोर्ट का फैसला नारी शक्ति की जीत है। 21वीं सदी में औरतों को मंदिर-मसजिद या किसी और जगह पर पूजा-अर्चना के लिए जाने से रोका जाए, यह सुनकर भी यकीन नहीं होता था। इस अभियान को लेकर मैं जो कुछ मीडिया में पढ़ या देख रहा था, उससे देश की नारी शक्ति पर फख्र हो रहा था। औरत किसी चीज को पाने का मन बना लें तो फिर कोई अवरोध उसे पराजित नहीं कर सकता। सवाल यह है महिलाओं को किसी मंदिर-मसजिद में जाने से रोकने को किसने फैसला लिया, आखिरकार उन्हें यह अधिकार किसने दिया?

मैं मराठी समाज को करीब से जानता हूँ। वहाँ औरतों के सम्मान की परंपरा है। वहाँ के औरतों के हालात उत्तर भारत जैसे नहीं है। इसके बावजूद महाराष्ट्र जैसे प्रगतिशील और उदार राज्य में मंदिर और मजार में औरतों की एंट्री पर रोक का होना शर्मनाक था। मेरा मानना है कि लिंग भेद को लेकर किया गया यह आंदोलन औरतों को इस देश में जीवन के सभी क्षेत्रों में समता दिलाने के लिहाज से मील का पत्थर साबित होने जा रहा है। अब इस तरह के और आंदोलन स्थानीय स्तर पर शुरू होंगे। यह जरूरी नहीं है कि सबका लक्ष्य मंदिर में प्रवेश को लेकर हो। इस जीत का एक असर यह हुआ कि अब कोल्हापुर के महालक्ष्मी मंदिर में भी महिलाएँ मंदिर में प्रवेश कर पूजा-अर्चना कर सकेंगी। मंदिर प्रशासन ने उन्हें इसकी इजाजत दे दी। इधर सैकड़ों सालों से मंदिर के गर्भ गृह में सिर्फ और सिर्फ पुजारी के परिवार की ही महिलाओं को

गर्भगृह में जाने की अनुमति थी। खैर, मुझे शिंगणापुर के सरपंच बालसाहेब बांकड़ की टिप्पणी बहुत खराब लगी। वे कह रहे है कि हाई कोर्ट के सम्मान में मंदिर के सभी दरवाजों को सभी श्रद्धालुओं के लिए खोलने का निर्णय लिया गया है, हालाँकि व्यक्तिगत रूप से उनका मानना है कि इस कदम से ग्रामीणों की भावनाएँ आहत हुई हैं। वे इस तरह का घटिया बयान देनेवाले होते कौन हैं? क्या वे हिंदू समाज के प्रवक्ता या ठेकेदार हैं? हमारे देश में ऐसा लगता है कि औरतों को अधिकार दिए जाने से कुछ लोग जल-भुन जाते हैं, इसमें हिंदू और मुसलमान सभी शामिल हैं। कट्टरपंथी और रूढ़िवादी तो कोई भी हो सकता है।

शिंगणापुर में महिलाओं के प्रवेश को लेकर शंकराचार्य स्वरूपानंद सरस्वती ने सड़ा हुआ बयान दिया। उनका भी कहना था कि इससे महिलाओं के साथ रेप की घटनाएँ बढ़ेंगी। उन्होंने कहा कि शनि की दृष्टि अगर महिलाओं पर पड़ेगी तो रेप की घटनाएँ और बढ़ेंगी। लगता है कि शनिदेव स्वरूपानंद के कान में यह कह गए हैं। अब जरा कल्पना कर लीजिए कि किस कद्र सस्ते बयानबाजी करने लगते हैं हमारे कथित धार्मिक गुरु। कायदे से इस तरह की बीमार मानसिकतावाले तत्त्वों का सामाजिक बहिष्कार किया जाना चाहिए।

दरअसल, जब शनि मंदिर में पूजा करने का अधिकार जुझारू संघर्ष के बाद औरतों ने ले लिया था, तब ही मुझे लगने लगा था कि अब हाजी अली के दरवाजे भी औरतें को हक में खुलेंगे। शनि मंदिर में प्रवेश के लिए चले आंदोलन से मुसलमान औरतों को

जरूर प्रेरणा मिली होगी, जो मुंबई की हाजी अली दरगाह में प्रवेश पर रोक के खिलाफ आंदोलरत थी।

जो इसलाम औरतों के हकों की वकालत करता है, उसी इसलाम के माननेवाले कुछ कट्टरपंथी औरतों को दोयम दर्जे का इनसान मानने की हिमाकत कैसे कर सकते हैं। सीधा सा सवाल है कि जब आगरा के ताज महल में बनी मुमताज महल की मजार, अजमेर शरीफ की दरगाह या फतेहपुर में सलीम चिश्ती दरगाह में औरतों के प्रवेश पर कोई भेदभाव नहीं है तो फिर हाजी अली दरगाह में क्यों? मैं मानता हूँ कि इस मसले पर समूचे मुसलिम समाज को औरतों के हक में आगे आना चाहिए। सबसे अहम बात यह है कि हाजी अली दरगाह की मजार में 2011 से पहले तक औरतें जाती थीं। उनके प्रवेश पर कोई रोक नहीं थी। तो फिर 2011 के बाद क्या हो गया कि औरतों को वहाँ जाने से रोका जाने लगा? मुझे हाजी अली ट्रस्ट का यह तर्क खासा पिलपिला नजर आता है कि चूँकि हाजी अली एक पुरुष संत की मजार है, इसलिए वहाँ महिलाओं के प्रवेश पर रोक लगाई गई है।

मैं मुंबई की भारतीय मुसलिम महिला आंदोलन की कार्यकर्ताओं को तहेदिल से मुबारकबाद देना चाहता हूँ, जो अपने आंदोलन को 2012 से चला रही हैं। मुसलिम समाज की पृष्ठभूमि पर लिखे अपने उपन्यास 'आधा गाँव' में राही मासूम रजा एक जगह कहते हैं, 'मर्द हैं तो ताक-झाँक भी करेंगे, रखनियाँ भी रखेंगे।' ये पंक्तियाँ लिखी तो मर्दों के लिए गई हैं, पर ये मुसलिम समाज में औरतों की हैसियत को बयाँ करने के लिए

पर्याप्त हैं। मुसलमानों औरतों की स्थिति में सुधार लाना आवश्यक है। हमारा संविधान धर्म, संप्रदाय या लिंग के आधार पर भेदभाव की इजाजत नहीं देता। यहाँ पर मैं उनके तलाक संबंधी मसले पर भी बात करना चाहता हूँ। उनके सामने सबसे कठिन चुनौती रही है, एक बार में तीन तलाक बोलनेवाले अपने पति के जुल्मों-सितम से कैसे मुक्ति मिले, असहाय मुसलिम महिलाओं को।

## जागी मुसलमान औरत

पर अब तो मुसलिम औरतें जाग उठी हैं। वे भी अब गुलामी की जंजीर को तोड़ने का मन बना चुकी हैं। अब इन्हें नामंजूर है कि इनके शौहर इन्हें तीन बार तलाक कहकर जब चाहें, इनकी जिंदगी को बरबाद कर दें। बेशक देश की मुसलमान औरतों की स्थिति बाकी धर्मों की औरतों से काफी बदतर है। कहने को इसलाम में माँ के पैरों के नीचे जन्नत है और उसकी नाफरमानी बहुत बड़ा गुनाह है और बहन की शक्ल में उसकी आबरू की खातिर भाई की जान कुरबान हो सकती है और बीवी की शक्ल में वह मर्द के लिए सबसे कीमती तोहफा है, परंतु मुसलिम औरत तो पुरुष की आश्रिता ही बनकर रह गई है। कहने को इसलाम के अधिकांश नियम एवं कानून नारी की सुरक्षा का विचार कर बनाए गए थे, लेकिन आज अपने देश में मुसलमान औरतें पूरी तरह से अपने पिता, पति और भाइयों पर ही आश्रित हैं, पर यकीनन हाजी अली दरगाह को लेकर आया फैसला मुसलमान औरतों की जिंदगी बदलने के लिहाज से मील का पत्थर साबित होगा।

*(30 अगस्त, 2016, ऑबजर्बर पोस्ट)*

□

# ट्रैक बढ़ाओ, तभी रुकेंगे हादसे

कानपुर रेल हादसे से सारा देश उदास है। मरनेवालों की संख्या 146, घायल 226 हैं, जिनमें 76 की हालत गंभीर है और आज जबकि समूचा देश मृतकों को अश्रुपूरित विदाई दे रहा है, तब माँग करनेवाले यह माँग कर रहे हैं कि रेल मंत्री इस्तीफा दें। चूँकि उन्हें रेलवे नेटवर्क के विभिन्न पक्षों के संबंध में या तो अधकचरी जानकारी और समझ है और फिर उन्हें अपनी राजनीति की रोटी सेंकनी है। अत: वे कुछ भी कह सकते हैं। अभिव्यक्ति की आजादी जो मिली हुई है, उसका दुरुपयोग जरूरी तौर पर करेंगे, लेकिन याद रखें कि सभी रेल हादसों के मूल में कारण रेल ट्रैकों की भारी कमी और उनपर लगातार बढ़ता बोझ है। रेल ट्रैकों की संख्या में बड़े स्तर पर इजाफा किए बिना हम शायद ही कभी भी रेल हादसे रोक पाएँगे। अब आप पूछेंगे कि मौजूदा रेल ट्रैकों की संख्या को बढ़ाने में किस स्तर पर अवरोध हैं, उन्हें दूर क्यों नहीं किया जाता? आपके प्रश्न उचित हैं। कोई भी शख्स ये सवाल तो पूछेगा ही, लेकिन जब तक भूमि अधिग्रहण बिल संसद् से पारित नहीं हो जाता तब तक रेलवे के नए ट्रैक बनेंगे कहाँ से? और जरा गौर कीजिए कि कानपुर हादसे के बाद रेल मंत्री से इस्तीफा माँगनेवाले वे ही महानुभाव हैं, जो भूमि अधिग्रहण बिल का संसद् में तगड़ा विरोध कर रहे थे।

आजादी के वक्त देश की आबादी मात्र 33 करोड़ थी। आज सवा सौ करोड़ है। पहले लोग इक्का-दुक्का ही जरूरत पड़ने पर सफर किया करते थे। कलकत्ता में काम करनेवाले हमारे गाँव के ज्यादातर नवयुवक या तो ईद पर गाँव आते थे या फिर होली पर। अब तो हर महीने आते हैं, कभी-कभी दो बार। पहले छात्र राज्यों के बाहर कम ही पढ़ने के लिए जाते थे। अब तो छात्र-छात्राएँ सभी धड़ल्ले से बाहर जाते हैं। बचपन में पटना से दिल्ली और कलकत्ते के लिए एक-एक ट्रेन ही जाती थी, अब दर्जनों में हैं।

कायदे से देश भर में कम-से-कम छह या सात रेल ट्रैक हर जगह बनने चाहिए।

दो यात्री गाड़ियों के लिए एक अप और एक डाउन ट्रैक। इसी प्रकार दो मालगाड़ियों के वास्ते, पाँचवाँ सेना, पुलिस बल, राहत कार्य ट्रैक निरीक्षण आदि के लिए इमरजेंसी ट्रैक। छठा, जिस पर बारी-बारी से निरंतर मेटिनेंस कार्य जारी रहे। एक स्पेयर हो स्पेशल ट्रेन आदि के लिए तो बढ़िया। क्या यह सब हम करने की स्थिति में हैं? अगर नहीं हैं तो हमें ये सब करने के लिए संसाधन जुटाने ही होंगे, क्योंकि सिर्फ दो ट्रैकों पर रोज करोड़ों मुसाफिरों को उनके गंतव्य स्थल पर सुरक्षित पहुँचाने से लेकर लाखों टन सामान से लदी मालगाड़ियों की आवाजाही करना संभव नहीं है। ट्रैकों का तो कचूमर निकल गया है। यदि हम यह सब कर रहे हैं तो इसका मतलब स्पष्ट है कि हम अपने रेल नेटवर्क के साथ न्याय नहीं कर रहे और यात्रियों की जिंदगी से खिलवाड़ कर रहे हैं।

## रेल और गोरे

अंग्रेजों ने भारत में रेल सेवा की शुरुआत 16 अप्रैल, 1853 को अपने लाभ के लिए की थी, न कि भारत की जनता के लिए। अंग्रेजों ने बंबई, कोलकाता, मद्रास को रेल नेटवर्क से जोड़ा, ताकि गोरे वहाँ के बंदरगाहों से कोयला, लौह अयस्क और अन्य खनिज, कपास-कपड़े, सोना-चाँदी आदि दूसरा सामान ब्रिटेन भेज सकें। गोरे तो यात्री रेल से ज्यादा मालगाड़ी के नेटवर्क को लेकर गंभीर थे। देश की आजादी से पहले आमतौर पर मालगाड़ी में ही कुछ डिब्बे जोड़ दिए जाते थे, जिसमें बड़े अंग्रेज अफसर या राजे-रजवाड़े सफर करते थे। ये सैलूननुमा होते थे। उन्होंने सामान्य आम हिंदुस्तानी के हित की तो कभी नहीं सोची। वे तो चाहते ही नहीं थे कि हिंदुस्तानी सफर करें। उन्हें डर लगता था कि सफर करनेवाले उनके खिलाफ षड्यंत्र करेंगे। इसलिए जो कहते हैं

कि भारत में रेलवे नेटवर्क गोरे लेकर आए, उन्हें अपनी सोच में बदलाव कर लेना चाहिए और गोरों ने भारत छोड़ो आंदोलन के बाद रेल नेटवर्क का विकास और विस्तार बंद कर दिया था, क्योंकि उन्हें तब तक समझ आ गया था कि अब उन्हें भारत से जाना ही होगा, यानी देश में आम इनसान के लिए रेलवे ने सोचना तो 15 अगस्त, 1947 के बाद ही चालू किया।

## चीन से सुस्त

और अब करीब 16 लाख कर्मचारियों, प्रतिदिन चलनेवाली 11 हजार ट्रेनों, 7 हजार से अधिक स्टेशनों एवं करीब 65 हजार किलोमीटर रेलमार्ग के साथ भारतीय रेल नेटवर्क पहली नजर में बहुत विशाल लगता है। इसमें कोई विवाद भी नहीं हो सकता, लेकिन हमें अपनी रेल की रफ्तार की चीन से भी तुलना कर लेनी चाहिए। चीन का रेल नेटवर्क महज 27 हजार किमी. लंबा था 1947 तक।

अब 78 हजार किलोमीटर हो गया, यानी कि 188 प्रतिशत की वृद्धि। भारत में 1947 में रेल लाइने 55 हजार किलोमीटर थी। आज भारत में 64 हजार किलोमीटर रेल ट्रैक है, यानी मात्र 16 प्रतिशत की वृद्धि। चीन का फोकस रहता है अपने ट्रैकों के विस्तार करने में। हमने 70 साल में क्या किया ? कौन जवाब देगा इसका।

बेशक, भारत में तकनीक का तो विकास हुआ, यात्रियों की संख्या भी बढ़ी, लेकिन ट्रैक निर्माण में वृद्धि नहीं हुई। ये गंभीर मसला है। आँकड़े बताते हैं कि 1980 में जहाँ 61,240 हजार किलोमीटर रेलवे का नेटवर्क था, वहीं 2012 में 64,600 हजार किलोमीटर, यानी 32 साल में महज 3,360 किलोमीटर ही रेल लाइन को बिछाने में कामयाबी मिली। इतना ही नहीं 20,275 किमी. पर ही इलेक्ट्रिक ट्रेन दौड़ती है, जो कुल नेटवर्क का महज 32 फीसद ही है, जबकि यात्रियों की संख्या में बेतहाशा वृद्धि हो रही है।

इस बीच, भूमि अधिग्रहण बिल को कानून का स्वरूप मिलने में मालूम नहीं कि कितना वक्त और लगेगा। ये भी कहा नहीं जा सकता कि हमारा विपक्ष इसे कानूनी जामा पहनाने में कितना सरकार का साथ देता है, पर रेल मंत्रालय अब ट्रैक बिछाने में भी तेजी ला रहा है। रेल विभाग हर दिन 19 किलोमीटर ट्रैक बिछाने लगा है, यानी सालाना 6965 किलोमीटर रेल ट्रैक की लंबाई बढ़ेगी। अगर इस लक्ष्य को हासिल कर लिया जाता है तो अगले चार वर्षों में भारत के अनेक प्रमुख इलाकों तक ट्रेन पहुँच जाएगी, पर इतना भी काफी नहीं है। देश का लक्ष्य तो ट्रैकों का विस्तार करना होना चाहिए। निरापदता के लिए एक ट्रैक का लगातार मेंटेनेंस में रहना जरूरी है। इसका कोई दूसरा विकल्प हो ही नहीं सकता। सिर्फ दो साल पहले यानी वर्ष 2014 तक रोज 4-5 किलोमीटर ही ट्रैक बिछाए जाते थे। जाहिर है, ट्रैकों के फैलाव के स्तर पर हमारी गति शर्मनाक है।

## स्पीड से संबंध

समझ लेना चाहिए कि ट्रैकों का जाल फैलाना और रेलों की स्पीड का सीधा संबंध है। देश को ट्रेनों की स्पीड बढ़ाने की जरूरत है, क्योंकि ट्रेनों की स्पीड से व्यक्ति और देश दोनों की स्पीड जुड़ी है। लोग जब जल्दी अपनी मंजिल तक पहुँचेंगे तो उनके कामकाज में तेजी आएगी, जिसका सीधा फायदा देश को मिलेगा।

एक बात मुझे और समझ नहीं आ रही कि रेलवे ने अपने कामकाज में सुधार के लिए बीते कुछ सालों के दौरान राकेश मोहन, बिबेक देबरॉय, सैम पित्रोदा के नेतृत्व में समितियाँ बनाईं। इन सबने रेलवे के आधुनिकीकरण, सुरक्षा, सेवा आपूर्ति, प्रतिस्पर्धा का मुकाबला करने, मैनेजमेंट, दूसरे बिंदुओं पर सरकार को अपनी गहन रिपोर्ट सौंपी। कई सिफारिशें कीं, पर हैरानी होती है कि किसी ने भी रेल ट्रैकों के जाल का तेजी से विस्तार करने के संबंध में सरकार से कोई खास सिफारिशें नहीं कीं। बिना ट्रैक बढ़ाए सुरक्षा कैसे सुनिश्चित हो सकती है ?

और अगर बात ट्रैक से हट कर करें तो यह सच है कि रेल हादसे सब देशों में होते हैं। कुछ समय पहले स्पेन में भी एक बड़ा रेल हादसा सामने आया, पर यूरोप और दूसरे देशों में कभी-कभार रेल हादसे होते हैं। यकीन मानिए, हमारे यहाँ पर हर रोज छोटे-बड़े हादसे होते ही रहते हैं। मुंबई में तो कहते हैं कि रोज रेल हादसे की चपेट में कोई न कोई आता ही रहता है। दरअसल, इधर लापरवाही किसी एक स्तर पर नहीं होती, नीचे से ऊपर तक यह क्रम चलता है। आपको याद होगा कि उत्तर प्रदेश के फतेहपुर में हुई भीषण रेल त्रासदी के बाद रेल राज्यमंत्री मुकुल राय ने घटनास्थल का दौरा करने की जरूरत तक नहीं समझी थी।

कानपुर हादसे के बाद पूरा देश व्यथित है। यह हादसा देश को कौन सा सबक देगा, यह वक्त बताएगा। बेशक रेलवे के आधुनिकीकरण की न जाने कितनी परियोजनाएँ पूरी हो चुकी हैं, लेकिन अब रेल ट्रैक के जाल का विस्तार करने पर फोकस करना होगा।

अफसोस होता है कि हमारे इधर किसी भी बड़े रेल हादसे में चालक को दोषी ठहराने की विभागों की काफी पुरानी परंपरा रही है, क्योंकि ज्यादातर मामलों में इनकी जान पहले ही चली जाती है। बाद में दुर्घटना का असली कारण क्या था, यह कभी किसी को पता नहीं चलता, क्योंकि अपने यहाँ के लोगों की याददाश्त काफी कमजोर है। जब कोई दूसरी बड़ी दुर्घटना होती है, तभी कुछ दिनों के लिए गड़े मुर्दे उखाड़े जाते हैं। चलिए उम्मीद करते हैं कि कानपुर रेल हादसे से देश सीख लेगा और रेल नेटवर्क के विस्तार के लिए सबसे जरूरी कदम, यानी ट्रैकों का विस्तार करेगा और इस मोर्चे पर सरकार और विपक्ष एक साथ खड़े होंगे।

रेल अधिकारियों को भी अपनी मनोवृत्ति और काम करने के ढंग में बदलाव करना ही होगा। कानपुर की रेल दुर्घटना ड्राइवर की लापरवाही से नहीं, बल्कि ऊपर के अधिकारियों की लापरवाही से हुई। यह मैं अखबारों में छपी रिपोर्टों के आधार पर कह रहा हूँ। जब ट्रेन झाँसी से कानपुर के लिए रवाना हुई, तब कुछ देर बाद ही एक बोगी में झटके आने लगे और विचित्र प्रकार की आवाजें आने लगीं। ड्राइवर ने कई बार ट्रेन रोकी, समझने की कोशिश की। जब खराबी समझ में नहीं आई तो ऊपर के अधिकारियों को समस्या बताई। ऊपर से आदेश मिला कि कानपुर सेंट्रल स्टेशन पहुँचकर मरम्मत करवाओ। काश! ऐसा आदेश देने वाले अधिकारी ने एक पल यह भी सोच लिया होता कि उसके लापरवाहीपूर्ण आदेश का क्या परिणाम हो सकता है।

*(4 दिसंबर, 2016, पांचजन्य)*

□

# महिला विरोधी मुसलिम पर्सनल लॉ बोर्ड

अब तीन तलाक और हलाला की परंपरा को बनाए और बचाए रखने के लिए कट्टरपंथी मुसलमान मारपीट पर उतर आए हैं। उनकी घोर महिला विरोधी सोच को जहाँ से भी चुनौती मिलती हैं, तो वे हिंसक हो उठते हैं। अभी कुछ ही दिन पहले मुंबई के गोवंडी में उन मुसलिम महिलाओं के साथ मारपीट और धक्का-मुक्की की गई, जो तीन तलाक के विरोध में हस्ताक्षर अभियान चला रही थीं। कुछ सड़कछाप नेताओं और उनके चेलों ने उन्हें भद्दी-भद्दी गालियाँ दीं। इन लफंगों ने हस्ताक्षर अभियान चलानेवाली महिलाओं पर इसलाम विरोधी होने का आरोप भी लगा दिया, यानी एक अहम् मसले पर, जो औरतें की जिंदगी से जुड़ा है, उस पर एक स्वस्थ बहस की अनुमति भी नहीं दी जा रही है। सबसे दुःखद पक्ष यह है कि मुसलमानों का शिक्षित मध्यवर्ग भी तीन तलाक और हलाला को खत्म करने को लेकर चल रही बहस से अपने को दूर रखे हुए है।

शबाना आजमी, सादिया देहलवी, लैला तैयबजी सरीखी चोटी की मुसलिम समाज से जुड़ी महिलाएँ नेपथ्य में चली गईं हैं। इसके दो ही मलतब समझ आते हैं। पहला मतलब है कि ये विदुषी महिलाएँ कठमुल्लाओं से भयभीत हैं। दूसरा नतीजा है कि मुसलिम औरतें तीन तलाक और हलाला के मसले पर होनेवाली मानसिक प्रताड़ना को लेकर बेपरवाह हैं। ये जिस समाज का हिस्सा हैं, वहाँ पर तलाक जैसे मसलों का कोई मतलब ही नहीं हैं। ये तो खुले समाज में जीवन व्यतीत कर रही हैं, जहाँ जब वैवाहिक बंधनों का ही कोई महत्त्व नहीं तो तलाक की क्या परवाह ? मुंबई और दिल्ली की पॉश कॉलोनियों में रहनेवाली इन नामवर महिलाओं को उन गलीज तत्त्वों को जवाब देना मुनासिब नहीं लगता, जो मुंबई में मुसलिम औरतों को मारते हैं और खुलेआम कहते हैं कि अगर चार निकाह नहीं करेंगे तो क्या हम अपनी बेवा औरतों को कोठों में बिठाएँ। आपको बता दें कि इतना घटिया बयान दिया है समाजवादी पार्टी की महाराष्ट्र इकाई के नेता अबू

आजमी ने। अपने को मुसलमानों का शुभचिंतक बतानेवाली तीस्ता सीतलवाड भी गायब हैं। वे तमाम लेखक और कैंडल मार्च निकालनेवाले बुद्धिजीवी भी दीन-हीन मुसलमान औरतें का साथ देने के लिए तैयार नहीं हैं। अब आप समझ सकते हैं अबू आजमी जैसे जाहिल इनसान के खिलाफ कोई आवाज बुलंद क्यों नहीं कर रहा।

## अनुचित विरोध

तीन बार तलाक के मुद्दे पर भारत में रहनेवाले कट्टरपंथी मुसलिम समाज की तालिबानी मानसिकतावाले तत्त्व कुछ भी ऐसा सुनने को तैयार नहीं, जिससे उनकी अपनी ही माँ-बहन-बेटियों की जिंदगी में कुछ नयापन आ सके। विधि आयोग के पूर्व सदस्य डॉ. ताहिर महमूद ने हाल ही में जामिया मिलिया इस्लामिया यूनिवर्सिटी के एक सेमिनार में कहा कि तीन तलाक मामले में केंद्र सरकार के सुप्रीम कोर्ट में पेश हलफनामे का मुसलिम इकाइयों का विरोध अनुचित है। कोई भी सरकार संविधान के प्रावधानों के अनुसार ही अदालत के नोटिस का जवाब देगी। उन्होंने यह भी कहा कि मुझे हैरानी इस बात से हो रही है कि तीन तलाक के सिलसिले में मुसलिम पर्सनल लॉ बोर्ड चौधरी क्यों बना हुआ है। उसके आला नेता रोज बयानबाजी कर रहे हैं। कह रहे हैं कि तीन बार तलाक पर मौजूदा कानून पूरी तरह से इसलामसम्मत है। इसलिए इसमें कोई संशोधन नहीं होना चाहिए। वे संशोधन को स्वीकार भी नहीं करेंगे। क्या लॉ बोर्ड सारे मुसलमानों की नुमाइंदगी करता है? कतई नहीं! उत्तर प्रदेश में पसमांदा मुसलमानों का अपने हक के लिए बड़ा व्यापक आंदोलन चल रहा है। इनका आरोप है कि मुसलमानों की ऊँची

जातियाँ निचली जातियों का शोषण-दोहन करती हैं। क्या मुसलिम पर्सनल लॉ बोर्ड ने इस मसले पर कोई नोटिस लिया?

## महिला विरोधी लॉ बोर्ड

दरअसल मुसलिम पर्सनल लॉ बोर्ड को संवैधानिक दर्जा प्राप्त नहीं है। वह तोड़-मरोड़ कर कुरान की वास्तविक आयतों को गलत तरीके से पेश करके प्रतिगामी भूमिका अदा कर रहा है। कुरान में एक ही समय तीन बार तलाक कहकर विवाह विच्छेद का प्रावधान कहीं नहीं किया गया है। मुसलिम इकाइयाँ इसका समर्थन करके गैर-इसलामी कार्य कर रही हैं। यह वास्तव में गंभीर आरोप है, जिसका तर्कसंगत जवाब मुसलिम समाज के तथाकथित उलेमाओं को आज नहीं तो कल तो देना ही होगा।

बेशक वक्त का तकाजा है कि तरक्कीपसंद मुसलमान अब अपने हकों के लिए सड़कों पर उतरें और अपने समाज की प्रतिगामी ताकतों को उनकी असली औकात बता दें। इस बीच, मैं मुसलिम समाज की ही प्रतिष्ठित और वरिष्ठ लेखिका नूर जहीर का अवश्य उल्लेख करना चाहता हूँ। तीन तलाक और हलाला पर नूर जहीर लगातार कट्टरपंथी मुसलमानों का मुकाबला कर रही हैं। अपने तर्कों से उन्हें पानी पिला रही हैं। इस सारी बहस में नूर जहीर ने एक नया आयाम जोड़ा है। वे माँग कर रही हैं कि मुसलमान औरतों को भी उतनी ही आसानी से तलाक मिले, जितनी आसानी से एक मुसलमान मर्द को मिलता है। औरत भी तीन बार ये कह सके और तलाक हो जाए, क्योंकि औरत अगर तलाक माँगती है तो अंततः देता मर्द ही है। अगर वह नहीं चाहे तो उसे मनाना पड़ता है। इस सारी प्रक्रिया में औरत को लंबी कवायद से गुजरना होता है। उसे कभी-कभी बच्चों से मिलने का अधिकार छोड़ना पड़ता है या मेहर की रकम भी

छोड़नी पड़ती है। इस तरह कुछ प्रिय चीजों को छोड़कर ही मुसलिम महिला को तलाक मिलता है, यानी महिला सबकुछ दे दे, तब भी तलाक-तलाक-तलाक की घोषणा मर्द ही करता है। जाहिर है इस माँग से कोई भी असहमत नहीं हो सकता, पर अफसोस कि इस बिंदु पर तो कोई बात ही नहीं कर रहा है।

जानकारों का मानना है कि औरत के तलाक माँगने के मामले शायद ही कभी सुनने को मिलते हैं। वजह यही है कि इसमें खासा वक्त लगता है। जब महिला को तलाक लेना हो तो उसे एक से दूसरे मौलवी के पास धक्के खाने पड़ते हैं। कभी बरेलवी के पास, कभी दारुल उलूम के पास। वह मौलवी के पास जाती है तो वे हजारों वजहें पूछते हैं तलाक लेने की, जबकि मर्द को कोई वजह नहीं देनी पड़ती। औरत वजह भी बताएँ तो मौलवी उसे खारिज कर देते हैं कि यह वजह तो इस काबिल है ही नहीं कि तुम्हें तलाक दिया जाए।

## सोच बदलने की जरूरत

सैकड़ों मुसलमान औरतें तलाक के साथ हलाला की बेहद लचर परंपरा के भी खिलाफ हैं। क्या है हलाला? इसमें व्यवस्था है कि अगर किसी मर्द ने जल्दबाजी में तलाक दे दिया और वह फिर अपने किए पर पछता रहा है। अपना फैसला वापस लेना चाहता है, तब क्या होगा? इसके लिए उस औरत की पहले किसी और व्यक्ति से शादी होती है और उस बदनसीब को अपने नए पति के साथ शारीरिक संबंध बनाने होते हैं। फिर

या तो उसका तलाक हो या वह पति मर जाए, तब पहला पति उससे (अपनी पहलेवाली पत्नी) शादी कर सकता है। कहते हैं हलाला प्रथा बीते कुछ सालों में बहुत ज्यादा बढ़ गई है। एक बार तलाक हो गया और फिर मियाँ-बीवी चाहें तो भी उनके पास विकल्प नहीं हैं। उस औरत को किसी से शादी करनी होगी और शारीरिक संबंध बनाने होंगे। उसके बाद ही बात बनेगी। ये सब सुन-पढ़कर ही रोंगटे खड़े हो जाते हैं। यह अत्यंत शर्मनाक है कि अपने पति के पास ही वापस जाने के लिए एक रात किसी और मर्द के साथ सोना जरूरी हो।

दरअसल तीन तलाक के मसले से जुड़ी विसंगतियों का मसला इसलिए सुर्खियों में आया, क्योंकि सायरा बानो नाम की एक मुसलिम महिला ने बहुपत्नी विवाह और हलाला के चलन के खिलाफ सुप्रीम कोर्ट में एक याचिका दायर की है। इस संदर्भ में यह समझना होगा कि न्याय की गुहार लगा रहे देश के किसी भी नागरिक की याचिका पर संवैधानिक प्रावधानों के अनुरूप अपने विचार रखने के अलावा केंद्र सरकार के पास और कोई विकल्प नहीं है, लेकिन इस छोटी सी बात को वे मुसलमान समझने को तैयार नहीं हैं, जो औरतों को स्वावलंबी बनाने का विरोध करते हैं। कायदे से देखा जाए तो मुसलिम संगठनों को सायरा बानो मामले में पक्षकार बनने की कोई जरूरत ही नहीं थी। यह मसला देश के एक पीड़ित नागरिक और कानून के बीच का है। तीन बार तलाक को सुप्रीम कोर्ट शमीम आरा मामले में पहले ही गैर-कानूनी ठहरा चुका है। अत: इस मसले को चुनौती देने की अब कोई जरूरत ही नहीं है। कुल मिलाकर तीन तलाक और हलाला जैसे मसलों पर अधिकतर मुसलिम संगठन और मुसलमानों का अपने को मित्र कहने-बतानेवालों का परदाफाश हो गया है। तलाक के मामले में शरिया कानून एकतरफा है। मुसलिम महिला को तलाक माँगने पर मिल जाना भी आसान नहीं। तलाक पाने के लिए भी वह अपने मर्द के रहमोकरम पर आश्रित है।

*(16-30 नवंबर, 2016, यथावत)*

□

# तो अपराध है असम में हिंदी गीत गाना

दुर्भाग्यवश पूर्वोत्तर भारत के दो प्रमुख राज्यों क्रमशः असम और मणिपुर में हिंदी और हिंदी भाषियों से न जाने क्यों स्थानीय लोगों को गुस्सा है। वे हिंदी और हिंदीभाषियों के खिलाफ अपनी भड़ास निकालने का कोई भी अवसर छोड़ते नजर नहीं आते। हाल ही में ही असम की राजधानी गुवाहाटी में सुप्रसिद्ध गायक जुबिन गर्ग बीहु के अवसर पर आयोजित संगीत संध्या के कार्यक्रम में अपनी मधुर आवाज में गीत गाकर श्रोताओं की वाह-वाही लूट रहे थे। इसी क्रम में उन्होंने एक हिंदी गीत गाना शुरू कर दिया। बस, इससे तो जल-भुन गए आयोजक। उन्होंने जुबिन को लाख कोशिश करने के बावजूद हिंदी में गाना गाने की अनुमति नहीं दी। इस व्यवहार से क्षुब्ध जुबिन ने स्टेज से उतर जाने का फैसला लिया।

## मत करो हिंदी का अपमान

प्रश्न यह है कि क्या भारत में ही हिंदी गीत गैर-हिंदीभाषियों के बीच गाना अपराध है ? कम-से-कम बीहू के अवसर पर संगीत के कार्यक्रम के आयोजकों को यही लगा। हिंदी मैत्री और सद्भाव की भाषा है। हिंदी भारत की 125 करोड़ जनसंख्या की या तो मातृभाषा है या फिर वे इसे लिखें-पढ़ें भले ही नहीं, पर अच्छी तरह जानते-समझते हैं। पूरे देश में हिंदी एकमात्र संपर्क भाषा है। किसी भी पैमाने पर हिंदी का अपमान सही नहीं माना जा सकता है और अगर जुबिन गर्ग के मामले को एक मिनट के लिए छोड़ भी दिया जाए तो असम और मणिपुर में हिंदी और हिंदीभाषियों के प्रति शत्रुता का भाव रखनेवालों की कोई कमी नहीं है। मुझे याद है कि कुछ समय पहले असम के तिनसुकिया इलाके में संदिग्ध उल्फा आतंकवादियों के हाथों एक हिंदीभाषी व्यापारी और उसकी बेटी की हत्या कर दी गई थी। असम में यह कोई पहली घटना नहीं है, जब हिंदीभाषियों को मार डाला गया हो।

इससे पहले प्रधानमंत्री नरेंद्र मोदी की एक गुवाहाटी यात्रा के दौरान अपनी ताकत का प्रदर्शन करने के लिए उल्फा का कहर जारी रहा था। तब उल्फा उग्रवादियों ने अरुणाचल प्रदेश से सटे तिनसुकिया जिले के बरडुमसा इलाके में लघु चाय बागान के मालिक मुनींद्र नाथ आचार्य के घर पर ग्रेनेड फेंका, लेकिन वह घर के बाहर ही फट गया, इसलिए कोई नुकसान नहीं हुआ। दरअसल जब भी उल्फा को केंद्र के सामने अपनी ताकत दिखानी होती है, वह निर्दोष हिंदीभाषियों को निशाना बनाता है, क्योंकि वे उनके लिए सॉफ्ट टार्गेट होते हैं।

## भूमिपुत्रों जैसे हिंदीभाषी

हालाँकि असम में 100 बरस या उससे भी अधिक समय से हिंदीभाषी रहते हैं। वे अब वहाँ के भूमिपुत्रों की तरह ही हो गए हैं। तो भी इन्हें कथित धरती पुत्र अपना नहीं मानते। हिंदीभाषियों पर गाहे-बगाहे हमले चालू हो जाते हैं।

दरअसल, अब देश को यह सोचना होगा कि क्या वह उन चंद सिरफिरे लोगों को धूल में मिलाए या उनके सामने समर्पण कर दे, जो किसी को इसलिए मार देते हैं कि वह हिंदीभाषी है। जाहिर है, हिंदीभाषियों को अपने निशाने पर लेनेवाले है शरारती तत्त्व बहुत कम हैं। इन दोनों राज्यों की जनता को भी हिंदीभाषियों से खुंदक खानेवालों से दो-दो हाथ करने ही होंगे, तभी इन राज्यों में शांति स्थापित हो सकेगी। सिर्फ केंद्र तथा राज्य सरकारों पर ही इन तत्त्वों से निपटने की जिम्मेदारी थोप देना तो हरगिज उचित नहीं है।

## पूर्वोत्तर के हिंदीभाषी

भारतेंदु हरिश्चंद्र ने भी लिखा है, 'निज भाषा उन्नति अहै, सब उन्नति को मूल। बिनु निज भाषा-ज्ञान के, मिटत न हिय को सूल।' यानी हरेक को अपनी मातृभाषा पर गर्व तो करना ही चाहिए। तो अगर पूर्वोत्तर में जाकर बस गए हिंदीभाषी अपनी हिंदी को बोलते हैं तो इसमें किसी को क्या दिक्कत है ? दिल्ली में जब कोई बँगला, असमिया, मिजो, खासी, मणिपुरी या उड़िया बोलता है तो ज्यादातर हिंदीभाषी मित्र यही कहते मिलेंगे कि आपकी भाषा बड़ी कर्णप्रिय है, मुझे भी सिखा दीजिए न ? मैं अपने कई परिचितों को जानता हूँ, जो असम, बंगाल, उड़ीसा आदि स्थानों पर बिजनेस या नौकरी के लिए गए और वहीं बस गए। वे फर्राटेदार स्थानीय भाषा बोलते, पढ़ते और लिखते भी हैं। इनमें कई असमिया गायक, लेखक और लोक कलाकार भी बन गए हैं। अगर उत्तर भारत से दक्षिण भारत तथा पूर्व भारत से पश्चिम भारत तक कोई एक भाषा से सभी लोग कम या ज्यादा रूप से परिचित हैं, तो वह हिंदी है। बेशक, असम तथा मणिपुर में हिंदीभाषियों की तादाद लाखों में है। इनमें मारवाड़ी समाज भी खासा बड़ा है। मैं कई मारवाड़ियों को जानता हूँ, जो अब

असमिया तथा मणिपुरी ही बोलते हैं। वे पूरी तरह से वहाँ के ही हो गए हैं। गुवाहाटी का मारवाड़ी युवा सम्मेलन राज्य में चिकित्सालयों, पुस्तकालायों, विद्यालयों, धर्मशालाओं आदि का निर्माण कर रहा है। इन राज्यों में बिहार, यू.पी. तथा हरियाणा के भी लाखों लोग कई पीढ़ियों से जाकर बसे हुए हैं, यानी अब इनका अपने पुरखों के सूबों से सिर्फ भावनात्मक संबंध ही रह गया है। अब तो ये वहीं शादी-ब्याह भी करने लगे हैं। इसलिए इन्हें दोयम दर्जे का नागरिक मानना-समझना उचित नहीं है।

## पूर्वोत्तर में हिंदी

असम में हिंदी सीखने के कार्यक्रम का प्रारंभ मध्यकाल के संतों ने किया था। तीर्थ पर्यटन के लिए असम के दोनों महान् संत महापुरुषों—श्री शंकर देव और श्री माधवदेव ने अपने शिष्यों के साथ पदयात्रा के दौरान धीरे-धीरे उत्तर भारत की भाषाएँ भी सीखीं।

सन् 1926 ई. में असम में पहली बार विद्यालयों में हिंदी को एक शिक्षण के विषय के रूप में स्थान मिला। इसका श्रेय जाएगा शिवसागर के असम पॉलिटेकनिक इंस्टीट्यूट के भुवन चंद्र को। उनके अथक परिश्रम और अनेक परेशानियों के बावजूद हिंदी शिक्षा की तीसरी से आठवीं कक्षा तक अनिवार्य विषय के रूप में और आगे दसवीं तक ऐच्छिक विषय के रूप में व्यवस्था कराई। राष्ट्रीय शिक्षा के केंद्र होने के कारण कलकत्ता विश्वविद्यालय ने उस वक्त इस पाठ्यक्रम को मान्यता नहीं दी थी। अंततः काशी हिंदू विश्वविद्यालय ने ही इसे संबद्ध किया था। इसके साथ ही हिंदी प्रचार की अखिल भारतीय योजना के अनुसार बाबा राघवदास 1934 ई. में असम आए और उन्होंने कई हिंदीभाषी

व्यक्तियों को प्रचार कार्य में लगाया। इसके बाद 1937 ई. में काका साहेब कालेलकर, दादा धर्माधिकारी, श्रीमन्नारायण और मोटूरी सत्यनारायण असम आए और उन्होंने कुछ हिंदीभाषी प्रचारकों को हिंदी शिक्षण के लिए प्रेरित किया और इस कार्य में लगाया। उनमें जोरहाट में अंबिका प्रसाद त्रिपाठी, डिब्रूगढ़ में शिव सिंहासन मिश्र, शिवसागर में सूर्यवंशी मिश्र, नौगाँव में देवेंद्र दत्त शर्मा, गुवाहाटी नगर में धनेश्वर शर्मा और गोलाघाट में वैकुंठ नाथ सिंह आदि के नाम मुख्य रूप से लिये जा सकते हैं, यानी इस प्रकार असम में भी हिंदी की जड़ों का पुराना गौरवशाली इतिहास है। यह उल्फा जैसी राष्ट्रविरोधी और समाज को बाँटनेवाली हरकतों से कहीं पुराना है।

## हिंदीभाषियों का कत्लेआम

साल 2015 में असम में 5 हिंदीभाषियों को बस से उतारकर गोली मार दी गई थी। यह घटना असम के कोकराझाड जिले में हुई थी। उस हमले में तीन अन्य घायल भी हुए और वे भी बिहार से ही थे। मुझे कभी-कभी लगता है कि देश का मीडिया पूर्वोत्तर में उग्रवादियों के हाथों मारे जानेवाले हिंदीभाषियों के मसले को कोई महत्त्व ही नहीं देता। उस घटना पर भी मीडिया का रुख ठंडा रहा था। तमाम खबरिया चैनलों के लिए खबरों के केंद्र में महानगरों में होनेवाली घटनाएँ ही रहती हैं। कायदे से तो यह नहीं होना चाहिए, लेकिन दुर्भाग्य से सारे के सारे टी.आर.पी. संयत्र भी तो महानगरों तक ही सिमित है ? पैसे का मामला है और सभी चैनल जनता को बेवकूफ बनाने में लगे रहते हैं। हमला चाहे देश की राजधानी दिल्ली में किसी पूर्वोत्तर राज्य के शख्स पर हो या फिर पूर्वोत्तर राज्यों में हिंदीभाषी मारे जाएँ, मीडिया को समान रूप से अपने पेशेवर धर्म का निर्वाह तो करना ही चाहिए। दु:खद है कि अधिकांश मीडिया इसपर खरा नहीं उतरता और अब गुवाहाटी में बीहू पर जुबिन गर्ग को हिंदी गाने की अनुमति नहीं देना ऐसा ही एक गंभीर मामला है। कभी हिंदीभाषी ने भूपेन हजारिका और आप की भोजपुरी सुपर स्टार कल्पना याज्ञिक को तो नहीं रोका ? देश को विभाजित करनेवाली शक्तियों पर अब जनता को ही 'हल्ला बोल' करना चाहिए।

□

# दलित और मुसलमानों को छलते मायावती-अखिलेश

मायावती और अखिलेश एक बार फिर से उत्तर प्रदेश के दलितों को छलने के लिए तैयार खड़े हैं। उत्तर प्रदेश विधानसभा के चुनाव के तीन चरण पूरे हो चुके हैं और चार चरण बाकी हैं। इन दोनों मुसलिमपरस्त नेताओं ने फिर से दलितों और मुसलमानों को लुभाना शुरू कर दिया है, पर अब उनसे कुछ सवाल पूछने का मन कर रहा है। यह अहम् सवाल उनसे उत्तर प्रदेश की जनता जगह-जगह पूछ रही है। उनसे पूछा जा रहा है कि उन्होंने दलितों को आरक्षण का मोहताज क्यों बना दिया? उन्होंने दलित नवजवानों के स्वरोजगार और उद्यम के लिए क्या ठोस पहल की और उनसे यह भी पूछा जा रहा है कि उन्होंने पसमांदा मुसलमानों को अँधेरे में क्यों रखा? कायदे से देखा जाए तो दलितों, पिछड़ों या समाज के किसी भी अन्य उपेक्षित वर्ग के हितों में बोलना कतई गलत नहीं है। उनके सामाजिक, राजनैतिक, आर्थिक उत्थान की माँग तो आज के समय की माँग है, लेकिन मायावती की नजरें तो हमेशा दलितों के वोट बैंक पर ही रही हैं। उन्होंने कभी उनके जीवन के स्तर में बदलाव के संबंध में नहीं सोचा। आप जरा महाराष्ट्र के दलितों को भी देख लीजिए। महाराष्ट्र में हजारों दलित नौजवान सफल उद्यमी बन चुके हैं। वहाँ का दलित बदल रहा है। वे सिर्फ नौकरी से लेकर शिक्षण संस्थानों में अपने लिए आरक्षण की ख्वाहिश भर नहीं रखते। वे अब बिजनेस की दुनिया में भी अपनी सम्मानजनक जगह बना रहे हैं। वे उद्यमी बन रहे हैं। उन्हें सफलता भी मिल रही है। क्या मायावती ने उत्तर प्रदेश के दलित नवजवानों को आरक्षण जैसे सवालों से कुछ आगे बढ़कर भी सोचने के लिए प्रेरित किया कभी? कतई नहीं!

महाराष्ट्र के दलितों ने तो फिक्की, एसोचैम और सी.आई.आई. की तर्ज पर अपना

एक मजबूत संगठन भी बना लिया है। नाम रखा है 'दलित इंडियन चेंबर ऑफ कॉमर्स ऐंड इंडस्ट्री' (डिक्की)। इसका हेड ऑफिस पुणे में हैं, जैसे इसमें अधिकतर महाराष्ट्र से संबंध रखनेवाले दलित उद्यमी ही हैं। महाराष्ट्र के दलित नौजवानों को डिक्की के जरिए पूँजी और तकनीकी सहायता तक मुहैया कराई जा रही है। कुछ समय पहले मुंबई में आयोजित 'दलित एक्सपो' में रतन टाटा और आदी गोदरेज जैसे बड़े उद्योगपति भी नजर आए थे। टाटा ने तो बहुत शालीन तरीके से कहा, "वह दलित उद्यमियों को सलाम करते हैं।" क्या मायावती ने उत्तर प्रदेश में भी कभी दलित उद्यमियों की भी फौज खड़ी की, ताकि वे भी डिक्की की तर्ज पर अपना कोई संगठन बनाते, या कम-से-कम डिक्की की सदस्यता ग्रहण करने के काबिल ही बन सकें।

प्रधानमंत्री नरेंद्र मोदी ने भी साल 2015 में (डिक्की) के सम्मेलन में शिरकत की थी। तब मोदी ने कहा, "दलित उद्यमी न केवल अपने कर्तव्यों का पालन कर रहे हैं, बल्कि अपना और अपने जैसे अन्य लोगों तथा आगे आनेवाली पीढ़ी का भी मार्गदर्शन और विकास कर रहे हैं।"

वैसे, आर्थिक उदारीकरण का दौर दलितों के लिए और खासतौर से दलित उद्यमियों के लिए बेहद फायदेमंद रहा। दलितों में राजनीतिक, सामाजिक और बौद्धिक नेतृत्व तो मौजूद है। क्या उन्हें व्यापारिक नेतृत्व के लिए तैयार नहीं किया जाना चाहिए था? अफसोस कि उत्तर प्रदेश में अपने को दलितों का प्रवक्ता बतानेवाली मायावती इस मोर्चे पर भी पिछड़ गईं।

## नदारद यू.पी. के दलित उद्यमी

कुछ समय पहले डिक्की ने दलित उद्यमियों के लिए एक बड़े ट्रेड फेयर, 'दलित एक्सपो' का आयोजन पुणे में किया। उस आयोजन को देखने के लिए देश भर से व्यवसायी एकत्रित हुए। इसमें महाराष्ट्र, पंजाब, हरियाणा तथा दिल्ली के लगभग सौ दलित व्यवसायी शामिल हुए, पर दुर्भाग्य कि उत्तर प्रदेश से कोई नहीं था। यकीन मानिए अब पढ़े-लिखे महत्त्वाकांक्षी दलित नौजवान सरकार से नौकरी की भीख नहीं माँग रहे। वे अपने लिए भी अब बिजनेस की दुनिया में नई इबारत लिखने के ख्वाब देखने और उन्हें साकार करने में जुटे हुए हैं। बेशक, इस बदलाव को सेलिब्रेट किया जाना चाहिए, पर उत्तर प्रदेश के दलित को तो छला जा रहा है। एक बार फिर से उन्हें छलने की तैयारी में मायावती-अखिलेश जुट गए हैं।

## पसमांदा मुसलमानों का दर्द

मायावती लगातार दलितों के सम्मेलन उत्तर प्रदेश में करती रहती हैं। तो फिर उनकी बहुजन समाज पार्टी (बसपा) पसमांदा (पिछड़े) मुसलमानों के सम्मेलन करने से क्यों भागती है, क्या बसपा को पसमांदा मुसलमानों के वोटों की जरूरत नहीं है? उन्होंने उत्तर प्रदेश विधानसभा चुनावों के लिए भारी संख्या में लगभग एक चौथाई जिन मुसलमानों को टिकट दिया है, उनमें पसमांदा मुसलमान 10 फीसद भी नहीं हैं, जबकि पसमांदा मुसलमानों की आबादी कुल उत्तर प्रदेश के मुसलमानों की आबादी का 85 फीसद है। क्या मुसलमानों में पिछड़ेपन और गरीबी के सवाल नहीं हैं, क्या गरीब मुसलमान दीन-हीन अवस्था में नहीं है?

मायावती और अखिलेश जरा यह तो बता दें कि उन्होंने उत्तर प्रदेश के मुख्यमंत्री रहते हुए पसमांदा मुसलमानों के लिए कौन सी बड़ी योजना को लागू किया, जिससे उनकी माली हालात में सुधार आ सके। उन्होंने तो पसमांदा मुसलमानों का जी-भरकर शोषण किया। उनकी सारी वोट थोक के भाव से लेकर उन्हें दिखा दिया ठेंगा। कहने को तो इसलाम में जाति व्यवस्था नहीं है। गरीब और दलित हिंदुओं को सदियों से मुसलमान और क्रिस्तान बनाया तो जाता है, कम-से-कम यही कहकर, लेकिन मुसलमान या इसाई बन जाने के बाद भी वे भेदभाव के चक्कर से पुश्त-दर-पुश्त उबर नहीं पाते। भारत के मुसलमानों में भी जाति की दीमक समाज को अंदर तक खा रही है। वास्तव में पसमांदा मुसलमानों की स्थिति दलित और पिछड़े जातियों के हिंदुओं से कहीं बदतर है। बहुत से शहरों-कस्बों में तो इनके कब्रिस्तान तक अलग हैं। मायावती की ही तरह समाजवादी पार्टी के नेता मुलायम सिंह यादव और उनके सुपुत्र अखिलेश ने भी पसमांदा मुसलमानों को अपने राजनीतिक लाभ के लिए इस्तेमाल ही किया है अब तक। उत्तर प्रदेश में

सवर्ण कहे जानेवाले मुसलमानों की आबादी 15 फीसद से कम ही है, जबकि पसमांदा मुसलमानों की आबादी 85 फीसद है। स्पष्ट है कि सवर्ण मुसलमानों को राजनीतिक क्षेत्र में जरूरत से बहुत अधिक प्रतिनिधित्व प्राप्त है। बावजूद इसके पसमांदा मुसलमानों को बसपा या सपा सरीखे राजनीति दल केवल वोट बैंक की तरह ही इस्तेमाल कर रहे हैं।

इस बार चुनाव में उत्तर प्रदेश में मायावती जहाँ भी जा रही हैं, जनता यह पूछ रही है कि उन्होंने उत्तर प्रदेश के पाँच साल (2007-12) तक मुख्यमंत्री रहते हुए अनुसूचित जातियों की पदोन्नति में आरक्षण की बहाली के लिए इलाहाबाद हाई कोर्ट तथा सुप्रीम कोर्ट में मामले की उचित पैरवी क्यों नहीं की, जिसके फलस्वरूप हजारों दलित अधिकारियों को पदावनत होकर बेइज्जत होना पड़ा। उन्हें इस सवाल का जवाब देने में पसीने छूट रहे हैं।

दरअसल मायावती का दलित प्रेम एक बड़ा धोखा है। उन्होंने साल 2001 में मुख्यमंत्री के रूप में उत्तर प्रदेश में अनुसूचित जाति एवं जनजाति अत्याचार निवारण अधिनियम के लागू करने पर रोक लगा दी थी, जिससे दलितों का भारी नुकसान हुआ था। उनके इसी आदेश के कारण दलितों के उत्पीड़न के मामले इस ऐक्ट के अंतर्गत दर्ज नहीं हो सके, जिसके फलस्वरूप न तो उन्हें कोई मुआवजा मिल सका और न ही दोषियों को उचित और त्वरित दंड ही दिया जा सका।

## नोटबंदी और करप्शन

वहीं मायावती से यह भी सवाल जरूर पूछा जाएगा कि जब सारा देश नोटबंदी का, आम जनता के कतारों में खड़ा होने के बावजूद, दिलो-जान से समर्थन कर रहा था, तो वे नोटबंदी का इतना कड़ा विरोध क्यों कर रही थीं। उनका इतने अहम् राष्ट्र हित के

मसले का पश्चिम बंगाल की मुख्यमंत्री ममता बनर्जी और राहुल गांधी के साथ विरोध दर्ज कराना गहरे निहितार्थ के संकेत देता है। मायावती के नोटबंदी की मुखालफत करने के दो ही कारण हो सकते हैं। पहला, उन्हें काले धन और नकली करेंसी से देश को होनेवाले दुष्परिणामों को लेकर दूर-दूर तक कोई जानकारी ही नहीं थी। दूसरा, निजी हानि भी कारण हो सकती है। अब मायावती को लेकर तो दूसरा कारण ही ज्यादा समझ आता है। यदि उनके पास कालेधन का भंडार नहीं था, तो उनके चेहरे पर साफ झलकती बेचैनी का और क्या कारण हो सकता था? उन पर करप्शन के पहले से ही अनेक आरोप हैं। उनकी अपनी पार्टी के नेता ही उन पर भ्रष्टाचार के खुल्लमखुला आरोप लगाते रहे हैं। मायावती जब कांशीरामजी के संपर्क में आई थीं, उस समय एक प्राथमिक विद्यालय में टीचर थीं, लेकिन उनकी कुल संपत्ति 2012 के राज्यसभा चुनावों के लिए नामांकन भरते हुए 111.64 करोड़ रुपए हो गई थी। यह अब और बढ़ गई होगी, जैसे कि 2007 में उत्तर प्रदेश के विधान परिषद् का नामांकन भरते समय उन्होंने अपनी आय मात्र 51 करोड़ रुपए घोषित की थी। "आखिरकार, ऐसा क्या चमत्कार हो गया कि उनकी आय पाँच साल में दुगनी से भी ज्यादा हो गई? यह चमत्कार तो उन्हें देश के सारे दलितों को बता देने की जरूरत है। वैसे, सभी जानते हैं कि जिनकी आय का कोई निश्चित स्रोत नहीं है, ऐसे जन प्रतिनिधियों की संपत्ति कितनी होती है और चुनाव आयोग के सामने ये शपथ लेकर घोषणा कितने की करते हैं, यह एक बड़ा सवाल है। बहरहाल, अब उत्तर प्रदेश की जनता मायावती समेत उन सभी नेताओं से सवाल कर रही है, जिन्होंने उन्हें धोखा दिया है, जाति और धर्म के नाम पर।

*(22 फरवरी, 2017, आज)*

□

# दाऊद-छोटा शकील-नदीम कब जाएँगे जेल

मुंबई, 12 अगस्त, 1997। इसी दिन एक छोटी सी म्यूजिक कैसेट कंपनी से शुरू करके म्यूजिक की दुनिया में तहलका मचानेवाले गुलशन कुमार की निर्मम तरीके से हत्या कर दी गई थी। उनकी हत्या का षड्यंत्र रचने के मामले में संगीत निर्देशक नदीम सैफी का नाम आया था। नदीम सैफी मामले में अपना नाम आते ही ब्रिटेन भाग गया। देश के इतनी संभावनाओं से लबरेज कारोबारी का हत्यारा ब्रिटेन में है और अब सारा देश गुलशन कुमार के कैसेट तो लगभग रोज ही सुनता रहता है, परंतु निर्मम हत्याकांड को भूल चुका है। इसी तरह से 1992 में मुंबई धमाकों का गुनाहगार दाऊद इब्राहीम और छोटा शकील पाकिस्तान में मौज कर रहे हैं। पाकिस्तान जाने से पहले मुंबई पुलिस के सब इंस्पेक्टर का बेटा दाऊद इब्राहिम दुबई में अपने काले कारोबार को चला रहा था। क्या कभी नदीम सैफी, दाऊद इब्राहिम, बैंकों का हजारों करोड़ रुपए का लोन डकारने वाला विजय माल्या, ललित मोदी देश वापस लाए जा सकेंगे, क्या ये कभी जेल जा पाएँगे ?

दरअसल देखने में यह आ रहा है भारत में भाँति-भाँति के अपराध करने के बाद कथित सफेदपोश से लेकर शातिर अपराधी देश से बाहर निकल लेते हैं। इस तरह के भगोड़ों का आँकड़ा तेजी से बढ़ रहा है। सुप्रीम कोर्ट ने भी इस मसले पर नाराजगी जताते हुए बीती 25 नवंबर को केंद्र सरकार पर तंज कसा। कहा, "आजकल कोई भी भारत से भाग जाता है।" सुप्रीम कोर्ट ने केंद्र सरकार से कहा कि ऐसे लोगों को कार्रवाई के लिए विदेश से जल्द भारत लाया जाना चाहिए। जस्टिस जी.एस. केहर और जस्टिस अरुण मिश्रा ने इस बात को लेकर चिंता व्यक्त की कि लोग आसानी से देश छोड़कर भाग जाते हैं। केंद्र को न्याय के लिए उन लोगों को वापस लाना चाहिए। हालाँकि सुप्रीम कोर्ट ने

विजय माल्या का नाम तो नहीं लिया, पर हाल ही में कई बैंकों का कर्ज लेकर फरार हुए विजय माल्या भी भगोड़ों की सूची में शामिल हैं। मेरा मानना है कि कम-से-कम सुप्रीम कोर्ट की इस चिंता से सारा देश सहमत होगा।

बेशक माल्या, दाऊद, ललित मोदी सरीखे आरोपियों और अपराधियों को देश वापस लाने की कार्रवाई को गति देनी होगी। निर्विवाद रूप से इन भगोड़ों को पकड़ना जरूरी इसलिए भी है, ताकि देश में यह सख्त संदेश जाए कि कानून चाहे तो किसी को भी कहीं से भी पकड़ सकता है। भारत ने 37 देशों के साथ प्रत्यर्पण संधि की है और आठ देशों के साथ प्रत्यर्पण समझौता किया है। इसमें उन बातों का ब्योरा भी दिया गया है, जिसे जाँच एजेंसियों को प्रत्यर्पण का आग्रह करते वक्त अनुसरण करना चाहिए। भारत ने परस्पर कानून सहयोग समझौता भी 39 देशों के साथ किया है। ऐसे समझौते में शामिल देश वांछित अपराधी पर मुकदमा चलाने के लिए एक-दूसरे के साथ कानूनी सहयोग करते हैं, जिसमें शरण देने वाले देश में मौजूद उस व्यक्ति की संपत्ति को जब्त करने का प्रावधान भी होता है। हाल के दिनों में भारत अबु सलेम का प्रत्यर्पण पुर्तगाल से और गैंगस्टर छोटा राजन का निर्वासन इंडोनेशिया से कराने में सफल रहा है।

## मौज में नदीम

लंदन भाग जाने के बाद से विजय माल्या वहाँ पर मीडिया को इंटरव्यू दे रहे हैं। सोशल मीडिया पर भी सक्रिय हो गए हैं। ललित मोदी भी लंदन की पेज थ्री पार्टीज में सक्रिय हैं। उन्हें कई बार किसी भारतीय टी.वी. चैनल को इंटरव्यू भी देते हुए देखा जाता है। वे पूरी ठसक के साथ इंटरव्यू दे रहे होते हैं। गुलशन कुमार का गुनाहगार भी लंदन

के एक शानदार अपार्टमेंट में रहता है। वहाँ पर ही रहकर वह कई फिल्मों का म्युजिक भी तैयार करता है, यानी उसकी जिंदगी पहले की तरह ही चल रही है। भगोड़ों को लेकर सुप्रीम कोर्ट ने यह बातें रितिका अवस्थी को लेकर हो रही सुनवाई के वक्त कहीं। कोर्ट ने केंद्र को आदेश दिया कि उन्हें लंदनवाले उनके घर से जल्द-से-जल्द भारत लाया जाए। रितिका अवस्थी को कोर्ट ने उनके पति से मिलने के लिए लंदन जाने की इजाजत दी थी, लेकिन रितिका ने कोर्ट का भरोसा तोड़ा और वह वापस ही नहीं आईं। अब उन्होंने अपने खिलाफ चल रहे क्रिमिनल केस की कार्रवाई में भाग लेने से भी मना कर दिया है।

अब छोटा शकील का हाल भी सुन लीजिए। उसे दाऊद इब्राहिम का सबसे खासमखास माना जाता है। अफसोस कि छोटा शकील को भी भारत लाने में सरकार को कोई कामयाबी नहीं मिली है। अपराध का पर्यायवाची बन गया छोटा शकील खुल्लम-खुल्ला देश के एक चोटी के अंग्रेजी के अखबार टाइम्स ऑफ इंडिया को इंटरव्यू देता रहता है। इंटरव्यू में छोटा शकील कहता है, "अब वह छोटा राजन को छोड़ेगा नहीं।" हालाँकि सारा संसार जानता है कि वह मैच फिक्सिंग का धंधा करता है, पर शकील इंटरव्यू में दावा करता है कि वह मैच फिक्सिंग में किसी तरह से लिप्त नहीं

है। "ऊपरवाले का दिया बहुत कुछ है।" दाऊद-शकील पर मैच फिक्सिंग के आरोप लगते रहे हैं। ये अरबों रुपए का सट्टा खिलवाते रहे हैं। जानने वाले जानते हैं कि अब दाऊद के सारे काम छोटा शकील ही करता है, यानी सभी भगोड़े देश से बाहर जाकर मौज में हैं।

## लंबी प्रक्रिया

मैं मानता हूँ कि यदि निर्वासित करनेवाले देश के साथ भारत के अच्छे संबंध हों, तो प्रत्यर्पण की तुलना में निर्वासन ज्यादा कारगर रहता है। प्रत्यर्पण में एक तो लंबी कानूनी प्रक्रिया का पालन करना पड़ता है। दूसरे भारत लाए जाने पर भी आरोपी को सजा देने में प्रत्यर्पण करनेवाले देश के कानून का ध्यान रखना पड़ता है। निर्वासन के मामले अपेक्षाकृत आसान होते हैं। दो देशों के बीच अच्छे संबंधों के आधार पर यह काम तेज गति से हो सकता है, साथ ही मुकदमा चलाकर आरोपी को भारतीय कानून के अनुसार सजा दिलाई जा सकती है। संभवत: यही कारण रहा होगा कि तीन देशों के संयुक्त ऑपरेशन में भारत ने राजन को ऑस्ट्रेलिया से प्रत्यर्पित करवाने के बजाय इंडोनेशिया से निर्वासित करवाना ज्यादा बेहतर समझा। ऑस्ट्रेलिया के साथ भारत की प्रत्यर्पण संधि है, जबकि इंडोनेशिया के साथ नहीं है, लेकिन इंडोनेशिया के साथ भारत के राजनयिक संबंध अच्छे हैं।

आपको याद होगा कि प्रत्यर्पण के दो मामलों में भारत सरकार पहले धोखा खा चुकी है। गुलशन कुमार हत्याकांड का आरोपी संगीतकार नदीम इस मामले में अपना

नाम आते ही लंदन भाग गया था। इंग्लैंड के साथ भारत की प्रत्यर्पण संधि है, लेकिन सितंबर, 1999 में लंदन की एक अदालत ने यह मानने से ही इनकार कर दिया कि नदीम के खिलाफ पहली नजर में कोई मामला बनता भी है। फिर भारत सरकार इस मामले को वहाँ के उच्च न्यायालय में ले गई। वहाँ भी उसे मुँह की खानी पड़ी। 18 मार्च, 2001 को वहाँ की सर्वोच्च अदालत हाउस ऑफ लॉर्ड्स ने भी उच्च न्यायालय के फैसले पर मुहर लगाकर नदीम के प्रत्यर्पण पर हमेशा के लिए विराम लगा दिया, यानी अब नदीम सैफी मौज करेगा।

एक और उदाहरण लें। प्रत्यर्पण का दूसरा चर्चित मामला अबू सलेम का है। उसे पुर्तगाल से प्रत्यर्पित करके लाया गया है, लेकिन इस प्रत्यर्पण के साथ बहुत सी कानूनी बाध्यताएँ भी जुड़ गई हैं। इसलिए कई हत्याओं के आरोप में शामिल सलेम को भारतीय कानून के मुताबिक फाँसी नहीं दी जा सकती। विदेश में रह रहे किसी भारतीय आरोपी को स्वदेश लाने के दो ही तरीके हो सकते हैं। पहला कानूनी तौर पर उसे प्रत्यर्पित करवाकर लाया जाए। दूसरा वह देश उसे गिरफ्तार कर निर्वासित कर दे और भारतीय एजेंसी उसे यहाँ के हवाई अड्डे पर उतरते ही गिरफ्तार कर ले।

मेरे कुछ कानून के जानकार मित्र कह रहे हैं कि चूँकि विजय माल्या प्रवासी भारतीय (एन.आर.आई.) हैं, इसलिए उन्हें भारत लाना मुमकिन नहीं होगा। उनके पास 1992 से ही ब्रिटेन का रेसीडेंसी परमिट है। वे पासपोर्ट रद्द किए जाने के बाद भी ब्रिटेन में वैध वीजा के साथ रह रहे हैं।

फिलहाल यह नहीं लगता है कि भारतीय जाँच एजेंसियाँ जल्द ही उद्योगपति विजय माल्या से पूछताछ भी कर पाएँगी। ब्रिटेन ने भी सरकार से कहा है कि उनके देश के कानून के मुताबिक माल्या को भारत निर्वासित करने की इजाजत नहीं दी जा सकती है। ब्रिटेन ने कहा कि माल्या को बुलाने के लिए भारत को प्रत्यर्पण कानून के तहत कार्रवाई करनी चाहिए। उसने कहा कि इस मामले में प्रत्यर्पण को लेकर वह भारत की माँग के लिए सहयोग करेगा।

हालाँकि निर्वासन या देश निकाला देने के मुकाबले प्रत्यर्पण ज्यादा वक्त लगनेवाली प्रक्रिया है। इससे कम-से-कम कागजी स्तर पर माल्या को इस बहाने से भारत सरकार के कदमों को बाधित करने के कई मौके मिल सकते हैं कि उनके राजनीतिक विचारों की वजह से उन्हें परेशान किया जा रहा है और उनके मानवाधिकार का हनन किया जा रहा है और सबको मालूम है कि इंडियन प्रीमियर लीग के पूर्व कमिश्नर ललित मोदी भी ब्रिटेन में ही मजे में रह रहे हैं।

अब यह हैरानी की बात है कि दाऊद से लेकर ललित मोदी और माल्या के परिवार भारत में हैं, पर सरकार विभिन्न कारणों से इन जैसों को देश नहीं ला पा रही है। दाऊद का भाई इकबाल कसकर साउथ मुंबई के मुसाफिरखाना नाम के इलाके में सपरिवार रहता है। उसके घर के पास ही उसकी बहन का परिवार भी रहता है। बहन हसीना का कुछ समय पहले निधन हो गया था। यह नामुमकिन है कि उन्हें दाऊद के मौजूदा ठिकाने के संबंध में कोई जानकारी न हो। क्या वे 1993 के मुंबई धमाकों के मास्टरमाइंड से बात नहीं करते होंगे ? लेकिन सरकार पता नहीं क्यों सख्ती से पेश आने में परहेज करती रही है। सुप्रीम कोर्ट की कठोर टिप्पणी के बाद बेशक सरकार को दाऊद, छोटा शकील और नदीम सैफी जैसे फरारी को देश लाने के लिए कुछ कठोर कदम तो उठाने ही होंगे।

*(7 जनवरी, 2017, दैनिक जागरण)*

□

# दिल्ली से बाहर भी है भारत

एशियाई खेल दिल्ली में, राष्ट्रमंडल खेल दिल्ली में, बाल दिवस समारोह दिल्ली में और शिक्षक दिवस भी दिल्ली में। कहने का अर्थ जो भी आयोजन हो, वह दिल्ली में ही क्यों हो, क्या दिल्ली ही भारत है, क्या दिल्ली से बाहर बड़े आयोजन न हों? आजादी के बाद से लेकर अब तक लगातार यह होता रहा है। कभी पूर्ववर्ती सरकारों ने इस तरफ मानो गौर करने की सोची ही न हो। अब इस लिहाज से बड़े बदलाव साफ देखने को मिल रहे हैं। यह जरूरी भी है। हाल ही में विश्व हिंदी सम्मेलन मध्य प्रदेश के भोपाल में और विश्व योग दिवस का आयोजन चंडीगढ़ में हुआ। डॉ. अंबेडकर दिवस पर मुख्य कार्यक्रम मध्य प्रदेश के शहर महू में रखा गया। इसी क्रम में अब आगामी 5 सितंबर को शिक्षक दिवस और फिर 14 नवंबर को बाल दिवस के अवसरों पर होनेवाले बड़े सरकारी आयोजन को दिल्ली से बाहर लेकर जाने की तैयारी है। यह तो बहुत पहले हो जाना चाहिए था। चलिए देर से ही सही, आजादी के 69 वर्षों के बाद ही सही, किसी ने इस बारे में सोचा तो सही।

दिल्ली देश की राजधानी है। इसका कोई विकल्प नहीं हो सकता। यहाँ तक तो बात समझ आती है, लेकिन यह बात समझ से परे है कि हम एशियाई खेल (1982) से लेकर राष्ट्रमंडल खेल (2010) दिल्ली में ही आयोजित करें। इतने बड़े आयोजन देश के किसी भी राज्य के, किसी शहर में आयोजित किए जा सकते थे। इसके चलते वहाँ का इन्फ्रास्ट्रक्चर भी चमक जाता। वहाँ रोजगार के नए-नए अवसर पैदा हो जाते। खेलों में रुचि रखनेवालों को अपनी प्रतिभा को निखारने का अवसर भी मिल जाता, लेकिन यह सब किसी ने नहीं सोचा। आप पटना से लेकर इलाहाबाद और ग्वालियर से लेकर छोटानागपुर तक चले जाइए, आपको खेलों को आयोजित करने के लिए कायदे का कहीं भी इन्फ्रास्ट्रक्चर नहीं मिलेगा। इन शहरों के नाम मैंने यूँ ही ले लिये। देश के सभी छोटे और मझोले शहरों की यही कहानी है। काश, अंतरराष्ट्रीय स्तर के बड़े खेलों के आयोजन

दिल्ली से बाहर भी होते तो उन छोटे शहरों की हालत सुधर जाती, लेकिन केंद्रीयकरण की नीति पर चलने की मानसिकता से इस देश को हानि ही हुई है।

खैर, अच्छी बात यह है कि अब बदलाव की बयार हर तरफ दिखाई दे रही है। दिल्ली से बाहर खास आयोजन करने की शुरुआत करने का श्रेय भारत के विदेश मंत्रालय को जाता है। अब तक विदेश नीति में दिल्ली और आगरा ही फोकस में रहे। अब इसमें अहमदाबाद, बनारस और चंडीगढ़ भी शामिल हैं और भी कुछ शहर इस सूची में आनेवाले वक्त में शामिल होंगे। आपको याद होगा कि इस साल के शुरू में फ्रांस के राष्ट्रपति फ्रांसिस ओलांद भारत आए। वे गणतंत्र दिवस समारोह के मुख्य अतिथि थे। वे दिल्ली से पहले चंडीगढ़ पहुँचे। वहाँ ओलांद की अगवानी प्रधानमंत्री नरेंद्र मोदी ने की। चंडीगढ़ में आपसी और अंतरराष्ट्रीय मसलों पर विस्तार से दोनों देशों के नेताओं ने गुफ्तगू की। ओलांद से पहले जापान के प्रधानमंत्री शिंजो आबे भारत आए। वे प्रधानमंत्री मोदी के साथ बनारस पहुँचे थे और थोड़ा और पीछे चलते हैं। चीन के राष्ट्रपति शी जिनपिंग अपनी भारत यात्रा के समय पहले अहमदाबाद पहुँचे, साबरमती के तट पर झूले का आनंद लिया और उसके बाद दिल्ली पहुँचे।

यह भारत की विदेश नीति का नया मिजाज है। इसमें दिल्ली से इतर भी बहुत कुछ है। फ्रांसिस ओलांद के दौरे की चंडीगढ़ से शुरुआत करने के पीछे एक खास वजह थी। चंडीगढ़ के डिजाइनर लॉ कार्ब्युजियर फ्रांस के ही नागरिक थे। चंडीगढ़ की स्थापना के स्वर्ण जयंती वर्ष में ओलांद का चंडीगढ़ का दौरा करना अपने आप में महत्त्वपूर्ण है।

आपको याद होगा कि जापान के प्रधानमंत्री शिंजो आबे बनारस गए थे। उन्होंने प्रधानमंत्री मोदी के साथ दशाश्वमेध घाट पर गंगा आरती में भाग लिया। जापान भारत से भगवान् गौतम बौद्ध के चलते अपने को भावनात्मक स्तर पर करीब पाता है और गंगा सिर्फ एक नदी नहीं, भारतीय संस्कृति की वाहक भी है। इस लिहाज से जापान के प्रधानमंत्री के स्वागत में गंगा आरती का आयोजन प्रधानमंत्री नरेंद्र मोदी की मौलिक और व्यापक सोच का परिचय देता है। इस राजनयिक मुलाकात को सांस्कृतिक आदान-प्रदान से निश्चित रूप से और भी ज्यादा सार्थक किया जा सकेगा। गंगा के रूप में एक बड़ा आयाम जोड़कर दोनों देशों के आपसी रिश्तों को और मजबूत करने की दिशा में यह ठोस पहल मानी जानी चाहिए।

गंगा आरती महज पूजा विधि नहीं है, लेकिन अफसोस की बात है कि अभी तक हमारे यहाँ ताजमहल के मकबरे को ही खूब भुनाया गया। जब भी कोई राष्ट्राध्यक्ष या खास मेहमान भारत आया तो उसे ताजमहल के दीदार करवा दिए गए। क्या ताजमहल ही भारत है? कतई नहीं। गंगा आरती के बहाने प्रधानमंत्री मोदी ने गंगा की ब्रांडिंग की, तो सही मायने में यह भारत के लिए आत्मगौरव का क्षण था।

## साबरमती नदी और चीन

चीनी राष्ट्रपति शी जिनपिंग भारत दौरे पर बरास्ता अहमदाबाद होते हुए दिल्ली पधारे। गुजरात दौरे के दौरान चीनी राष्ट्रपति ने नरेंद्र मोदी के साथ महात्मा गांधी के ऐतिहासिक साबरमती आश्रम का भी दौरा किया। जिनपिंग बापू के मूल प्रवास स्थल हृदय कुंज में भी गए। दोनों नेताओं ने साबरमती नदी के किनारे मोदी के ड्रीम प्रोजेक्ट रिवरफ्रंट पर चहलकदमी करते हुए बातचीत भी की। कहने का अर्थ यह है कि अब भारत की विदेश नीति भी दिल्ली के साउथ ब्लाक से निकलकर देश के बाकी शहरों में पहुँच गई है।

## फेल एन.सी.आर. का सपना

केंद्र सरकार ने साल 1985 में नेशनल कैपिटल रीजन प्लानिंग बोर्ड (एन.सी.आर. पी.बी.) की स्थापना की थी। इसके मूल में यह योजना थी कि दिल्ली से गैर-जरूरी दफ्तरों को बाहर भेजा जाए, जिससे कि आबादी के बोझ से दबती जा रही दिल्ली साँस ले सके। अफसोस है कि यह सारी कवायद असफल रही। दिल्ली से उन सरकारी और सार्वजिनक क्षेत्र के उपक्रमों को बाहर नहीं भेजा जा सका, जिन्हें कायदे से यहाँ पर नहीं रहना चाहिए था। इसके अलावा दिल्ली से अनेक औद्योगिक क्षेत्रों को बाहर भेजने की भी बात थी। उदाहरण के रूप में कोल इंडिया या स्टील अथॉरिटी का मुख्यालय दिल्ली में क्यों हो। दिल्ली में या आसपास न तो कोयला खदान हैं, न ही इस्पात प्लांट? इस

तरह के तमाम उदाहरण दिए जा सकते हैं। एन.सी.आर. प्लानिंग बोर्ड निकम्मा साबित हुआ। नतीजा यह हुआ कि दिल्ली पर आबादी का बोझ कम नहीं हुआ। अब नई सोच के चलते दिल्ली से दबाव घटेगा और देश के बाकी शहरों को भी उनका हक मिल सकेगा।

## छोटे शहर, लंबी छलाँग

अब वक्त का तकाजा है कि केंद्र सरकार देश के छोटे और मझोले शहरों पर अपना ध्यान केंद्रित करे। सरकार की नीतियों के केंद्र में दिल्ली और चंदेक दूसरे बड़े मेट्रो शहर ही न रहें। मध्य प्रदेश के कम-से-कम चार-पाँच बड़े शहरों में सतना का स्थान तो नहीं ही है, पर इस बार इसी शहर के सतवत जगवानी ने कठिन आई.आई.टी. प्रवेश परीक्षा में टॉप किया। इसी तरह से लड़कियों में पहले स्थान पर कृतिका तिवारी रहीं। वे मऊ से आती हैं। मऊ 35 किलोमीटर दूर है इंदौर से। मऊ तो सतना से भी छोटा कस्बा है और भी उदाहरण ले लीजिए। बीते साल की विबंलडन टेनिस चैंपियनशिप का लड़कों का युगल का खिताब सुमित नागल ने जीता। सुमित हरियाणा के एक गाँव का बालक है।

दरअसल ये चंद उदाहरण मात्र यह साबित करने के लिए हैं कि अब देश के छोटे तथा मझोले शहरों से रिश्ता रखनेवाले नौजवान भी किसी से कम नहीं हैं। वे भी आगे बढ़ रहे हैं। उनके भी सपने हैं। उन्हें पूरा करने के लिए उनमें जबरदस्त जुनून है। जाहिर है, जब सरकार के फोकस में दिल्ली से हटकर छोटे शहर होंगे तो इस तरह की और भी प्रतिभाएँ सामने आएँगी। इतना ही नहीं, इंफोसिस के दो साल पहले बने सी.ई.ओ. विशाल सिक्का भी किसी मेट्रो शहर से नहीं हैं। एक छोटे रेलवे मुलाजिम के पुत्र सिक्का भी मध्य

प्रदेश के एक छोटे से शहर शाजापुर से आते हैं। शाजापुर करीब है इंदौर तथा देवास के। उन्होंने वहाँ पर ही अपनी स्कूली शिक्षा ली। अब वे जिस मुकाम पर हैं, उसे बताने की कतई जरूरत नहीं है।

दरअसल सतवत जगवानी से लेकर विशाल सिक्का का शिखर को छूना साफ संकेत है कि देश के छोटे शहर अब छोटे नहीं रहे। हो सकता है कि वे आबादी के लिहाज से छोटे हों, पर वहाँ के रहनेवालों के सपने तो छोटे कतई नहीं हैं। उनमें भी कुछ कर गुजरने की प्यास है। ये बहुत पुरानी बातें नहीं हैं, जब दिल्ली, मुंबई और कुछ दूसरे बड़े शहरों के चंदेक एलिट स्कूलों तथा कॉलेजों के ही छात्र यू.पी.एस.सी. तथा दूसरी खास परीक्षाओं में टॉप करते थे। 2015 की सिविल सर्विसेज परीक्षा के परिणाम बहुत कुछ कहते हैं। पहले 25 स्थानों पर रहनेवाले सफल परीक्षार्थी 11 राज्यों से हैं। इनका संबंध दिल्ली के अलावा हरियाणा, झारखंड, कर्नाटक, केरल, मध्य प्रदेश, महाराष्ट्र, उड़ीसा, राजस्थान, पश्चिम बंगाल तथा उत्तर प्रदेश से है, यानी कि सफलता अब महानगरों के बच्चों तक सीमित नहीं है।

हो सकता है कि आपने फ्लिपकार्ट से कुछ सामान मँगवाया हो, पर 34 साल के सचिन बंसल का नाम न सुना हो। वे भारत के समूची स्टार्टअप बिरादरी के रोल मॉडल हैं। सॉफ्टवेयर इंजीनियर, इंटरनेट उद्यमी सचिन मूल रूप से चंडीगढ़ से संबंध रखते हैं। उन्होंने फ्लिपकार्ट की स्थापना की। भारत की सबसे बड़ी ऑनलाइन रिटेलर कंपनी फ्लिपकार्ट के सी.ई.ओ. सचिन कहते हैं, "सन् 2007 में मूलतः पुस्तकों की ऑनलाइन खरीद-बिक्री के लिए बनी यह वेबसाइट अब अपने ग्राहकों को इलेक्ट्रॉनिक उपकरण और अन्य वस्तुएँ खरीदने का विकल्प भी देती है। फ्लिपकार्ट पर क्रेडिट कार्ड, डेबिट कार्ड, नेट बैंकिंग, इ-गिफ्ट वाउचर और सुपुर्दगी पर नकद अदायगी (कैश ऑन डिलीवरी) के जरिए भुगतान किया जा सकता है। फ्लिपकार्ट के एक करोड़ पंजीकृत उपभोक्ता हैं। हर दिन कंपनी दो लाख उत्पादों की आपूर्ति करती है। बेशक चंडीगढ़ के माहौल ने उनमें कुछ हटकर करने का जोश भरा ही होगा। अब वे सारे देश के युवाओं के रोल मॉडल हैं।

हालाँकि यहाँ पर बहस छोटे शहर बनाम बड़े या मेट्रो के बीच नहीं है, पर इतना जरूर है कि अब छोटे शहरों के सपने छोटे नहीं रहे। इसलिए अब जरूरी हो गया है कि देश के कर्णधार दिल्ली से बाहर भी निकलें। जाहिर है, इससे देश को लाभ होगा। सत्ता के विकेंद्रीकरण का सपना पूरा होगा।

□

# दीपावली पर मिलावटी मिठाइयाँ

दीपावली पर उत्तम क्वालिटी की मिठाई न मिले तो आलोक पर्व का मजा किरकिरा हो जाता है। मिठाई के बिना दीपावली अधूरी लगती है। हमारे देश में समस्त धार्मिक और पारिवारिक अनुष्ठानों पर मिठाई अनिवार्य है, लेकिन अब दीपावली पर लक्ष्मी पूजन और भाई दूज के अवसर पर घर में उपयोग के लिए और मित्रों-संबंधियों को उपहार में दी जानेवाली मिठाई को खरीदते हुए एक तरह का भय का भाव जकड़ने लगता है। वजह यह है कि दीपावली पर बिकनेवाली मिठाइयाँ हम सबकी सेहत को बिगाड़ने की गारंटी देती हैं। हर साल दीपावली के अवसर पर कुछ खबरें जरूर ही पढ़ने को मिल जाती हैं कि खाद्य निरीक्षण विभाग ने मिठाई की दुकानों पर छापा मारा। मिठाई के नमूने लिये। उसमें भारी गड़बड़ी पाई गई, परंतु उसके बाद आगे की कार्रवाई के बारे में किसी को अपडेट नहीं मिल पाता, यानी सबकुछ कालाबाजारियों और भ्रष्ट अधिकारियों की मिलीभगत से रफा-दफा हो जाता है।

सबको पता है कि दीपावली के दौरान बाजार में दूषित दूध और मावे की मात्रा बढ़ जाती है, क्योंकि मिठाइयों की माँग और आपूर्ति में बड़ा अंतर पैदा हो जाता है। इसके बावजूद यह सुनिश्चित नहीं किया जाता कि इनसानियत के दुश्मनों पर इतनी कठोर कार्रवाई हो, ताकि ये मिठाई बेचने के नाम पर जहर बेचने का दुःसाहस ही न कर सकें।

## क्यों कम खाएँ

हाँ, यह रूटीन की सलाह जरूर मिल जाती है कि दीपावली पर मिठाइयों का सेवन कम-से-कम हो। क्यों कम हो? हिंदुस्तानी मूलतः और अंततः मिष्ठान्न-प्रेमी हैं, तो क्या वे दीपावली पर भी मिष्ठान्न न खाएँ? मिष्ठान्न हर भारतीय की कमजोरी है। एक इस तरह की कमजोरी, जिससे किसी को हानि नहीं होती, यदि शुद्धत्ता बरती जाए और फिर वे सरकारी महकमें क्या कर रहे हैं, जिनपर मिठाई की शक्ल में जहर बेचनेवालों पर

कानूनी शिकंजा कसने की जिम्मेदारी है ? क्या इनके दफ्तरों पर ताले नहीं लगा दिए जाने चाहिए, आखिर इन्हें मोटी पगार किसलिए मिल रही है ?

दरअसल, भारतीय मिष्ठान्न शक्कर, अन्न, दूध और घी के अलग-अलग प्रकार से पकाने और मिलाने से बनते हैं। खीर और हलवा सबसे सामान्य मिठाइयाँ हैं, जो प्राय: सभी के घरों में बनती हैं। इसके अतिरिक्त लड्डू, पेड़े, बर्फी और गुजिया भी घरों में बनती है, पर ज्यादातर मिठाइयाँ बाजार से ही खरीदी जाती हैं। भारत की संस्कृति के ही अनुसार यहाँ हर प्रदेश की मिठाई में भी विभिन्नता है। उदाहरण के लिए बंगाली मिठाइयों में छेने की प्रमुखता है तो पंजाबी मिठाइयों में खोये की। उत्तर भारत की मिठाइयों में दूध की प्रमुखता है तो दक्षिण भारत की मिठाइयों में अन्न और नारियल की। बेशक त्योहारों व दूसरे अनुष्ठानों में मिठाई का बहुत महत्त्व होता है। दैनिक जीवन में मिठाई भोजन के बाद खाई जाती है। कुछ मिठाइयों को खाने का समय भी निर्धारित होता है, जैसे जलेबी सुबह के समय खाई जाती है, तो रबड़ी रात्रि में। कुछ मिठाइयाँ पर्वों से संबंधित होती हैं, जैसे गुजिया उत्तर भारत में होली पर बिकती है और पूर्वी भारत में तीज के पर्व पर हर घर में बनाई जाती है। उत्तर भारत में कलाकंद, काजू कतली, कालाजाम, गुलाब जामुन, घेवर, चमचम, जलेबी, बर्फी, तिलकुट, दाल हलवा, नारियल बर्फी, मिल्क केक, परवल की मिठाई, पेठा, पेड़ा, फीरनी वगैरह मिलती हैं। कौन सा भारतीय है, जिन्हें ये पसंद न हों ? पर दीपावली पर भी ये अधिकतर मिलावटी ही मिलती हैं। बेशक, यह बेहद गंभीर मसला है।

मुझे मेरे एक डॉक्टर मित्र बता रहे थे, मिलावटी मावे और दूध में सबसे ज्यादा खतरनाक कास्टिक सोडा और यूरिया की बड़ी मात्रा में मिलावट होती है। इस तरह के

मावे या दूध से बनीं मिठाइयों के सेवन से शुरुआती तौर पर उल्टियाँ या पेचिश हो सकती है। जाहिर है, इस तरह की मिठाइयों के सेवन से शरीर को दीर्घकालिक नुकसान भी हो सकता है। बेशक, अगर मिठाई अत्यधिक मिलावटी है तो उसमें कास्टिक सोडा और यूरिया की मात्रा भी ज्यादा पाई जाती है। इससे गुर्दे से रक्तस्राव होने का खतरा बढ़ जाता है। दूषित पदार्थ से बनी मिठाई से शरीर पर कितना असर होगा, यह इस पर निर्भर करता है कि आप कितनी मात्रा में मिठाई का सेवन करते हैं, यानी दीपावली पर मिठाई खाना आफत होता जा रहा है।

अफसोस के साथ कहना पड़ रहा है कि बीते सालों की तरह से इस बार भी दीपावली पर नकली मावा, दूध और मिठाइयाँ बाजार में आ रही हैं। फिर इस बार भी ज्यादा-से-ज्यादा खाद्य विभाग और प्रशासन मिठाई की दुकानों पर छापेमारी कर रस्मअदायगी करेगा, यानी उसकी जिम्मेदारी पूरी हो गई। चूँकि इस बात की संभावना खत्म होती जा रही है कि दूषित मिठाई नहीं बिकेगी। इसलिए बेहतर यह होगा कि आप ज्यादा-से-ज्यादा पानी पिएँ और फल खाएँ, ताकि शरीर से जहरीले तत्त्व बाहर निकल सकें।

जानकारों का मानना है कि दीपावली पर आप दूध और मावे की मिठाइयों के बजाय बेसन या दाल की बनीं मिठाइयों को ही खरीदें और खाएँ, लेकिन दालों और घी की मिलावट का क्या करेंगे? पर इनमें वह आनंद थोड़े ही आएगा, जो दूध से बनी मिठाइयों में आता है। दीपावाली पर हर कोई चाहता है कि अच्छी-से-अच्छी मिठाई का लुत्फ ले और मेहमानों को भी खिलाए, लेकिन इतने मांगलिक अवसर पर भी स्तरीय मिठाई के न मिलने की संभावना से गहरी निराशा अवश्य होती है। अब सवाल यह है कि एक आम इनसान जब बाजार से मिठाई लेने के लिए जाता है तो उसे कैसे पता चले कि वह जो मिठाई खरीद रहा है, वह मिलावटी नहीं है। बाजार में तो हर रंग और हर किस्म की मिलावटी मिठाई धड़ल्ले से मिल रही है। इन मिठाइयों को खाने के बाद डॉक्टरों के चक्कर लगाना तो तय है।

मुझे याद है पिछले साल अहमदाबाद पुलिस ने एक गोदाम पर छापा मारकर करीब-करीब हजार किलो मिलावटी मावा बरामद किया था। पुलिस का कहना है कि पाम आयल और मिल्क पाउडर मिलाकर मावा बनाया जा रहा था, जिसे ऊँची कीमत पर बाजार में बेचा जाना था। इसी तरह से इलाहाबाद में मिठाई की एक मशहूर दुकान में छापेमारी की गई। खाद्य विभाग के अफसरों ने जब उस मिठाई की दुकान के गोदाम पर छापा मारा तो पाया कि बहुत ही गंदे से कमरे में मिठाइयाँ बनाई जा रही थीं। कई मिठाइयों में तो कीड़े लग गए थे। गोदाम के भीतर चूहे दौड़ रहे थे तो कमरे के बाहर बिल्ली।

यह सर्वविदित है कि दीपावली पर बड़े स्तर पर मिठाई की बिक्री को देखते हुए अलग-अलग जगहों पर बंगाली, गुजराती और राजस्थानी मिठाइयाँ बनाने का काम शुरू हो जाता है। माँग कई गुना बढ़ जाने से हर जगह बाहरी क्षेत्रों से मावा मँगाया जाता

है। मिलावटखोर रुपया कमाने के चक्कर में खपत पूरी करने के लिए सिंथेटिक और मिलावटी मावा बेचते हैं हलवाइयों को।

विज्ञान एवं प्रौद्योगिकी मंत्री डॉ. हर्षवर्धन ने विगत 16 मार्च को लोकसभा में स्वीकार किया था कि देश में बेचा जानेवाला 68 प्रतिशत दूध भारत के खाद्य नियामक द्वारा निर्धारित शुद्धता के पैमाने पर खरा नहीं उतरता, यानी देश में दूध से बनी मिठाइयों में जमकर मिलावट हो रही है। तब डॉ. हर्षवर्धन ने संसद् में माना था कि अमृत को मिलावटखोर विष बना रहे हैं। दरअसल मिलावटखोरों के खिलाफ व्यापक स्तर पर कार्रवाई करने की आवश्यकता है। सांकेतिक कार्रवाई से बात नहीं बनेगी। खैर, दीपावली पर मिठाई खाएँ और खिलाएँ, पर जरा ध्यान से।

आप भी मानेंगे कि मिलावट हमारे देश के राष्ट्रीय चरित्र का अभिन्न हिस्सा बन गई है। इसलिए दूध या मिठाई को अपवाद नहीं माना जाना चाहिए। चीन में कुछ साल पहले दूध में मिलावट करनेवालों को मौत की सजा देने की व्यवस्था कर दी गई है। कुछ दोषियों को फाँसी पर लटकाया भी गया है। उसके बाद सब लाइन पर आ गए। क्या हम कभी मिलावटखोरों के खिलाफ इस तरह के कड़े कानून बना सकेंगे? बेशक देश को जहर खिलाने-पिलानेवालों के खिलाफ कड़े-से-कड़े कानून बनने चाहिए। इन्हें मौत की सजा भी दी जाए तो कम होगी।

*(29 अक्तूबर, 2016, दैनिक जागरण)*

□

# दो शरीफ, दोनों बदमाश

नवाज शरीफ के पुरखे मूलत: कश्मीरी पंडित थे। कोई 100–125 साल पहले मुसलमान बन गए थे। वे कश्मीर से अमृतसर के पास जट्टी उमरा गाँव में जाकर बसे थे। वहीं राहील शरीफ के पूर्वज राजपूत हैं। वे अब भी अपने को बड़े फख्र के साथ राजपूत बताते हैं। इनके पुरखे भी हिंदू ही थे। इसके बावजूद दोनों घोर भारत विरोधी हैं। बस, दोनों के नामों में 'शरीफ' आना संयोग मात्र ही माना जाएगा। उड़ी हमले के बाद कायदे से दोनों को अपने देश में चल रहे आंतकी शिविरों को ध्वस्त करना चाहिए था, पर बेशर्मी की हद देखिए कि दोनों ही भारत को कोसते रहे। नवाज शरीफ ने संयुक्त राष्ट्र में उड़ी की घटना के लिए कश्मीर में बुरहान की मौत के बाद पैदा हुए हालातों को जिम्मेदार घोषित कर दिया।

हालाँकि वहाँ पर उनका भाषण सुनने के लिए 50 लोग भी उपस्थित नहीं थे। उधर राहील शरीफ बार-बार कहते रहे हैं कि उनका देश भारत से दो-दो हाथ करने के लिए तैयार है। नवाज शरीफ के कुछ मंत्री भी युद्धोन्माद का माहौल बनाते रहे। क्या जिस देश के लाहौर और कराची जैसे शहरों में रोज दस-दस घंटे बिजली न आती हो, जहाँ बेरोजगारी लगातार संक्रामक बीमारी की तरह फैल रही हो और जहाँ विदेशी निवेश नाम मात्र आता हो, वह देश भारत जैसी विश्व शक्ति से लड़ने के लिए क्या तैयार हो सकता है? कतई नहीं। दरअसल पाकिस्तान युद्ध के लिए तैयार नहीं है। हाँ, वह गीदड़भभकी जरूर दिखाता है।

नवाज शरीफ सन् 2013 में पाकिस्तान के वजीरे आजम की कुरसी पर फिर से बैठे। बावजूद इसके कि नवाज शरीफ और उनके अनुज शाहबाज शरीफ, जो पाकिस्तान के पंजाब सूबे के मुख्यमंत्री हैं, पर करप्शन के अनेक केस थे। शरीफ परिवार के लिए कहा जाता है कि इनके लिए पाकिस्तान ही इनका खानदान है। इनका बड़ा औद्योगिक घराना भी है। ये जनता को झूठे सब्जबाग दिखा कर ही पिछला संसद् का चुनाव जीते थे।

वजह मोटे तौर पर यह भी थी कि जनता पाकिस्तान पीपुल्स पार्टी से नाराज थी। इसके चलते मुसलिम लीग (नवाज) ने फतेह दर्ज कर ली। इमरान खान की पार्टी कभी बड़ा उलटफेर करने की स्थिति में नहीं थी।

कायदे से नवाज शरीफ को देश की अर्थव्यवस्था को पटरी पर लाने के लिए सघन प्रयास करने चाहिए थे, लेकिन उनसे यह हो न सका या उन्होंने इसके लिए प्रयास ही नहीं किए। पाकिस्तान में मुद्रास्फीति से अवाम का बुरा हाल है और विकास की रफ्तार भी लगातार घट रही है। ग्रोथ रेट 3 फीसद से नीचे चल रहा है। इसके बावजूद नवाज शरीफ और राहील शरीफ जंग के मैदान में उतरना चाहते हैं। वे भूल गए कि जंग होने की हालत में पाकिस्तान की जनता तो भूखों मर जाएगी, लेकिन गैर-जिम्मेदारी का आलम यह है कि वे फिर भी भारत से युद्ध करने के लिए अपने को तैयार बताते हैं। नवाज शरीफ एक सड़कछाप किस्म के इनसान हैं। भाग्य की खा रहे हैं। वे युगदृष्टा तो छोड़िए, प्रखर वक्ता तक नहीं हैं। उनसे बेहतर वक्ता तो बेनजीर भुटटो थीं। इमरान खान भी उनसे बेहतर ही नजर आते हैं।

## नाराज बाँग्लादेश

प्रधानमंत्री बनने के बाद नवाज शरीफ सरकार से भारत तो छोड़िए, कभी उनका हिस्सा रहा बाँग्लादेश भी उनसे दूर हो गया है। बाँग्लादेश लगातार पाकिस्तान पर उसके आंतरिक मामलों में हस्तक्षेप करने के आरोप लगा रहा है। कारण यह है कि बाँग्लादेश आजकल सन् 1970 के बाद ईस्ट पाकिस्तान (अब बाँग्लादेश) में पाकिस्तानी सेनाओं का साथ देनेवालों को लगातार दंड दिया जा रहा है। इन गुनाहगारों ने पाकिस्तानी सेना के साथ मिलकर अपने ही देश के लाखों मासूमों का कत्ल कर दिया था। जब उन गुनाहगारों

को फाँसी पर लटकाया जाता है, तो पाकिस्तान को तकलीफ होती है, यानी जिनके हाथ खून से रंगे हैं, उन्हें नवाज शरीफ सरकार समर्थन दे रही है। इसके बावजूद दुनिया शरीफ पर कोई कठोर कदम नहीं उठाती।

## मारे जाते गैर-सुन्नी

दोनों शरीफों (माफ करें बदमाशों ने), कभी अपने मुल्क के अल्पसंख्यकों के हक में कोई कदम नहीं उठाया। पाकिस्तान में सुन्नियों के अलावा सब असुरक्षित हैं। सब मारे जा रहे हैं। शिया, अहमदिया, ईसाई, सिख, हिंदू भी। लाहौर से लेकर पेशावर तक ईसाई मारे जा रहे हैं। विभिन्न देशों में बसे पाकिस्तानी अपने देश में वापस जाने से पहले दस बार सोचते हैं। मुझे हाल ही में अपनी लंदन यात्रा के दौरान एक नौजवान पाकिस्तानी वकील मिला। कहने लगा, वह पाकिस्तान जाने से डरता है। वहाँ पर कभी भी, किसी का भी कत्ल हो जाता है। एक दौर में नवाज शरीफ दावा करते थे कि इसलाम और मुल्क के संविधान के मुताबिक, अल्पसंख्यकों को जिंदगी के सभी क्षेत्रों में मुसलमानों के बराबर हक मिलता रहेगा, लेकिन वे सारे वादे धूल में मिल चुके हैं। वहाँ पर गैर-मुसलमानों के लिए सामाजिक दायरा घटता जा रहा है। किसी भी सरकार ने उनके हक में बड़े कदम नहीं उठाए। उदाहरण के रूप में पाकिस्तान की पहली कैबिनेट के हिंदू सदस्य जोगेंद्र नाथ मंडल और मुल्क का तराना लिखनेवाले जगन्नाथ आजाद को अंतत: मजबूरी में पाकिस्तान को छोड़ना पड़ा था। इससे अंदाजा लगा सकते हैं कि वहाँ पर अल्पसंख्यक कहाँ खड़े हैं।

राहील शरीफ की भारत से खुंदक तो एक मिनट के लिए समझ आती भी है। उनके अपने अग्रज 1971 की जंग में भारतीय सेना के हाथों मारे गए थे। वे कश्मीर के पत्थर फेंकनेवाले प्रदर्शनकारियों के हक में बोलते हैं, पर शराफत के दुश्मन राहील शरीफ पाकिस्तान में मजे से रहनेवाले जैश-ए-मोहम्मद के संस्थापक और नेता अजहर मसूद को कुछ नहीं कहते। जैश-ए-मोहम्मद, जिसे संक्षेप में जैश भी कहते हैं, पाकिस्तान अधिग्रहीत कश्मीर में सक्रिय आतंकी संगठन है। जैश पर पठानकोट में भी हमले का आरोप है।

## मुंबई हमलों का मास्टरमाइंड

हाफिज सईद लाहौर में खुलेआम भारत के खिलाफ जंग का आह्वान करता है, पर राहील शरीफ चुप रहते हैं। चुप ही रहेंगे, आखिर इन दोनों को पाकिस्तानी सरकार और सेना का संरक्षण प्राप्त है। दरअसल प्रधानमंत्री नवाज शरीफ और आर्मी चीफ राहील शरीफ कतई 'शरीफ' नहीं हैं। नवाज शरीफ अपने देश के अवाम का मूल मसलों से ध्यान हटाने के लिए ही भारत को किसी-न-किसी रूप में दोषी ठहराते रहते हैं।

पाकिस्तान में पिछले दिनों हुए कई बम धमाकों के लिए नवाज शरीफ भारत की खुफिया एजेंसी रॉ को दोष देते रहे हैं। उनके कई मंत्री भी यही कहते रहते हैं। पाकिस्तान में बेरोजगारी, कठमुल्लापन, गरीबी, जहालत चारों तरफ पसरी हुई है। इनका सरकार के पास कोई हल नहीं है। जनता त्राहि-त्राहि कर रही है। इसी के चलते नवाज शरीफ को समझ आ गया है कि वे देश के अवाम के बीच भारत का डर दिखाकर ही बचे रह सकते हैं और राहील शरीफ को तो राग कश्मीर अलापना खूब अच्छा लगता है। वे कह रहे हैं कि कश्मीर पाकिस्तान का अंग है। कभी उन्होंने पाकिस्तान अधिकृत कश्मीर के हालात देखे होते तो उन्हें समझ आ जाता है कि वहाँ पर हालात किस हद तक बदतर हो चुके हैं, जबकि भारत में जम्मू-कश्मीर में विकास हो रहा है, खुशहाली है। अफसोस होता है कि इतने दुष्ट देश पर भी कुछ विश्व शक्तियाँ नजरें करम बनाए हुए हैं। उन्हें नहीं दिखता कि पाकिस्तान संसार के लिए कितना बड़ा खतरा बन चुका है।

और नवाज शरीफ तो वास्तव में निहायत एहसानफरामोश शख्स हैं। उनके पाकिस्तान का प्रधानमंत्री बनने पर उनके भारत स्थित गाँव के लोग खुशी से मिठाइयाँ बाँटते हैं। उनके अब्बा, जिन्हें सब लोग आदर से 'अब्बाजी' कहते थे, की तो इच्छा थी कि मृत्यु के बाद उन्हें उसी मिट्टी में दफन किया जाए, जिससे उनके परिवार का सदियों पुराना नाता है, पर अफसोस कि उन्हीं का पुत्र अपने पुरखों के देश को क्षति पहुँचाना चाहता है।

*(30 सितंबर, 2016, डेली न्यूज ऐक्टिविस्ट)*

□

# नेताजी को क्यों नापसंद करते रहे पंडित नेहरू

नेताजी सुभाष चंद्र बोस से जिंदगी भर अपने को असुरक्षित महसूस करते रहे, पं. जवाहरलाल नेहरू। हालाँकि नेताजी ने उनको सदैव सम्मान दिया और नेहरूजी को हमेशा अपना अग्रज माना, लेकिन देश की आजादी के बाद भी जिंदगी भर नेहरूजी को यही लगता रहा कि नेताजी कभी भी अचानक ही देश के सामने प्रगट हो सकते हैं। इसी शंका से वे नेताजी के पूरे परिवार के ऊपर खुफियागिरी कराते रहे। इसका खुलासा भी अब हो चुका है। नेहरूजी के निर्देश पर ही नेताजी के कलकत्ता में रहनेवाले परिवार के सभी सदस्यों की गतिविधियों पर खुफिया नजर रखी जाती थी। नेहरूजी को यह तो पता ही था कि नेताजी देश के सर्वाधिक लोकप्रिय नेताओं में हैं। देश की जनता उन्हें तहेदिल से प्यार करती है। उन्हें लगता था कि अगर नेताजी कहीं फिर से लौट आए तो पलक झपकते उनकी सत्ता चली जाएगी। जाहिर है, नेहरूजी के सोच के साथ नेहरू के कांग्रेसी चाटुकार खड़े थे। इसलिए ही कांग्रेस सरकारें बोस के परिवार पर खुफिया नजर रखती रहीं। नेहरूजी की 1964 में मृत्यु के बाद भी 1968 तक नेताजी के परिजनों पर खुफिया एजेंसियों की नजर रही।

नेताजी के सबसे करीबी भतीजे अमिय नाथ बोस 1957 में जापान गए थे। इस बात की जानकारी नेहरूजी को मिली। उन्होंने 26 नवंबर,1957 को देश के विदेश सचिव सुबीमल दत्ता से कहा कि वे भारत के टोक्यो में राजदूत की ड्यटी लगाएँ और यह पता करें कि अमिय नाथ बोस जापान में क्या कर रहे हैं? यही नहीं, उन्होंने इस बात की भी जानकारी देने को कहा था कि अमिय बोस भारतीय दूतावास या जहाँ तथाकथित रूप से नेताजी सुभाषचंद्र बोस की अस्थियाँ रखी गई हैं, वहाँ गए थे या नहीं।

अब जरा अंदाजा लगाइए कि देश का प्रधानमंत्री किस तरह की हरकत में लिप्त

था। इस सनसनीखेज तथ्य का खुलासा हुआ है अनुज धर की पुस्तक 'इंडियाज बिगेस्ट कवर-अप' में। तो सवाल यह उठता है कि आखिर नेहरूजी जापान में अमिय नाथ बोस की गतिविधियों को जानने को लेकर इतने उत्सुक क्यों थे? क्या उन्हें लगता था कि अमिय नाथ की गतिविधियों पर नजर रखने से नेताजी के बारे में उन्हें पुख्ता जानकारी मिल सकेगी?

इसके बाद से तो अमिय नाथ बोस पर देश में और उनके देश से बाहर जाने पर खुफिया नजर रखी जाने लगी और इस बात के प्रमाण भी मौजूद हैं कि अमिय नाथ बोस पर नजर रखने के निर्देश खुद नेहरूजी ने दिए थे। नेहरूजी के बारे में कहा जाता है कि वे देश के प्रधानमंत्री बनने से पहले अमिय नाथ बोस के कलकत्ता के 1, बुडवर्न पार्क स्थित आवास में जाते थे, पर प्रधानमंत्री बनने के बाद उन्होंने अमिय नाथ बोस से संबंध लगभग तोड़ लिये। अमिय नाथ बोस न केवल एक वरिष्ठ वकील थे, वरन् राजनयिक भी थे।

## आनंद भवन में नेताजी

नेताजी जब भी इलाहाबाद गए तो वे नेहरू परिवार के आवास आनंद भवन जाना नहीं भूले। कांग्रेस के 1928 में कलकत्ता में हुए सत्र में भाग लेने के लिए निमंत्रण देने के लिए नेताजी खुद आनंद भवन पहुँचे थे। उन्होंने मोतीलाल नेहरू और जवाहरलाल नेहरूजी को इसमें भाग लेने का व्यक्तिगत रूप से न्योता दिया। नेताजी लगातार नेहरूजी को खत भी लिखते रहते थे। उनमें सिर्फ देश की आजादी से जुड़े सवालों पर ही चर्चा नहीं होती थी। वे नेहरूजी से अत्यंत व्यक्तिगत पारिवारिक मसलों पर भी पूछताछ करते

थे। जिन दिनों इंदिरा गांधी अपनी माँ कमला नेहरू के पास स्विट्जरलैंड में थीं, तब नेताजी ने पत्र लिखकर नेहरूजी से पूछा था, "इंदु (इंदिराजी के बचपन का नाम) कैसी है, वह स्विट्जरलैंड में अकेला तो महसूस नहीं करती ?" नेताजी के पंडित नेहरू को 30 जून, 1936 से लेकर फरवरी, 1939 तक पत्र भेजने के रिकॉर्ड उपलब्ध हैं। सभी पत्रों में नेताजी ने नेहरूजी के प्रति बेहद आदर का भाव दिखाया है।

## आखिरी खत नेताजी का

नेहरूजी को लिखे शायद उनके आखिरी खत के स्वर से संकेत मिलते हैं कि अंतत: नेताजी को समझ में आ गया था कि वे (नेहरूजी) उनसे दूरियाँ बना रहे हैं। यह खत भी कांग्रेस के त्रिपुरी अधिवेशन के बाद लिखा गया था, यानी 1939 में। अपने उस 27 पन्नों के खत में वे साफ कहते हैं, "मैं महसूस करता हूँ कि आप (नेहरूजी) मुझे बिल्कुल नहीं चाहते।"

दरअसल नेताजी इस बात से आहत थे कि नेहरूजी ने 1939 में त्रिपुरी में हुए कांग्रेस के अधिवेशन में उनका साथ नहीं दिया। नेताजी दुबारा से कांग्रेस के त्रिपुरी सत्र में अध्यक्ष निर्वाचित हुए थे, पर उन्होंने विजयी होने के बाद भी अपना पद छोड़ दिया था। क्यों छोड़ा था, इस तथ्य से सारा देश वाकिफ है। देश को यह भी पता है कि नेताजी ने कांग्रेस अध्यक्ष पद के चुनाव में गांधीजी के व्यक्तिगत उम्मीदवार डॉ. पट्टाभी सीतारमैय्या को करारी शिकस्त दी थी। इस नतीजे से कांग्रेस में आंतरिक कलह तेज हो गई थी। गांधीजी ही नहीं चाहते थे कि नेताजी फिर से कांग्रेस के अध्यक्ष बनें। गांधीजी की इस राय से नेहरूजी भी इत्तेफाक रखते थे। हालाँकि देश भर के प्रतिनिधियों का प्रचंड बहुमत नेताजी के साथ खड़ा था।

## तटस्थ रहते नेहरूजी

तब नेताजी ने अपने लंदन में रहनेवाले भतीजे अमिय बोस को 17 अप्रैल, 1939 को लिखे पत्र में कहा था, "नेहरू ने मुझे अपने व्यवहार से बहुत पीड़ा पहुँचाई है। अगर वे त्रिपुरी में तटस्थ भी रहते तो पार्टी में मेरी स्थिति बेहतर होती।" उन्होंने उसी पत्र में आगे लिखा है, "कांग्रेस में नेहरूजी की स्थिति बहुत पतली हुई। वे जब त्रिपुरी सत्र में बोल रहे थे, तब उन्हें हूट तक किया गया।" इस प्रकार कांग्रेस के त्रिपुरी अधिवेशन के बाद से नेहरूजी ने नेताजी से दूरियाँ बनानी शुरू कर दीं।

नेताजी को लेकर नेहरूजी के बदले मिजाज का एक उदाहरण लीजिए। जब नेताजी की आजाद हिंद फौज सिंगापुर से बर्मा के मार्ग से मणिपुर में प्रवेश करने की दिशा में आगे बढ़ रही थी, तब नेहरूजी ने गुवाहाटी में आयोजित एक सभा को संबोधित करते हुए कहा था, "अगर नेताजी अपनी सेना के साथ भारत को आजाद करवाने के लिए आक्रमण करेंगे तो वे खुद उनसे दो-दो हाथ करेंगे।" इसमें कोई शक नहीं है कि अगर नेताजी यदि जीवित होते तो जिस विशाल जन आंदोलन के ज्वार ने 1977 में कांग्रेस को शिकस्त दी थी, नेताजी के नेतृत्व में वैसा ही जन आंदोलन 1962 में या उससे भी पूर्व कांग्रेस को सत्ता से बेदखल कर सकता था। हालाँकि अब अगर-मगर करने का कोई लाभ नहीं है।

## बापू का सम्मान

दरअसल नेताजी तहे दिल से गांधीजी का सम्मान करते थे, लेकिन उन्हें नेहरूजी की गांधीजी को लेकर निजी निष्ठा की भावना नापसंद थी। वे इसकी वजह समझ नहीं पाते थे। वे अलग मिजाज की शख्सियत थे। नेताजी को जब मालूम चला कि उनकी माता का निधन हो गया है, तब भी उन्होंने अपने काम को प्रभावित नहीं होने दिया। वे तब सिंगापुर में थे। इसके बाद वे अपनी पत्नी और पुत्री को यूरोप में ही छोड़कर निकल गए थे, देश को आजाद कराने के लिए। उन्हें मालूम था कि शायद वे फिर अपने परिवार को दोबारा नहीं देख पाएँ। उनके लिए निजी संबंध और परिवार, देश के सामने गौण थे। वे मानते थे कि नेहरूजी के साथ मिलकर वे देश को एक नए मुकाम पर लेकर जा सकते हैं, लेकिन नेहरूजी अपने को गांधीजी से अलग होकर नहीं देखते थे। शायद उन्हें पता था कि गांधी की अंधभक्ति ही उनका एकमात्र खेवनहार है। बेशक, सन् 1939 के बाद दोनों के रास्ते अलग हो गए। अधिकांश, कांग्रेस के बड़े नेता इस बात से दु:खी थे कि नेताजी का अपमान और तिरस्कार हो रहा है, पर वे बेबस थे, क्योंकि नेहरू को गांधी का वरदहस्त प्राप्त था।

हालाँकि ब्रिटिश सरकार भी मानती थी कि नेताजी और नेहरूजी भारत के लिए अहम होंगे, लेकिन ब्रिटिश सरकार नेहरू को अनुकूल मानती थी, जबकि नेताजी को कठिन और

गैर-लचीला मानती थी। इसीलिए अंग्रेजों ने भी नेताजी और नेहरू में फूट डालने में कोई कसर नहीं छोड़ी। कलकत्ता में कांग्रेस के सत्र के बाद ब्रिटेन के गृह सचिव ने 21 फरवरी, 1929 को लंदन में ब्रिटिश हुकुमरानों को भेजी अपनी एक रिपोर्ट में यह बात कही थी, पर इतना तो निश्चित है कि नेहरूजी के मन में नेताजी को लेकर हीन भावना थी। उन्हें पता था कि नेताजी की लोकप्रियता और ज्ञान के स्तर पर वे उनसे कहीं आगे हैं।

## सुभाषचंद्र बोस और मजदूरों के लिए संघर्ष

कभी-कभी हैरानी होती है कि मजदूरों के हक के लिए किए गए नेताजी सुभाषचंद्र बोस के जुझारू संघर्ष की कहीं चर्चा नहीं होती। वे टाटा स्टील मजदूर संघ के साल 1928 से 1937 तक यानी लगातार 9 वर्ष तक अध्यक्ष रहे। वे यूनियन की गतिविधियों में बहुत ही सक्रिय रहते थे। वे मजदूरों के अधिकारों को लेकर भी बहुत संवेदनशील रहते थे। उनके मसले लगातार मैनेजमेंट के सामने उठाते रहते थे। उनके काल में यूनियन और मैनेजमेंट का तालमेल सौहार्दपूर्ण था। टाटा स्टील की यूनियन का गठन 1920 में हुआ था। तब वहाँ पर भारतीय अफसर बहुत ही कम थे। नेताजी ने यूनियन अध्यक्ष बनने के तुरंत बाद कंपनी के अध्यक्ष एन.बी. सकतावाला को 12 नवंबर, 1928 को लिखे एक पत्र में कहा, "कंपनी के साथ एक बड़ी दिक्कत यह भी है कि इसमें भारतीय अफसर बहुत कम हैं। ज्यादातर अहम् पदों पर ब्रिटिश हैं।" उन्होंने आगे लिखा, "मैं चाहता हूँ कि टाटा स्टील का भारतीयकरण हो। इससे यह कंपनी और बुलंदियों पर जाएगी।"

नेताजी के पत्र के बाद ही टाटा स्टील ने अपना पहला भारतीय जनरल मैनेजर बनाया। उनके आह्वान पर टाटा स्टील में 1928 में हड़ताल भी हुई थी। उसके बाद से

ही टाटा स्टील में मजदूरों को बोनस मिलना भी शुरू हुआ। टाटा स्टील इस लिहाज से बोनस बाँटनेवाली देश की पहली कंपनी बनी। जाहिर है, इसका श्रेय नेताजी को ही जाता है। मैनेजमेंट से मजदूरों के हक में समझौता कराने के बाद वे स्वाधीनता आंदोलन में कूद पड़े। ट्रेड यूनियन के इतिहास को जाननेवाले जानते हैं कि नेताजी के प्रयासों के बाद आगे चलकर देश की दूसरी कंपनियों ने भी अपने मजदूरों को बोनस देना शुरू किया। जमशेदपुर में मजदूरों का नेतृत्व करने के दौरान नेताजी को दो-दो बार एटक का राष्ट्रीय अध्यक्ष भी चुना गया।

21 सितंबर, 1931 को नेताजी जमशेदपुर के टाउन मैदान में मजदूरों द्वारा आयोजित सभा की अध्यक्षता कर रहे थे, तभी उन पर कातिलाना हमला किया गया। अचानक कुछ लोग मंच पर आ गए। वे नेताजी और मंच पर उपस्थित अन्य लोगों से मारपीट करने लगे, लेकिन भारी संख्या में उपस्थित निहत्थे मजदूर भी जब हमलावरों पर भारी पड़ने लगे, तब वे भाग खड़े हुए। हमलावर नेताजी की हत्या की नीयत से आए थे, किंतु वे सफल नहीं हुए। इस घटना में कुल 40 लोग घायल हुए थे और टाटा स्टील मजदूर संघ को छोड़ने के बाद वे देश की आजादी के लिए बढ़ चले और आजादी के आंदोलन का अहम् हिस्सा बन गए।

*(23 जनवरी, 2017, दैनिक जागरण)*

□

# नोटबंदी—कश्मीर में अमन, माया-ममता दुःखी क्यों

यकीन नहीं हो रहा कि नोटबंदी ने बीते कई महीनों से देश विरोधी ताकतों के कारण झुलसते कश्मीर पर एक तरह से मरहम लगाने का काम किया है। घाटी में जिंदगी पटरी पर लौट आई है। नोटबंदी के चलते कर्फ्यू से पंगु हो गई कश्मीर घाटी के बाशिंदे अपने घरों से निकले 500 और 1000 रुपए के नोटों को बैंकों में जमा करवाने के लिए और 100 रुपए के कुछ नोट बदलने के लिए। नोटबंदी के पहले दो दिनों में करीब डेढ़ लाख करोड़ रुपए की करेंसी जमा करवाई। यह कोई छोटी राशि नहीं मानी जा सकती। तीन दिन बाद यह जमा राशि तीन लाख से भी ज्यादा जा पहुँची है।

## भूले आंदोलन

मेरी जानकारी के मुताबिक, कश्मीर के पृथक्तावादी नेता, आतंकवादी संगठन, नक्सली, भ्रष्ट अफसर और नेता, सभी के सभी काले धंधे में शरीक लोग अपने घरों में जमा 500 तथा 1000 रुपए के नोटों को ठिकाने लगाने में ही जुटे हुए हैं, यानी अभी वे फिलहाल अपना सारा आंदोलन भूल गए हैं। उनकी हवा गुम हो चुकी है और नोटबंदी के बाद अब कश्मीर में पत्थरबाजी भी बंद हो गई है। नक्सली भी आंदोलन भूलकर गाँवों में लोगों में पैसे बाँटते फिर रहे हैं। मिन्नतें करते फिर रहे हैं कि अभी 500-1000 के नोट ले लो और जब पैसे चेंज करवा लेना, तब वापस कर देना। पहले कश्मीर में शायद ही कोई दिन गुजरता हो, जब छोटे बच्चे और किशोर तक सुरक्षाकर्मियों पर पत्थर नहीं बरसाते हों। सवाल यह है, अब ये पत्थरबाजी करेंगे कैसे और क्यों, जब इन्हें एक पत्थर फेंकने पर 500 देनेवालों की पेशानी से पसीना निकल रहा है। अब इन्हें चिंता अपने कालेधन

को ठिकाने लगाने की ही लगी है। किसे नहीं पता कि घाटी में पाकिस्तानपरस्त ताकतें पत्थर फेंकनेवालों को नोटों का लालच देती थी। 500 और 1000 के नोट खत्म हो गए, तब अंत हो गया पत्थरबाजी के दौर का भी।

## साथ कालेधन का

जब नोटबंदी के चलते कश्मीर में अमन की बयार बहने लगी तो कुछ विपक्षी नेता विधवा विलाप करने लगे। इनमें ममता बनर्जी, मायावती से लेकर अरविंद केजरीवाल तक शामिल हैं। इनसे देश सवाल पूछ रहा है कि वे कालेधन के खात्मे को लेकर मोदी सरकार की तरफ से चलाए जा रहे सघन अभियान का विरोध क्यों कर रहे हैं। क्या नोट बंदी ने उनकी अकूत जमा की हुई संपत्ति पर चोट तो नहीं कर दी है? क्या इन्हें मालूम नहीं कि इसी काले धन का कश्मीर के अलगाववादियों से लेकर माओवादी कालाबाजारी, स्मगलर, आतंकवादी इस्तेमाल करते हैं? भारत के बाहर बाकी देशों में विपक्ष सरकार से माँग करता है कि कालेधन पर रोक लगे। आंदोलन तक चलाता है, पर हमारे देश का विपक्ष उल्टी गंगा बहाने पर आमादा है। कांग्रेस, टी.एम.सी., सपा, बसपा सहित अन्य दलों को लगे हाथ मुद्दा मिल गया है, सरकार के नोटबंदी का विरोध करने का, यानी वे प्रत्यक्ष रूप से कालेधन की समाप्ति के खिलाफ हैं।

नोटबंदी के फैसले के विरोध में पश्चिम बंगाल की मुख्यमंत्री ममता बनर्जी विपक्षी राजनीतिक दलों को एकजुट करने में जुट गई हैं। ममता ने इसके लिए अपने जानी दुश्मन वामदलों तक से समर्थन माँगा है। हालाँकि माकपा ने उनके प्रस्ताव को तत्काल खारिज कर दिया है। सबसे अफसोस की बात यह है कि इन विपक्षी दलों के पास कालेधन

को समाप्त करने के लिए कोई कार्यक्रम या विकल्प नहीं है। ये सरकार के प्रयासों की आलोचना कर रहे हैं, पर ये नहीं बता रहे कि सरकार किस तरह से अपने अभियान को आगे बढ़ाए।

भ्रष्टाचार के आरोपों में आकंठ डूबी हुई बसपा अध्यक्ष मायावती ने कहा, "मोदी सरकार ने भ्रष्टाचार और कालेधन पर अंकुश लगाने के नाम देश की जनता को ही खुले आसमान के नीचे लाकर खड़ा कर दिया है। इस भयावह स्थिति की कल्पना किसी ने नहीं की थी।" मतलब मायावतीजी अनाप-शनाप बोल रही हैं। वैसे भी आप उनसे कोई सार्थक बहस या आलोचना की उम्मीद नहीं कर सकते। यह आम आरोप है कि मायावती देश की भ्रष्टतम राजनेता हैं और उन्होंने अपने शासनकाल में बाकायदा सभी गैर-कानूनी कामों के लिए खुलेआम रेट फिक्स कर रखा था। एक अनुमान है कि उनके पास एक लाख करोड़ से ज्यादा कालाधन है।

अब नोटबंदी का विरोध कर रहे विपक्ष को कौन बताए कि इसके असर के चलते अब कश्मीर में स्कूल भी नहीं जलाए जा रहे हैं, वरना वहाँ पर बीते तीन महीनों के दौरान 27 स्कूल फूँक दिए गए थे, लगभग हर तीसरे दिन एक स्कूल स्वाहा। क्या ममता-माया-केजरीवाल को पता है कि नोटबंदी के दूरगामी असर के चलते कश्मीर में वार्षिक बोर्ड परीक्षाएँ चालू हो गईं 14 नवंबर से। इसमें हजारों छात्र-छात्राएँ परीक्षा देने विभिन्न केंद्रों पर पहुँचे। बोर्ड परीक्षाएँ शुरू होने के साथ ही पूरी घाटी में लोगों और वाहनों की आवाजाही में उल्लेखनीय वृद्धि हुई है। कश्मीर में छात्रों का इस तरह बढ़-चढ़कर परीक्षाओं में भाग लेना उन अलगाववादियों के मुँह पर तमाचा है, जिनके मनसूबे कश्मीर के युवाओं को गुमराह कर घाटी में हमेशा अशांति बनाए रखने के हैं।

## कौन-कौन साथ

महत्त्वपूर्ण है कि सरकार के 500 और 1000 रुपए के नोटों को चलन से बाहर किए जाने के फैसले की चीनी मीडिया ने भी सराहना की हैं। चीन के सरकारी अखबार 'ग्लोबल टाइम्स' ने इसे 'एक साहसिक' और 'हैरतअंगेज' कदम करार दिया। चीन के सरकारी अखबार ने पी.एम. मोदी को भ्रष्टाचार से निपटने के लिए चीनी राष्ट्रपति शी जिनपिंग की ओर से चलाए गए अभियान से सीख लेने की भी सलाह दी है। इसी क्रम में अंतरराष्ट्रीय मुद्रा कोष (आई.एम.एफ.) ने भ्रष्टाचार से लड़ने के लिए भारत सरकार द्वारा उठाए गए कदमों का समर्थन किया है। आई.एम.एफ. प्रवक्ता गैरी राइस ने कहा है कि मेरा मानना है कि जब कोई देश इस तरह (नोटबंदी) के कदम उठाता है तो उसे लागू करने में कई तरह की परेशानियाँ उभरकर सामने आती ही हैं।

## असुविधा भी

बेशक काले धन के विरुद्ध लड़ाई बड़े ही व्यापक पैमाने पर लड़ी जा रही है। इसलिए, इसके चलते आम जन को कुछ असुविधा तो जरूर ही हुई है। इससे इनकार नहीं किया जा सकता है, पर सरकार ने तुरंत ही जनता को असुविधा से निकालने के लिए तमाम नए कदम भी उठा लिये, यानी जनता के हितों को भी देखा जा रहा है।

दरअसल मोदी सरकार देश के बैंकिंग क्षेत्र में लगी दीमक को समूल नष्ट कर देना चाहती है। बैंकिंग क्षेत्र से देश के अंतिम जन को जोड़ रही है। इसमें फैले करप्शन को करारी चोट पहुँचा रही है। पिछले दिनों में मैं उत्तराखंड, उत्तर प्रदेश और झारखंड में था। सैकड़ों लोगों से बात हुई। लंबी लाइनों से कुछ असुविधा हो रही है, यह स्वीकारनेवाले तो कई मिले, पर मोदीजी के निर्णय को गलत कहनेवाला एक भी नहीं मिला। इसी क्रम में सरकार ने प्रधानमंत्री जन-धन योजना का श्रीगणेश करके लाखों दीन-हीन हिंदुस्तानियों को बैंकिंग नेटवर्क से जोड़ा। प्रधानमंत्री जन-धन योजना के तहत बैंक खाता खुलवाने पर एक लाख रुपए के दुर्घटना बीमा की सुविधा दी गई है। क्या पहले कभी इतनी व्यापक बैंकिंग क्षेत्र की योजना लागू हुई? मृतप्राय: डाक सेवाओं में नई जान फूँकी गई।

याद रखिए कि कोई भी योजना कोई एक दिन या एक महीने में नहीं तैयार होती। उसके लिए कई स्तरों पर अध्ययन होता है। उसके बाद उसे लागू किया जाता है। जिस तरह से देश के करोड़ों गरीबों और साधारण लोगों को प्रधानमंत्री जन-धन योजना से जोड़ा गया, उसी तरह से नोटबंदी करके सरकार ने कालेधन पर बड़ा हमला किया है। इसकी तैयारी मोदी सरकार के सत्तासीन होने के बाद से ही चालू हो गई थी। मोदी पिछले लोकसभा चुनाव के कैंपेन के दौरान कालेधन के मुद्दे को बार-बार उठा रहे थे। वादा कर रहे थे कि वे इसका खात्मा करके ही रहेंगे। नोटबंदी को इसी रूप में देखने की जरूरत

है। इससे अंततः देश को लाभ होगा। उसके संकेत मिलने भी लगे हैं और अब यह समझ लेना चाहिए कि कालेधन के दिन अब जा चुके हैं।

एटीएम पर लंबी कतारों के पीछे भी कालाबाजारियों का ही बड़ा हाथ है। बैंकों की कतारों में आधे लोग तो वास्तविक ग्राहक हैं, जो अपनी जरूरतों के लिए खड़े हैं; लेकिन लगभग आधे कालाबाजारियों के दलाल हैं, जो बड़े-बड़े नोट देकर 100 के नोटों में या नए नोटों में बदलवाने का धंधा कर रहे हैं और इसके लिए बीस से तीस प्रतिशत का कमीशन उन्हें प्राप्त हो रहा है, यानी कि हजार रुपए के पुराने नोट बदलवाओ और 200 से 300 रुपए कमीशन पाओ। अब एक व्यक्ति दिन भर में अलग-अलग चार बैंकों में लाइन में लगकर 2000-2000 हजार रुपए भी बदलवा लेता है तो आठ हजार में 1600 से 2400 रुपए का कमीशन बन गया। अब इससे अच्छी दिहाड़ी क्या हो सकती है। जब खुफिया एजेंसियों ने यह सूचना ऊपर तक पहुँचाई, तब जाकर कहीं सरकार ने लाइन में लगनेवालों की अँगुलियों पर काली स्याही लगाने का प्रावधान किया है, जिससे निश्चित रूप से एटीएम पर लगनेवाली लंबी कतारें कम होंगी और आम जनता की कठिनाइयाँ भी दूर होंगी।

यह तो अचानक होना ही था, नहीं तो कालाबजारी को मौका मिल जाता, लेकिन अभी जो समस्या उत्पन्न हो रही है, उसके लिए रिजर्व बैंक के पूर्व गवर्नर रघुराम की अदूरदर्शिता या गैर-जिम्मेदाराना नीतियों को मैं दोष मानता हूँ। यह योजना मोदीजी के प्रधानमंत्री बनने के बाद से ही उनके दिमाग में थी और धीरे-धीरे उसकी भूमिका भी तैयार हो रही थी। पहले उन्होंने जन-धन योजना के मार्फत गरीबों के 20 करोड़ अकाउंट

खुलवाए। उनके ध्यान में यह बात थी कि ऐसी योजना लागू की जाएगी तो पहले गरीबों को कष्ट होगा। जितने जन-धन अकाउंट मोदीजी ने एक साल में खुलवाए, उतने तो कांग्रेस ने 70 साल में भी नहीं खुलवाए। जन-धन योजना लागू करने के बाद सभी बैंकों का आपस में इंटरनेट से लिंक करके कोर बैंकिंग की व्यवस्था शुरू की गई, ताकि किसी का भी खाता कहीं भी हो तो हर प्रकार के लेन-देन की खबर रिजर्व बैंक को और इनकम टैक्स डिपार्टमेंट को रहे। इसके बाद शुरू हुआ डाकघरों को कोर-बैंकिंग से लिंक करने का काम, क्योंकि मोदीजी को पता था कि ग्रामीण क्षेत्रों में सभी स्थानों पर बैंक की सुविधा नहीं है, लेकिन डाकघर तो सभी जगह गाँव-गाँव में फैले हुए हैं। कांग्रेसी पिट्ठू और मनमोहन सिंह तथा चिदंबरम के खास चेले रघुराम राजन को लाया ही इसलिए गया था कि वे अमेरिकी लाबी के खासमखास हैं। भारतीय मूल के होने के बावजूद उन्होंने अमेरिकी नागरिकता ले रखी है और जब तक रिजर्व बैंक के गवर्नर रहे, गरीबों के हित के फैसले का पुरजोर विरोध करते रहे। 500 और 2000 के नोटों को बदलने और 2000 के नोटों को मुद्रित करने की योजना उन्हीं के काल में बन गई थी और कार्यान्वित भी हो गई थी। नोट छपकर तैयार भी थे। रघुराम राजनजी ने तो 2000, 5000 और 10000 के नोट छापने का प्रस्ताव दिया था, लेकिन प्रधानमंत्री ने सिर्फ 2000 के नोट छपने के प्रस्ताव को ही माना और 5000 तथा 10000 के नोट छापने की स्वकृति नहीं दी।

अब मेरा प्रश्न यह है कि जब 5000 और 10000 के नोट छपकर तैयार थे तो देश भर के 2 लाख एटीएम में उसके लिए नए नोटों के साइज से कैसेट बनकर तैयार रहने चाहिए, ताकि जिस दिन यह तय हो, उसी दिन से 500 और 2000 के नए नोट एटीएम से मिलने लगें। यदि आज यह करके रखा गया होता तो समस्या कहाँ होती। क्या रघुराम राजन को जनता की तकलीफों का अंदाजा नहीं था या वे इस बात से अनभिज्ञ थे। उन्होंने यह काम अपने उत्तराधिकारी उर्जित पटेल पर छोड़कार जाना क्यों उचित समझा। भारी अव्यवस्था फैलाने के लिए उन्हें अपने कांग्रेसी आकाओं से निर्देश मिला था? इसका जवाब तो आम जनता चाहेगी।

*(17 नवंबर, 2016, दबंग दुनिया)*

□

# कैशलेस भारत बढ़ेगा आगे

बीते 8 नवंबर, 2016 को प्रधानमंत्री नरेंद्र मोदी ने 500 रुपए और 1000 रुपए के नोटों के चलन पर रोक लगाने की घोषणा की। उनके इस कदम ने मानो सारे देश को एक झटके में बदलकर रख दिया। इस बाबत कुछ आँकड़ों पर नजर डालें। देश के पाँच प्रमुख महानगर पालिकाओं का राजस्व नवंबर, 2015 की तुलना में नवंबर, 2016 में तेजी से बढ़ने लगा। यही हाल बिजली, पानी, टेलीफोन, जमीन राजस्व आदि के बकाए की वसूली का भी रहा। मान लीजिए कि यह सब नोटबंदी का ही असर है। अभी तो शुरुआती आँकड़े ही आए हैं, वह भी कुछेक शहरों के ही, पर सारे देश का कमोबेश हाल यही है। अभी कुछ दिन और इंतजार करें। तब समझ आएगा कि किस तरह से कालेधन पर हमला करने से कैशलेस अर्थव्यवस्था की ओर देश तेजी से बढ़ रहा है। तब सबको यह पता चल जाएगा कि यह फैसला देश के लिए कितना अहम् है।

अब इसके राजनीतिक प्रभाव को भी देख लें। बिहार के मुख्यमंत्री नीतीश कुमार के बाद अब राजद प्रमुख लालू प्रसाद यादव भी नोटबंदी का साथ देने लगे हैं। अब वह भी खिसियाकर कह रहे हैं, हम भी नोटबंदी के साथ हैं। हमें तो इसे लागू करने के तरीके पर आपत्ति थी। वह नीतीश के साथ सुर-में-सुर इसलिए मिला रहे हैं, क्योंकि नोटबंदी का विरोध बिहार की गठबंधन सरकार को तार-तार कर सकता था। आंध्र प्रदेश के मुख्यमंत्री चंद्रबाबू नायडू और तेलंगाना के चंद्रशेखर राव तो पहले ही समर्थन कर चुके हैं। तमिलनाडु, केरल और ओड़िशा की मौन स्वीकृति भी महत्त्वपूर्ण है। दूसरी तरफ महाराष्ट्र और गुजरात में मोदी के नोटबंदी के फैसले पर राज्य की जनता ने निकाय चुनावों में जबरदस्त मुहर लगा दी। नोटबंदी के बाद हुए उपचुनावों में भी कांग्रेस को मात्र एक सीट से ही संतोष करना पड़ा, जबकि भाजपा को 5 और बाकी क्षेत्रीय दलों को 6 सीटें मिलीं। कांग्रेस और सहयोगी पार्टियों को मुँह की खानी पड़ी।

बात चुनाव में जीत-हार से जरा हटकर करें तो प्रधानमंत्री मोदी ने नोटबंदी की अप्रत्याशित घोषणा करके देश को कैशलेस अर्थव्यवस्था की ओर ले जाने का दृढ संकल्प दिखाया था। अब इससे देश कैशलेस अर्थव्यवस्था की ओर बढ़ने लगा है। एक अनुमान के मुताबिक नोटबंदी के बाद ऑनलाइन भुगतान 300 प्रतिशत तक बढ़ गए हैं। निश्चित रूप से नोटबंदी के बाद बैंकों, एटीएम, डाकघरों के बाहर कतारें लंबी जरूर हो गई हैं। लोग पैसा जमा करवाने-निकलवाने के लिए घंटों कतार में खड़े हैं, लेकिन कोई गिला-शिकवा नहीं। चेहरे पर थोड़ी बेचैनी, परंतु मुसकराहट। भड़काने की लगातार कोशिशों के बावजूद लोग परेशानी की बात तो करते हैं, लेकिन कोई यह नहीं कहता कि फैसला गलत हुआ है। मायावती तक को फैसले का विरोध करने की हिम्मत नहीं हो रही है। सभी विरोधी बार-बार लगातार सिर्फ यही कह रहे हैं कि फैसला तो ठीक है, लेकिन तैयारी में कमी है। अब भला बताएँ कि यदि प्रधानमंत्री मोदी तैयारी का मौका दे देते तो क्या होता?

लेकिन अब कतारें छोटी होने लगी हैं। इन लंबी कतारों में क्रमश: और कमी आती रहेगी। कतारों की लंबाई के पीछे कुछ तो अफवाहों और भ्रम की स्थिति भी एक कारण है। जो राजनेता कालेधन के ऊपर प्रधानमंत्री मोदी के कठोर प्रहार का खुलकर विरोध नहीं कर सकते, वे तरह-तरह की अफवाहें फैलाने में लगे हैं। एक बात तो सबको माननी ही पड़ेगी कि जब कभी भी देश इतने अहम् फैसले के दौर से गुजरेगा तो

कुछ दर्द और कठिनाई तो होगी ही। नोटबंदी का जाने-अनजाने विरोध करनेवालों को एक बात तो याद रखनी ही होगी कि कालांतर में नोटबंदी के लाभ उन कठिनाइयों से कहीं अधिक होंगे, जिनसे देश की जनता इन दिनों गुजर रही है। नोटबंदी का दर्द कुछ समय तक तो बना ही रहेगा। अगले 3 महीने में जिस हद तक डिजिटलाइजेशन होगा, उतना सामान्य तौर पर 3 साल में हो पाता। यह इस आँकड़े से साबित हो जाएगा कि जहाँ नवंबर, 2015 में 62 करोड़ 36 लाख डेबिट कार्ड थे, अब वे बढ़कर लगभग 90 करोड़ की संख्या पार कर चुके हैं, यानी सीधा डेढ़ गुना।

देश की अर्थव्यवस्था के चरित्र को बदलने की कोशिशों का यूनिक आइडेंटिफिकेशन अथॉरिटी ऑफ इंडिया (आधार कार्ड) के पूर्व अध्यक्ष नंदन नीलकेणी भी खुलकर साथ दे रहे हैं। बीते लोकसभा चुनाव में कांग्रेस के टिकट पर चुनाव लड़े नीलकेणी यह खुलकर कह रहे हैं कि इससे अर्थव्यवस्था के डिजिटलाइजेशन और वित्तीय समावेशन में तेजी आएगी। वह इंफोसिस के को-फाउंडर भी हैं उनका कहना है, 'सिस्टम को दिए गए इस झटके से इकॉनॉमी तेजी से डिजिटलाइज होगी।'

अब सामान की खरीददारी ज्यादा-से-ज्यादा कैशलेस ही हो। इस बदलाव के लिए आवश्यक आधारभूत संरचना पहले से ही उपलब्ध है। लाखों स्मार्टफोन के साथ ही फीचर फोन यूजर्स भी ऑनलाइन पेमेंट के लिए यूनिफाइड पेमेंट इंटरफेस (यू.एस.पी.) का इस्तेमाल कर सकते हैं। फीचर फोन यूजर्स यू.पी.आई. तकनीक का इस्तेमाल कर सकते हैं और जिनके पास फोन नहीं है, वे भी माइक्रो एटीएम पर पेमेंट के लिए अपने आधार कार्ड का प्रयोग कर सकते हैं। कैशलेस खरीददारी को गाहकों और दुकानदारों ने तेजी से स्वीकार करना भी चालू कर दिया है। आपका दूधिया, ड्राइवर, अखबारवाला और माली तक आपसे चेक लेने लगा है। मार्केट में पहले सिर्फ कैश में ही डील करते थे, अब चेक या क्रेटिड और डेबिट कार्ड से पेमेंट ले रहे हैं।

सरकार ने भी घोषणा की है कि माइक्रो एटीएम की मौजूदा संख्या, जो अभी करीब सवा लाख है, उसे बढ़ाकर 10 लाख किया जाएगा। इस लिहाज से काम तेजी से चल रहा है। बेशक, कैशलेस लेने-देन देश से दफ्तरशाही और करप्शन को भी खत्म करेगा। कैशलेस इकोनॉमी हो जाने से सरकारी मशीनरी में फैले भ्रष्टाचार को भी दूर करने में मदद मिलती है। कोई भी भ्रष्ट ऑफिसर चेक से घूस तो नहीं ही लेगा और जब नोट ही नहीं होंगे या कम होंगे, तो घूस मिलेगी कहाँ से? नोटों की छपाई पर आनेवाला सरकारी खर्च कम होगा। यह अलग से बचत होगी। सरकार के लिए सब्सिडी और अन्य आर्थिक लाभ लोगों के बैंक खाते में सीधे हस्तांतरित करना आसान होगा। इससे दर-दर पर कमीशनखोरी और करोड़ों लोगों को बिना वजह सरकारी दफ्तरों के धक्के खाने से मुक्ति मिलेगी, यानी कैशलेस अर्थव्यवस्था से लाभ ही लाभ हैं।

वह दिन दूर नहीं, जब भारतीय अर्थव्यवस्था कैशलेस और पेपरलेस हो जाएगी। अभी जरूरत थी तो मात्र राजनीतिक दृढ संकल्प शक्ति की और सख्ती से अमल की, वही मोदीजी अब कर रहे हैं। देश में 2025 तक हर नागरिक स्मार्टफोनवाला होगा और जीवन सरल हो जाएगा। कैशलेस अर्थव्यवस्था का विरोध करनेवाले यह कह रहे हैं कि स्वीडन, कनाडा, ब्रिटेन जैसे देश भारत की तुलना में बहुत छोटे हैं। उनमें सौ प्रतिशत साक्षरता है, इसलिए उन देशों में कैशलेस अर्थव्यवस्था लागू हो गई। हमारे देश में नहीं हो सकेगी, क्योंकि हमारे यहाँ निरक्षरता है। सबके पास स्मार्ट फोन नहीं हैं। गाँवों की औरतों को स्मार्ट फोन का इस्तेमाल करने की अनुमति नहीं है, इत्यादि। तो अगर इन निराशावादियों के मुताबिक ही देश को चलाना है तो फिर किसी बड़े बदलाव की बातें करना छोड़ ही देना चाहिए। फिर देश को यथास्थिति में ही चलने दिया जाए। क्या देश इन अंधकार के युग में जीनेवालों के हिसाब से चलेगा? सवाल ही नहीं पैदा होता।

टाटा समूह के अध्यक्ष रतन टाटा ने नोटबंदी के सरकार के निर्णय की सराहना करते हुए कहा कि इससे कालाधन और भ्रष्टाचार की समस्या दूर होगी। अब मुकेश अंबानी भी यही कह रहे हैं, यानी नंदन नीलकेणी, रतन टाटा और मुकेश अंबानी सरीखे देश के बड़े उद्योगपति और नियोजक भी नोटबंदी से होनेवाले तमाम फायदों को समझ रहे हैं, पर कुछ कथित अर्थशास्त्री सोशल मीडिया पर सुबह से शाम तक बैठकर नोटबंदी का विरोध कर अपना अधकचरा ज्ञान बाँट रहे हैं। पूरा देश इन्हें खारिज कर रहा है। इन्हें समझ ही नहीं आ रहा है कि बड़ी राशिवाली पुरानी मुद्रा पर पाबंदी से कालाधन तथा भ्रष्टाचार पर अंकुश कैसे लगेगा।

इस फैसले से देश के सकल घरेलू उत्पाद (जी.डी.पी.) में भी कम-से-कम एक से दो फीसदी की बढ़ोतरी होगी। जब ज्यादा लेन-देन में कोई गोलमाल नहीं होगा, तब जी.डी.पी. तो बढ़ेगा ही। इस कदम के बाद लेन-देन की बड़ी संख्या कैशलेस की ओर जाएगी। महत्त्वपूर्ण है कि कैशलेस लेन-देन को जरूरत पड़ने पर पकड़ना और ट्रैक करना आसान है और उसके चलते इकोनॉमी के बड़े हिस्से को टैक्स के दायरे में लाना अत्यंत आसान हो जाएगा। एक अहम् संभावना यह भी नजर आ रही है कि अब सबको छत देने का सपना पूरा होगा। प्रॉपर्टी रिसर्च कंपनी जे.एल.एल. ने कहा है कि नोटबंदी के फैसले के बाद अगले छह महीने के भीतर प्रॉपर्टी की कीमतों में कम-से-कम 25-30 प्रतिशत कमी आने का अनुमान है। इससे स्पष्ट है कि भविष्य में लोगों के लिए अपने घर का सपना पूरा करना आसान हो जाएगा। इससे कालेधन की तो कमर ही टूट जाएगी।

अद्यतन आँकड़ों के अनुसार, देश में करीब 26 लाख करोड़ रुपए की करेंसी में 14-15 लाख करोड़ रुपए ब्लैकमनी के रूप में है, जिसमें पिछले 30 नवंबर तक ही 11 लाख करोड़ के बड़े नोट बैंकों में जमा हो गए हैं। अब कायदे से इनमें से एक तिहाई टैक्स के रूप में सरकारी खजाने में आएगा। इससे बैंक का कर्ज भी सस्ता हो जाएगा, लाखों गरीब नवयुवकों को रोजगार मिलेगा और छोटे-मोटे उद्योग

**आँकड़े एक नजर में**

तेलंगाना के हैदराबाद का राजस्व 2500 फीसदी बढ़ा

दिल्ली की नार्थ एम.सी.डी. का राजस्व 2434 फीसदी बढ़ा

दिल्ली की साउथ एम.सी.डी. का राजस्व 2037 फीसदी बढ़ा

गुजरात के सूरत का राजस्व 2314 फीसदी बढ़ा

गुजरात के राजकोट का राजस्व 1275 फीसदी बढ़ा

और व्यापार स्थापित करने में मदद मिलेगी। इन नोटों के बंद होने से देश में इस तरह कालेधन पर विराम लग जाएगा।

टैक्स देनेवालों का आधार तो बढ़ेगा ही। फिलहाल सिर्फ सवा करोड़ लोग ही टैक्स भरते हैं, यानी पूरी आबादी का मात्र एक प्रतिशत। अब टैक्स देनेवालों की संख्या में अपने आप तगड़ा इजाफा होगा। स्वाभाविक है कि सरकारी खजाने में भी ज्यादा पैसा आएगा। जब सरकारी खजाने में ज्यादा पैसा आएगा, तब वह गरीबों के लिए कल्याणकारी योजनाओं और आधारभूत संरचनाओं के विकास में ही तो लगेगा।

अब नोटबंदी से एक साथ इतने लाभ देश को होने जा रहे हैं। इसका श्रीगणेश हो गया है। सिर्फ बैंकों के बाहर लगी कतारों को ही मत देखें। यह भी समझें कि नोटबंदी से देश की शक्ल बदलने की दिशा में किए जा रहे कार्यों का यह पहला कदम है। यह देश बदलने की प्रक्रिया की शुरुआत है।

*(16-31 दिसंबर, 2016, यथावत)*

□

# पाक से निकलता सिंध-बलूचिस्तान

कहते हैं कि जो लोग शीशे के घरों में रहते हैं, वे दूसरों पर पत्थर नहीं फेंका करते। कुछ दिन पहले पाकिस्तान ने कश्मीर में भारतीय सुरक्षा बलों की कथित ज्यादतियों के विरोध में बंद का आह्वान किया था। हालाँकि कश्मीरियों का अपने को प्रवक्ता होने का दावा करनेवाला पाकिस्तान यह भूल गया कि खुद उसके देश में कई जगहों पर जोरदार पृथकतावादी आंदोलन चले रहे हैं। सिंध की राजधानी कराची में मुहाजिर यानी उर्दू बोलनेवाले अपनी ही पाकिस्तानी सरकार की ज्यादतियों के विरोध में सड़कों पर उतर चुके हैं। बीते शनिवार को वाशिंगटन में व्हाइट हाउस के बाहर इन्होंने मुत्ताहिदा कौमी मूवमेंट (एमक्यूएम) के बैनर तले प्रदर्शन किया। मुहाजिर उन्हें कहा जाता है, जो देश के विभाजन के समय मुख्य रूप से उत्तर प्रदेश तथा बिहार की सरहद के उस पार चले गए थे। व्हाइट हाउस के बाहर प्रदर्शन करनेवालों की वहाँ पर मौजूद अपने ही मुल्क के पंजाबी लोगों से हाथा-पाई भी हुई। ये प्रदर्शन इसलिए कर रहे थे, ताकि अमेरिकी सरकार उनके हित में पाकिस्तान सरकार पर दबाव बनाए। एमक्यूएम के प्रदर्शनकारियों को इनके लंदन में निर्वासित जीवन व्यतीत करनेवाले नेता अल्ताफ हुसैन ने संबोधित भी किया।

अल्ताफ हुसैन से पाकिस्तान सरकार थर्राती है। उसका नाम सुनते ही पाकिस्तान सरकार और सेना के आला अफसरों के हाथ-पाँव फूलने लगते हैं। बीते साल एमक्यूएम की तरफ से संयुक्त राष्ट्र, अमेरिका, नाटो और यहाँ तक कि भारत से मदद माँगी थी, ताकि उनके वजूद (मुहाजिरों) को खत्म होने से बचाया जा सके। मुहाजिर अरबी शब्द है। इसका अर्थ है अप्रवासी, यानी जो किसी दूसरी जगह से आकर बसे हों। बलूचिस्तान में भी सघन पृथकतावादी आंदोलन चल रहा है। नवाज शरीफ के लिए सिरदर्द बना हुआ है बलूचिस्तान।

चीन की मदद से बन रहे ग्वादर पोर्ट के इलाके में पिछले कुछ सालों से चल रहा पृथकतावादी आंदोलन अब बेकाबू होता जा रहा है। आंदोलन इसलिए हो रहा है, क्योंकि

स्थानीय जनता का आरोप है कि चीन जो भी निवेश कर रहा है, उसका असली मकसद बलूचिस्तान का नहीं, बल्कि चीन का फायदा करना है। बलूचिस्तान के प्रतिबंधित संगठनों ने धमकी दी है कि चीन समेत दूसरे देश ग्वादर में अपना पैसा बरबाद न करें, दूसरे देशों को बलूचिस्तान की प्राकृतिक संपदा को लूटने नहीं दिया जाएगा। इन संगठनों ने बलूचिस्तान में काम कर रहे चीनी इंजीनियरों पर हमले बढ़ा दिए हैं।

आपको बता दें कि 790 किलोमीटर के समुद्र तटवाले ग्वादर इलाके पर चीन की हमेशा से नजर रही है। बलूचिस्तान के अवाम का कहना है कि जैसे 1971 में पाकिस्तान से कटकर बाँग्लादेश बन गया था, उसी तरह एक दिन बलूचिस्तान अलग देश बन जाएगा। बलूचिस्तान के लोग किसी भी कीमत पर पाकिस्तान से अलग हो जाना चाहते हैं। आपको बता दें कि बलूचिस्तान पाकिस्तान के पश्चिम का राज्य है, जिसकी राजधानी क्वेटा है। बलूचिस्तान के पड़ोस में ईरान और अफगानिस्तान हैं। 1944 में ही बलूचिस्तान को आजादी देने के लिए माहौल बन रहा था, लेकिन 1947 में इसे जबरन पाकिस्तान में शामिल कर लिया गया। तभी से बलूच लोगों का संघर्ष चल रहा है और उतनी ही ताकत से पाकिस्तानी सेना और सरकार बलूच लोगों को कुचलती रही है।

आजादी की लड़ाई के दौरान भी बलूचिस्तान के स्थानीय नेता अपना अलग देश चाहते थे, लेकिन जब पाकिस्तान ने फौज और हथियार के दम पर बलूचिस्तान पर कब्जा कर लिया तो वहाँ विद्रोह भड़क उठा था। वहाँ की सड़कों पर अब भी ये आंदोलन जिंदा है।

बलूचिस्तान में आंदोलन के चलते पाकिस्तान ने विकास की हर डोर से इस इलाके को काट रखा है। लोगों के दिन की शुरुआत दहशत के साथ होती है। इस बीच, अल्ताफ हुसैन पूरी दुनिया में पाकिस्तान सरकार के मुहाजिर विरोधी चेहरे को बेनकाब करने में लगे हुए हैं। उनका एक मात्र एजेंडा पाकिस्तान सरकार की जनविरोधी करतूतों को दुनिया के सामने लाना है। पिछले साल जब नवाज शरीफ संयुक्त राष्ट्र में राग कश्मीर छेड़ रहे थे, तब अल्ताफ हुसैन के बहुत से साथी संयुक्त राष्ट्र सभागार के बाहर मुहाजिरों पर पाकिस्तान सरकार के जुल्मो-सितम के खिलाफ नारेबाजी कर रहे थे। दरअसल, पाकिस्तान के एक कोर्ट में अल्ताफ हुसैन को राष्ट्र विरोधी तकरीरें करने के आरोप में 81 सालों की सजा सुनाई चुकी है उनकी संपत्ति को जब्त करने के भी आदेश दिए गए हैं। सिंध पुलिस को आदेश दिए कि वे उन्हें कोर्ट में पेश करें।

पाकिस्तान में तब से भूचाल सा आया हुआ है, जब से अल्ताफ हुसैन ने संयुक्त राष्ट्र, अमेरिका, नाटो और भारत से मदद माँगी थी। अब एमक्यूएम ने व्हाइट हाउस के बाहर प्रदर्शन कर दिया। पिछले साल एमक्यूएम के अमेरिका के शहर डलास में हुए सम्मेलन को वीडियो लिंक से संबोधित करते हुए अल्ताफ हुसैन ने आरोप लगाया कि

पाकिस्तान की पंजाबी बहुमतवाली आर्मी मुहाजिरों का कत्लेआम कर रही है। सेना वहाँ पर हजारों मुहाजिरों को मार चुकी है। वहाँ पर सरकार उन्हें उनके वाजिब हक भी नहीं देती।

व्हाइट हाउस के बाहर हुए प्रदर्शन को संबोधित करते हुए अल्ताफ हुसैन ने अमेरिकी राष्ट्रपति बराक ओबामा से अपील की कि वे पाकिस्तान के सिंध सूबे और कराची में मुख्य रूप से रहनेवाले मुजाहिरों को बचाएँ। उन्होंने यह भी कहा कि पाकिस्तान में मुहाजिर वह कौम है, जो एक तरह से धरती पुत्र नहीं हैं। वे तो भारत के बहुत से सूबों से जाकर मुख्य रूप से सिंध के शहर कराची में जाकर बसे थे। मुहाजिरों का कराची और सिंध में हमेशा से तगड़ा प्रभाव रहा है। ये आमतौर पर पढ़े-लिखे हैं। इनमें मिडिल क्लास काफी हैं। ये सिंध की सियासत को तय करते रहे हैं। अभी इनकी आबादी पाकिस्तान में करीब दो करोड़ मानी जाती है।

बेहद प्रखर वक्ता अल्ताफ हुसैन ने डलास की सभा में दी अपनी तकरीर में बार-बार भारत का जिक्र किया था। कहा था, मुहाजिरों का संबंध भारत से है। इसलिए भारत को उनके पक्ष में खड़ा होना चाहिए। भारत को मुहाजिरों के कत्लेआम को सहन नहीं

जिनकी गैर-कानूनी तरीके से हत्या की गई होगी। दरअसल पकिस्तान के लगभग सभी प्रांतों, विशेषरूप से बलूचिस्तान में लोगों को गायब किया जा रहा है। एक बार पाकिस्तान की मानवाधिकार कार्यकर्ता और अधिवक्ता असमाँ जहाँगीर दिल्ली में बता रही थीं कि ये एक खुला हुआ राज है कि लोगों को सरकारी एजेंसियाँ ही उठाती हैं, बाहर से कोई नहीं आता।

## भारत का आरोप

आपको याद होगा कि पिछले साल सितंबर में भारत ने संयुक्त राष्ट्र में बलूचिस्तान तथा पाकिस्तान अधिकृत कश्मीर में व्यापक मानवाधिकार उल्लंघन करने का आरोप लगाया था। जिनेवा में संयुक्त राष्ट्र मानवाधिकार परिषद् के 33वें सत्र के दौरान भारत के राजदूत एवं स्थायी प्रतिनिधि अजीत कुमार ने कहा कि पाकिस्तान की पहचान तानाशाह, लोकतांत्रिक नियमों की अनुपस्थितिवाला और बलूचिस्तान सहित देश में व्यापक मानवाधिकार उल्लंघनकर्ता के तौर हो चुकी है। पाकिस्तान एक ऐसा देश है, जिसने बलूचिस्तान और पाकिस्तान के कब्जेवाले कश्मीर के साथ ही अपने नागरिकों के भी मानवाधिकारों का योजनाबद्ध तरीके से उल्लंघन किया है। मुझे एक पाकिस्तानी मानवाधिकार एक्टिविस्ट ने कुछ समय पहले सिंगापुर में बताया था कि सिंध और पंजाब प्रांतों में भी हालात बदतर हो रहे हैं। पुलिस हर साल सैकड़ों मासूम लोगों को फर्जी एनकाउंटर में भून देती है। यातना के तरीकों में डंडा और चमड़े के पट्टे से पीटने, धातु के रॉड से पाँवों को फैलाना और कुचलना, यौन हिंसा, लंबे समय तक नींद से वंचित करना और मानसिक यातना शामिल है।

पाकिस्तान अव्वल दर्जे का बेशर्म देश है। कश्मीर में मानवाधिकारों के उल्लंघन के मामले को पाकिस्तान जोर-शोर से उठाता है, लेकिन जब पाक अधिकृत कश्मीर में

मानवाधिकार दमन का मुद्दा उठता है तो पाकिस्तान चुप्पी साध लेता है। तमाम प्रमुख मानवाधिकार आयोगों की रिपोर्टें साबित कर रही हैं कि वहाँ पर हालात दिल दहलानेवाले हैं। गिलगित के रहनेवालों का कहना है कि जहालत और जलालत अब उनकी नियति बन चुकी है। हर सवाल का जवाब मारपीट, हर आँसू का हिसाब-किताब हिंसा होता है। उन लोगों के दर्द को केवल सिसकियों और चीखों में समझा जा सकता है। बुनियादी सुविधाओं की माँग करने पर उनके साथ जुल्म की इंतेहा होती है, जिसे वे कहीं बयाँ नहीं कर सकते हैं।

और जैसा कि मैंने पहले ही कहा कि पाकिस्तान में अब सरकार की तरफ से मानवाधिकारवादियों को गायब किया जा रहा है। हालात, विशेषकर बलूचिस्तान प्रांत में खराब हैं। 2014 के अंत में लागू किए गए प्रोटेक्शन ऑफ पाकिस्तान ऐक्ट (पी.पी.ए.) ने स्थिति को और बदतर कर दिया। पी.पी.ए. ने सुरक्षाबलों को यह अधिकार दे दिया कि किसी संदिग्ध को 90 दिनों तक हिरासत में रखा जा सकता है। हिरासत में लिए जाने के लिये परिवार को बताने या जरूरी प्रक्रिया के पालन की भी जरूरत नहीं है और दु:खद पक्ष यह है कि पाकिस्तान की इतनी नाजुक स्थिति को लेकर विश्व बिरादरी चुप है। पाकिस्तान सरकार को लताड़ा नहीं जा रहा, ताकि वह सुधरे।

और तो और शिया मुसलमान भी मारे जा रहे हैं पाकिस्तान में। वे वहाँ पर आबादी का 10 से 15 फीसदी हैं। विगत शनिवार को बलूचिस्तान प्रांत में शिया मसजिद में हमले में 20 से अधिक शिया मुसलमान मारे गए। बीते कई सालों से शिया धार्मिक स्थलों को आतंकवादी हमलों में निशाना बनाया जा रहा है। उनके मानवाधिकारों को कोई देखने-सुननेवाला नहीं है। ये हालत मुसलमानों के एक वर्ग के हैं, कथित इस्लामिक देश में। वहाँ पर सुन्नी मुसलमानों के अलावा बाकी किसी का रहना, अब मुश्किल होता जा रहा है।

और पाकिस्तान के हिंदुओं और सिखों की तो दुर्दशा पर चर्चा करने का भी कोई मतलब नहीं है। पाकिस्तान में हिंदुओं और सिखों की आबादी क्रमश: एक करोड़ के आसपास थी 1947 में। हम इधर पूर्वी पाकिस्तान (अब बाँग्लादेश) को शामिल नहीं कर रहे। अब वहाँ पर करीब 12 लाख हिंदू और 10 हजार सिख रह गए हैं। आखिर हिंदुओं और सिखों की इतनी बड़ी संख्या गई कहाँ, क्या हुआ इनका? पाकिस्तान में हिंदू और सिख समुदाय के लोगों की स्थिति बेहद दयनीय है। वे हमेशा डर और आतंक के साए में जीते हैं। पाकिस्तान के सिंध में हिंदू लड़कियों के साथ जबरन शादी के बार-बार मामले सामने आते रहे हैं। पाकिस्तान के हिंदू समुदाय ने एक सेमिनार कराची में कुछ समय पहले किया था। विषय था, "पाकिस्तान में हिंदू मुद्दे और समाधान।" इसमें शामिल वक्ताओं ने पाकिस्तान में हिंदुओं की बहन-बेटियों का हो रहा जबरन धर्म परिवर्तन मीडिया के माध्यम से सारी दुनिया के सामने उजागर किया था।

## जुल्म ईसाइयों पर

अन्य समुदायों के अल्पसंख्यकों की भी यही दशा है। इसका खुलासा खुद पाकिस्तान का मानवाधिकार आयोग करता रहा है। अब तो ईसाइयों को भी गाजर-मूली की तरह से काटा जा रहा है। पहले वे बचे हुए थे। पिछले साल मार्च में लाहौर के एक पार्क में दर्जनों ईसाई मारे गए थे। इस तरह के हमले पाकिस्तान के कुछ और शहरों में भी हुए। सुन्नी मुसलिम बहुसंख्यक देश पाकिस्तान में हिंदुओं के बाद ईसाई दूसरा सबसे बड़ा अल्पसंख्यक समूह है। पाकिस्तान में लगभग 18 करोड़ की आबादी में 1.6 प्रतिशत ईसाई हैं।

इधर बीते कुछेक सालों में ईसाइयों को निशाना बनाकर कई बड़े हमले किए गए हैं। मार्च, 2015 में लाहौर के चर्चों में दो बम धमाके हुए थे, जिनमें 14 लोग मारे गए थे। 2013 में पेशावर के चर्च में हुए धमाकों में 80 लोग मारे गए थे। 2009 में पंजाब में भीड़ ने 40 घरों को आग लगा दी थी। इसमें आठ ईसाई मारे गए थे। 2005 में कुरान जलाने की अफवाह के बाद पाकिस्तान के फैसलाबाद से ईसाइयों को अपने घर छोड़कर भागना पड़ा था। हिंसक भीड़ ने चर्चों और ईसाई स्कूलों को आग लगा दी थी। 1990 के बाद से कई ईसाइयों को कुरान का अपमान करने और पैगंबर की निंदा करने के आरोपों में दोषी ठहराया जा चुका है, यानी अब वे भी निशाने पर हैं। यानी पाकिस्तान में मानवाधिकारवादियों और शिया मुसलमानों से लेकर बाकी धार्मिक समूहों के लिए जीना मुहाल हो चुका है। जाहिर है, भारत के लिए ये कोई सुखद हालात नहीं हैं। हमारा पड़ोसी आग में जल रहा है। पाकिस्तान में ताजा हालात की तरफ भारत को विश्व बिरादरी का ध्यान आकृष्ट करना होगा।

*(14 अप्रैल, 2017, जन प्रवाद)*

□

# बचाओ काँवड़ियों को हादसों से

काँवड़ियों का चरम उत्साह, बोल-बम के गगन-भेदी नारे, हाथ में तिरंगे, धनी-निर्धन का कोई भेद नहीं, कोई अगड़ा-पिछड़ा नहीं, कोई जाति नहीं। इन दिनों कई प्रदेशों में देवाधिदेव महादेव भगवान् शिव के नाम ने सबको एक सूत्र में बाँध दिया है और विराट् सनातनी धारा और निखरकर सामने आ रही है, लेकिन इस सबके बीच बिहार के जमुई से दिल-दहलाने वाली खबर पिछले दिनों पढ़ने को मिली। खबर के अनुसार, बिहार के जमुई जिले के चकाई थाना क्षेत्र में एक ट्रक से कुचलकर पाँच काँवड़ियों की मौत हो गई। पश्चिम चंपारण जिले के रहनेवाले करीब 15 काँवड़िए झारखंड के बैद्यनाथ धाम से पूजा कर लौट रहे थे। ये कुछ देर के लिए सड़क किनारे विश्राम कर रहे थे, जब अनियंत्रित ट्रक ने काँवड़ियों को कुचल दिया। इस तरह की कुछ खबरें उत्तर प्रदेश से भी मिली हैं। जमुई और उत्तर प्रदेश में काँवड़ियों के हादसे का शिकार होने की खबरें पढ़कर साफ लगता है कि हम इतने बड़े धार्मिक आयोजन कर पाने में बार-बार नाकाम हो रहे हैं। हम बीती गलतियों से सीख ही नहीं रहे, यानी कि हम पुख्ता इंतजाम कर पाने में विफल हो रहे हैं, जिससे कि तीर्थ यात्री आराम से अपना सफर पूरा कर सकें।

आप जरा इस बाबत गूगल भी सर्च कर लें। गूगल महाराज आपको काँवड़ियों के अलग-अलग तरह के हादसों में मारे जाने की दर्जनों खबरें गिना देंगे। साफ है कि जो सरकारी महकमे काँवड़ यात्रा की व्यवस्था करते हैं, वे अपने दायित्व का सही तरह से निर्वाह नहीं कर पाते।

आपको याद होगा कि कुछ महीने पहले केरल के कोल्लम के पुत्तिंगल मंदिर में भयानक अग्निकांड में लगभग 100 लोग मारे गए थे। तब भी यह सवाल उठा था कि मंदिर के पास इतना भयानक हादसा हुआ कैसे? तब भी इस सवाल का किसी ने कोई जवाब नहीं दिया था। हाँ, कुछ दिनों तक संवेदनाएँ जरूर व्यक्त कर दी गईं थीं, मृतकों की आत्मा की शांति के लिए।

लगता यह है कि न केवल भारत में, बल्कि बाकी मुल्कों में भी धार्मिक आयोजनों का सफल आयोजन नहीं किया जा रहा। ऐसा लगता है कि भीड़ को नियंत्रित करना समझ में ही नहीं आ रहा किसी को, जिसके चलते जमुई, केरल के मंदिर और कुंभ से लेकर मक्का तक में हादसे हो रहे हैं और मासूम लोग अकाल मौत के शिकार हो रहे हैं।

आपको याद होगा कि बीते साल सितंबर के महीने में सऊदी अरब में दो बड़े हादसे हुए। पहले, 11 सितंबर को मक्का में क्रेन के गिरने के कारण पचासों लोग मारे गए। उसके कुछ ही दिनों के बाद भगदड़ में 850 से ज्यादा हाजी अपनी जान गँवा बैठे, जो पूरी दुनिया के विभिन्न देशों से वहाँ पर हज के लिए पहुँचे थे।

सऊदी अरब की मक्का मसजिद के पास मीना में शैतान को पत्थर मारने की रस्म अदाएगी के बीच भगदड़ मची। इसी तरह से 2004 और फिर 2006 में शैतान को मारने की होड़ में सैकड़ों लोग रौंदे गए थे। यूँ तो मक्का में हादसे हाल के सालों में होते रहे हैं, पर 1990 में वहाँ भगदड़ में 1400 से ज्यादा लोगों की जानें चली गई थीं। अगर बात दुनिया भर की हो तो म्युजिक कंसर्ट से लेकर फुटबाल के मैदान में भी भीड़ के बेकाबू होने के कारण बड़े हादसे होते रहे हैं।

सवाल यह है कि क्या भीड़ को नियंत्रित करना वास्तव में नामुमकिन काम है, जिसकी वजह से भीड़ में भगदड़ मच जाती है? दरअसल बड़े आयोजनों में एकत्र भीड़ को निकलने के पर्याप्त मार्ग न मिलने के कारण ही ज्यादातर हादसे होते हैं।

मुझे लगता है कि भारत में सबसे पहले जिस धार्मिक आयोजन के दौरान हादसा हुआ था, वह था 1954 का इलाहाबाद में हुआ कुंभ मेला। तब सैकड़ों तीर्थयात्रियों की भगदड़ में जान चली गई थी। मेले में आए प्रधानमंत्री पं. नेहरू को पहले स्नान करवाने के लिए नगाओं को स्नान करने से रोका गया। नतीजा यह हुआ कि मेला स्थल पर भीड़ काबू से बाहर हो गई। उसके बाद भगदड़ हुई। भगदड़ से घबराए हाथियों ने भी दर्जनों तीर्थयात्रियों को कुचल दिया था।

मैं 1986 के हरिद्वार कुंभ मेले में हुए बड़े हादसे का चश्मदीद हूँ। भयानक था वह मंजर। तब के उत्तर प्रदेश के मुख्यमंत्री वीर बहादुर सिंह के मेला स्थल पर आने से लगभग 100 लोग भीड़ में भगदड़ से दबकर मर गए थे और 2013 में इलाहाबाद कुंभ में भी मौनी अमावस्या के दिन रेलवे स्टेशन पर मची भगदड़ में भी 150 से ऊपर लोग मरे थे। अब ये हादसे भी जनता की स्मृतियों से विस्मृत होते जा रहे हैं। एक बात और। भारत में क्रिकेट मैच के टिकटों की बिक्री से लेकर मुफ्त खाने और बरतन वितरण के दौरान छीना-झपटी में भी लोग मरते रहे हैं।

बात देश से बाहर की भी करें तो मिस्र में भी पिछले साल ही सुरक्षा बलों और फुटबाल प्रशंसकों के बीच हिंसक झड़प के बाद आँसू गैस के गोले छोड़े जाने के कारण दम घुटने और मची भगदड़ से कम-से-कम 30 लोगों की मौत हो गई, जबकि 35 से अधिक लोग जख्मी हो गए। फुटबाल मैच में भगदड़ के कारण मरनेवालों का भी एक लंबा इतिहास है।

इस बात को मान लेना चाहिए कि जिन स्थानों पर लोगों को निकलने के लिए पर्याप्त निकासी के मार्ग नहीं मिलेंगे, एक दिशा में सामान्य गति से बढ़ रही भीड़ को वी.आई.पी. को प्राथमिकता देने के लिए रोक दिया जाएगा, तब तो बड़े हादसे होने की आशंका बनी ही रहेगी। भीड़ को रोका नहीं जाना चाहिए, किसी भी वी.आई.पी. को निकालने के लिए, क्योंकि भीड़ के रुकते ही धक्का-मुक्की शुरू होने लगेगी। पीछे से आ रही भीड़ का दबाव बढ़ता ही जाएगा, जो भगदड़ में परिणत हो जाएगा।

कहने की जरूरत नहीं है कि अगर आप इसी तरह की भीड़ का हिस्सा हैं और हालात खराब हो जाते हैं, ऐसे में आप ज्यादा कुछ कर भी नहीं सकते। न आगे बढ़ सकते हैं, न पीछे लौट सकते हैं। इसलिए बेहतर तो यह होगा कि आप हमेशा भीड़भाड़वाले इलाकों से बचें, पर संबंधित सरकारी महकमों की जिम्मेदारी है कि वे इस बात को देखें, ताकि भीड़ काबू से बाहर होने न पाए।

भारत में भी भीड़ मैनेजमेंट के काम को चुस्त करना होगा। हमारे यहाँ पर भी लगता है कि किसी को बड़े आयोजन को करने की तमीज ही नहीं है। पहली नजर में तो यही लगता है। दूसरी बात यह है कि लोगों को खुद भी भीड़-भाड़वाले आयोजनों में भाग लेने से बचना होगा या कम-से—कम सतर्कता बरतनी होगी।

विकास के लिए चालीस साल में क्या किया, जब बाकी देश में विकास की बयार बहने लगी है तो उससे बिहार क्यों लाभान्वित नहीं हुआ? उनके पास गिनाने के लिए अपने दामाद के बीयर फैक्टरी के अतिरिक्त शायद कुछ भी नहीं है।

क्या यह भी किसी को बताने की जरूरत है कि गुजरे 25 सालों के बिहार में औद्योगिक क्षेत्र का रत्तीभर भी विकास नहीं हुआ। जो कुछ उद्योग थे भी, अब पूरी तरह से तबाह हो चुके हैं। बिहार के औद्योगिक क्षेत्र में पिछड़ेपन के कई कारण हैं, जैसे—(क) राज्य में नए उद्यमियों और पहले से चलनेवाले उद्योगों के मसलों को हल करने के लिए कोई सिंगल विंडो सिस्टम नहीं बनाया गया। (ख) बिहार में अपना कारोबार स्थापित करनेवाले उद्योगों के लिए भूमि आवंटन की कोई ठोस व्यवस्था नहीं की गई। (ग) राज्य में इन्फ्रास्ट्रक्चर नाम की कोई चीज लालू-राबड़ी-नीतीश के दौर में विकसित नहीं की गई, यानी बिजली-पानी की आपूर्ति की कोई व्यवस्था पक्की नहीं है। सड़कें खस्ताहाल हैं। ट्रांसपोर्ट व्यवस्था का भगवान् ही मालिक है। इसके बावजूद लालू शंकराचार्य के नियुक्ति में आरक्षण की माँग कर रहे हैं। आखिर वे किस दुनिया में रहते हैं? क्या वे यह समझ रहे हैं कि बिहार की 12 करोड़ जनता अब भी उनके झाँसे-पट्टी में आनेवाली है?

राजद के सम्मेलन के पहले दिन उन्होंने अपनी तारीफ के पुल बँधवाए और दूसरे तथा अंतिम दिन शंकराचार्य के पदों में आरक्षण का मुद्दा उछाला। क्या उन्होंने कभी जाना कि बिहार से आजकल कम उम्र के लड़के-लड़कियों की तस्करी क्यों हो रही है? इन्हें घरों में, ढाबों, सस्ते होटलों में, कल-कारखानों में मजदूरी करवाने के लिए देश के तमाम राज्यों में लेकर क्यों जाया जा रहा है? अब भारत सरकार के

मूल्यांकन की संस्था नेशनल क्राइम रिकॉर्ड ब्यूरो (एन.सी.आर.बी.) के साल 2016 के आँकड़े एक चौकानेवाली नई जानकारी का खुलासा कर रहे हैं। इसके मुताबिक, बीते साल बिहार में 3037 अल्पवयस्क लड़कियाँ गायब हुईं, यानी कि प्रतिदिन आठ या नौ। ये लड़कियाँ कहाँ और किस हाल में हैं, किसी को नहीं पता। राजगीर सम्मेलन में बिहार के नौनिहालों की हो रही तस्करी को लेकर किसी तरह की चिंता जाहिर नहीं की गई। सरकार से माँग भी नहीं की गई कि वह बिहारी बच्चों को राज्य से बाहर लेकर जानेवालों पर कार्रवाई करे।

क्या लालू को रत्तीभर भी परवाह नहीं है कि आखिर बिहार के बेटे-बेटियाँ कहाँ जा रहे हैं? क्या इनका कभी पता चल पाएगा? ज्यादातर लड़के-लड़कियाँ स्कूल-कॉलेज या कोचिंग आने-जाने के दौरान ही गुम हो रहे हैं। बेशक, इस सारे खेल के पीछे मानव तस्कर सक्रिय हैं। लालू की राजद बिहार सरकार में शामिल है। उनके दल के कई मंत्री बिहार सरकार में शामिल हैं, पर मजाल है कि कभी किसी मंत्री ने इस सवाल पर आँसू बहाए हों। आखिर इन मानव तस्करों को राजनीतिक संरक्षण कौन प्रदान कर रहा है?

और बीते दिनों राजद के विवादास्पद नेता मोहम्मद शहाबुद्दीन द्वारा सीवान जिला जेल से पुलिस की कार्यशैली के बारे में पार्टी प्रमुख लालू प्रसाद से फोन पर शिकायत करने का कथित ऑडियो बाहर आया। क्या उसके बाद भी लालू से कोई आप उम्मीद कर सकते है? रिपब्लिक टी.वी. समाचार चैनल ने लालू प्रसाद की मोहम्मद शहाबुद्दीन के साथ फोन पर हुई कथित बातचीत का ऑडियो टेप जारी करके लालू को कहीं का नहीं छोड़ा। ऑडियो टेप में शहाबुद्दीन रामनवमी के अवसर पर सुरक्षा की पर्याप्त व्यवस्था नहीं किए जाने को लेकर सीवान के पुलिस अधीक्षक के खिलाफ लालू से शिकायत कर रहे हैं। लालू-शहाबुद्दीन की बातचीत के ऑडियो टेप ने बिहार में अपराधियों और सरकार की साँठ-गाँठ को उजागर कर दिया है। अब उसी सरकार के खास घटक राजद के नेता जनता को भटकाने की कोशिश रहे हैं शंकराचार्यों की पीठ के आरक्षण की माँग करके।

बिहार को आप देश के पुरातन ज्ञान का केंद्र या राजधानी मान सकते हैं। महावीर, बुद्ध और चार प्रथम शंकराचार्यों में एक (मंडन मिश्र) और भारत के प्रथम राष्ट्रपति देशरत्न डॉ. राजेंद्र प्रसाद तक को बिहार ने ही दिया। ज्ञान प्राप्त करने की प्यास हरेक बिहारी में सदैव बनी रहती है। यहाँ तक तो सब ठीक है, लेकिन बिहार अब खेलेगा कब? लालू यादव के दोनों पुत्र बिहार सरकार में कई अहम् विभागों को देखते हैं। दोनों युवा हैं। क्यों लालू उनसे नहीं कहते कि वे बिहार में खेलों का इन्फ्रास्ट्रक्चर विकसित करें। क्या लालू को पता है कि 10 करोड़ की आबादीवाला बिहार रियो ओलंपिक

खेलों में भाग लेने गई भारतीय टोली में एक भी खिलाड़ी को नहीं भेज सका। रियो खेलों से पहले बिहार के उपमुख्यमंत्री तेजस्वी यादव ने कहा था कि मुझे इस बात की खुशी है कि बड़ी तादाद में भारतीय खिलाड़ी इस बार ओलंपिक खेलों में भाग ले रहे हैं, पर एक बिहारी होने के नाते मुझे अत्यंत दु:ख होता है कि बिहार का कोई भी खिलाड़ी रियो खेलों में बिहार का नाम रोशन करने के लिए नहीं गया। तेजस्वी इस स्थिति के चलते खासे आहत थे। वे राज्य के युवा मंत्री हैं। वे खुद बढ़िया क्रिकेटर भी रहे हैं। इसलिए बिहार की खेलों में दुर्दशा पर उनका आँसू बहाना समझ आता है, लेकिन अब उन्हें आँसू बहाने की बजाय एक्टिव होने की जरूरत है, ताकि बिहार में खेलों का चौतरफा विकास हो सके। उन्हें अपने माता-पिता से भी पूछना चाहिए कि इतने बरसों तक राज्य की कमान सँभालने के बाद भी उन्होंने बिहार में खेलों का ठोस इन्फ्रास्ट्रक्चर क्यों विकसित नहीं किया।

क्यों? यह एक एक बड़ा सवाल है। क्या सिर्फ ज्ञान अर्जित करना ही पर्याप्त है? बात राष्ट्रीय खेल हॉकी से शुरू करना चाहेंगे। समूचे बिहार में एक भी एस्ट्रो टर्फ से सुसज्जित हॉकी का मैदान नहीं है। हालाँकि मुख्यमंत्री नीतीश कुमार ने 30 अगस्त, 2011 को खेल दिवस के अवसर पर पटना के फीजिकल ग्राउंड में घोषणा की थी कि इधर एस्ट्रो टर्फ बिछाया जाएगा, पर उधर एस्ट्रो टर्फ अभी तक नहीं बिछा। राष्ट्रीय नायक दादा ध्यानचंद के जन्म दिन पर किए वादे को लेकर सरकारी उदासीनता देखने लायक है, यानी एक तो बिहार में खेलों का वैसे ही कल्चर नहीं है और ऊपर से सरकार की बेरुखी के चलते हालात बद से बदतर होते जा रहे हैं। क्यों नहीं लालू यादव बिहार के नौजवानों के लिए बिहार में ही खेलों की बेहतरीन सुविधाएँ उपलब्ध करवाने के लिए नीतीश कुमार सरकार पर दबाव डालते? आजकल इंडियन प्रीमियर लीग (आई.पी.एल.) सीजन चल रहा है। सारा देश क्रिकेटमय है। आपको जानकार हैरानी होगी कि इसमें सिर्फ एक बिहार से संबंध रखनेवाला खिलाड़ी खेल रहा है। इसका नाम है इशान किशन। इशान पटना के राजेंद्र नगर का नौजवान है।

अफसोस होता है कि बिहार जैसा ज्ञान से सराबोर सूबा विकास के रास्ते पर नहीं चल सका और स्वीकार करना पड़ेगा कि बिहार को प्रगति के मार्ग से भटकाने में लालू यादव सरीखे नेताओं ने अपना पूरा योगदान दिया।

लालूजी, साधु-संतों की न तो कोई जात पूछता है, न वे बताते हैं, लेकिन यदि आपको विश्वास न हो तो अपने ही समाज के बाबा रामदेवजी (यादव) से पूछ लीजिए या किसी कुंभ मेले में चले जाइए। हर जात के साधु-अंत आपको बड़ी संख्या में मिलेंगे, लेकिन साधु बनने के पहले सभी का संस्कार होता है और साधु जीवन पुनर्जन्म बन जाता है, जिसमें कोई जात नहीं होती। क्या कभी किसी ने संत रैदास या कबीर,

रहीम या रसखान की जात पूछी है। लालू क्या, बड़े से बड़ा संत उन्हें नहीं पूछता? संत कवि मलूक दास भी कह गए हैं—

"सिंहन के नहीं लेहड़े, पंछिन की नहीं पात!
दास मलूका कह गए साधून की नहीं जात!!"

*(18 मई, 2017, दबंग दुनिया)*

□

# बिहार में मुरझाता 'बचपन'

अगर आप आजकल बिहार से छपने वाले अखबारों को गौर से देख रहे हैं तो आप पाएँगे कि आपको लगातार बिहारी बच्चों के राज्य से बाहर लेकर जाने की खबरें पढ़ने को मिलेंगी। इन्हें घरों में, ढाबों, सस्ते होटलों में, कल-कारखानों में मजदूरी करवाने के लिए देश के तमाम राज्यों में लेकर जाया जा रहा है। ये खबरें बिहार के ताजा-सूरते हाल को बयाँ करती हैं। एक-दो खबरों पर सरसरी नजर डाल ही लेते हैं आगे बढ़ने से पहले।

भागलपुर से बीते चंदेक दिन पहले खबर थी कि लोकमान्य तिलक एक्सप्रेस से मुंबई और भोपाल ले जाए जा रहे करीब सौ बच्चों को जी.आर.पी. और आर.पी.एफ. द्वारा बक्सर रेलवे स्टेशन पर उतार लिया गया। इन्हें बाल मजदूरी कराने के लिए ले जाया जा रहा था। इन बच्चों को स्लीपर बोगी में ले जाया जा रहा है। आर.पी.एफ. ने इस दौरान स्लीपर बोगी से लगभग सौ बच्चों को उतारा।

एक और खबर देख लीजिए। जी.आर.पी. ने 48 बच्चों को मुजफ्फरपुर जंक्शन से मुक्त कराया। मौके से 12 मानव तस्करों को भी पकड़ा गया है। बच्चों को मजदूरी कराने के लिए मुंबई ले जाया जा रहा था। सभी रक्सौल से एल.टी.टी. जानेवाली जनसाधारण एक्सप्रेस में सवार थे। मुक्त बच्चे पूर्वी व पश्चिम चंपारण के अलग-अलग इलाकों के हैं। पूछताछ के बाद बच्चों को चाइल्ड लाइन के हवाले कर दिया गया।

बेशक ये और इस तरह की बाकी खबरों को पढ़कर सिहरन होने लगती है। बेशक, बिहारी बाल मजदूर छोटू की भूमिका को अंजाम देते हुए आपको देश के दूर-दराज इलाकों में मिल जाएँगे। मैं अपने काम-काज के सिलसिले में देश के सुदूर इलाकों की खाक छानता रहता हूँ। मुझे अफसोस होता कि मुझे निर्जन स्थानों में चलनेवाले छोटे-छोटे ढाबों में भी बिहारी बच्चे दिन-रात काम करते हुए मिल जाते हैं। बाल मजदूरों के हितों में सक्रिय क्राई नामक संस्था का दावा है कि देश के कुल बाल मजदूरों में 11 फीसद केवल

बिहार से आते हैं। क्राई के मुताबिक, बिहार के 5 से 14 साल के आयु वर्ग में लगभग 40 फीसद बाल मजदूर ऐसे हैं, जो अपना नाम तक नहीं लिख पाते।

## 'बचपन मत मुरझाने दो'

आपको याद होगा कि एक दौर था, जब 'बचपन मत मुरझाने दो, बच्चों को मुसकराने दो' जैसे नारे खूब फिजाँ में गूँजते थे, पर अब बाल मजदूरी जैसे गंभीर सवाल पर कोई बहस नहीं होती। हाँ, इस मसले पर यदा-कदा सरकारी स्तर पर सांकेतिक कार्यक्रम हो जाते हैं, जबकि बाल मजदूरी के खिलाफ सघन अभियान चलानेवाले हमारे कैलाश सत्यार्थी को नोबेल पुरस्कार मिल चुका है।

इन अभागों को आप हर छोटे-बड़े शहर में ढाबों, दुकानों, फैक्टरियों, घरों वगैरह में दिन-रात काम करते हुए देखते हैं। कायदे से जिन हाथों में पेन-पेंसिल होनी चाहिए, वे सुबह-शाम मेहनत कर रहे होते हैं चंद रुपए के लिए या सिर्फ पेट भरने के लिए। कुछ समय पहले तक बिहार के मुख्यमंत्री नीतीश कुमार पटना के अधिवेशन भवन में विश्व बाल श्रम निषेध दिवस पर कह रहे थे कि बाल मजदूरी की मूल समस्या गरीबी और अशिक्षा है। जब तक इसके कारणों को दूर नहीं किया जाएगा, जिससे बाल श्रमिक उत्पन्न हो रहे हैं, तब तक इस समस्या का हल नहीं हो सकता है, पर बड़ा सवाल यह है कि गरीबी और अशिक्षा को खत्म कौन करेगा? उसे खत्म करने का दायित्व आखिरकार तो उन्हीं पर है। वे लंबे समय से बिहार के मुख्यमंत्री हैं। वे बताएँ कि उन्होंने अब तक बाल मजदूरी को खत्म करने के लिए कौन-कौन से कदम उठाए, उनके प्रयासों के क्या निष्कर्ष निकले, अभी कमी किस स्तर पर है?

बेशक, बाल मजदूरी के शिकार बच्चे उन परिवारों के हैं, जो हाशिए पर हैं या जो अनाथ हैं। बाल श्रम बच्चों का बचपन छीन रहा है। बचपन पढ़ने-लिखने, खेलने-कूदने और जीवन जीने के लिए होता है।

## बाल श्रम की परिभाषा

क्या है बाल श्रम की परिभाषा? अंतरराष्ट्रीय श्रम संगठन के अनुसार, जब बच्चे अपने और परिवार की जीविका के लिए काम करने के लिए मजबूर होते हैं, जिससे उन्हें शैक्षणिक और सामाजिक हानि होती है, बाल श्रम कहलाता है। इसके अलावा जब बच्चों को उनके परिवार से अलग कर दिया जाता है और समय-पूर्व वयस्क जीवन जीने के लिए मजबूर किया जाता है, बाल श्रम कहलाता है। वहीं मानव संसाधन विकास विभाग के अनुसार स्कूल नहीं जानेवाले बच्चे बाल श्रमिक होते हैं, क्योंकि स्कूल नहीं जाने का आशय होता है कि वह किसी-न-किसी तरह के काम में लगा होता है। गरीबी से अधिक जागरूकता की कमी है। निस्संदेह बाल श्रम का कारण गरीबी, बढ़ती आबादी और अशिक्षा है। जब तक गरीबी रहेगी, तब तक इसे पूरी तरह समाप्त नहीं किया जा सकता है। हालाँकि एक राय यह भी है कि बाल श्रम से गरीबी बढ़ती भी है। बाल श्रमिक बाद में अकुशल वयस्क बन जाते हैं और पूरी जिंदगी कम आमदनी और गरीबी से घिरे रहते हैं। बाल श्रम की वजह से वे अनपढ़ रह जाते हैं और अपने अधिकार से भी वाकिफ नहीं रह पाते हैं। इस प्रकार बाल श्रम पीढ़ी-दर-पीढ़ी भी स्थानांतरित होता है। ऐसे में जागरूकता ही ऐसा अचूक हथियार है, जिसके बल पर बाल श्रम में काफी हद तक कमी लाई जा सकती है।

## सब प्रभावित बाल मजदूरी से

यह कोई नहीं कह रहा है कि बाल मजदूरी की समस्या सिर्फ बिहार तक सीमित है। इससे सारा देश ही प्रभावित है, पर बिहार में यह समस्या खासी विकराल रूप ले चुकी है। फिलहाल तो तमाम कानून होने के बावजूद बाल श्रम एक मसला बना हुआ है।

बाल मजदूर कानून के तहत बच्चों के कार्य करने पर रोक है, पर कानून का असर गायब है। आपको याद होगा कि सन् 1973 तक इस ओर विश्व के किसी भी देश का ध्यान नहीं गया था। सन् 1973 में विश्व समुदाय ने रोजगार की न्यूनतम आयु सीमा पर एक संधि की। इसके अंतर्गत यह तय किया गया कि 15 वर्ष तक की आयु के बच्चों को कार्य पर नहीं लगाया जा सकता है।

लेकिन केवल कानून बना देने से काम नहीं बन जाता। बाल मजदूरी को अगर वाकई में बिहार और पूरे देश से मिटाना है तो कुछ ठोस कदम उठाने होंगे। जैसे रोजगार के अधिक अवसर उत्पन्न कराना, ताकि माँ-बाप अपनी बेकारी से मजबूर होकर बच्चों को मजदूरी करने के लिए नहीं भेजें। शिक्षा के प्रति जागरूकता बढ़ाना, ताकि माँ-बाप बच्चों से उपज रहे तात्कालिक लाभ को छोड़ उनके भविष्य के प्रति चिंतित हों। पुलिस और बच्चों से मजदूरी करानेवाले माफियाओं का संबंध खत्म करने के लिए उपाय करना। बाल मजदूरी से मुक्त कराए गए बाल श्रमिकों को बाल सुधार केंद्र भेजना इत्यादि, ताकि वे दुबारा अपनी पुरानी राह पर न आ जाएँ।

एक बात और। बिहार के भीतर भी बाल श्रम की समस्या बढ़ती ही जा रही है। बिहार के सीमांचल का पूर्णिया और अररिया तो बाल मजदरों के लिए बदनाम है, यानी बिहार में भी बाल मजदूरी से लड़ना होगा।

बेशक इनसान के लिए बचपन की यादें उसके जीवन में सबसे बेहतरीन और यादगार पल के रूप में होती हैं। तब न किसी बात की फिक्र, न ही कोई काम और न ही कोई जिम्मेदारी, लेकिन अफसोस कि हर किसी का बचपन ऐसा नहीं होता। अब कोशिशें हों, ताकि सब बच्चों को एक सुखद बचपन मिल सके। वे बचपन में कहीं मेहनत करने के बजाय पढ़-लिख सकें। बेशक, बाल मजदूरी किसी भी समाज, राज्य और देश के माथे पर कलंक है।

*(1-15 अगस्त, 2016, यथावत)*

□

# भारतवंशियों के साथ कितना खड़ा है भारत

तीन-चार दशक पहले तक भारत से बाहर जाकर बसे भारतीयों को हेय भाव से समाज देखता था। कहा जाता था कि देश के संसाधनों का उपयोग करके देश को छोड़ना अनुचित ही नहीं, मिट्टी के साथ विश्वासघात है, लेकिन अब वह मानसिकता नहीं रही। अब तो भारत से बाहर जाकर बसे भारतवंशियों और प्रवासी भारतीयों (एन.आर.आई.) को देश के ब्रांड एंबेसडर के रूप में ही देखा जाने लगा है। सरकार के स्तर पर भी सोच बदला है। इसी पृष्ठभूमि में आगामी 7 से 9 जनवरी के बीच बैंगलुरू में 14वाँ प्रवासी भारतीय दिवस का आयोजन हो रहा है। इसमें सारी दुनिया में लगभग 150 देशों में बसे हजारों सफल भारतवंशी भाग लेंगे।

दरअसल देश में नरेंद्र मोदी सरकार के सत्तासीन होने के बाद प्रवासी भारतीय विदेश नीति के केंद्र में आ गए हैं। मोदी सिडनी, न्यूयॉर्क, नैरोबी से लेकर दुबई जहाँ भी गए, वहाँ पर रहनेवाले भारतीय मूल के लोगों से गरमजोशी से मिले। बड़ी-बड़ी सभाएँ कर उन्हें संबोधित किया। उनके मसलों को उन देशों की सरकारों के सामने रखा-उठाया, लेकिन अभी तक होता यही था कि जब भारत से राष्ट्रपति या प्रधानमंत्री अपने विदेशी दौरों पर जाते थे, तो उन देशों में स्थित भारतीय दूतावास कुछ खास भारतीयों को राष्ट्रपति या प्रधानमंत्री से चाय पर मिलवा देते थे। कुल मिलाकर एक रस्मी आयोजन होता था। वह भी हर बार नहीं, समय मिलने पर। वहीं प्रधानमंत्री मोदी ने एक ऐसी परंपरा की नींव डाली है कि राष्ट्रपति, प्रधानमंत्री तो छोड़िए, लगभग हर केंद्रीय मंत्री और राज्यों के मुख्यमंत्रियों तक के कार्यक्रम का एक बड़ा आयोजन होता है भारतवंशियों के बीच जाना।

वैसे भारतवंशियों से कोई रिश्ता न रखने की यह नीति पं. जवाहरलाल नेहरू के दौर से ही चल रही थी। नेहरूजी ने संसद् में 1957 में यहाँ तक कह दिया था कि देश से बाहर

जाकर बसे भारतीयों का हम से कोई संबंध नहीं है। वे जिन देशों में जाकर बसे हैं, उनके प्रति ही अपनी निष्ठा दिखाएँ, यानी उन्होंने विदेशों में उड़ती अपनी पतंग की डोर ही काट दी थी। उनके इस बड़बोलेपन से विपक्ष ही नहीं, तमाम राष्ट्रवादी कांग्रेसी भी आहत हुए थे। उन्हें ये सब कहने की आवश्यकता नहीं थी। जो भारतीय किसी अन्य देश में बस भी गया है, तब भी वह भावनात्मक स्तर पर जिंदगी भर भारतीय ही रहता है। भारत सरकार भी चाहती है कि भारत को लेकर निष्ठा बनी रहे। वहीं नेहरू के विपरीत मोदी मानते हैं कि भारत से बाहर बसे ढाई करोड़ से अधिक भारतीय भारत के ब्रांड एंबेसडर के रूप में काम करें। उनकी उपलब्धियों से भारत का नाम रोशन होता है।

## अब साथ मिलता सरकार का

हाल के दिनों में जब भी किसी देश में हमारे भारतीय संकट में फँसे तो मोदी सरकार बहुत सक्रिय नजर आई। यह मोदी सरकार के तीन वर्षों में देखने को मिला। यह सब पहले नहीं होता था। हालाँकि हम कथित तौर पर निर्गुट आंदोलन के मुखिया थे। महत्त्वपूर्ण बात यह है कि देश से बाहर गए और बसे भारतीयों में कोका कोला की सी.ई.ओ. इंदिरा नूई, ब्रिटेन के लार्ड स्वराज पाल, लार्ड करन बिलमोरिया, मास्टर कार्ड के ग्लोबल हेड अजय बंगा जैसे खासमखास और प्रख्यात लोग भी शामिल हैं। देखा जाए तो 1970 के पूर्व बाहर गए अधिकतर तो मेहनतकश कुशल और अकुशल मजदूर ही हैं। खाड़ी के देशों में लाखों भारतीय मजदूरी का काम कर रहे हैं। इनके बहुत से प्रतिनिधि प्रवासी भारतीय दिवस में मिलेंगे, लेकिन 1970 के बाद बहुत बड़ी संख्या में भारतीय डॉक्टर और इंजीनियर, विशेषकर सॉफ्टवेयर एक्सपर्ट विदेश पहुँचे और उन्होंने विदेशों में भारत की छवि बदली।

अच्छी बात यह है कि भारत सरकार अब इनके सुख-दु:ख का खयाल रखने लगी है। मोदी सरकार के कठिन, किंतु दृढ प्रयासों के चलते साल 2015 में यमन में

फँसे हजारों भारतीय सुरक्षित स्वदेश लौटे पाए थे। भारतीयों के निकालने के लिए नेवी और एयरफोर्स ने ऑपरेशन राहत चलाया था। भारत के सफल राहत अभियान को देखते हुए अमेरिका, फ्रांस, जर्मनी समेत 26 देशों ने अपने नागरिकों को यमन से निकालने के लिए भारत की मदद माँगी थी। तब विदेश राज्यमंत्री जनरल वी.के. सिंह ऑपरेशन राहत की शुरुआत से यमन में स्वयं मौजूद रहे और खुद राहत के काम की व्यक्तिगत रूप से देख-रेख की। दरअसल, विदेशों में काम करनेवाले भारतीय मजदूरों का मसला बड़ा गंभीर और जटिल है।

## खाड़ी देशों में भारतीय

प्रधानमंत्री नरेंद्र मोदी यू.ए.ई. और सऊदी अरब की बीते महीनों के दौरान यात्रा पर गए थे। उधर उन्होंने वहाँ के नेताओं से भारतीय श्रमिकों से जुड़े मसलों के संबंध में भी बात की। उसका तत्काल लाभ हुआ। इसी तरह से इस साल के गणतंत्र दिवस समारोह में अबूधाबी के शेख मोहम्मद बिन जाएद अल नाहयान मुख्य अतिथि होंगे। जाहिर है कि उनके भारत दौरे के समय दोनों देशों के आपसी संबंधों के अतिरिक्त यू.ए.ई. में काम करनेवाले भारतीय मजदूरों के हितों पर फिर से विस्तार से चर्चा होगी। यू.ए.ई. और बाकी खाड़ी देशों में लाखों भारतीय कुशल-अकुशल श्रमिक काम कर रहे हैं, विनिर्माण परियोजनाओं से लेकर दुकानों वगैरह में। निर्विवाद रूप से मोदी की यू.ए.ई. यात्रा से भारतीय मजदूरों की खराब हालत में सुधार शुरू हुआ। यह किसी को बताने की जरूरत नहीं है कि खाड़ी देशों में बंधुआ मजदूरों की हालत में भारतीय श्रमिक काम करते रहे हैं। आप रियाद, दुबई या अबूधाबी एयरपोर्ट पर जैसे ही उतरते हैं तो आपको चारों तरफ भारतीय ही मिलते हैं। इन्हें अरब देशों में कामकाज करवाने के लिए लाया तो जाता है, पर इन्हें वहाँ पर न्यूनतम वेतन, मेडिकल और इंश्योरेंस जैसी सुविधाएँ नहीं मिल पातीं।

## क्या होता था तब

मैं पूर्ववर्ती सरकारों की विदेशों में काम करनेवाले भारतीयों के हितों को लेकर रही कमजोर नीति की निंदा करना नहीं चाहता, लेकिन एक उदाहरण देने की इच्छा हो रही है। यू.पी.ए. सरकार के दौर में विदेश राज्य मंत्री ई. अहमद से खाड़ी देशों में काम करनेवाले भारतीय श्रमिकों के शोषण के संबंध में संसद् में एक बार सवाल पूछा गया। केरल से मुसलिम लीग के टिकट पर संसद् में पहुँचनेवाले ई. अहमद ने बताया, "अनुमान है कि लगभग 6 मिलियन भारतीय खाड़ी क्षेत्र में रहते हैं एवं वहाँ पर कार्य करते हैं। भारत सरकार को खाड़ी देशों में भारतीय कामगारों द्वारा सामना की जा रही समस्याओं से संबंधित शिकायतें नियमित रूप से प्राप्त होती हैं। भारत सरकार ने खाड़ी देशों में अपने

मिशनों के माध्यम से भारतीय कामगारों के अधिकारों की रक्षा करने एवं कामगारों के शोषण संबंधी समस्याओं का निराकरण करने हेतु कई उपाय एवं पहल की हैं। जब भी शिकायतें प्राप्त होती है, तो शिकायतों का सौहार्दपूर्ण हल निकालने पर सहमति बनाने की दृष्टि से मिशन द्वारा प्राथमिकता के आधार पर संबंधित नियोक्ताओं और अथवा स्थानीय प्राधिकारियों के साथ इस मुद्दे को उठाया जाता है।" आप मंत्रीजी के इस उत्तर को सुनकर समझ गए होंगे कि पहले की सरकारों का प्रवासी भारतीयों के हितों को लेकर किस तरह का रुख रहा करता था।

मुझे वे दौर भी याद हैं, जब ईस्ट अफ्रीकी देश युगांडा से हजारों भारतवंशियों को वहाँ के नरभक्षी राष्ट्रपति ईदी अमीन ने सारी संपत्ति हड़पकर खदेड़ दिया था। हालाँकि अनेक दशकों से युगांडा में बसे भारतीय मूल के लोग वहाँ की अर्थव्यवस्था की प्राण और आत्मा थे। तब भी हमारी सरकार ने अपने प्रभाव का कतई इस्तेमाल नहीं किया था, ताकि भारतीयों के हकों की रक्षा हो सके। युगांडा और केन्या में भारतवंशी लुटते-पिटते रहे, पर हम देखते रहे। उन्हें कनाडा और ब्रिटेन अमेरिका और नीदरलैंड में शरण मिली, पर हमारी कांग्रेसी सरकारें हाथ-पर-हाथ रखकर बैठी रहीं। यही हाल फीजी में हुआ, जब भारतवंशियों की निर्वाचित सरकार को बंदूक के बल पर पलट दिया गया और हमारी कांग्रेस सरकार के कानों पर जूँ भी नहीं रेंगी।

इस संदर्भ में मैं भारतवंशियों के बीच 'भारत के अवैतनिक राजदूत' के रूप में मशहूर स्वर्गीय बालेश्वर प्रसाद अग्रवाल की चर्चा किए बगैर नहीं रह सकता। बालेश्वरजी ने बी.एच.यू. से मैकेनिकल इंजीनियरिंग की पढ़ाई की और भाषायी पत्रकारिता का पेशा अपनाया। 1956 से 1982 तक प्रथम पूर्णतः भारतीय समाचार एजेंसी हिंदुस्थान समाचार के प्रधान संपादक और महाप्रबंधक रहे। अंतरराष्ट्रीय विषयों, विशेषकर विदेशों में रहनेवाले भारतवंशियों में गहरी रुचि के कारण 1982 में 'अंतरराष्ट्रीय सहयोग परिषद्'

की स्थापना की। पूरे विश्व में जहाँ-कहीं भी भारतवंशी बसते हैं, वहाँ प्रतिनिधिमंडल लेकर गए। राष्ट्राध्यक्षों से मिले। भारतवंशियों की समस्याओं पर गहन चर्चाएँ हुईं। समाधान भी निकलने शुरू हुए। मॉरीशस, फिजी, त्रिनिदाद और गुयाना में भारतवंशी राष्ट्राध्यक्ष बने। इसमें भी बालेश्वरजी का महत्त्वपूर्ण योगदान रहा। मॉरीशस के प्रथम प्रधानमंत्री सर शिवसागर रामगुलाम ने ही बालेश्वरजी को 'भारतवंशियों के अवैतनिक राजदूत' की उपाधि दी थी। बालेश्वरजी के पूर्व प्रधानमंत्री अटल बिहारी बाजपेयी से गहरे संबंधों का ही परिणाम है कि अलग से प्रवासी भारतीय मंत्रालय बना और प्रवासी भारतीय दिवस मनाने की दिशा में पहल की गई। एक अकेला गैर-सरकारी व्यक्ति यदि समर्पित होकर मेहनत से लगा रहे तो वह किस प्रकार सरकार की नीति को प्रभावित कर सकता है, इसके प्रत्यक्ष उदाहरण थे स्वर्गीय बालेश्वरजी।

मैं बीते कई वर्षों से पी.बी.डी. में मलेशिया की टोली के सदस्यों से मिल रहा हूँ। मलेशिया में करीब तीस लाख भारतीवंशी हैं। ये अधिकतर तमिलनाडु से हैं। आप इनसे बात करें तो पता चलता है कि किस तरह से इनका मलेशिया में शोषण हो रहा है। धर्म के नाम पर हिंदू और ईसाई श्रमिकों से होनेवाले भेदभाव अलग से। मुझे यकीन है कि इस बार भी मलेशिया से भी बड़ा जत्था आएगा। सरकार को मलेशिया में बसे भारतीयों के पक्ष में अतिरिक्त प्रयास करने होंगे।

दरअसल बीते कुछेक सालों से राज्य सरकारें भी अपने प्रदेशों में प्रवासी सम्मेलन करवा रही हैं। यह भी अच्छी पहल है। हाल के सालों में आंध्र प्रदेश के हजारों पेशेवर अमेरिका में जाकर बस गए हैं। इनका सिलिकॉन वैली में दबदबा है। इसी तरह से गुजरात, पंजाब और बिहार सरकारें भी क्षेत्रीय प्रवासी सम्मेलन करवा रही हैं। केंद्र सरकार भी पी.बी.डी. को दिल्ली से बाहर ले गई है। पहले कई सालों तक पी.बी.डी. दिल्ली में ही आयोजित होता था। अब ये चेन्नई, गांधीनगर और बेंगलुरू में हो रहा है, यानी मोदी सरकार सरकार खासी सक्रिय है पी.बी.डी. के परिणामों को लेकर। हमें किसी भी सूरत में भारत से बाहर बस गए अपने भाई-बंधुओं के हितों को देखते रहना होगा। भारत एक महाशक्ति बन चुका है। इसलिए भारत से बाहर जाकर बसे भारतीयों के हित सुरक्षित रहने चाहिए।

*(9 जनवरी, 2017, जनसत्ता)*

□

# भीड़ के आगे बौनी पुलिस

झारखंड में बच्चा चोरी की अफवाहों के बीच दो जगहों पर उग्र भीड़ द्वारा छह लोगों की पीट-पीटकर हत्या करने की दर्दनाक घटना अनेक सवाल खड़े करती है। इनके जवाब देश को तलाशने होंगे। इससे जुड़ा एक बड़ा मसला देश के अनेक राज्यों में पुलिसकर्मियों पर बढ़ते हमले को लेकर भी है। इन दोनों बिंदुओं को एक साथ जोड़कर देखने की आवश्यकता है। सिर्फ अफवाह के आधार पर छह लोगों का कत्ल एक रोंगटे खड़े कर देनेवाला मामला है। न तो कोई बच्चा चोरी हुआ, न बच्चा चोरी की कोई शिकायत ही की गई, न कोई एफ.आई.आर. दर्ज हुई, केवल अफवाह फैलाकर 6 लोगों को बेरहमी से मार डाला गया। यह कहाँ का न्याय है? झारखंड में बच्चा चोरी के आरोप में पिटाई और हत्या के शिकार मुसलमान नहीं हो रहे, हिंदू मारे गए हैं। कुछ स्तरों पर यह बात फैलाई जा रही है कि भीड़ के शिकार सभी मुसलमान थे। ये मिथ्या प्रचार देश के विभिन्न समुदायों के बीच वैमनस्य पैदा करने की कोशिश है। इस पर रोक लगनी चाहिए और जो बेबुनियाद प्रचार को खाद-पानी दे रहे हैं, उन पर कठोर कार्रवाई हो।

### शरारती भीड़

झारखंड में बच्चों के अपहरण के शक में कुछ हिंदुओं को एक बूढ़ी औरत के साथ पीटा गया, जिसमें से तीन की मौत हो गई। झारखंड में बच्चा चोरी का इल्जाम लगा मार देने की कहानी पिछले एक महीने से चल रही है। गाँव में नौजवानों ने वाट्सएप ग्रुप बना रखे हैं, भीख माँगनेवाले संदिग्ध गरीब बुजुर्ग इनके खास निशाने पर होते हैं। हिंसक हो चुका झारखंड का आदिवासी समाज दुनिया भर में झारखंड की जो छवि पेश कर रहा है, उसे बदलने में बहुत पापड़ बेलने पड़ेंगे। ज्यादातर हमलावर अनुसूचित जाति के ही पाए गए हैं। एक भीड़ किसी को पीट-पीट कर मार डालती है, जला देती है। झारखंड

की घटना को इस वीभत्स रूप में देखने की जरूरत है कि आखिर क्यों पुलिस का खौफ आम जन के मन से खत्म होता जा रहा है ? अब समाज का एक तबका पुलिस का इंतजार करने से पहले ही किसी को मार डालता है, यह दरशाता है कि न तो अब आम जनता में पुलिस की वरदी का खौफ बच गया है, न ही पुलिस से कोई आशा ही रह गई है। आम जन का पुलिस पर से विश्वास उठना खतरे की घंटी है।

## जान के प्यासे

अब दिल्ली से करीब 180 किलोमीटर की दूरी पर स्थित सहारनपुर जिले में जातीय हिंसा की बात भी कर लेते हैं। सहारनपुर यू.पी. के बेहतरीन जिलों में एक रहा है। वहाँ पर राजपूत और दलित समुदाय के लोग एक-दूसरे की जान के प्यासे हो गए थे। जमकर आगजनी हुई। कौन दोषी है, यहाँ पर इस सवाल का जवाब नहीं खोजा जा रहा है। यह काम जाँच एजेंसियाँ करेंगी, पर यह सबको जानने का हक है कि आखिर हिंसा और आगजनी में लिप्त उपद्रवियों को पुलिस का कोई भय क्यों नहीं रहा, अगर नहीं रहा तो क्यों नहीं रहा ? आपको मालूम होगा कि पिछली पाँच मई को सहारनपुर के थाना बड़गाँव के शब्बीरपुर गाँव में दलित और राजपूत समुदाय के बीच जमकर हिंसा हुई। इस जाति-आधारित हिंसा के दौरान पुलिस चौकी को जलाने और 20 वाहनों को आग के हवाले कर देने की घटना को दिन दहाड़े अंजाम दिया गया। देखिए कश्मीर घाटी में भी पुलिस पर स्कूली बच्चों से लेकर बड़े तक पथराव करते नजर आते हैं। उनके साथ बदतमीजी करते हैं। वैसे तो कश्मीर घाटी को देश के बाकी भागों के साथ जोड़ा नहीं जा सकता। कश्मीर में पाकिस्तान भारत विरोधी शक्तियों को

खुलकर मदद दे रहा है, पर कश्मीर से बाहर पुलिस पर हमलों का तेजी से बढ़ना एक बेहद गंभीर मामला है।

अब सड़कों पर रोडरेज के मामले ही ले लीजिए। बात-बात पर लोग एक-दूसरे को मार डाल रहे हैं। एक की मोटर साइकिल का दूसरे की कार पर लगने का मतलब है कि कोई बड़ा हादसा हुआ। यह तो बस एक उदाहरण है। पुलिस को सूचना देने से पहले ही पीड़ित पक्ष बदला ले लेता है। पीड़ित हो या न हो, मजबूत पक्ष चढ़ बैठता है, यानी अब पुलिस की किसी को कोई जरूरत ही नहीं रही, या यूँ कहिए कि जनता का भरोसा ही पुलिस पर से उठ गया है और अब वह खुद ही न्याय देने पर ज्यादा भरोसा करने लगी है।

## निशाने पर पुलिस

आपने झारखंड की खबर में पढ़ा ही होगा कि घटना स्थल पर पुलिस के पहुँचने पर भीड़ ने पुलिसकर्मियों पर भी हमला बोल दिया। बात यहाँ पर ही समाप्त नहीं हुई। जमशेदपुर में आदिवासियों की भीड़ द्वारा मारे गए युवकों की हत्या का विरोध कर रही खास संप्रदाय विशेष की भीड़ ने पुलिस के साथ जमकर मारपीट भी की। पुलिस अफसरों की वरदी को फाड़ दिया गया। आदिवासियों के कृत्यों की निंदा करनेवाले इस घटना की भर्त्सना करने का साहस तक नहीं जुटा पा रहे हैं। दरअसल खाकी वरदी का भय अब खत्म होता जा रहा है। कानून के दुश्मनों के निशाने पर पुलिसवाले भी आ गए हैं। शातिर अपराधियों को पुलिस का रत्तीभर भी खौफ नहीं रहा। ये बेखौफ हो चुके हैं। ये पुलिसवालों की हत्या करने से भी परहेज नहीं करते। झारखंड में आदिवासियों और एक अल्पसंख्यक समुदाय के लफंगों की घटनाओं को इसी रूप में देखा जाना चाहिए।

हालत यह है कि देश में बदमाशों से लेकर आतंकियों के हाथों रोज औसतन दो पुलिसकर्मी मारे जा रहे हैं। साल 2015 में देश भर में 731 पुलिसकर्मी जानलेवा हमलों में जान गँवा बैठे। ये आँकड़े नेशनल क्राइम रिकॉर्ड ब्यूरो (एन.सी.आर.बी.) के हैं। इन 731 में से 412 यानी 48.8 फीसद मामले अकेले छह प्रदेशों के हैं। उत्तर प्रदेश में 95, महाराष्ट्र 82, पंजाब और तमिलनाडु में 64-64, गुजरात में 55, राजस्थान में 52 पुलिसवाले ड्यूटी के दौरान मारे गए। इन पुलिसकर्मियों में 427 कांस्टेबल, 178 हेड कांस्टेबल तथा 68 सहायक सब इंस्पेक्टर शामिल थे। गौर करें कि इन छह राज्यों में ड्यूटी देते हुए सर्वाधिक पुलिस कर्मी मारे गए।

अपराधी तत्त्वों का पुलिस को अपना शिकार बनाना इस बात का खुला संकेत है कि देश भर की पुलिस को नए सिरे से अपने कर्तव्यों के निवर्हन के लिए तैयार किया जाए। कही-न-कहीं पुलिस महकमे में भी भारी कमजोरी आई है, जिसके चलते पुलिस का भय सामान्य नागरिकों के दिल से काफूर होता जा रहा है।

## कितने सस्पेंड

उत्तर प्रदेश में योगी आदित्यनाथ की सरकार बनने के बाद प्रदेश के विभिन्न शहरों में 100 से अधिक पुलिसकर्मी सस्पेंड भी किए जा चुके हैं। सस्पेंड किए गए ज्यादातर पुलिसकर्मी गाजियाबाद, मेरठ, नोएडा और लखनऊ के हैं। पुलिस अधिकारियों ने सस्पेंड किए गए पुलिसकर्मियों को दागी बताया है। दागी पुलिसकर्मियों को निलंबित करने का फैसला शिखर स्तर से लिया गया, यानी पुलिस महकमे को दीमक खा रही है।

बेशक झारखंड और सहारनुपर जैसी घटनाएँ नहीं होनी चाहिए। इस लिहाज से पुलिस को अधिक चुस्त होना पड़ेगा। अगर कानून की रक्षा करनेवाले पुलिसकर्मी ही अपराधियों से हारने लगेंगे या दागी होने लगेंगे तो फिर देश के सामान्य नागरिक का क्या होगा, उसे कौन बचाएगा ? एक बात और, पुलिसवालों की हत्या का तो नोटिस ले लिया जाता है, मीडिया में खबरें दिखा दी जाती हैं या छप जाती हैं, पर पुलिसवालों के साथ अब लगातार मारपीट भी हो रही है। झारखंड में ही देख लीजिए। वहाँ पर उसे आदिवासियों की भीड़ ने भी मारा और फिर एक वर्ग विशेष से जुड़े नौजवानों ने भी अपना निशाना बनाया। यह बेहद गंभीर ट्रेंड है। इसी तरह से पिछले साल 14 मई को पंजाब के बटाला शहर में भीड़ ने एक सब इंस्पेक्टर को खंभे से बाँधकर पीटा। दरअसल एक हादसे में युवक की मौत हो जाने के बाद भीड़ का गुस्सा पुलिसवाले पर टूट पड़ा। भीड़ ने उस पर आरोपी ड्राइवर को भगाने का आरोप लगाया। बाद में वहाँ पहुँची पुलिस ने किसी तरह सब-इंस्पेक्टर को भीड़ के चंगुल से छुड़ाया। कोई यह नहीं कह रहा कि सारे पुलिसकर्मी दूध के धुले हैं। अनेक पुलिसकर्मियों पर अलग-अलग तरह के आरोप तो लगते ही रहते हैं। मसला यह है कि जनता को कानून अपने हाथ में लेने का अधिकार किसने दे दिया

है? अगर किसी ने अपने दायित्व का निर्वाह नहीं किया तो उसके खिलाफ कार्रवाई होगी और होती भी है। एक और उदाहरण लीजिए। पिछले साल 29 सितंबर को पटना में जूनियर डॉक्टरों ने एक पुलिसवाले को जमकर पीटा। दरअसल, पटना आई.जी.एम.एस. में तैनात सिपाही अनिल कुमार ने बिना हेलमेट के बाइक पर जा रहे एक जूनियर डॉक्टर को रोका तो दर्जनों डॉक्टर उस पुलिसकर्मी पर टूट पड़े।

साफ है कि देश भर में कमोबेश कानून-व्यवस्था के हालात खराब होते जा रहे हैं। अपराधियों के दिलो-दिमाग में पुलिस का भय फिर से पैदा करने के लिए जरूरी है कि सर्वप्रथम सभी राज्यों में पुलिस के रिक्त पद भरे जाएँ। पुलिसवालों की ड्यूटी का टाइम तय हो। आबादी और पुलिककर्मियों का अनुपात तय हो। हर हालत में देश में गुंडे और मवालियों पर पुलिस भारी पड़नी चाहिए, तभी देश में पुलिस का भय रहेगा और जनता पुलिस की आभारी होगी।

*(4 जून, 2017, युगवार्ता)*

□

# मुसलिम समाज को मिले और हसीना फारस

हसीना फारस को अच्छी तरह मालूम है, कैसे लड़ा जाए कठमुल्लों से। उनका महाराष्ट्र के प्रमुख शहर कोल्हापुर का मेयर बनना उन घोर प्रतिक्रियावादी मौलवियों और कठमुल्लों के मुँह पर करारा तमाचा है, जो औरतों को समाज में बराबारी के अधिकार देने-दिलवाने का विरोध करते रहते हैं। आज हसीना सारे देश की मुसलमान औरतें के लिए प्रेरणा की स्रोत बनकर उभरी हैं। दरअसल कोल्हापुर के कठमुल्ले हसीना और कुछ दूसरी मुसलमान औरतों के नगर निगम चुनाव लड़ने का विरोध कर रहे थे। इनका लचर तर्क था कि उनका चुनाव मैदान में आना इसलामसम्मत नहीं है। पता नहीं कहाँ से उन्होंने किसी महिला के चुनाव लड़ने को इसलाम के मजहब से जोड़ दिया। इसके बावजूद हसीना चुनाव लड़ीं और विजयी भी रहीं।

गौरतलब है कि मौलवियों ने महिलाओं के चुनाव लड़ने को लेकर फतवा भी सुना दिया था। इसके बावजूद 19 मुसलमान औरतें चुनाव मैदान में उतरीं। इनमें पाँच को कामयाबी भी मिली। इनका चुनाव लड़ना और जीतना, कहीं-न-कहीं इस बात को मजबूती देता है कि अब मुसलमान महिलाएँ अंधकार के युग में रहनेवाले मुल्ला-मौलवियों के फतवों को खारिज करने लगी हैं। अब वे देश की मुख्यधारा का अंग बनने को तत्पर हैं।

## संकीर्णता का सामना

सीना फारस कट्टरता व संकीणर्ता का सामना करते हुए मेयर चुनी गईं। हालाँकि उन्हें परदे के पीछे जिंदगी जीने के लिए धकेला जा रहा था। उन्हें यह सबकुछ नामंजूर था। अब हसीना से ये उम्मीद की जानी चाहिए कि वे देश भर की मुसलमान औरतों को गुलामी की जंजीरों से मुक्ति दिलाने के लिए आगे आएँगी। उनकी असली लड़ाई तो अब शुरू हुई है। तीन तलाक और हलाला जैसे गंभीर मसलों से देश की करोड़ों मुसलमान

महिलाओं का जीना कठिन होता जा रहा है। इन असहाय महिलाओं को हसीना फारस को मुक्ति का रास्ता दिखाना होगा। इस लिहाज से हसीना जैसी मुसलिम महिलाओं पर बड़ी जिम्मेदारी आ गई है।

## बदलाव से भय

हसीना फारस भी मानती हैं कि जमाना बदल रहा है, जिससे मुसलिम महिलाएँ दूर नहीं रह सकतीं। एक बड़ी दिक्कत यह हो रही कि मुसलिम समाज अपने को बदलने के लिए कतई तैयार नहीं है। वहाँ पर बहस के लिए कोई गुंजाइश ही नहीं मिलती। कोई बदलाव के मार्ग पर चलने की चेष्टा करता है, तो उसकी टाँग खींच ली जाती है या तोड़ दी जाती है। इस पृष्ठभूमि में हसीना फारस की उपलब्धि महत्त्वपूर्ण है। अब तो यह सारी दुनिया के सामने जाहिर हो चुका है कि तीन तलाक के मामले में मुसलिम समाज के तालिबानी मानसिकतावाले तत्त्व कुछ भी सुनने को तैयार नहीं। वे ही पूरे मुसलिम समाज पर हावी हैं। मुसलिम औरतों की जिंदगी में मानो उम्मीद की किरण देखना ही नहीं चाहते। उनके खौफ से कोई बोलता तक नहीं। इनकी ख्वाहिश है कि मुसलमान औरतें अपने घरों में ही दफन हो जाएँ। बेशक वक्त का तकाजा यह है कि तरक्कीपसंद मुसलमान अब हसीना फारस जैसी औरतों का खुलकर साथ दें और अपने हकों के लिए सड़कों पर उतरें। इन्हें अपने समाज की प्रतिगामी ताकतों को धूल में मिलाना ही होगा। चुनौती कठिन है, पर नामुमकिन नहीं है। बताते चलें कि मुसलिम समाज में अपने हकों के लिए लड़नेवाली महिलाओं की बहुत कमी है।

अब लेखिका नूर जहीर का ही उदाहरण लें। तीन तलाक और हलाला पर नूर जहीर लगातार कट्टरपंथी मुसलमानों से दो-दो हाथ कर रही हैं। उन्हें अपने तर्कों से पानी पिला

रही हैं। इस सारी बहस में नूर जहीर ने एक नया आयाम जोड़ा है। वे माँग कर रही हैं कि मुसलमान औरतों को भी उतनी ही आसानी से तलाक देने का अधिकार मिले, जितनी आसानी से मर्द को मिलता है। औरत भी तीन बार तलाक कह सके और जब चाहे, मर्द का पल्ला छोड़ सके। उसकी मरजी से उसका भी तलाक हो जाए, क्योंकि औरत भी अगर तलाक माँगती है, तो अंततः देता मर्द ही है। अगर वह नहीं चाहे तो औरत को उसकी मरजी माननी पड़ती है। इस सारी प्रक्रिया में औरत को लंबी कवायद से भी गुजरना होता है। उसे कभी-कभी अपने ही बच्चों से मिलने का अधिकार तक छोड़ना पड़ता है या मेहर की रकम छोड़नी पड़ती है। इस तरह कुछ चीजें छोड़कर ही महिला को तलाक मिलता है, यानी महिला सबकुछ दे दे, तब भी 'तलाक-तलाक-तलाक' की घोषणा मर्द ही करता है।

## बहे बदलाव की बयार

अन्य समाजों की तुलना में मुसलिम महिलाएँ आर्थिक रूप से कम स्वावलंबी हैं। ये आर्थिक रूप से पूरी तरह पुरुषों पर ही आश्रित हैं। शायद इसी वजह से अँधेरे और घुटन में साँसें ले रही हैं। तालीम की रोशनी भी मुसलमान लड़कियों को सही तरह से नहीं मिल पाती। अगर किसी समाज की हालत और प्रगति के बारे में जानना हो तो यह देखें की उस समाज में महिलाएँ किस स्थिति में हैं। जो जंग तलवार, बंदूक तथा तोप नहीं जीत सकतीं, वह जंग आप तालीम से जीत सकते हैं।

भारत की कुल आबादी में लगभग 18 करोड़ मुसलिम हैं। जाहिर है, इनमें महिलाएँ आधी हैं। ये शिक्षा, आर्थिक स्तर से लेकर सामाजिक और पारिवारिक तथा स्वावलंबन के मामले में बदतर हालत में हैं। सरकारी आँकड़ों के मुताबिक, भारत की लगभग 60 फीसदी मुसलिम महिलाएँ शिक्षा से वंचित हैं, इनमें से मात्र 10 फीसदी महिलाएँ ही उच्च शिक्षा ग्रहण कर पाती हैं, जबकि शेष 30 फीसदी महिलाएँ दसवीं कक्षा तक अथवा

उससे भी कम शिक्षा पाकर घर की बहू बनने के लिए मजबूर हो जाती हैं। शिक्षा की तरह आत्मनिर्भरता के मामले में भी मुसलिम महिलाओं की हालत चिंताजनक है। सच्चर समिति की रिपोर्ट के मुताबिक, हिंदू महिलाओं (46.1 फीसदी) के मुकाबले केवल 25.2 फीसदी मुसलिम महिलाएँ ही रोजगार के क्षेत्र में हैं, अधिकांश यानी लगभग 75 प्रतिशत मुसलिम महिलाओं को पैसों के लिए अपने शौहरों पर ही निर्भर रहना पड़ता है, जिसके चलते वे अपनी मरजी से अपने ऊपर एक भी पैसा खर्च करने के काबिल नहीं हैं।

ये सभी आँकड़े न सिर्फ चौंकानेवाले हैं, बल्कि बहुत ही डरावने हैं और मुसलिम समाज के लिए चेतावनी भी हैं। कोई माने या न माने, पर यह सच है कि मुसलिम महिलाओं की बदहाली के लिए धार्मिक कारण काफी हद तक जिम्मेदार हैं। मुल्ला-मौलवियों द्वारा इसकी मनमरजी से व्याख्या करने से भी इनकी दुर्दशा है, जिसमें परदा जैसी रुकावट और कई ऐसी ही कुछ रूढ़िवादी सोच भी हैं। अब भी बड़ी तादाद में मुसलमान परिवारों में लड़कियों को क्यों पढ़ाएँ वाली मानसिकता है, ससुराल में जाकर चूल्हा-चौका ही तो सँभालना है? एक दिक्कत यह भी है कि लड़की अगर ज्यादा पढ़-लिख जाएगी तो शादी के लिए रिश्ते नहीं आएँगे, इस सोच के चलते कई बार लड़कियाँ खुद तालीम हासिल करने से पीछे हट जाती हैं या हटा दी जाती हैं।

इन तमाम अवरोधों के बावजूद इसी भारत में अनेक मुसलिम महिलाओं ने अत्यंत ही सराहनीय काम किए हैं। रजिया सुल्तान भारत की पहली मुसलिम महिला शासक थीं। अवध के नवाब वाजिद अली शाह की पत्नी बेगम हजरत महल ने हिंदू-मुसलिम एकता को मजबूत करने के लिए उत्कृष्ट कार्य किए थे और अब हमारे समाने हसीना फारस हैं। फिर आज क्यों उसी मुसलिम समाज में औरत के ये बदतर हालात हैं?

भारत के मुसलिम परिवारों में औरत की हैसियत को जानने के लिए अब्दुल बिस्मिल्लाह का उपन्यास 'झीनी-झीनी बीनी चदरिया' पढ़ लेना जरूरी है। इसमें उपन्यासकार ने मेहनतकश मुसलमान परिवारों का चित्रण किया है, जहाँ नारी दूसरे या कहें कि तीसरे दर्जे के इनसान के रूप में रहती है। इसमें एक जगह लेखक एक पात्र से कहलवाता है, "औरत की आखिर हैसियत ही क्या है, औरत का इस्तेमाल ही क्या है? चूल्हा-हाँड़ी करे, साथ में सोए, बच्चे जने और पाँव दबाए। इनमें से किसी काम में कोई गड़बड़ की, तो बोल देंगे 'तलाक, तलाक, तलाक'।" पर तमाम निराशा और कठिनाइयों के बावजूद यह भी लगता है कि हालात सुधरेंगे। मुसलमान औरतें अपने हकों के लिए घरों से बाहर निकलेंगी। आखिर, उनके सामने हसीना फारस जैसी कर्मठ और जुझारू महिलाओं की नजीर हैं।

*(11 जनवरी, 2017, दैनिक जागरण)*

□

# राम भरोसे स्कूली शिक्षा

सबसे पहले देश में शिक्षा क्षेत्र की बदहाली से संबंधित कुछ डरवाने आँकड़ों को देख लेते हैं। फिर बात शुरू करेंगे। देश में 1.05 लाख से ज्यादा स्कूलों में सिर्फ एक अध्यापक है। अध्यापकों के 5.86 लाख पद खाली पड़े हैं। देश के कुल शिक्षकों में से 13 फीसद कांट्रेक्ट पर हैं। इन्हें स्थायी शिक्षकों की तुलना में बेहद मामूली वेतन मिलता है। ये सारे आँकड़ें केंद्रीय मानव संसाधन मंत्रालय के हैं। इसलिए इनको लेकर किसी तरह के विवाद की कोई गुंजाइश नहीं है। अब आप खुद देख लें कि हमारे देश में शिक्षा व्यवस्था की ताजा स्थिति किस हद तक पटरी से उतर चुकी है।

यहाँ हम उन स्कूलों का तो जिक्र ही नहीं कर रहे, जो मान्यताप्राप्त नहीं हैं। इस तरह के स्कूलों में भी लाखों बच्चे पढ़ रहे हैं। इन पर प्रशासन की नजर क्यों नहीं जाती, इस सवाल का उत्तर उन सभी को चाहिए, जो देश में स्कूली शिक्षा की बदहाली को लेकर चिंतित हैं। यह कुछ हफ्ते पहले की ही तो बात है, जब इलाहाबाद में एक जनाब लंबे समय से एक स्कूल चला रहे थे। उन्होंने अपने स्कूल में राष्ट्र गान के गाने पर रोक लगा रखी थी। जब वहाँ के शिक्षकों ने इस मसले को उठाया तो उनकी कलई खुली। उसके बाद प्रशासन भी सक्रिय हो गया। उस गैर-मान्यता प्राप्त स्कूल के बच्चों को आसपास के सरकारी स्कूलों में दाखिला दिलवाया गया और जो धूर्त शख्स बच्चों के भविष्य से खेल रहा था, वह अब जेल की हवा खा रहा है।

बीती 5 सितंबर को देश ने अध्यापक दिवस मनाया। उस दिन सारा देश अपने गुरुजनों का कृतज्ञता के भाव से स्मरण कर रहा था, लेकिन हम में से कितने लोगों को उपर्युक्त आँकड़ों की जानकारी थी। बेशक, बहुत ही कम।

मानकर चलिए कि जब शिक्षकों का ही समाज सही तरह से खयाल नहीं कर रहा है तो फिर उनसे किसी भी तरह की अपेक्षा करना बेमानी होगी। उन्हें अपनी कक्षाएँ लेने

के अलावा जनगणना के वक्त घर-घर जाकर आँकड़ें एकत्र करने से लेकर पंचायत से लेकर लोकसभा चुनावों में पोलिंग बूथ पर भी ड्यूटी करनी पड़ती है। उन्हें ही मिड डे मील की व्यवस्था भी देखनी रहती है, यानी पढ़ाने के अतिरिक्त और तमाम दायित्व उनके जिम्मे हैं और जब विद्यालयों में शिक्षक ही नहीं होंगे तो बच्चों को पढ़ाएगा कौन?

निर्विवाद रूप से गिरते शिक्षा स्तर के प्रमुख कारणों में एक शिक्षकों की कमी है। आँकड़े चौंकानेवाले हैं, क्योंकि देश में कहीं-कहीं तो 200 बच्चों पर एक शिक्षक ही तैनात है और कहीं-कहीं तो पूरा का पूरा विद्यालय ही शिक्षामित्र के सहारे चलता है। देश के दूर-दराज के इलाकों की तो बात छोड़िए, देश की राजधनी दिल्ली में करीब एक दर्जन स्कूलों में एक टीचर से काम चल रहा है। यह मजाक नहीं तो और क्या है? उत्तर प्रदेश में शिक्षकों के दो लाख पद रिक्त हैं। इन्हें कब भरा जाएगा, कोई नहीं जानता। इस समय देश में 13.62 लाख प्राथमिक विद्यालय हैं, परंतु इनमें कुल 41 लाख शिक्षक ही तैनात हैं, यानी प्रति विद्यालय औसतन तीन शिक्षक। देश में अनुमानित 19.88 करोड़ बच्चे प्राथमिक और उच्च प्राथमिक विद्यालयों में पढ़ रहे हैं। प्रतिभाशाली शिक्षकों के अभाव का ही परिणाम है कि कई प्रदेशों के बच्चों के सीखने, पढ़ने व समझने के स्तर में बराबर गिरावट हो रही है। इन विद्यालयों के कक्षा छह तक के बच्चे ठीक से जोड़-घटाव और गुणा-भाग तक नहीं कर पाते हैं।

## स्थायी शिक्षकों का अभाव

एक बड़ी समस्या यह भी सामने आ रही है कि शहरों-महानगरों के निजी स्कूलों में अध्यापकों की स्थायी नियुक्ति बंद सी हो गई है। उन्हें 4 से 11 महीने के लिए नौकरी

मिलती है। उनके ऊपर नौकरी चले जाने की तलवार स्थायी रूप से लटकी रहती है। इन हालातों में आप उनसे निष्ठा की उम्मीद करना छोड़ दीजिए।

शिक्षक दिवस पर राष्ट्रपति प्रणब कुमार मुखर्जी और प्रधानमंत्री नरेंद्र मोदी ने शिक्षकों के अहम् रोल का जिक्र किया। प्रधानमंत्री मोदी ने अपने स्कूल के दिनों के एक मास्टरजी का स्मरण भी किया। यहाँ तक तो सब ठीक है, पर देश में शिक्षकों को उनका हक दिलवाने का दायित्व सारे समाज का है। यह जिम्मेदारी सिर्फ प्रधानमंत्री को ही नहीं दी जा सकती। अब उत्तर प्रदेश में या किसी अन्य राज्य में शिक्षकों के खाली पद नहीं भरे जा रहे तो इसमें प्रधानमंत्री क्या करेंगे?

एक बड़ा मसला और सामने आ रहा है। चूँकि अध्यापन के क्षेत्र में किसी तरह का अब कोई आकर्षण नहीं बचा तो इसलिए कि मेधावी युवा अध्यापन क्षेत्र से दूर होते जा रहे हैं। आप अपने आसपास के किसी मेधावी लड़के या लड़की से मिलिए। वह आपको बताएगा कि उसकी शिक्षक बनने में कतई दिलचस्पी नहीं है। वह बी.पी.ओ. में नौकरी कर लेगा, पर शिक्षक नहीं बनेगा। विवाह के बाजार में भी शिक्षक के लिए कोई जगह नहीं है। आप अखबारों में छपनेवाले वधू पक्ष के विज्ञापन देखिए। उधर भी कन्या पक्ष शिक्षक को लेकर उदासीन बना हुआ है, यानी शिक्षकों पर चौतरफा मार पड़ रही है। नतीजा यह हो रहा है कि अब बेहद औसत किस्म के लोग अध्यापक बन रहे हैं। जाहिर है, औसत इंटेलिजेंस का इनसान अपने विद्यार्थियों के साथ न्याय तो नहीं कर सकता। वह तो खानापूरी ही करेगा।

इन वजहों के कारण देश के अधिकतर स्कूलों में शैक्षणिक गुणवत्ता के स्तर में तेजी से गिरावट हो रही है। इनमें कक्षा पाँच में पढ़नेवाले छात्रों को जोड़-घटाना तक नहीं आता है। वहीं कक्षा पाँच का छात्र भी कक्षा दो की अंग्रेजी की किताब नहीं पढ़ पाता है। क्या स्कूलों में बच्चे पढ़ने के लिए जाते हैं? इस प्रश्न का उत्तर हाँ में ही मिलेगा, पर गुस्ताखी माफ! फिर यह मत कहिए हम बेहतरीन खिलाड़ी क्यों नहीं निकालते। इस बात को समझ लें कि जब स्कूलों में बच्चों को खेलों की आधारभूत सुविधा ही नहीं मिलेगी तो वे ओलंपिक खेलों में क्या खाक देश को मेडल दिलवाएँगे। देश के 70 फीसद स्कूलों में तो स्पोर्ट्स टीचर ही नहीं होगा। इतने ही स्कूलों में खेल मैदान भी नहीं होंगे और यदि होंगे भी तो खेतों या चरागाहों से भी बदतर।

अब एक सवाल उन शिक्षकों से, जो बेहतर पगार पा रहे हैं और जिनकी नौकरी सुरक्षित है। क्या वे बताएँगे कि वे अपने बच्चों को बदलते वक्त के साथ किस तरह से तैयार कर रहे है, क्या वे खुद भी अपनी जेब से खर्चा करके पुस्तकें पढ़ते हैं? मुझे अफसोस के साथ कहना पड़ेगा कि इस तरह के शिक्षकों का आँकड़ा बेहद कम होगा। जिन शिक्षकों की नौकरी स्थायी हो गई, वे मान कर चलते हैं कि अब उन्हें कोई नहीं निकाल सकता। अब तो वे तब तक सुरक्षित है, जब तक वे रिटायर नहीं हो जाते। इसलिए अनेक टीचर अपने काम को लेकर कतई गंभीरता नहीं बरतते, और तमाम राज्यों के शिक्षा विभाग अपने अध्यापकों को नियमित ट्रेनिंग भी नहीं देते।

मैं अपने अनुभव के आधार पर कह सकता हूँ कि 10 फीसद शिक्षकों को भी समय-समय पर होनेवाली ट्रेनिंग नहीं मिल पाती। अगर उन्हें ट्रेनिंग नहीं मिलेगी तो टीचिंग के क्षेत्र में हो रहे नए-नए बदलावों को लेकर किस तरह से अपने को तैयार करेंगे। हिंदी सूबों में तो स्थितियाँ बेहद खराब हैं। एक बात को समझ लेना चाहिए कि स्कूली शिक्षा में बड़ा सुधार किए बगैर हम संसार में सिर उठा कर नहीं चल सकते और किसी भी क्षेत्र में चाहे वह साहित्य हो या कला-संस्कृति, विज्ञान हो या खेल-कूद, विश्व के विकसित देशों की बराबरी में खड़े होने का सपना भी कैसे देख सकते हैं?

*(11 सितंबर, 2016, जनसेवा मेल)*

□

# अब लगेगी बिल्डरों पर लगाम

प्रधानमंत्री नरेंद्र मोदी ने तो 2022 तक हरेक भारतीय को घर देने का वादा कर ही दिया है। उस वादे को पूरा करने की दिशा में अरुण जेटली ने इस बार के बजट में दो दूरदर्शी कदम उठाए हैं। वित्त मंत्री अरुण जेटली ने आम बजट में सस्ते घरों को इन्फ्रास्ट्रक्चर का दर्जा दे दिया है। इससे गरीबों के लिए सस्ते घरों की आपूर्ति में वृद्धि की संभावना तेजी से बढ़ेगी। सरकार की चाहत है कि साल 2022 तक गरीबी रेखा से नीचे रहनेवाले सभी लोगों का अपना आवास हो जाए। इस लक्ष्य को पाने में बजट का यह फैसला मील का पत्थर साबित होगा। एक बात और, पहले सस्ते घरों की श्रेणी में मात्र चार महानगरों में केवल 30 वर्ग मीटर तक के घर ही शामिल होते थे। इसके साथ-साथ, पूरे भारत के अन्य शहरों में यह एरिया 60 मीटर था। इसमें पहले पूरा बिल्डअप एरिया गिना जाता था। बिल्डअप एरिया का मतलब वह एरिया होता है, जिस पर पूरा मकान बना होता है तथा जिसमें नींव, दीवारें और सीढ़ियाँ आदि भी शामिल होती हैं। अब इसको कारपेट एरिया में बदल दिया गया है। कारपेट एरिया यानी चार दीवारों के बीच घिरा रहनेवाला एरिया। इस दूसरे कदम के चलते लोगों को अब सस्ते दर पर ही पहले से बड़े मकान मिल पाने का रास्ता साफ हो गया है।

## होगा मोटा निवेश

वित्त मंत्री जेटली ने भी यह उम्मीद जताई है कि इन फैसलों से हाउसिंग सेक्टर में अब जमकर देशी और विदेशी निवेश भी होगा। रियल एस्टेट सेक्टर के कई विशेषज्ञ बता रहे हैं कि आम बजट ने सबसे ज्यादा फोकस हाउसिंग सेक्टर पर ही रखा है। एक तरफ होम लोन सस्ता होगा और दूसरी तरफ प्रत्यक्ष कर में प्रोत्साहन मिलने से रियल एस्टेट कंपनियाँ ज्यादा मकान बनाने की परियोजनाओं की शुरुआत करेंगी। सरकार ने उन बिल्डरों का भी खयाल रखा है, जिनके पास तैयार मकानों का स्टॉक फिलहाल मौजूद

है। मौजूदा नियम के मुताबिक तैयार होने के बाद भी अगर मकान नहीं बिकते हैं, तब भी कंपनियों को एक तरह का टैक्स देना पड़ता है। अब इन्हें मकान तैयार होने के एक वर्ष बाद तक कोई टैक्स नहीं देना पड़ेगा। यकीन मानिए कि बुनियादी उद्योग का दर्जा मिलने के बाद फंड के लिए तरसतीं और तरह-तरह के जुगाड़ और तिकड़मों से फंड जुटाती हाउसिंग सेक्टर कंपनियों को कई तरफ से फंड मिलने लगेगा। मसलन, अब यह कंपनियाँ पेंशन फंड व बीमा कंपनियों से भी कर्ज ले सकेंगी।

मेरा राजधानी से सटे नोएडा में आवास है। यहाँ सैकड़ों बिल्डर ग्राहकों को लूट रहे थे, कई स्तरों पर। इस कारण से साफ-सुथरे तरीके से काम करनेवाले बिल्डरों की भी छवि खराब हो रही थी। मेरे पास लगातार देश भर से बिल्डरों के ग्राहकों को परेशान करने को लेकर शिकायतें आती रही हैं। बिहार और उत्तर प्रदेश से तो आती ही थीं। अब तो गुवाहाटी, त्रिपुरा, शिलांग, कोलकाता, राँची, भोपाल और मुंबई तक से परिचित या परिचितों के परिचित डेरा जमाकर बैठ जाते थे, मदद के लिए, क्योंकि दिल्ली से निकट होने के कारण नोएडा में देश भर में रहनेवाले लोगों ने अपने फ्लैट बुक करा रखे थे, पर मुझे लगता है कि अब सबकुछ ठीक होने का वक्त आ गया है।

बहरहाल, अब रियल एस्टेट क्षेत्र में घरेलू और विदेशी निवेश बढ़ेगा, जिससे सबके लिए आवास के लक्ष्य को हासिल किया जा सकेगा। अब तक रियल एस्टेट सेक्टर लगभग अनियमित सा ही रहा है। इसमें बिल्डरों की कोई जवाबदेही नहीं रही है। हाँ, अब माना जा सकता है कि रियल एस्टेट सेक्टर में जवाबदेही आएगी और ग्राहकों के हितों को देखा जाएगा। दिल्ली से सटे एन.सी.आर. में एक्टिव बिल्डरों ने तो अँधेर मचा रखा था। वह वादा करने के बाद भी अपने ग्राहकों को वक्त पर घर नहीं दे रहे थे। मैं यह तो नहीं

कहता कि सारे खराब हैं, पर ज्यादातर का कामकाज पारदर्शी नहीं रहा। अभी एन.सी.आर. में ज्यादातर प्रोजेक्ट की डिलवरी में 19 से 25 महीनों की देरी हो रही है। कुछ तो 5–7 वर्ष पीछे चल रहे हैं। ग्राहकों को हाइकोर्ट और सुप्रीम कोर्ट तक जाना पड़ रहा है और धरना–प्रदर्शन तक करना पड़ रहा है। यह सब किसी को अपनी गाढ़ी कमाई के पैसे फँस जाने पर चक्कर से बाहर निकलने के लिए करना पड़े तो यह किसी भी सभ्य समाज का पारदर्शी व्यवहार या कारोबार तो हरगिज नहीं कहा जा सकता। औसतन फरीदाबाद में 25 महीने, गाजियाबाद में 19 महीने, ग्रेटर नोएडा में 24 महीने और गुरुग्राम में 22 महीने की देरी से काम हो रहा है। जाहिर है यह सारी स्थिति उन तमाम लोगों के लिए बेहद कष्टदायी है, जो अपने पैसे फँसाकर अपने ही घर की डिलीवरी का इंतजार कर रहे हैं।

अब वक्त आ गया है कि रियल एस्टेट कंपनियों को ग्राहकों के पक्ष में खड़ा होना होगा। उन्हें पारदर्शी व्यवहार करना ही होगा। मुझे कुछ समय पहले एक प्रमुख रियल एस्टेट एडवाइजरी कंपनी के सी.ई.ओ. बता रहे थे कि रियल एस्टेट कंपनियाँ 300 से 500 परसेंट के लाभ पर काम करती थीं। उसके ऊपर से विज्ञापनों का भारी–भरकम खर्च अलग से। अब जरा देख लीजिए कि इन हालातों में बेचारा ग्राहक कहाँ जाएगा। अगर ये अपने घरों के दाम तर्कसंगत तरीके से तय करें तो घरों के दाम सीमाओं में ही रहेंगे और ज्यादा–से–ज्यादा मेहनतकश और नौकरीपेशा लोगों के अपना घर होने का सपना जल्द ही पूरा हो सकेगा।

## धूर्त बिल्डर नहीं रहेंगे

नई परिस्थितियों में वे बिल्डर तो बाजार से गायब ही हो जाएँगे, जिनका एकमात्र लक्ष्य लूट–खसोट करना रहता है। उनमें से अनेक धूर्त नए कानून के मुताबिक जेल की हवा खाएँगे। ये विज्ञापनों पर बहुत मोटा खर्च करते हैं। अब तो इन्हें अपने प्रोजेक्ट वक्त पर पूरे करने ही होंगे। देरी के कारण अब तक इनकी मनमानी से जिन करोड़ों लोगों को दिक्कत हुई है, अब उनके चेहरे पर मुस्कान आने का वक्त आ गया है।

अफसोस यह है कि देश के हाउसिंग सेक्टर में सस्ते घर बनाने की दिशा में अब तक ठोस पहल नहीं हो रही थी। हाँ, लंबी–चौड़ी बातें जरूर हो रही हैं। आप खुद सोचिए कि क्या आज की स्थिति में ठीक–ठाक नौकरी पेशा इनसान भी मेट्रो या दूसरे या तीसरी श्रेणी के शहर में भी घर बनाने की हालत में हैं, लगभग नहीं।

यह कहने की जरूरत नहीं है कि अफोर्डेबल हाउसिंग शब्द सुनने में तो बहुत अच्छा लगता है, पर सस्ते घर बनानेवाले बिल्डर हैं कहाँ और कहाँ हैं बैंक, इसका उत्तर अब तक तो नकारात्मक ही मिलता रहा है, पर अब सरकार अफोर्डेबल हाउसिंग को गति देने का मन बना चुकी है। उसका लक्ष्य सबको 2022 तक सबको घर दिलवाने का

है। अगर बात पिछले कुछ दशकों के दौर की हो तो हमारे देश में अफोंडेबल हाउसिंग को गति देने के लिए जितनी गंभीरता दिखाई जानी चाहिए थी, उसका अभाव ही दिखा।

हालाँकि, अब पिछले दो-ढाई सालों में हालात सुधर रहे हैं। दुर्भाग्यवश उस इनसान के लिए तो स्पेस सिकुड़ता ही जा रहा था, जिसकी आर्थिक हालत पतली थी। रियल एस्टेट सेक्टर के सभी हितधारकों (स्टेक होल्डर्स) को एक बी.एच.के. के भी घर बनाने होंगे, ताकि कम आयवालों का भी गुजारा हो सके। दिल्ली में एक दौर में दिल्ली विकास प्राधिकरण (डी.डी.ए.) एल.आई.जी. फ्लैट खूब बनाता था, लेकिन पिछले कुछ दशकों में तो डी.डी.ए. भी एल.आई.जी. घर बनाने को लेकर गंभीर नहीं था। बिल्डर बिरादरी तो सिर्फ लक्जरी फ्लैट्स का ही निर्माण करना चाहती है। कारण यह है कि इसमें मुनाफा ज्यादा है। ऐसे हालात में गरीबों की कौन सुनेगा, और हाउसिंग सेक्टर की बात करते हुए इन्फ्रास्ट्रक्चर सेक्टर की अनदेखी नहीं की जा सकती। जाहिर तौर पर हरेक घर लेनेवाला वहाँ पर घर लेने को उत्सुक रहता है, जहाँ पर इन्फ्रास्ट्रक्चर यानी कि बिजली, पानी, सड़क और यातायात आदि की मूलभूत सुविधाएँ बेहतर हों, जहाँ पर स्कूल, कॉलेज, अस्पताल पहले से हैं। भारत में अफोर्डेबल और लक्जरी दोनों ही तरह के घरों के ग्राहक भारी तादाद में मौजूद हैं। अगर बिल्डर बिरादरी की नीयत साफ रहे तो उन्हें ग्राहकों का मिलना कभी भी कठिन नहीं होगा, पर आमतौर पर ग्राहकों के हक के लिए सोचनेवाले कम ही मिलते हैं। रियल एस्टेट फर्म भी मुनाफे से हटकर कुछ नहीं सोचती। बातें भले ही लंबी-चौड़ी क्यों न कर लें।

बहरहाल, मोदी सरकार अब रियल एस्टेट सेक्टर को गति देने की पहल कर चुकी है। अब बजट में भी इस सेक्टर पर तगड़ा फोकस रखा गया है। उम्मीद की जा सकती है, इस सेक्टर में स्थितियाँ तेजी से सुधरेंगी। ग्राहकों को उनका वाजिब हक मिलेगा और सबको अपना आशियाना मिल सकेगा।

## अब सुरक्षित ग्राहक

दरअसल मौजूदा मोदी सरकार देश के हाउसिंग सेक्टर में फैली अव्यवस्था और गड़बड़ियों को दूर करने के लिए निरंतर प्रयास कर रही है। पहले ही रियल एस्टेट बिल को मंजूरी दिलवा चुकी है। इसमें रियल एस्टेट नियामक प्राधिकरण की स्थापना का प्रावधान किया गया है। अब बिल्डरों को अपनी परियोजनाएँ समय पर पूरी करने के लिए एक अलग बैंक खाते में निर्धारित धनराशि जमा करनी होगी। कानून का उल्लंघन करनेवाले बिल्डरों पर तगड़ा जुरमाना भी लगेगा। अब तो यह दिखने ही लगा है कि लगातार निरंकुश हो गए बिल्डरों के खिलाफ कड़ी कार्रवाई भी हो रही है। उनके भोले-भाले ग्राहकों को लूटने के दिन अब बीत गए हैं।

## लीजिए हाउसिंग लोन

मोदी सरकार का रुख साफ भी है और दृढ भी है। वह यह कि देश के हाउसिंग सेक्टर में सुधार लाना और सस्ते घर उपलब्ध करवाना ही है, हर कीमत पर। इसी क्रम में बजट में व्यक्तिगत हाउसिंग लोन को बढ़ावा देने के लिए नेशनल हाउसिंग बैंक के जरिए 20 हजार करोड़ रुपए की राशि गरीबों में बाँटने का प्रावधान भी किया है। यह राशि बतौर होम लोन, अगले वित्त वर्ष के दौरान ही वितरित कर दी जाएगी। अब हिसाब लगाया जाए तो दस लाख के हिसाब से भी एक बेघर को लोन दिया जाए तो दो लाख गरीबों को लाभ तो हो ही जाएगा।

*(16-28 फरवरी, 2017, यथावत)*

□

# रियो खेल—बड़ी खेल भावना या पदक जीतना ?

साल 1951 में राजधानी के नेशनल स्टेडियम में प्रधानमंत्री जवाहरलाल नेहरू पहले एशियाई खेलों का उद्घाटन भाषण देते वक्त भारतीय खिलाड़ियों का आह्वान कर रहे थे, "पदक जीतने से अहम् है खेल भावना।" यानी पदक भले ही मिलें न मिलें, पर खेल भावना का खयाल रखा जाए। बीते दिनों प्रधानमंत्री नरेंद्र मोदी भी रियो ओलंपिक में भाग लेने वाले भारतीय दल के खिलाड़ियों से मिले। उन्होंने खिलाड़ियों को 'पदक जीतने' की शुभकामनाएँ दीं। उन्होंने पहलवान योगेश्वर दत्त को गोल्ड मेडल जीतने के लिए कहा। पं. नेहरू और प्रधानमंत्री मोदी के खिलाड़ियों से आह्वान में अंतर देखिए। अब भारतीय खिलाड़ी खेल भावना का मैदान में परिचय तो दें, पर पदक भी जीतें। होना भी यही चाहिए। आप आखिर मैदान में जीतने जा रहे हैं या अपनी मौजूदगी को दर्ज करवाने मात्र के लिए आप किसी अहम् खेल प्रतियोगिता में भाग लेते हैं, यह सवाल महत्त्वपूर्ण है।

इतना ही नहीं, प्रधानमंत्री नरेंद्र मोदी से पहले कोई भी प्रधानमंत्री ओलंपिक खेलों में भाग लेने के लिए जानेवाले भारतीय खिलाड़ियों से नहीं मिला है। इससे साफ है कि अब देश खेलों को लेकर गंभीर है। खिलाड़ियों को सुविधाएँ भी मिल रहा हैं। खिलाड़ी भी पदक जीतने की हरचंद कोशिश करने लगे हैं। मोटे तौर पर भारत की झोली में रियो में एक दर्जन के आसपास पदक आ सकते हैं। सायना नेहवाल को बैडमिंटन, जीतू राय को निशानेबाजी, मिश्रित युगल टेनिस (लिएंडर पेस और रोहन बोपन्ना), पुरुष हॉकी टीम, गोल्फ और कुश्ती में योगेश्वर को पदक मिल सकता है। इसके अलावा तीरंदाजी और एथलेटिक्स में भी हमें कुछ पदक मिल सकते हैं।

देश पुरुष हाकी में भी पदक की उम्मीद कर रहा है। हालाँकि यह भी सच है कि हमारी हॉकी टीम ने चैंपियंस ट्राफी में भले ही इतिहास रच दिया हो, लेकिन खिलाड़ियों

राज्य में महिलाओं के खिलाफ अपराध बढ़े हैं। दरअसल पिछले साल उत्तर प्रदेश के बुलंदशहर में नेशनल हाइवे पर माँ–बेटी के साथ हुए गैंगरेप के मामले ने देश भर का ध्यान अपनी ओर खींचा था। तब देश भर को पता चला था कि उत्तर प्रदेश में किस तरह से जंगलराज बढ़ता जा रहा है और महिलाओं के खिलाफ होनेवाले अपराधों में लगातार बढ़ोतरी होती जा रही है। यही नहीं, रेप की कोशिश के मामलों में भी 30 फीसद की बढ़ोतरी दर्ज की गई है। हम सभी जानते हैं कि ऐसी कोशिशों को पुलिस छेड़खानी कहकर टाल देती है और मामला दर्ज नहीं करती।

उत्तर प्रदेश में होनेवाले अपराध, देश के अन्य राज्यों में होनेवाले अपराधों की तुलना में औसतन दो गुना अधिक हैं। देश में जहाँ वर्ष 2010 से 2014 के बीच रेप के मामलों की संख्या 22,172 से बढ़कर 36 हजार 735 हो गई, वहीं इस दौरान उत्तर प्रदेश में रेप के मामलों में 121 प्रतिशत की बढ़ोतरी हुई। इतना ही नहीं, उत्तर प्रदेश दलितों के लिए भी बेहद असुरक्षित होता जा रहा है। साल 2015 में दलितों के खिलाफ अत्याचार के सबसे ज्यादा 8358 मामले भी देश में सबसे अधिक उत्तर प्रदेश में ही दर्ज किए गए हैं। नेशनल क्राइम रिकॉर्ड ब्यूरो द्वारा जारी आँकड़ों में ये तथ्य उजागर हुए हैं। गौरतलब है कि एन.सी.आर.बी. का कोई भी आँकड़ा केंद्र सरकार की कोई एजेंसी इकट्ठा नहीं करती, बल्कि राज्यों के एस.सी.आर.बी. (स्टेट क्राइम रेकॉर्ड ब्यूरो) द्वारा भेजे गए आँकड़ों का सिर्फ संकलन और विश्लेषण करती है।

एन.सी.आर.बी. के आँकड़ों के मुताबिक, वर्ष 2015 में उत्तर प्रदेश में हत्या के सबसे ज्यादा 4,732 मामले दर्ज किए गए। इसके बाद बिहार में 3,178 का आँकड़ा रहा।

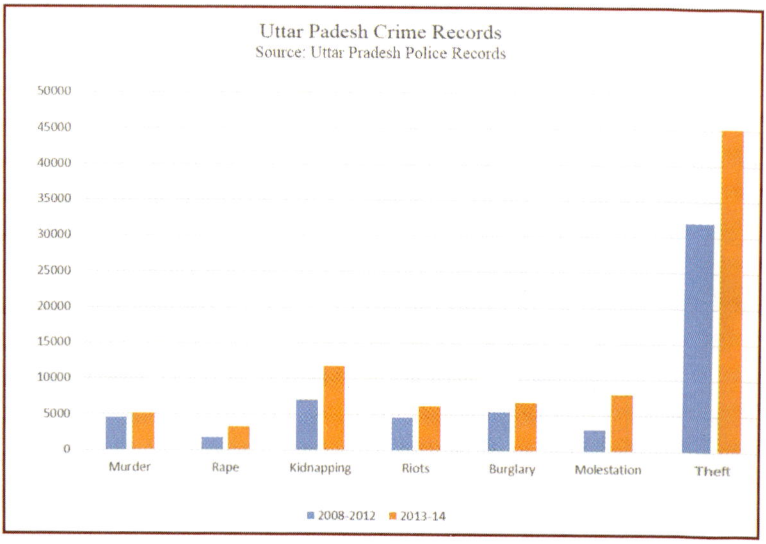

महिलाओं के खिलाफ अपराधों के मामले में तो उत्तर प्रदेश सबसे आगे रहा। यहाँ ऐसे 35,527 मामले दर्ज किए गए। इसके बाद पश्चिम बंगाल का नाम आता है।

अब उत्तर प्रदेश के एक और श्याम पक्ष को भी देख लीजिए। देश के 53 बड़े शहरों में होनेवाले जघन्य अपराधों के आँकड़ों में एन.सी.आर.बी. ने उत्तर प्रदेश के जिन सात शहरों को शामिल किया है, उनमें लखनऊ और आगरा में सबसे अधिक अपराध हुए। उत्तर प्रदेश में 2015 में लखनऊ में सबसे अधिक 118 नागरिकों की हत्याएँ हुईं। 2014 में यहाँ 109 हत्याएँ हुई थीं। वहीं 92 हत्याओं के साथ मेरठ दूसरे और 74 हत्याओं के साथ आगरा तीसरे नंबर पर रहा। देश के स्तर पर सबसे अधिक 490 हत्याएँ राजधानी दिल्ली में हुईं। लखनऊ में हर दिन 24 रेप, 21 अटेम्प्ट टू रेप, 13 मर्डर, 33 किडनैपिंग, 19 दंगे और 136 चोरियाँ। एक दिन में कुल 7,650 अपराध की घटनाएँ। यह देश के सबसे बड़े राज्य का सिर्फ एक दिन का रिपोर्ट कार्ड है। अब जरा इसे 365 दिन से गुणा कीजिए तो सिर चकरा देनेवाला डाटा सामने आएगा। ऐसा तब है, जब उत्तर प्रदेश पुलिस आए दिन अधिकांश अपराधों के मामलों में रिपोर्ट तक दर्ज नहीं करती है।

इसकी शिकायत अब तक तो अखिलेश यादव के नए बने मित्र राहुल गांधी की पार्टी ही करती रही है। अब भले ही वे यह नया नारा लगा रहे हैं कि "यू.पी. को यह साथ पसंद है।" अब यू.पी. को यह साथ पसंद है या नहीं, इसका खुलासा तो 11 मार्च को ही होगा। किसकी होली मनती है और किसकी खराब होती है, यह देखने का इंतजार सभी बेसब्री से कर रहे हैं।

*(18 फरवरी, 2017, स्वदेश)*

□

# रोक लगाओ रैगिंग पर

देश भर के कॉलेजों में नए सत्र का श्रीगणेश होने जा रहा है। दाखिले की प्रक्रिया चालू हो चुकी है और इसके साथ ही रैगिंग का भयावह शब्द भी जेहन में आ रहा है। इसे सुनकर ही सारे शरीर में सिरहन सी दौड़ने लगती है। हमारे यहाँ रैगिंग के नाम पर जिस तरह की सरेआम दिन-दहाड़े गुंडई होती रही है, वह वास्तव में भयावह है। न जाने कितने सपने सँजोकर बच्चे अपने स्कूली दिनों को समाप्त कर कॉलेजों में पहुँचते हैं और वहाँ उन्हें रैगिंग के नाम पर तमाम तरह की मानसिक और शारीरिक यातनाएँ दी जाती हैं। रैगिंग पर पूर्ण प्रतिबंध के बावजूद यह जारी है। इसकी मोटे तौर पर दो वजहें हो सकती हैं। पहली, अभिभावक अब अपने बच्चों को उस तरह से संस्कारी नहीं बना पा रहे हैं, जिस तरह की उनसे अपेक्षा की जाती है। उन्हें लगता है कि अपने बच्चे की शिक्षा पर भारी-भरकम निवेश करना ही पर्याप्त है। दूसरा, कॉलेज प्रशासनों की काहिली। वे यह क्यों नहीं सुनिश्चित करते कि उनके कॉलेजों के भीतर किसी भी सूरत में रैगिंग न हो। क्या रैगिंग करनेवाले छात्र अपराधी होते हैं, जिनसे उन्हें (प्रशासन) वास्तव में डर लगता है? अगर वास्तव में कुछ छात्र अपराधी प्रवृत्ति के हो चुके हैं तो उनकी शिकायत पुलिस से की जाए। उन पर कार्रवाई हो। उन्हें शिक्षण संस्थानों से निकाल बाहर क्यों नहीं किया जाता? रैगिंग को जड़ से तभी समाप्त किया जा सकता है, जब शैक्षिक संस्थान, सरकारी प्राधिकरण, मीडिया और सिविल सोसाइटी एक साथ मिलकर काम करें। जिला, राज्य और केंद्रीय स्तर पर रैगिंग-विरोधी दस्तों और समितियों की स्थापना करते हुए इस बुराई पर निरंतर दृष्टि रखी जा सकती है।

### उत्तर प्रदेश सबसे आगे

यू.जी.सी. के आँकड़ों पर गौर करें तो कॉलेजों में रैगिंग के मामले में उत्तर प्रदेश सबसे ऊपर है। उसके बाद पश्चिम बंगाल, मध्य प्रदेश, ओड़िशा तथा महाराष्ट्र है,

हालाँकि बाकी राज्यों में भी हालात कोई बहुत अच्छे नहीं हैं। कहने को कॉलेजों में एंटी रैगिंग सेल स्थापित हैं, पर ये सब दिखाने के लिए ही हैं, और तो और, मेडिकल, इंजीनियरिंग तथा आर्किटेक्चर कॉलेजों में भी रैगिंग का नंगा नाच बंद नहीं हो रहा। यहाँ पर उत्तर प्रदेश के मोदी नगर में स्थित एक कॉलेज की कुछ साल पहले की रैगिंग की घटना का जिक्र करना चाहूँगा। जब सारा देश 15 अगस्त, 2010 को आजादी का जश्न माना रहा था, उस दिन मोदीनगर के एस.आर.एम. कॉलेज में पढ़नेवाला नौजवान अभिषेक अपनी अंतिम साँसें गिन रहा था। उसे उसके साथियों ने पहले तो बुरी तरह से मारा-पीटा था। जब वह अधमरा हो गया तो उसे कॉलेज की छत से नीचे फेंक दिया गया। यह घटना रात 9-10 बजे की है। अभिषेक का कसूर बस इतना था कि उसने अपने उन सहपाठियों की शिकायत एंटी रैगिंग सेल में करने की हिमाकत कर दी थी, जो उसकी रैगिंग कर रहे थे। इस तरह के दर्जनों केस आपको सुनने को मिल जाएँगे।

## डॉक्टर अमन के हत्यारे

इसी तरह अमन काचरू का केस आपको याद होगा। हिमाचल प्रदेश के टांडा के राजेंद्र प्रसाद मेडिकल कॉलेज के छात्र अमन काचरू के केस ने सारे देश को हिलाकर रख दिया था। उसके चार सीनियर्स ने उसकी रैगिंग के नाम पर बेरहमी से पिटाई की। उस केस का यहाँ पर संक्षेप में उल्लेख करना जरूरी है। अमन काचरू रैगिंग मामले में धर्मशाला अदालत ने चार वरिष्ठ छात्रों को गैर-इरादतन हत्या का दोषी ठहराया और चारों को चार वर्ष कैद की सजा सुनाई थी, साथ ही अदालत ने चारों दोषी छात्रों पर 10-10 हजार रुपए का जुरमाना भी लगाया था। अमन काचरू की अंतिम वर्ष के छात्रों अजय वर्मा, नवीन वर्मा, अभिनव वर्मा और मुकुल शर्मा द्वारा रैगिंग लिये जाने के बाद

8 मार्च 2009 को मौत हो गई थी। हैरानी देखिए कि बाद में इन सभी को जेल से इनके बेहतर व्यवहार के कारण कुछ समय पहले ही रिहा कर दिया गया था। यही नहीं, इन सबको इनके कॉलेज ने फिर से दाखिला दे दिया, ताकि ये सब अपनी पढ़ाई पूरी कर सकें। अब तो अमन काचरू के हत्यारे कहीं डॉक्टरी कर रहे होंगे। तो क्या गया संदेश अमन केस का? आप रैगिंग करने के बाद भी बच जाते हैं। चूँकि अब फिर से कॉलेजों के सत्र शुरू होने का वक्त आ रहा है तो रैगिंग पर कठोरता से रोक लगाने की जरूरत है। एक अनुमान के अनुसार, देश भर के कॉलेजों में करीब 40 फीसदी छात्र-छात्राओं को रैगिंग का सामना करना पड़ता है। उनमें से सिर्फ नौ फीसदी घटनाएँ दर्ज की जाती हैं। इनके साथ कॉलेजों में रैगिंग की जाती है और वे अपनी पढ़ाई पर फिर ढंग से ध्यान नहीं दे पाते। वे हमेशा डरे-डरे रहते हैं। इसमें कोई शक नहीं कि रैगिंग के शिकार छात्रों का आत्मविश्वास खत्म हो जाता है।

## एलिट कॉलेजों में रैगिंग

रैगिंग को लेकर एक बेहद गंभीर मसला यह भी है कि इस महामारी से देश के एलिट कॉलेज भी बचे हुए नहीं हैं। कुछ साल पहले राजधानी के स्कूल ऑफ प्लानिंग ऐंड आर्किटेक्चर के फर्स्ट ईयर के एक छात्र की उसके सीनियर्स ने रात भर इस तरह रैगिंग की थी कि वह बिना सहारा चलने-फिरने लायक भी नहीं रहा। झारखंड का पीड़ित छात्र नवीन कुजुर एस.पी.ए. में बी. आर्क की पढ़ाई करने गया था। अपनी शिकायत में उसने बताया था कि उसके सीनियर्स ने उससे रैगिंग के नाम पर पूरी रात उठक-बैठक करवाई

और पुश अप करवाए। नवीन ने उनसे रहम की भीख माँगी, लेकिन उन्होंने उसकी एक नहीं सुनी। कॉलेज एडमिनिस्ट्रेशन ने स्वीकार किया कि उन्हें नवीन की शिकायत मिली थी। उनका कहना है कि किसी भी सीनियर के खिलाफ इसलिए कार्रवाई नहीं की जा सकी, क्योंकि उसने किसी का नाम नहीं लिया। जरा देख लीजिए कॉलेज प्रशासन के उत्तर को। निश्चित रूप से कॉलेज मैनेजमेंट ने अपनी जिम्मेदारी को नजरअंदाज किया। उन्हें दोषी छात्रों पर तुरंत एक्शन लेना चाहिए था, ताकि आगे कोई नवीन की तरह से रैगिंग का शिकार नहीं होता। रैगिंग को लेकर यू.जी.सी. ऐक्ट 1956 में सभी संस्थानों में रैगिंग–विरोधी नीति अपनाना अनिवार्य बनाया गया। इतने वर्ष बीत जाने के बाद भी यह ऐक्ट अभी तक अप्रभावी सिद्ध हुआ है और रैगिंग का चलन निरंतर जारी है। मतलब स्पष्ट है कि कुरीतियों को लेकर हम तब तक संवेदनहीन रहते हैं, जब तक कि स्वयं उसके शिकार नहीं हो जाते। जो लोग अपने सीनियर्स की रैगिंग का शिकार बने हैं, वे यह जानते हैं कि यह कितनी पीड़ादायक है। अनेक विद्यार्थियों को रैगिंग के कारण अपनी पढ़ाई छोड़नी पड़ी और कुछ ने तो अपनी जान तक दे दी। गोस्वामी तुलसीदास बहुत पहले कह गए हैं कि 'भय बिनु होई न प्रीति'। मतलब साफ है कि समाज में कुछ राक्षसी तत्त्वों के लिए सख्ती आवश्यक है। देर से ही सही; रैगिंग में लिप्त कथित छात्रों को जेल हो। उन्हें शिक्षा, चुनाव लड़ने और किसी भी प्रकार की सरकारी नौकरी या सहायता से वंचित किया जाए।

*(18 जून, 2017, युगवार्ता)*

□

# वाजिब नहीं कनाडाई मंत्री का बयान

कनाडा के रक्षा मंत्री हरजीत सिंह सज्जन के भारत दौरे की जब घोषणा हुई, तो वास्तव में मुझे बहुत अच्छा लगा था। वे भारतीय मूल के कैनेडियन नागरिक हैं। उनके दो साल पहले कनाडा का रक्षा मंत्री बनने पर भारत में भी उत्साह का वातावरण बना था। सारे भारत को आमतौर पर तथा पंजाब और पंजाबियों को खास तौर पर, गर्व का एहसास हो रहा था कि उनका ही एक भाई सात समंदर पार जाकर इतने ऊँचे मुकाम पर पहुँचा है।

## विवादास्पद दौरा

दुर्भाग्यवश हरजीत सिंह सज्जन का भारत का दौरा शुरू होने से पहले ही विवादों के घेरे में आ गया, जब पंजाब के मुख्यमंत्री अमरिंदर सिंह ने स्पष्ट कर दिया कि वे सज्जन से कतई नहीं मिलेंगे। उन्होंने इसकी वजह यह बताई कि वे खालिस्तान के समर्थक रहे हैं। उनके इस फैसले की कई स्तरों पर आलोचना भी हुई।

## सज्जन और खालिस्तान

सज्जन लाख मना करते रहे कि उनके खालिस्तानी तत्त्वों से कनाडा में कोई संबंध नहीं हैं, पर उनके बीते पंजाब दौरे के समय सिख चरमपंथियों ने खालिस्तान के समर्थन में नारेबाजी की और स्वर्ण मंदिर के बाहर शिरोमणि गुरुद्वारा (एस.जी.पी.सी.) प्रबंधक समिति के कार्यबल के स्वयंसेवियों से भिड़ भी गए। ये प्रदर्शनकारी कट्टरपंथी शिरोमणि अकाली दल (अमृतसर) और अन्य चरमपंथी संगठनों के थे और स्वर्ण मंदिर के बाहर ही खड़े रहे। इनके हाथों में सज्जन का स्वागत और पंजाब सरकार की आलोचना वाले पोस्टर, बैनर और प्लेकार्ड थे। सज्जन जैसे ही स्वर्ण मंदिर पहुँचे, इन लोगों ने खालिस्तान के समर्थन में नारेबाजी शुरू कर दी। एस.जी.पी.सी. कार्यबल के सदस्यों ने इन्हें सज्जन

के पास जाने से रोक दिया। सज्जन ने स्वर्ण मंदिर में मत्था टेका और लगभग एक घंटे तक वहीं रहे। उन्होंने परिक्रमा भी की और कुछ देर बैठे। पंजाब जाने से पहले राजधानी दिल्ली में उनका भव्य स्वागत हुआ। रक्षा मंत्री अरुण जेटली ने भी उनसे भेंट की। दोनों नेताओं ने भारत और कनाडा के बीच रक्षा और सुरक्षा सहयोग बढ़ाने के मुद्दे पर विस्तृत चर्चा की।

## क्यों उठाया 84 के दंगों का मसला

सवाल यह है कि क्या सज्जन को अपने भारत दौरे के समय 1984 में सिख विरोधी दंगों जैसे संवेदनशील सवाल को उठाना चाहिए था? उस कत्लेआम को तो कतई जायज नहीं माना जा सकता। सबको मालूम है कि उस कत्लेआम में कांग्रेस के गुंडे खुलेआम लिप्त थे। कांग्रेस के कई बड़े नेताओं ने तो बाजाप्ता दंगाइयों की कमान सँभाल रखी थी, लेकिन यह भी तो किसी अन्य देश के रक्षा मंत्री को शोभा नहीं देता कि वह इंदिरा गांधी की हत्या के बाद भड़काए गए उन दंगों का मसला सार्वजनिक रूप से उठाए। उन्होंने इंडियन एक्सप्रेस के साथ एक साक्षात्कार में कहा, "1984 में भारत में सिख विरोधी दंगों से उनके देश में रहनेवाले सिख भी बहुत आहत हुए थे। उन दंगों के संबंध में सोचकर मुझे लगता है कि हम कितने भाग्यशाली हैं कि कनाडा में रहते हैं, जिधर मानवाधिकारों को लेकर संवेदनशीलता बरती जाती है।"

जब दिल्ली में सिखों का कत्लेआम हो रहा था, तब केंद्र में कांग्रेस की सरकार थी। पी.वी. नरसिंह राव देश के गृह मंत्री थे। वे मौनीबाबा के अंदाज में तीन दिनों तक अज्ञातवास में चले गए थे, जब सिख भाई खुलेआम मारे जा रहे थे। मैं तब दिल्ली में ही

था। मैंने उन काले दिनों को अपनी आँखों से देखा है। इंदिरा गांधी की हत्या के बाद सारे देश में माहौल तनावपूर्ण हो गया था। सारा देश स्तब्ध था। जब राजीव गांधी प्रधानमंत्री पद की शपथ ले रहे थे, ठीक उसी वक्त दिल्ली की सड़कों-कॉलोनियों में कत्लेआम चालू हो चुका था। 'खून का बदला खून', 'सरदार गद्दार हैं'—इस तरह के नारे लगाते हुए हत्यारे सिखों को सरेआम जला रहे थे। उनकी संपत्ति लूट रहे थे। कांग्रेस के कई बड़े नेताओं जैसे हरकिशन लाल भगत, जगदीश टाइटलर, धर्मदास शास्त्री, सज्जन कुमार आदि सिखों के खिलाफ भीड़ को उकसा रहे थे। इन नेताओं को सैकड़ों लोगों ने दंगा भड़काते हुए देखा। अखबारों ने लिखा। फोटो भी छपे। राजीव गांधी प्रधानमंत्री थे। उन्होंने तो दंगों को रोकने की न तो कोशिश की, न ही खेद व्यक्त किया। मात्र इतना कहा, "जब कोई बड़ा बरगद का वृक्ष गिरता है, तब जमीं तो हिलती ही है।" यानी दंगाइयों को प्रकारांतर से छूट दे दी।

31 अक्तूबर, 1984 को इंदिरा गांधी की हत्या हुई और 1 नवंबर से देश में लोकतंत्र का खून हुआ। अगले तीन दिन में देश भर में हजारों सिख मारे गए। सबसे ज्यादा खराब हालत थी दिल्ली में। अकेले दिल्ली में करीब तीन हजार सिखों की हत्या हुई। पूर्वी दिल्ली में कल्याणपुरी, शाहदरा, पश्चिमी दिल्ली में सुल्तानपुरी, मंगोलपुरी, नांगलोई, दक्षिणी दिल्ली में पालम कॉलोनी और उत्तरी दिल्ली में सब्जी मंडी और कश्मीरी गेट जैसे कुछ ऐसे इलाके हैं, जहाँ सिखों के पूरे-पूरे परिवार खत्म कर दिए गए। सागरपुर, महावीर एनक्लेव और द्वारकापुरी—दिल्ली कैंट के वे इलाके हैं, जहाँ सिख विरोधी हिंसा में सबसे ज्यादा मौतें हुईं। हिंसा के शिकार लोग जब पुलिस से मदद माँगने गए तो पुलिस ने उनकी शिकायत दर्ज करने से इनकार कर दिया। ऊपर का आदेश है, कहकर भगा दिया। इन तथ्यों से इनकार नहीं किया जा सकता, पर कनाडा के रक्षामंत्री उन दंगों को भारत आकर उठाएँ, यह बात भी समझ से परे है। यह तो सीधे तौर पर भारत की सार्वभौम सत्ता पर प्रश्न चिह्न उठाना हुआ। देश के आंतरिक मामलों में इस प्रकार की सीधी दखलंदाजी अच्छी बात नहीं है।

## कनाडा में खालिस्तानी

बेशक, कनाडा हमारा मित्र राष्ट्र है। कनाडा में लाखों भारतवंशी बसे हुए हैं, साथ ही यह भी सच है कि वहाँ पर खालिस्तानी तत्त्व मजबूत रहे हैं। कनाडा की ओंटारियो विधानसभा ने हाल ही में 1984 के सिख विरोधी दंगों को सिख नरसंहार और सिखों का राज्य प्रायोजित कत्लेआम करार देनेवाला एक प्रस्ताव पारित किया था। ये सब गंभीर मामले हैं। ये भारत के आतंरिक मामलों में हस्तक्षेप करने के समान है। इस तरह की बातों से साफ होता है कि कनाडा में भारत विरोधी तत्त्व सक्रिय हैं। ये खालिस्तान समर्थक हैं।

आरोप थे कि पंजाब के हालिया विधानसभा चुनाव में आम आदमी पार्टी को कनाडा से करोड़ों रुपए की मदद खालिस्तानी कर रहे थे। उनका मकसद और कुछ नहीं, बस पंजाब राज्य में माहौल खराब करना है। पंजाब में केजरीवाल को खालिस्तानी आतंकवादियों का समर्थन प्राप्त होने के आरोप भी लगते रहे हैं। क्या कोई भूल सकता है कनिष्क विमान हादसा। कहा जाता है कि 1984 में स्वर्ण मंदिर से आतंकियों को निकालने के लिए हुई सैन्य कार्रवाई के विरोध में यह हमला किया गया था। मांट्रियाल से नई दिल्ली जा रहा एयर इंडिया का विमान कनिष्क 23 जून, 1985 को आयरिश हवाई क्षेत्र में उड़ते समय, 9,400 मीटर की ऊँचाई पर बम से उड़ा दिया गया था और वह अटलांटिक महासागर में दुर्घटनाग्रस्त हो गया था। इस आतंकी हमले में 329 लोग मारे गए थे, जिनमें से अधिकांश भारतीय मूल के कनाडाई नागरिक ही थे। इसी दिन एक घंटे के भीतर जापान की राजधानी टोक्यो के नरिता हवाई अड्डे पर एयर इंडिया के एक अन्य विमान में विस्फोट किया गया था, जिसमें सामान ढोनेवाले दो व्यक्तियों की मौत हो गई थी। इस मामले में इंदरजीत सिंह रेयात एकमात्र व्यक्ति है, जिसे दोषी ठहराया गया। जिस समय उसमें बम विस्फोट हुआ, तब वह लंदन के हीथ्रो हवाई अड्डे से करीब 45 मिनट की दूरी पर था। कनिष्क विमान ब्रिटेन के समय के मुताबिक सुबह आठ बजकर 16 मिनट पर अचानक राडार से गायब हो गया था और विस्फोट के बाद विमान का मलबा आयरलैंड के तटवर्ती इलाके में बिखर गया था। दोनों बम विस्फोट कनाडा के वैंकुवर शहर के खालिस्तानी चरमपंथियों ने 1984 के स्वर्ण मंदिर को उग्रवादियों से मुक्त कराने के लिए की गई सैन्य कार्रवाई का बदला लेने के लिए किए थे। भारत में खालिस्तान नामक अलग सिख राज्य की माँग के लिए आंदोलन कर रहे बब्बर खालसा नामक सिख अलगाववादी गुट के सदस्य मुख्य संदिग्धों में शामिल थे।

बब्बर खालसा यूरोप और अमेरिका में गैर-कानूनी आतंकवादी समूह के रूप में प्रतिबंधित था। इसलिए यह तो सबको पता है कि खालिस्तानी कनाडा में लंबे समय से भारत विरोधी गतिविधियाँ चलाते रहे हैं। यह सभी को पता है ही कि इंदिरा गांधी की हत्या के बाद दिल्ली और समूचे भारत में हजारों सिखों के कत्लेआम में अपनी भड़काऊ और कुटिल भूमिका को लेकर पिछले 32 साल से भी ज्यादा समय से कांग्रेस बैकफुट पर ही रहती आई है। पिछले तीन दशकों से भी ज्यादा समय से 1984 के पीड़ितों के परिवारों को इनसाफ नहीं मिल पाना, न सिर्फ भारतीय लोकतंत्र और न्यायपालिका पर एक धब्बा है, बल्कि यह नरसंहार के लिए जिम्मेदार कांग्रेस और इसके दागी नेताओं को भी लगातार कठघरे में खड़ा करता है। बहरहाल, हरजीत सिंह सज्जन की विवादास्पद भारत यात्रा के बाद भी भारत-कनाडा के संबंध और मजबूत होते रहेंगे। दोनों देश एक-दूसरे से परस्पर सहयोग करते रहेंगे। प्रधानमंत्री नरेंद्र मोदी भारत-कनाडा संबंधों को प्रगाढ़ बनाने को

लेकर शुरू से ही गंभीर रहे हैं। प्रधानमंत्री पद पर आसीन होने के बाद वे कनाडा की यात्रा पर गए भी थे। तब भारत ने कनाडा से तीन हजार टन से ज्यादा यूरेनियम खरीदने के एक समझौते पर हस्ताक्षर किए थे। आशा की जानी चाहिए कि छोटे-मोटे विवादों को दरकिनार कर दोनों देश अपने मैत्रीपूर्ण संबंधों को नई दिशा देते रहेंगे।

*(7 मई, 2017, युगवार्ता)*

□

# हिंदी हो चुकी अब विश्व भाषा

अब आप न्यूयॉर्क से लंदन और न्यूजीलैंड से नाइजीरिया, सिंगापुर से सिडनी, फिजी से फिनलैंड, म्याँमार से मॉरीशस, कहीं भी चले जाइए, आपको हिंदी सुनने को मिल ही जाएगी। बाजारों, मॉल्स, यूनिवर्सिटी कैंपस, एफ.एम. रेडियो और दूसरे सार्वजनिक स्थानों पर लोग-बाग हिंदी में बातचीत करते हुए मिल जाएँगे, यानी हिंदी ने एक प्रमुख अंतरराष्ट्रीय भाषा के रूप में अपना स्थान बना लिया है। इसकी दो-तीन वजहें समझ आ रही हैं। पहली, पूरी दुनिया में करीब डेढ़ करोड़ से ज्यादा प्रवासी भारतीय बसे हुए हैं। ये आपको संसार के हर बड़े-छोटे शहर में मिल ही जाएँगे। ये भारतीय अपने साथ हिंदी भी लेकर बाहर गए हैं।

भले ही तमिलनाडु का कोई शख्स भारत में तमिल में ही बतियाता हो, पर देश से बाहर वह किसी अन्य भारतीय के साथ हिंदी ही बोलता है। उससे भी मिस्र, मलेशिया, थाईलैंड, खाड़ी और अफ्रीकी देशों में एयरपोर्ट पर मिलनेवाले टूरिस्ट गाइड से लेकर होटलों का स्टाफ तक भी, भले ही टूटी-फूटी हिंदी में ही सही, संवाद स्थापित करने की कोशिश करता है। दरअसल, जैसे ही हम भारतीय किसी अन्य देश के एयरपोर्ट से बाहर निकलते हैं, हमें भारतीय के रूप में पहचाना जाने लगता है। आपको 'क्या हालचाल है?', 'भारतीय हो?', 'कैसे हो?' 'नमस्ते' 'प्रणाम' जैसे छोटे वाक्य और शब्द सुनने को मिलने लगते हैं। दूसरा, अब भारतीय भी दुनिया भर में घूम रहे हैं, चूँकि इनकी आर्थिक स्थिति अब सुधर रही है। ये दुबई से लेकर डरबन तक हवाई जहाज से ऑस्ट्रेलिया तक जा रहे हैं, दुनिया देखने के लिए, मौज-मस्ती करने के लिए।

इसलिए इन धनी हिंदुस्तानियों को प्रभावित करने के लिए तमाम देशों के पर्यटन उद्योग से जुड़े कुछ लोग हिंदी सीख रहे हैं। मैं हाल के दौर में स्कॉटलैंड, लंदन से लेकर सिंगापुर और ऑस्ट्रेलिया गया अपने कामकाज के सिलसिले में। मुझे थोड़ी-बहुत हिंदी बोलते हुए अफ्रीकी देशों के अधिकांश नागरिक मिले। लंदन में केन्या मूल के एक

कारोबारी मिले। मैंने उन्हें बातचीत में बताया कि मैं भारत से हूँ। इस पर वे कलेजे पर हाथ रखकर कहने लगे, "भारत तो मेरी जान है। मैं जयपुर में पढ़ा हूँ।" चेस कैनयाटा नाम के वे सज्जन गुजारे लायक हिंदी जानते-समझते थे।

एक बार मैं मॉरीशस की राजधानी पोर्ट लुईस के व्यस्त बाजारों के बीच पैदल निकल रहा था कि कोई पुकार आई, "आइए, आइए, एकदम सस्ता है, बढ़िया है।" मैंने दाएँ-बाएँ देखा, सारी दुकानों पर चाइनीज ही बैठे नजर आए, तब तक कपड़े की एक दुकान से एक बूढ़े चाइनीज ने इशारा किया, "अंदर आ जाइए।" मैं अंदर गया और पहला प्रश्न पूछा, "आपको हिंदी आती है क्या?" चाइनीज दुकानदार मुसकराया और बोला, "मॉल बेचना है तो हिंदी भी तो सीखना ही पड़ता है न? यहाँ भारतीय बड़ी संख्या में आते हैं, फ्रेंच और अंग्रेज के बराबर ही, तो मुझे तो चाइनीज के अलावा फ्रेंच, अंग्रेजी, हिंदी और क्रियोल (स्थानीय अफ्रीकी) सभी कुछ बोलना जरूरी होता है। नहीं तो मेरा मॉल बिकेगा कैसे?" यह है बाजारवाद की मजबूरी। जब हिंदीभाषी खरीदारों में शामिल हो गए तो बाजार को हिंदी सीखनी पड़ी।

यकीन मानिए हिंदी को जानने-समझने की लालसा समूचे संसार में देखी जा रही है। बेशक हिंदी प्रेम और मानवीय संवेदनाओं की बेजोड़ भाषा है। लगभग सभी टैक्सीवाले भी कुछ-न-कुछ हिंदी समझ लेते हैं। कम-से-कम एकाध लाइन हिंदी फिल्मों का गाना तो गुनगुना ही देते हैं।

इसके साथ ही भारत की पुरातन संस्कृति, इतिहास और बौद्ध धर्म से संबंध भी स्वाभाविक रूप से बाकी विश्व को हिंदी व भारत से जोड़ते हैं। कम ही लोगों को मालूम है कि टोक्यो यूनिर्विसिटी में 108 वर्ष पूर्व सन् 1908 में ही हिंदी के उच्च अध्ययन का श्रीगणेश हो गया था। कुछ साल पहले इस विभाग ने अपनी स्थापना के 100 साल पूरे

किए। जापान में भारत को लेकर जिज्ञासा के बहुत से कारण रहे। गुरुदेव रवींद्रनाथ टैगोर चार बार वहाँ की यात्रा पर गए। बौद्ध धर्मावलंबी देशों के लोगों का भारत से स्वाभाविक संबंध तो रहा ही है। अब तो जापानी मूल के लोग ही टोक्यो यूनिवर्सिटी में हिंदी भी पढ़ा रहे हैं। क्या यह छोटी बात है ? वहाँ पर हर वर्ष करीब 20 विद्यार्थी हिंदी में स्नातकोत्तर अध्ययन के लिए दाखिला लेते हैं। अमेरिका के भी येले, न्यूयॉर्क, विनकांसन वगैरह विश्वविद्यालयों में हिंदी पढ़ाई जा रही है। इनमें छात्रों की तादाद भी लगातार बढ़ती जा रही है। वहाँ भी अमेरिकी या भारतीय मूल के अमेरिकी नागरिक ही हिंदी अध्यापन कर रहे हैं।

जर्मनी और पूर्व सोवियत संघ और उसके सहयोगी देशों जैसे पोलैंड, हंगरी, बुल्गारिया, चेकोस्लोवाकिया वगैरह में भी हिंदी के अध्ययन की लंबी परंपरा रही है। कुछ दिन पहले जर्मनी के ट्यूबिंयन विश्वविद्यालय में कार्यरत प्रोफेसर दिव्यराज अमिय मुझसे मिलने आए थे। वे बता रहे थे कि जर्मन मूल के हिंदी और संस्कृत के प्राध्यापक जितने गंभीर और गहरे भाषा विज्ञान के विशेषज्ञ हैं, उतने तो भारतीय मूलवाले प्राध्यापक भी नहीं हैं।

एक दौर में सोवियत संघ और पूर्वी यूरोप के बहुत से देशों और भारत की नैतिकताएँ और मान्यताएँ भी लगभग समान थीं। वहाँ पर कम्युनिस्ट व्यवस्था थी, जबकि भारत में नेहरूवियन सोशलिज्म का प्रभाव था। दुनिया के बहुत से नामवर विश्वविद्यालयों में हिंदी चेयर इंडियन काउंसिल आफ कल्चरल रिलेशंस (आई.सी.सी.आर.) के प्रयासों से ही स्थापित हुई। इनमें साउथ कोरिया के बुसान और सियोल विश्वविद्यालयों के अलावा पेइचिंग, त्रिनिदाद, इटली, बेल्जियम, स्पेन, तुर्की, रूस वगैरह के विश्वविद्यालय शामिल हैं। उधर साउथ कोरिया में हिंदी सीखने की बड़ी वजह बिजनेस है। दरअसल वहाँ की अनेक बहुराष्ट्रीय कंपनियाँ भारत में तगड़ा निवेश कर चुकी हैं। इनमें हुंदुई, सैमसंग, एलजी शामिल हैं।

ये अपने उन्ही पेशेवरों को भारत भेजती हैं, जिन्हें हिंदी का कुछ ज्ञान हो। मतलब यह है कि बाजार का फीडबैक लेने के लिए साउथ कोरिया की कंपनियों को भारत के मुलाजिमों पर ही भरोसा न करना पड़े।

भले ही हिंदी के लिए यह कहा जाता रहे कि यह रोजी-रोटी के साथ न जुड़ी हो, पर प्रेम, संस्कृति और मानवीय संवेदना की भाषा के रूप में तो इसने अपने लिए हर देश में जगह बना ली है। उसी के चलते हर साल हजारों विदेशी हिंदी का अध्ययन करते हैं। अब तो बहुराष्ट्रीय कंपनियों ने भी कई विभागों जैसे मार्केटिंग, प्रोक्योरमेंट और कस्टमर रिलेशंस में काम करनेवालों के लिए काम चलाऊ हिंदी का ज्ञान अनिवार्य बना दिया है और इसके लिए बाकायदा क्लासेज भी लगाई जाती हैं। जब से चीनी कंपनियों ने भारत के बाजार में तेजी से अपनी पैठ बनाना शुरू किया है, सुनने में आ रहा है कि अब चीनी

कंपनियों ने पाकिस्तानियों को नियुक्त करना शुरू कर दिया है, जो कि चीनी व्यावसायियों और प्रबंधकों को हिंदी सिखा रहे हैं।

निर्विवाद रूप से हिंदी को संसार के कोने-कोने में लेकर जाने में हिंदी फिल्मों और राजकपूर, देवानंद और अमिताभ बच्चन जैसे महान् कलाकारों की शानदार भूमिका रही है। हिंदी फिल्मों को देखने के प्रति भारतवंशी ही लालायित नहीं रहते। इनको लेकर पूर्व सोवियत यूनियन (अब रूस) से लेकर खाड़ी के देशों में, अफ्रीका से लेकर दक्षिण पूर्व एशियाई समेत तमाम अन्य देशों में भी अभूतपूर्व क्रेज है। पूर्व सोवियत संघ और उसके सहयोगी देशों, जैसे पोलैंड, हंगरी, बुल्गारिया, चेकोस्लोवाकिया वगैरह में हिंदी फिल्मों के लाखों चाहनेवाले रहे हैं।

किसे नहीं मालूम कि राज कपूर ने अपनी फिल्मों के माध्यम से हिंदी की कितनी सेवा की है। एक दौर में सोवियत संघ की जनता राज कपूर की 'आवारा', 'श्री 420', 'मेरा नाम जोकर' समेत तमाम फिल्मों को इसलिए पसंद करती थी, क्योंकि उनमें भविष्य को लेकर एक संभावना का संदेश मिलता था। राजकपूर की फिल्में निराशावादी नहीं होती थीं। सोवियत संघ में राज कपूर की कामयाबी की वजह मुझे यह समझ आती है कि यही हाल भारतीय भोजन का है। नान-रोटी और करी चिकेन से लेकर मसाला डोसा तक अंतरराष्ट्रीय व्यंजन बन चुके हैं। जब मैं विदेशों में भारतीय रेस्टोरेंट में जाता हूँ तो वहाँ बैठे 75 फीसद लोग विदेशी मूल के ही होते हैं और कामचलाऊ हिंदी बोलते मिलते हैं।

पिछले सप्ताह की एक मनोरंजक घटना का उल्लेख करना चाहूँगा। मैं स्कॉटलैंड के सुदूर ग्रामीण इलाके आयरशायर के एक भारतीय रेस्टोरेंट 'रूपी रूम' में भोजन के लिए गया। मैं भोजनोपरांत हाथ-मुँह धोने बाथरूम में गया, जब मैं हाथ-मुँह धोकर बाहर निकल रहा था, तब एक लंबा-चौड़ा स्काटिश अधेड़ व्यक्ति दरवाजे पर ही खड़ा था।

उसने मुझे देखते ही दोनों हाथ जोड़कर ऊँची आवाज में 'नमस्ते' कहा। शायद उसे हिंदी का एक ही शब्द आता था। यह है हिंदी की बढ़ती लोकप्रियता।

पिछली सदी के पाँचवें दशक का दौर रूस के लिए बेहद निराशा-हताशा का दौर था। दूसरे महायुद्ध ने रूस को खोखला कर दिया था। तब हर तरह की कमी देश में महसूस की जा रही थी। उस दौर में राजकपूर की फिल्मों ने उनके देशवासियों को जीने के लिए प्रेरित किया था। रूस के पूर्व राष्ट्रपति बोरिस येल्तसिन का तो पंसदीदा गाना था—"आवारा हूँ···"।

अब कुछेक सालों से जापान में भी हिंदी फिल्मों की लोकप्रियता बढ़ती जा रही है। जर्मनी में तो हिंदी फिल्मों का प्रदर्शन कर ही हिंदी सिखाई जाती है। 'एक था टाइगर', 'धूम-टू', 'थ्री इडियट्स' और 'इंग्लिश-विंग्लिश' जैसी हिंदी फिल्मों को जापानी जनता ने खूब सराहा। उन्हें अपार सफलता मिली और हिंदी फिल्मों के संगीत के तो क्या कहने? मैं बीते चालीस सालों में दुनिया के 50 से भी ज्यादा देशों में गया। मैंने पाया कि सभी देशों के नागरिक हिंदी फिल्मों और इसके संगीत से जरूर वाकिफ हैं। ईस्ट अफ्रीकी देशों, जैसे केन्या, तंजानिया और यूंगाडा में बसे भारतवंशियों के किसी कार्यक्रम में हिंदी फिल्मों के गाने न बज रहे हों, यह नहीं हो सकता।

सात समंदर पार हिंदी फिल्मों के सितारों में अमिताभ बच्चन लोकप्रियता के शिखर पर हैं। हिंदी फिल्मों के गीतों को सभी आयु वर्ग के लोग गुनगुनाते रहते हैं 'डॉन' फिल्म का मशहूर गाना—'खाई के पान बनारस वाला···' तो मैंने कई देशों के लोगों को गाते हुए सुना है। हिंदी का देश से बाहर जो अध्ययन कर रहे हैं, वे बड़ी तादाद में हिंदी फिल्मों से भी प्रेरित होते रहे हैं।

जहाँ-जहाँ भारतीय बसे हैं, वहाँ भारतीय व्यंजनों की तरह हिंदी फिल्में भी पहुँचने लगी हैं। डिजिटल क्रांति के बाद हिंदी फिल्में तेजी से मूल रूप में सारी दुनिया में दस्तक देने लगी हैं। सर्वाधिक भारतीयवंशी अफ्रीकी देशों में बसे हुए हैं। वे अपने मनोरंजन के लिए हिंदी फिल्में देखते हैं। कुछ साल पहले दक्षिण अफ्रीका में ही आईफा अवार्ड समारोह में आमिर खान की 'लगान' फिल्म का भव्य वर्ल्ड प्रीमियर हुआ था।

वस्तुतः होता यह है कि आप जैसे ही भारत से बाहर कदम रखते हैं तो आप पाते हैं कि सिर्फ भारतवंशियों की ही नहीं, पाकिस्तानियों, बाँग्लादेशियों, नेपालियों की भी संपर्क भाषा हिंदी ही है। अमेरिका के कई हिंदी सिखानेवाले स्कूलों में दूसरी-तीसरी पीढ़ी के भारतवंशियों को चर्चित हिंदी फिल्मों के लोकप्रिय गानों और संवादों के माध्यम से ही हिंदी सिखाई जा रही है। देश से बाहर हिंदी को स्थापित करवाने में कई विदेशी विद्वानों का योगदान भी उल्लेखनीय रहा है।

इस लिहाज से मैं ब्रिटेन के प्रो. रोनाल्ड स्टुर्टमेक्ग्रेगर का उल्लेख करना चाहूँगा। वे हिंदी के सच्चे प्रेमी थे। उनसे ज्यादा शायद ही किसी ने पश्चिमी दुनिया में हिंदी की सेवा की हो। उन्होंने 1964 से लेकर 1997 तक कैंब्रिज यूनिवर्सिटी में हिंदी पढ़ाई। वे चोटी के भाषा विज्ञानी, व्याकरण के विद्वान्, अनुवादक और हिंदी साहित्य के इतिहासकार थे।

प्रो. मेक्ग्रेगर ने आचार्य रामचंद्र शुक्ल पर गंभीर शोध किया। उन्होंने हिंदी साहित्य के इतिहास पर दो खंड तैयार किए। इसी क्रम में एक नाम चीन के प्रोफेसर च्यांग चिंगख्वेइ का लेने का भी मन कर रहा है। प्रो. च्यांग चिंगख्वेइ ने चीन में हिंदी के प्रचार-प्रसार के लिए अपना जीवन समर्पित कर दिया है। वे लगभग 25 सालों से पेइचिंग यूनिवर्सिटी के हिंदी विभाग से जुड़े हैं। वे आजकल पेइचिंग यूनिवर्सिटी के सेंटर फॉर इंडियन स्टडीज के अध्यक्ष हैं।

उन्हें 2007 में न्यूयॉर्क में आयोजित आठवें विश्व हिंदी सम्मेलन में सम्मानित किया गया था। वे हिंदी में लगातार कहानियाँ भी लिख रहे हैं और एक नाम ब्रिटेन की गिलयिन राइट का भी उल्लेखनीय है। राही मासूम रजा का 'आधा गाँव' और श्रीलाल शुक्ल के कालजयी उपन्यास 'राग दरबारी' का उन्होंने अंग्रेजी में अनुवाद किया। उन्होंने भीष्म साहनी की कहानियों का भी अनुवाद किया। इन तीनों दिग्गजों के कामों का अनुवाद करके गिलियन ने अपने लिए हिंदी जगत् में एक खास जगह बना ली है। श्रीलाल शुक्ल और रजा के उपन्यासों में आँचलिकता का खासा पुट है, आँचलिक मुहावरे हैं। उन्होंने आँचलिक शब्दों और मुहावरों का बखूबी अंग्रेजी में अनुवाद किया, उसकी जितनी तारीफ की जाए, कम है।

हिंदी के विश्व भाषा के रूप में स्थापित होने में इसी प्रकार की कई ठोस वजहें रहीं और अब तो हिंदी का विकास-विस्तार उसी तरह से हो रहा है, जैसे किसी स्वच्छ नदी का प्रवाह होता है। इस तरह देखें तो हिंदी हर पैमाने पर एक प्रतिष्ठित अंतरराष्ट्रीय भाषा बन चुकी है और अंग्रेजी तथा चायनीज के बाद विश्व की तीसरी बड़ी भाषा बन चुकी है, यानी कि विश्व की प्रमुख भाषाओं—फ्रेंच, जर्मन और स्पेनिश से कहीं ऊपर पहुँच गई है हिंदी।

*(14 सितंबर, 2016, दैनिक भास्कर)*

□

# सरकारी पैसे पर राहुल-प्रियंका की रईसी

आर.टी.आई. एक्टिविस्ट आशीष भट्टाचार्य की एक आर.टी.आई. के जवाब में भारत सरकार ने बताया कि प्रियंका गांधी दिल्ली के 35 लोधी एस्टेट के शानदार बँगले का मासिक किराया मात्र 8,888 रुपए ही देती हैं। छह कमरे और दो बड़े हालों का यह विशाल बँगला कई एकड़ में फैला है। चारों तरफ ऊँची दीवारें हैं। जगह-जगह सुरक्षा पोस्ट बने हुए हैं। सुरक्षा प्रहरी 24 घंटे तैनात रहते हैं।

यह ठीक है कि उनकी भी सुरक्षा अहम् है। वे कम-से-कम नेहरू-गांधी परिवार की वंशज तो हैं ही, पर उनसे इतना कम किराया क्यों लिया जा रहा है? इतने कम किराए पर राजधानी में एक कमरे का फ्लैट मिलना भी कठिन है। जब प्रियंका गांधी के पति रॉबर्ट वाड्रा का अपना करोड़ों का लंबा-चौड़ा कारोबार है। वे स्वयं सक्षम हैं, तो फिर उनसे सरकार इतना कम किराया क्यों लेती है। जाहिर है, देश की जनता को इस सवाल का जवाब तो चाहिए ही।

## पूर्व प्रधानमंत्रियों का परिवार

पूर्व प्रधानमंत्रियों के परिवार भी तो हैं। उन्हें तो इस तरह की कोई सुविधा नहीं मिलती। प्रियंका तो सांसद या विधायक क्या वार्ड पार्षद तक भी नहीं हैं। इससे विपरीत उदाहरण भी हैं। अभी हाल ही में पूर्व प्रधानमंत्री पी.वी. नरसिंह राव के पुत्र पी.वी. राजेश्वर राव के निधन का छोटा सा समाचार छपा था। वह 70 वर्ष के थे। कांग्रेस के पूर्व सांसद भी थे और उन्होंने तेलंगाना में कुछ शिक्षा संस्थानों की शुरुआत भी की थी। उन्हें कभी कोई स्पेशल प्रोटेक्शन ग्रुप से सुरक्षा नहीं मिली। उनके बाकी भाई-बहनों को भी कभी एस.पी.जी. सुरक्षा नहीं प्राप्त हुई। पूर्व प्रधानमंत्रियों के परिवार के सदस्य भी सामान्य नागरिकों की तरह से ही

जीवन बिता रहे हैं। इनमें पत्नी और बच्चे शमिल हैं। डॉ. मनमोहन सिंह की एक पुत्री डॉ. उपिंदर कौर, दिल्ली यूनिवर्सिटी में सामान्य अध्यापकों की तरह पढ़ाती हैं।

पूर्व प्रधानमंत्री चंद्रशेखर के दोनों पुत्र भी बिना किसी खास सुरक्षा व्यवस्था के जीवनयापन कर रहे हैं। एक पुत्र नीरज शेखर तो अभी भी सांसद हैं, यहाँ तक कि वर्तमान प्रधानमंत्री का पूरा परिवार भी आम नागरिकों की जिंदगी जी रहा है, पर राजीव गांधी के परिवार पर रोज करोड़ों रुपए खर्च हो रहे हैं, क्योंकि वे एस.पी.जी. के सुरक्षा कवर में रहते हैं। क्या बाकी प्रधानमंत्रियों के परिवार के सदस्यों की जान को किसी से कोई खतरा नहीं है, क्या वे पूरी तरह से सुरक्षित हैं?

## क्या है एस.पी.जी. ?

एस.पी.जी. का गठन 1985 में बीरबल नाथ समिति की सिफारिश पर हुआ था। राजघाट पर जब राजीव गांधी प्रधानमंत्री रहते राजघाट गए थे तो एक नौजवान, झाड़ियों में छुपा हुआ तमाशा देख रहा था। वह डॉक्टरी जाँच में पागल निकला। राजीव गांधी की हत्या का इरादा सिद्ध नहीं हुआ। बीरबल नाथ समिति की सिफारिश पर कई पुलिस अधिकारियों पर कार्रवाई हो गई और प्रधानमंत्री की सुरक्षा को सुदृढ करने के लिए एक नए अत्याधुनिक सुरक्षा दस्ते एस.पी.जी. (स्पेशल प्रोटेक्शन ग्रुप ) का गठन हो गया। 8 अप्रैल, 1985 को एस.पी.जी. अस्तित्व में आया और डॉ. एस. सुब्रह्मण्यम इसके प्रथम प्रमुख बनें। एस.पी.जी. के गठन का मकसद प्रधानमंत्री की सुरक्षा को चाक-चौबंद

करना था। स्थितियाँ गंभीर थीं। 1984 में अकाल तख्त में सेना के प्रवेश के निर्णय से पूरा सिख समाज मर्माहत था। परिणामस्वरूप, इंदिरा गांधी की साल 1984 में उनके ही सुरक्षा गार्डों ने हत्या कर दी थी। सारा देश उस रोंगेट खड़े कर देनेवाली घटना से सन्न था। तब सरकार ने यह महसूस किया कि प्रधानमंत्री की सुरक्षा को और मजबूत करने की आवश्यकता है।

इसके बाद राजघाट की घटना के बाद एस.पी.जी. सामने आया। कुछ अरसे के बाद सरकार ने तय किया कि एस.पी.जी. पूर्व प्रधानमंत्रियों को भी सुरक्षा उपलब्ध करवाएगा। उन्हें उनके पद से मुक्त होने के पाँच साल बाद तक सुरक्षा देगा एस.पी.जी., ऐसा नियम बनाया गया। यह क्रम जारी रहा साल 1991 तक। 1991 में ही दिल दहलानेवाली घटना में राजीव गांधी की हत्या हो गई। उसके बाद सरकार ने पूर्व प्रधानमंत्रियों के एस.पी.जी. सुरक्षा कवर की उपर्युक्त पाँच वर्षों की अवधि को दस साल कर दिया।

एस.पी.जी. ऐक्ट में साल 2002 में एक बड़ा संशोधन किया गया। इसमें व्यवस्था कर दी गई कि कांग्रेस अध्यक्ष सोनिया गांधी और उनके परिवार (राहुल गांधी और प्रियंका गांधी और उनके कुनबे) को भी प्रधानमंत्री के स्तर की सुरक्षा मिलती रहेगी। जाहिर है, इसका सीधा लाभ सोनिया गांधी और उनके परिवार को मिल गया। इस संशोधन के फलस्वरूप वर्तमान में प्रधानमंत्री नरेंद्र मोदी, पूर्व प्रधानमंत्रियों—डॉ. मनमोहन सिंह और अटल बिहारी वाजपेयी, सोनिया गांधी और उनके बच्चों-राहुल गांधी और प्रियंका वाड्रा, उनके पति राबर्ट और दोनों बच्चों को एस.पी.जी. सुरक्षा मिल रही है। वित्त मंत्री अरुण जेटली ने साल 2015-16 के आम बजट में एस.पी.जी. के लिए करीब 359.55 करोड़ रुपए रखे, यानी करीब-करीब रोज का एक करोड़ रुपए एस.पी.जी. पर सरकार खर्च कर रही है।

यह तो सिर्फ एस.पी.जी. पर होनेवाला सीधा खर्च है, लेकिन ये वी.वी.आई.पी. जहाँ भी जाते हैं, उस राज्य में पूरी कानून-व्यवस्था, बैरिकेडिंग, कारवाँ आदि का खर्च कई गुना अधिक है। प्रधानमंत्री नरेंद्र मोदी, पूर्व प्रधानमंत्री डॉ. मनमोहन सिंह, अटल बिहारी वाजपेयी और कुछ हद तक सोनिया गांधी को भी एस.पी.जी. कवर देने की बात तो समझ आती है। हालाँकि सोनिया की हैसियत तो मात्र एक पूर्व प्रधानमंत्री की पत्नी की है। इन पर विशेष मेहरबानी का कोई भी कारण समझ से परे है। इसलिए सोनिया गांधी और उनके बच्चों पर होनेवाला सरकारी खर्च वाजिब है या नाजायज, इस पर बहस तो होनी ही चाहिए?

## प्रधानमंत्री की सुरक्षा

भारत के प्रधानमंत्री की सुरक्षा व्यवस्था दुनिया के किसी भी अन्य देश के राष्ट्राध्यक्ष की तुलना में उन्नीस नहीं होनी चाहिए। है भी नहीं। हमारे देश ने बीते दौर में एक प्रधानमंत्री

और एक पूर्व प्रधानमंत्री, इंदिरा गांधी और राजीव गांधी को आतंकवाद का शिकार होते देखा है। जाहिर है, अब देश सतर्क हो चुका है। इसीलिए तो एस.पी.जी. का गठन हुआ है, पर एक परिवार को बाल-बच्चों, नाती-पोतों समेत सबको एस.पी.जी. कवर प्राप्त हो और बाकी सब-के-सब उससे वंचित हों, यह कैसा न्याय है ?

## कौन से हथियार

एस.पी.जी. कमांडो के पास बेलिज्यम की बनी 3.5 बोर की राइफलें रहती हैं। ये एक मिनट में 850 राउंड फायर करने की क्षमता रखती हैं। इसकी अचूक रेंज 500 मीटर होती है। कुछ कमांडो के पास सेमी-ऑटोमैटिक पिस्टल भी रहती है। सभी कमांडो हल्की, किंतु बेहद सुरक्षित बुलेट-प्रुफ जैकेट पहने रहते हैं। ये 2.2 किलो की होती हैं। इनमें इतनी क्षमता होती है कि कमांडो पर चलाई गई किसी भी प्रकार की गोली को निष्प्रभावी कर सकें। घुटने और कुहनी की सुरक्षा के लिए असरदार बुलेटप्रूफ पैड होते हैं। वी.वी.आई.पी. जब किसी कार्यक्रम में भाग लेने जाते हैं तो इनके आसपास चार से छह सुरक्षा गार्ड काला चश्मा लगाए खड़े रहते हैं। इनका रुख चारों दिशाओं में होता

### अचूक निशानची हैं एस.पी.जी. कमांडो

एस.पी.जी. को अमेरिका की सीक्रेट सर्विसेज के जवानों की तर्ज पर ही ट्रेनिंग मिलती है। फिलहाल, एस.पी.जी. के ऊपर प्रधानमंत्री, पूर्व प्रधानमंत्रियों, सोनिया गांधी और उनके परिवार की सुरक्षा की जिम्मेदारी है। ये कहीं पैदल, सड़क मार्ग, हवाई मार्ग, जल मार्ग या और किसी अन्य तरह से कहीं जा रहे हैं, तो एस.पी.जी. ही इनकी सुरक्षा को देखेगी। एस.पी.जी. का रुतबा इसी से पता चलता है कि एस.पी.जी. जहाँ भी चली जाती है, वहाँ के जिलाधिकारी और एस.पी. सबके अधिकार निरस्त हो जाते हैं। स्थानीय पुलिस और प्रशासन को एस.पी.जी. के आदेश पर ही काम करना पड़ता है। एस.पी.जी. के जवान अचूक निशानची होते हैं। ये पलक झपकते ही किसी भी आतंकी को धूल में मिलाने की क्षमता रखते हैं।

एस.पी.जी. कवर में रहनेवाले वी.वी.आई.पी. लोगों के दिल्ली से बाहर के कार्यक्रमों की सुरक्षा व्यवस्थाओं को खुद एस.पी.जी. का कोई प्रमुख अधिकारी देख रहा होता है, जो आईजी या डीआईजी स्तर का होता है। एक एसपी रैंक का अधिकारी इन महानुभावों के कारवाँ में साथ-साथ चलता है और व्यक्तिगत सुरक्षा (राउंड रिंग) की जिम्मेदारी उस पर होती है। वह रात को रुकता भी वहीं है, जहाँ कि वीवीआईपी रुकेगा। चलेगा तो उसी गाड़ी में ड्राइवर की बगल की सीट पर।

है। ये लोग फैशन के लिए चश्मा नहीं लगाए होते। चश्मा लगाने के मूल में वजह यह रहती है कि जो वी.वी.आई.पी. पर बुरी नजर रखता है, उसे मालूम ही न चले कि उस पर गार्ड्स की पैनी नजर है। बस, इसलिए चश्मा पहना जाता है।

एस.पी.जी. की सुरक्षा में आनेवालों को दिल्ली से बाहर किसी अन्य शहर या विदेशी दौरे पर जाने के दौरान हेलिकॉप्टर या विमान की सुविधा भी तुरंत उपलब्ध कराई जाती है। ये सारी सुविधाएँ प्रधानमंत्री, पूर्व प्रधानमंत्री और कुछ हद तक सोनिया गांधी तक को मिलना तो जायज ठहराया जा सकता है, पर इसके दायरे में राहुल गांधी और प्रियंका गांधी भी कवर हों, यह तो समझ से परे है। प्रियंका गांधी अपनी निजी यात्राओं पर लगातार सैर-सपाटा करती रहती हैं, पूरे परिवार और मित्र मंडली के साथ, तो सवाल यह है कि उनकी सुरक्षा का खर्च देश का करदाता क्यों उठाए? यही बात राहुल गांधी को लेकर भी कही जा सकती है। राहुल गांधी को एम.पी. स्तरीय सुरक्षा मिले, ताकि ये अपने कार्यों का निर्वाह सही तरह से कर सकें। इसमें किसी को कोई समस्या नहीं है, पर राहुल गांधी और प्रियंका वाड्रा और उनके परिवार को किस हैसियत से मिल रही है, प्रधानमंत्री के स्तर की एस.पी.जी. सुरक्षा? वे चुनावी सभाओं से लेकर पार्टी के कार्यक्रमों में लगातार घूमते-फिरते रहते हैं। इसमें किसी को परेशानी भी नहीं है, पर उनकी निजी या पार्टी के काम से की गई यात्राओं का खर्चा आयकरदाता क्यों उठाएँ? वे कोई सरकारी काम तो कर नहीं रहे हैं। जो राहुल कर रहे हैं, वही कार्य तो और भी तमाम 795 सांसद भी कर रहे हैं। तो उन्हें भी दे दी जाए एस.पी.जी. सुरक्षा? मैं मानता हूँ कि सरकार को राहुल गांधी और प्रियंका वाड्रा को एस.पी.जी. कवर देने के संबध में पुन: विचार करने की और एस.पी.जी. ऐक्ट में व्यावहारिक सुधार की तत्काल आवश्यकता है।

*(1-15 मार्च, 2017, यथावत)*

□

# क्या अब मोटी तनख्वाहों के बाद काम करेंगे सरकारी बाबू

बहुत जल्द ही केंद्र सरकार के बाबुओं की अब जेबें भरनेवाली हैं। उनके वेतन में तगड़ा इजाफा हुआ है। सातवें वेतन आयोग ने मुलाजिमों के मूल वेतन में तगड़ा इजाफा किया है। सातवें वेतन आयोग की रपट के मुताबिक, सरकारी बाबुओं का न्यूनतम वेतन 18,000 रुपए प्रति महीना हो रहा है। सर्वोच्च पद के लिए अधिकतम वेतन 2.25 लाख रुपए और कैबिनेट सचिव और समान स्तर के अन्य पदों के लिए 2.50 लाख रुपए प्रति महीना होगा। साफ है कि सरकारी बाबू मजे में रहेंगे।

वेतन वृद्धि के ऐलान के बाद 50 लाख सरकारी कर्मचारी और 58 लाख पेंशनधारियों के हाथों में ज्यादा पैसा आएगा। केंद्र सरकार के बाबुओं के बाद राज्य सरकारों में काम करनेवाले बाबुओं को भी लाभ मिलेगा। इन्हें बेहतर पगार मिले और इन्हें बाकी की सुविधाएँ भी मिलें, इसमें किसी को कोई एतराज क्यों होगा? लेकिन अब बड़ा सवाल यह है कि क्या अब सरकारी दफ्तरों में काहिली और करप्शन खत्म होगा, क्या वेतन में वृद्धि के साथ इन बाबुओं की जवाबदेही को भी सरकार बढ़ाने जा रही है? अधिकार और कर्तव्य साथ-साथ चलें तो ही मजा आता है। ताजा स्थिति यह है कि बाबू अधिकार तो ले रहे हैं, पर कर्तव्यों के मोर्चे पर उस तरह से सक्षम साबित नहीं हो रहे। कोशिश भी नहीं कर रहे। आप किसी भी सरकारी दफ्तर में चले जाइए, आपको सूरते हाल पहलेवाले ही मिलेंगे। सवालों के जवाब टालू अंदाज में दिए जाएँगे। वहाँ पर सारा माहौल बेहद बोझिल लगेगा। बाबू इस अंदाज में बैठे होते हैं मानो उन्हें कोई सजा दी जा रही है। काम को करने को लेकर किसी तरह का विशेष उत्साह नहीं दिखता।

केंद्र में सत्तासीन होने के बाद मोदी सरकार ने सरकारी दफ्तरों में बैठे कर्मचारियों

पर नजर रखने का फैसला किया था। तब कहा गया था कि सरकार अब उनके आने-जाने के समय और उनके काम पर नजर रखेगी। यदि सरकार को किसी कर्मचारी के काम में किसी भी प्रकार की लापरवाही नजर आई तो उसकी छुट्टी कर दी जाएगी। अब मालूम नहीं कि उठाए गए इन कदमों से कितना लाभ हुआ, पर अब भी पब्लिक डीलिंग करनेवाले सरकारी दफ्तरों के कामकाज में कोई खास सुधार देखने में नहीं आ रहा। हैरानी होती है कि वेतन आयोग की भारी-भरकम सिफारिशों को लागू करने के सरकार के फैसले के बाद भी केंद्रीय कर्मियों की मजदूर यूनियनों ने हड़ताल पर जाने की धमकी दी थी। इनका कहना था कि इन्हें उम्मीद के मुताबिक बढ़ा हुआ वेतन नहीं मिल रहा, पर इन्होंने अपनी हड़ताल वापस भी ले ली, लेकिन इन्होंने कभी अपनी यूनियन से जुड़े बाबुओं से इस बात का आग्रह तक नहीं किया कि वे अपने काम को लेकर भी तनिक गंभीरता बरतें। क्या सरकारी बाबू सिर्फ पँजीरी खाएँगे?

बेशक, यह कहना भी सर्वथा अनुचित होगा कि सभी सरकारी कर्मचारी निकम्मे हैं। बहुत से सरकारीकर्मी मेहनत भी करते हैं, लेकिन कुल मिलाकर हालात गंभीर हैं। आपको लगातार सरकारी बाबुओं के घूस लेते पकड़े जाने के समाचार पढ़ने-देखने को मिलेंगे, यानी मोटी पगार के बाद भी ऊपरी कमाई की प्यास बुझ ही नहीं रही है। कुछ दिन पहले मैं आंध्र प्रदेश के एक भ्रष्ट आई.ए.एस. अफसर की गिरफ्तारी की खबर पढ़ रहा था। खबर पढ़कर कोई भी हैरान हो जाएगा। आरोपी अफसर ए. मोहन की पूर्वी गोदावरी जिले में परिवहन विभाग के उपायुक्त के पद पर तैनाती थी। एंटी करप्शन ब्यूरो (ए.सी.बी.) ने डिप्टी ट्रांसपोर्ट कमिश्नर ए. मोहन के घर पर छापा मारा। छापेमारी के बाद जब भ्रष्टाचार की बदौलत अर्जित की गई संपत्तियों का आकलन किया गया, तो

800 करोड़ की काली कमाई का खुलासा हुआ। अब जरा देखिए कि जब ऊँचे पदों पर आसीन अफसरों का यह हाल है, तो नीचे के ओहदों पर काम करनेवालों को तो एक तरह से शह ही मिलती है लूट-खसोट करने की। यह तो एक उदाहरण मात्र था। इस तरह के सैकड़ों उदाहरण हमारे सामने हैं।

अफसोस इस बात का होता है कि सरकारी बाबू अब भी अपनी ड्यूटी के वक्त अपनी सीट से नदारद होते हैं। लंच खत्म होने के बाद बड़ी मुश्किल से अपनी सीट पर तशरीफ लाते हैं। दिल्ली में उद्योग भवन, शास्त्री भवन, कृषि भवन और दूसरे सरकारी दफ्तरों के बाहर पूरे बोट क्लब के इर्द-गिर्द जाड़े के वक्त ये धूप सेंक रहे होते हैं। मुझे कुछ समय पहले एक बैंक में जाने का मौका मिला। वहाँ पर यह देखकर सन्न रह गया कि एक महिलाकर्मी अपने पुत्र को लेकर आई हुई थी। बच्चा छोटा था। महिला ने उसकी करीब दो दर्जन छोटी खिलौना कारें अपनी डेस्क पर ही रखी हुई थीं। बच्चा वहीं पर ही खेल रहा था और वह महिला बैंक कस्टमर्स की बात सुनने का वक्त नहीं निकाल पा रही थीं। क्या वह मोहतरमा किसी प्राइवेट नौकरी में यह सब कर सकती हैं? बेशक नहीं, तो सरकारी नौकर को कामचोरी का अधिकार क्यों मिले?

कभी-कभी तो लगता है कि सरकारी नौकरियों में आरक्षण की माँग करने के पीछे एक मकसद होता है, यानी सरकारी नौकरी पाने के बाद जीवन भर न काम करने की सुविधा मिल जाए। जाहिर है, प्राइवेट सेक्टर की तरह इधर भी काम करना पड़े तो सरकारी नौकरियों में आरक्षण करने की माँग करनेवाले गायब हो जाएँगे।

बेशक, सरकारी नौकरियों पर टूट पड़ने का एक बड़ा कारण इनमें मिलने वाली जॉब सिक्युरिटी है और फिर घूस खाने के अकूत अवसर तो सरकारी नौकरी देती ही है। यहाँ कामचोरी करने के बावजूद नौकरी सुरक्षित रहती है, जबकि निजी कंपनी में कामचोरी करने पर नौकरी तुरंत साफ हो जाती है। कड़वा सच यह है कि हर सरकारी दफ्तर में काहिलों की फौज रहती है। आप किसी भी सरकारी दफ्तर में, चाहे बैंक हो या परिवहन या फिर बिजली विभाग में जाकर नजारा देखें। यदि किसी विभाग की कार्यक्षमता तीस है तो उनमें से आधे तो गप्पे मार रहे होते हैं। वहीं, पाँच का साप्ताहिक अवकाश रहेगा या फिर छुट्टी, यानी चौथाई कर्मचारियों के भरोसे पूरा दफ्तर। किसी सरकारी बैंक की ब्रांच में हो आइए। वहाँ पर आपको कोई कमेंट्री सुन रहा होता है, कोई शेयर बाजार का हाल सुनने गया होता है और कोई पान मसाला खाने में बिजी होता है, यानी चौतरफा निकम्मापन और काहिली।

सातवें वेतन आयोग की सिफारिशों के तहत पेंशन लेनेवाले बाबुओं की पेंशन में 24 प्रतिशत वृद्धि की गई है, यानी उनके भी मजे आ गए। वेतन आयोग की सिफारिशें 1 जनवरी, 2016 से लागू की जाएँगी, यानी इस साल सरकारी बाबुओं की दीवाली वक्त से

पहले आ रही है। बेशक सरकारी बाबुओं के तो अच्छे दिन आ गए हैं। अब सरकार को कामचोर सरकारी कर्मियों पर लगाम कसनी होगी। सरकारी दफ्तरों में फैला करप्शन का कोढ़ खत्म करना होगा। निश्चित रूप से अगर राज्य सरकारों ने भ्रष्टाचार रोकने के लिए सघन पहल की होती तो दिल्ली से सटे नोएडा और ग्रेटर नोएडा अथॉरिटी में यादव सिंह जैसे भ्रष्ट अफसर पैदा ही न हुए होते।

अगर बात उत्तर प्रदेश की करें तो राज्य में भ्रष्टाचार थामने की कवायद वर्ष 1965 में प्रदेश में सतर्कता अधिष्ठान अधिनियम बनाकर शुरू तो की गई, लेकिन कभी सियासी फरमानों, तो कभी वरदहस्त जैसी रुकावटों ने इसे न केवल थाम दिया, बल्कि बचने का अड्डा बना दिया है।

अब वेतन आयोग की सिफारिशों को लागू करने के बाद सरकार के पास अवसर है कि वह सरकारी विभागों में कामकाज को चुस्त कर दे, वरना तो बाबुओं के वेतन में इतना इजाफा करने का कोई मतलब ही नहीं रहेगा। एक बात और। जरा इधर भी गौर कीजिए। राज्यसभा में समाजवादी पार्टी के सांसद नरेश अग्रवाल ने माँग की है कि सांसदों का वेतन मंत्रिमंडल सचिव से कम-से-कम एक हजार रुपया अधिक होना चाहिए। प्रोटोकॉल का सवाल है। वेतन आयोग की सिफारिशों को लागू करने के बाद कैबिनेट सचिव का वेतन 2.5 लाख रुपए होगा। अब यह देखनेवाली बात है कि नरेश अग्रवाल की माँग पर सरकार का रुख किस तरह का रहता है।

*(27 जुलाई, 2016, दबंग दुनिया)*

# सर्जिकल स्ट्राइक : भारत की कूटनीतिक सफलता

पूरे देश के लिए एक महीने पहले ही दीवाली आ गई। गुलाम कश्मीर में भारतीय सेना के रणबाँकुरों ने आतंकी शिविरों को नष्ट करके, देश की 125 करोड़ जनता का मानो मुँह मीठा कर दिया है। सेना के इस सर्जिकल ऑपरेशन से भारत ने सारी दुनिया को यह साफ संदेश दे दिया कि उसकी संप्रभुता से किसी भी परिस्थिति में समझौता नहीं होगा। आतंकवाद को बरदाश्त नहीं किया जाएगा। बेशक, इस सैन्य कार्रवाई से दुनिया को यह भी मालूम चल जाएगा कि बौद्ध, गांधी और महावीर की प्रेम और मैत्री का संदेश देने वाली धरती, समय आने पर शत्रु का समूल नाश भी कर सकती है।

सेना की इस सर्जिकल स्ट्राइक को भारत की बड़ी कूटनीतिक सफलता के रूप में देखा जा रहा है, क्योंकि इस सर्जिकल स्ट्राइक की लगभग सभी पड़ासी देशों ने भारत के द्वारा की गई एक जरूरी कार्रवाई बताकर सराहना की है। अमेरिका, ब्रिटेन, फ्रांस, जर्मनी, जापान सहित चीन ने भी मौन रहकर और कोई प्रतिक्रिया न देकर 'मौनम् स्वीकृति लक्षणम्' सूत्र के अनुसार भारत की आतंकवाद के विरुद्ध की गई इस जरूरी कार्रवाई को स्वीकृति प्रदान की। यह एक बड़ी कूटनीतिक सफलता है, जिसके लिए जाहिर है कि प्रधानमंत्री ने स्वयं और विदेश मंत्री सुषमा स्वराज की पूरी टीम ने दस दिनों तक दिन-रात मेहनत की होगी।

दरअसल पाकिस्तान के लिए 29 सितंबर, 2016 का दिन बहुत ही मनहूस रहा। उसे उस दिन दोहरी मार पड़ी। जहाँ उसकी पूर्वी सीमा पर भारतीय सेना ने सर्जिकल स्ट्राइक की, वहीं पश्चिमी बॉर्डर पर ईरान की सेना ने उसपर शक्तिशाली मोर्टार दाग दिए। ईरान की तरफ से ये मोर्टार बलूचिस्तान के इलाके में दागे गए थे। बलूचिस्तान

के अधिकारियों ने इसे अचानक होनेवाला हमला बताया। मोर्टार ईरान की सेना द्वारा पंजोर जिले में दागे गए थे। ईरान की सेना द्वारा तीन मोर्टार दागे गए। दो मोर्टार फ्रंटीयर चेकपोस्ट के पास आकर गिरे थे। वहीं तीसरा मोर्टार किली करीमदाद इलाके में गिरा था। मोर्टार गिरने के बाद वहाँ आसपास रहनेवाले लोग डर गए थे। गौरतलब है कि पाकिस्तान और ईरान के बॉर्डर की लंबाई 900 किलोमीटर है। ईरान बार-बार आरोप लगाता रहता है कि पाकिस्तान बॉर्डर के पासवाले इलाके का इस्तेमाल आतंकियों को शरण देने के लिए करता है, जो ईरान पर हमला करते रहते हैं। दोनों देशों के बीच पहले भी लड़ाइयाँ होती रही हैं, यानी पाकिस्तान अपने सभी पड़ोसियों के लिए समस्या बना हुआ है। अफगानिस्तान तो उससे नफरत करता ही है। बीते दिनों जब भारत ने सार्क सम्मेलन का बहिष्कार करने की घोषणा की तो अफगानिस्तान ने भी सम्मेलन से दूर रहने का फैसला किया। इतना ही नहीं, कभी उसका हिस्सा रहे बाँग्लादेश ने भी सार्क सम्मेलन से अपने को अलग रखने का निश्चय किया। पाकिस्तान-बाँग्लादेश के संबंधों में हाल के दौर में खासी खटास आ चुकी है। इसकी वजह यही है कि पाकिस्तान उसके आंतरिक मामलों में हस्तक्षेप करता है। यही तो है 'आतंकवादी राष्ट्र' कहलाने का लक्षण, जिसमें पाकिस्तान 100 प्रतिशत अंक लेकर अव्वल है। सिर्फ संयुक्त राष्ट्र संघ की मुहर लगने की देर है।

दरअसल पूरे भारत के कोने-कोने में उड़ी की घटना के बाद पूरे देश की आम जनता सरकार से पाकिस्तान के खिलाफ किसी कठोर एक्शन की अपेक्षा कर रही थी। जनता अब सिर्फ निंदा या कठोर निंदा से संतुष्ट नहीं थी। देश की जनता में निराशा घर

करती जा रही थी। जनता को लग रहा था कि मोदी सरकार भी एक कागजी शेर है, लेकिन ताजा सर्जिकल ऑपरेशन ने देश की छवि को एकदम से बदला। सरकार के आदेश मिलने के बाद भारतीय सेना ने गुलाम कश्मीर में आतंकियों के सात शिविरों को आनन-फानन में नष्ट कर दिया। इस ऑपरेशन में बड़ी संख्या में आतंकी ढेर हुए। सरकारी आँकड़ा तो 42 कहता है। 38 आतंकी और 4 उनकी सुरक्षा में तैनात पाकिस्तानी रेंजर्स। पाकिस्तानी रक्षामंत्री के अनुसार, करीब 10 रेंजर्स घायल हैं, लेकिन यह आँकड़ा ज्यादा भी हो सकता है, क्योंकि आतंकियों के एक लॉचिंग पैड में 10 से 15 की संख्या में आतंकियों को रखा जाता है और सात लॉचिंग पैड पूरी तरह ध्वस्त किए गए हैं। इसे आप उड़ी में शहीद हुए भारतीय सेना के वीरों के बलिदान के बदले के रूप में भी देख सकते हैं। पहले पठानकोट और अब उड़ी की घटना से सारा देश बेहद खफा था।

## सारा देश खुश

सेना की इस कार्रवाई का सारे देश और सभी राजनीतिक दलों ने समर्थन किया है। साफ है कि उड़ी की घटना से पूरा भारत आहत हुआ था। दरअसल सेना की कार्रवाई इस 'अत्यंत विशिष्ट सूचना' के बाद की गई कि आतंकवादी नियंत्रण रेखा के पास डेरा डाल रहे हैं और पाकिस्तान में पल रहे आतंवादियों पर यह ऑपरेशन बेहद जरूरी हो गया था। पाकिस्तान को उसकी औकात बताने की जरूरत आ गई थी।

## दुष्ट देश

अफसोस होता है कि पाकिस्तान हमारा पड़ोसी देश है। जिस देश का रक्षा मंत्री बार-बार भारत पर परमाणु बम से हमले की धमकी दे, तो समझ लेना चाहिए कि वह वास्तव में आतंकी देश है। आपने कभी नहीं सुना होगा कि किसी जिम्मेदार देश का रक्षा मंत्री बेशर्मी से यह धमकी देता फिरे कि 'यदि भारत ने हम पर हमला किया तो हम उस पर एटम बम फोड़ कर उसे नेस्तनाबूद कर देंगे?' बीते कई दिनों से यह धमकी संवैधानिक पद पर बैठे पाकिस्तानी रक्षा मंत्री ख्वाजा आसिफ मुहम्मद दे रहे थे। मैं मानता हूँ कि यह कुबूलनामा है पाकिस्तान के एक आतंकी देश होने का। हैरानी होती है कि ख्वाजा की इस धमकी को संयुक्त राष्ट्र से लेकर अमेरिका, ब्रिटेन, फ्रांस, रूस जैसे देश तमाशबीन बने देखते रहे। उन्होंने जाहिल-गलीज ख्वाजा की बेशर्म टिप्पणी पर कोई प्रतिक्रया नहीं दी।

निश्चित रूप से भारत ने विगत जून में ही संदेश दे दिया था कि अब भारत में आतंकवादी गतिविधियों को अंजाम देनेवालों को बख्शा नहीं जाएगा। तब भारतीय सेना ने एक क्रॉस बॉर्डर ऑपरेशन में म्याँमार की सीमा में घुसकर भारत पर हमले की साजिश

## भारत विरोध पर टिकी नवाज शरीफ की राजनीति

कहा जाता है कि नवाज शरीफ के लिए पाकिस्तान ही इनका परिवार है। इनका बड़ा औद्योगिक घराना भी है। ये जनता को झूठे सब्जबाग दिखा कर ही संसद् का चुनाव जीते थे। कायदे से नवाज शरीफ को देश की अर्थव्यवस्था को पटरी पर लाने के लिए सघन प्रयास करने चाहिए थे, लेकिन उन्होंने इसके लिए प्रयास ही नहीं किए। पाकिस्तान में मुद्रास्फीति से अवाम का बुरा हाल है और विकास की रफ्तार भी लगातार घट रही है। ग्रोथ रेट तीन फीसद से नीचे चल रहा है। इसके बावजूद नवाज शरीफ और राहील शरीफ जंग के मैदान में उतरना चाहते हैं। वे भूल गए कि जंग होने की हालत में पाकिस्तान की जनता तो भूखों मर जाएगी, लेकिन वे फिर भी भारत से युद्ध करने के लिए अपने को तैयार बताते हैं। वस्तुत: इनकी पूरी राजनीति ही भारत विरोध पर टिकी हुई है। वे पाकिस्तान के युगदृष्टा तो छोड़िए, प्रखर वक्ता तक नहीं हैं। उनसे बेहतर वक्ता तो बेनजीर भुट्टो थीं। इमरान खान भी उनसे कई मामलों में बेहतर ही नजर आते हैं।

रच रहे 15 उग्रवादियों को मौत की नींद सुला दिया था। भारतीय सेना ने मणिपुर के चंदेल में हुए हमले में 18 सैनिकों के मारे जाने के बाद यह बड़ी कार्रवाई की थी। म्याँमार में सेना की कार्रवाई एक विशेष सूचना के आधार पर कमांडो द्वारा म्याँमार के अधिकारियों के साथ तालमेल कायम कर की गई। सेना की कार्रवाई में दो उग्रवादी संगठनों को भारी नुकसान पहुँचा। इनके उग्रवादी गिरोह हमला करने के लिए सीमापार से मणिपुर आते थे और फिर म्याँमार की सीमा में लौट जाते थे। हालाँकि म्याँमार में की गई कार्रवाई में भारतीय सेना म्यामांर के अधिकारियों के संपर्क में थी। दोनों सेनाओं के बीच घनिष्ठ सहयोग का इतिहास भी रहा है।

जाहिर है, आप इस तरह के सहयोग की अपेक्षा धूर्त पाकिस्तानी सेना से नहीं कर सकते थे, जो कि स्वयं आतंकवादी संगठनों की पोषक थी। यह जगजाहिर है कि पाकिस्तानी सेना लश्करे-ए-तैयबा और जैशे मोहम्मद जैसे खूँखार आतंकी संगठनों को संरक्षण ही नहीं, वित्तीय सहायता भी देती है, यानी आतंकवाद को खाद-पानी का पूरा इंतजाम।

## चौकन्ना रहे भारत

भारत को अब लगातार चौकन्ना रहना होगा। पाकिस्तान में जब तक नवाज शरीफ जैसा सड़क छाप किस्म का इनसान प्रधानमंत्री है और राहील शरीफ जैसा भारत से निजी खुंदक रखनेवाला सेना प्रमुख है, तब तक भारत को हमेशा सतर्क रहना ही होगा। दोनों घोर भारत विरोधी हैं। उड़ी हमले के बाद कायदे से दोनों को अपने देश में चल रहे आतंकी शिविरों को ध्वस्त करना चाहिए था, पर बेशर्मी की हद देखिए कि दोनों ही भारत को कोसते रहे। नवाज शरीफ ने संयुक्त राष्ट्र में उड़ी की घटना के लिए कश्मीर में बुरहानवानी की मौत के बाद पैदा हुए हालातों को जिम्मेदार घोषित कर दिया।

उधर, राहील शरीफ बार-बार कहते रहे हैं कि उनका देश भारत से एक हजार साल तक दो-दो हाथ करने की ताकत रखता है। नवाज शरीफ के कई मंत्री भी युद्धोन्माद का माहौल बनाते रहते हैं। क्या जिस देश के लाहौर और कराची जैसे शहरों में रोज दस-दस घंटे बिजली न आती हो, जहाँ बेरोजगारी लगातार संक्रामक बीमारी की तरह फैल रही हो और विदेशी निवेश भी नाम के लिए ही आता हो, वह देश भारत जैसी विश्व शक्ति से लड़ने के लिए क्या तैयार हो सकता है? कतई नहीं। दरअसल पाकिस्तान युद्ध के लिए तैयार नहीं है। हाँ, वह गीदड़भभकी जरूर दिखाता है। खैर, भारतीय सेना की हालिया कार्रवाई से इन दोनों कथित शरीफों को भी जन्नत की हकीकत समझ आ गई होगी।

*(4 अक्तूबर, 2016, स्वदेश)*

□

# सार्क से निकाला जाए पाकिस्तान

बीते दिनों भारत के गृह मंत्री राजनाथ सिंह पाकिस्तान की राजधानी इस्लामाबाद में सार्क देशों के गृहमंत्रियों की कॉन्फ्रेंस में गए तो वहाँ पर उनका बेहद ठंडा स्वागत हुआ। इतना खराब कि गोया पाकिस्तान को मेजबान धर्म का निर्वाह करने की तमीज ही न हो। राजनाथ सिंह ने भी पाकिस्तान का नाम लिये बिना उसे आतंकवाद पर नकेल कसने की नसीहत दी। अब वित्त मंत्री अरुण जेटली इस्लामबाद नहीं जा रहे हैं, सार्क देशों के वहाँ होनेवाले एक अहम् सम्मेलन में भाग लेने के लिए। इसके अलावा पाकिस्तान जिस तरह से हमारे आंतरिक मामलों में टाँग अड़ा रहा है, उससे साफ है कि उसे पड़ोसी बनना भी नहीं आता। पाकिस्तान के इसी तरह के नकारात्मक व्यवहार के चलते सार्क आंदोलन अपने लक्ष्यों को हासिल नहीं कर पा रहा है।

हालाँकि पूरी दुनिया परस्पर आर्थिक सहयोग के महत्त्व को समझने लगी है, पर इस मोर्चे पर पाकिस्तान की नकारात्मक नीतियों के कारण अपेक्षित सफलता नहीं मिल पाई है सार्क देशों को। जाहिर है, इसी के चलते भारत-पाकिस्तान, जो सार्क सम्मेलन के सबसे बड़े देश हैं, के बीच भी आर्थिक सहयोग लुंज-पुंज ही रहा। यह स्थिति बाकी देशों के बीच भी है। दरअसल दक्षिण एशियाई मुक्त व्यापार क्षेत्र समझौता (साफ्टा) के क्रियान्वयन में प्रगति के चलते सार्क देशों के बीच व्यापार के क्षेत्र में सहयोग बढ़ाने की जरूरत है। दक्षिण एशिया में आर्थिक वृद्धि में तेजी लाने में व्यापार सबसे महत्त्वपूर्ण औजार हो सकता है। साफ्टा के क्रियान्वयन में सराहनीय प्रगति हुई है, फिर भी काफी कुछ किया जाना बाकी है। सार्क देशों के बीच साफ्टा पर 2004 में इस्लामाबाद में हस्ताक्षर किए गए थे और इसके तहत वर्ष 2016 के अंत तक सीमा शुल्क घटाकर शून्य पर लाने का लक्ष्य रखा गया है, लेकिन पाकिस्तान के असहयोगपूर्ण रुख के कारण यह दूर की संभावना नजर आती है। साफ्टा के तहत दक्षेस देशों के बीच व्यापार बढ़ तो रहा है, पर यह हमारे कुल अंतरराष्ट्रीय व्यापार की तुलना में बहुत कम है, जबकि संभावनाएँ बहुत ज्यादा हैं।

साउथ एशिया में इंट्रा-रीजनल ट्रेड सिर्फ 6 फीसदी है, जबकि दुनिया के दूसरे रीजनल एसोसिएशन की बात करें तो यूरोपियन यूनियन (ब्रिटेन के अलग होने से पहले तक) का आपसी कारोबार 60 फीसदी, नाफ्टा का 50 फीसदी और आसियान का 25 फीसदी है।

अगर सार्क के सदस्य देशों के साथ अलग-अलग व्यापार पर नजर डालें तो बाँग्लादेश सबसे बड़ा साथीदार दिखता है। इसके बाद है श्रीलंका, जिसके साथ भारत का कारोबार 600 करोड़ डॉलर सालाना का है। इसी तरह नेपाल के साथ 350 करोड़ डॉलर और पाकिस्तान के साथ 222 करोड़ डॉलर का है। इन देशों के अलावा अफगानिस्तान के साथ भारत का व्यापार करीब 60 करोड़ डॉलर, भूटान के साथ करीब 38 करोड़ डॉलर और मालदीव के साथ करीब 15 करोड़ डॉलर का रहा। इन आँकड़ों से अंदाजा लगाया जा सकता है कि सार्क देशों के साथ आपसी कारोबार बढ़ाने की गुंजाइश कितनी ज्यादा है।

सार्क देशों में आर्थिक सहयोग की खराब हालत की एक बानगी देख लीजिए। भारत के प्रमुख औद्योगिक समूह टाटा ने साल 2007 में बाँग्लादेश में तीन अरब डॉलर की निवेश योजना बनाई थी। टाटा वहाँ पर अलग-अलग क्षेत्रों में निवेश करना चाहता था, पर वहाँ पर इसका तगड़ा विरोध शुरू गया। बाँग्लादेश की खालिदा जिया के नेतृत्व में तमाम विपक्षी दलों ने टाटा के बाँग्लादेश में निवेश की योजना का यह कहकर विरोध किया कि वह देश के लिए ईस्ट इंडिया कंपनी साबित होगा। फिर बाँग्लादेश सरकार ने भी टाटा के प्रस्ताव को हरी झंडी दिखाने में देरी की। टाटा समूह ने निवेश योजना के तहत इस्पात प्लांट, यूरिया फैक्टरी और कोयला खदान के लिए 1000 मेगावाट क्षमतावाली

बिजली इकाई लगाने का प्रस्ताव दिया था। इस उदाहरण से साफ है कि सार्क देशों में आपसी व्यापार को गति देने के लिहाज से कितना खराब माहौल है।

सबसे अफसोस की बात तो यह है कि सार्क देश आतंकवाद को कुचलने के सवाल पर भी एक तरह से नहीं सोच रहे। पाकिस्तान दुनिया भर को आतंकवाद की सप्लाई कर रहा है। इसके बावजूद पाकिस्तान के रहनुमा आतंकवाद के सवाल पर भारत के साथ खड़े होने को राजी नहीं हैं। हालाँकि पूरी दुनिया को पता है कि ओबामा बिन लादेन पाकिस्तान में ही पाया गया था।

इस्लामाबाद में कश्मीर में मारे गए हिज्बुल आतंकी बुरहान वानी की ओर इशारा करते हुए राजनाथ सिंह ने दहाड़ा कि आतंकवाद का महिमामंडन बंद होना चाहिए और आतंकियों को शहीद का दर्जा नहीं दिया जाना चाहिए। आतंकवाद अच्छा या बुरा नहीं होता है। जाहिर है, राजनाथ सिंह का इशारा पाकिस्तान की तरफ ही था। चूँकि पाकिस्तान का रुख तो लगातार नेगेटिव होता जा रहा है तो बेहतर होगा कि शेष सार्क देश पाकिस्तान को सार्क से चलता करें। सार्क देशों को आतंकवाद का लंबे समय से सामना करना पड़ता रहा है। बेहतर होता कि इस अहम् मसले पर सार्क देश मिलकर काम करते।

यह देखा गया है कि सार्क आतंकवाद से लड़ने का संकल्प तो लेता है, पर बात आगे नहीं बढ़ पाती। इसके अलावा भी तमाम मसलों पर सार्क में आपसी तालमेल और परस्पर सहयोग का अभाव ही दिखता है। आतंकवाद के खिलाफ लड़ाई तथा इसे जड़ से खत्म करने के लिए सार्क शिखर बैठकों में हर बार रस्मी तौर पर प्रस्ताव पारित हो जाता है। इसमें कमोबेश यही कहा जाता है कि दक्षेस देश आतंकी गतिविधियों से प्रत्यक्ष या परोक्ष रूप से जुड़े लोगों की गिरफ्तारी, उन पर अभियोजन और उनके प्रत्यर्पण में सहयोग करेंगे। इसमें हर तरह के आतंकवाद के सफाए और उससे निपटने के लिए सहयोग को मजबूत करने पर जोर दिया जाता है, साथ ही यह भी कहा जाता है कि ये मुल्क अपनी जमीन का इस्तेमाल आतंकी गतिविधियों में नहीं होने देंगे। प्रस्ताव में आतंकवाद, हथियारों की तस्करी, जाली नोट, मानव तस्करी आदि चुनौतियों से निपटने में क्षेत्रीय सहयोग की बात कही जाती है। हालाँकि कुल मिलाकर बात प्रस्ताव से आगे नहीं बढ़ती।

आपको याद होगा कि प्रधानमंत्री नरेंद्र मोदी ने साल 2014 में अपने शपथ ग्रहण समारोह में सार्क राष्ट्रों के नेताओं को आमंत्रित करके इस मृत होते जा रहे संगठन को फिर से जिंदा करने की तगड़ी पहल की थी, पर पाकिस्तान की तरफ से इसमें प्राण फूँकने की कोई कोशिश नहीं हुई।

दरअसल सार्क दक्षिण एशिया के आठ देशों का आर्थिक और राजनीतिक संगठन है। इसकी स्थापना 8 दिसंबर, 1985 को भारत, पाकिस्तान, बाँग्लादेश, श्रीलंका, नेपाल, मालदीव और भूटान द्वारा मिलकर की गई थी। अप्रैल, 2007 में संघ के 14वें शिखर

सम्मेलन में अफगानिस्तान इसका आठवाँ सदस्य बन गया। 1970 के दशक में बाँग्लादेश के तत्कालीन राष्ट्रपति जियाउर रहमान ने दक्षिण एशियाई देशों के एक व्यापार गुट के सृजन का प्रस्ताव किया। मई, 1980 में दक्षिण एशिया में क्षेत्रीय सहयोग का विचार फिर रखा गया था। अप्रैल, 1981 में सातों देश के विदेश सचिव कोलंबो में पहली बार मिले। इनकी समिति ने क्षेत्रीय सहयोग के लिए पाँच व्यापक क्षेत्रों की पहचान की। सहयोग के नए क्षेत्र आनेवाले वर्षों में जोड़े गए।

## सार्क के शुरुआती साल

हालाँकि सार्क शुरुआती सालों के उत्साह के बाद पहले की तरह से एक्टिव नहीं रहा। इसकी एक वजह यह भी सार्क देशों के बीच आपसी मतभेद भी खासे रहते हैं। मोदी के शपथ ग्रहण समारोह में सार्क नेताओं को बुलाया जाना साबित करता है कि भारत सार्क को लेकर गंभीर है। उसकी चाहत है कि सार्क फिर से एक्टिव हो। इसके सदस्य देश आपसी सहयोग करें, लेकिन पाकिस्तान जिस बेशर्मी से भारत में आतंकी तत्त्वों को खाद-पानी दे रहा है, उससे माना जा सकता है कि पाकिस्तान के इसमें रहने तक सार्क का कोई भविष्य नहीं है। इसलिए भारत को बाकी सार्क देशों के साथ मिलकर पाकिस्तान को इससे बाहर करने के संबंध में सोचना होगा। नहीं तो सार्क आंदोलन कागजों पर चलता रहेगा।

*(27 अगस्त, 2016, दैनिक जागरण)*

□

# सीखना होगा राष्ट्रगान का आदर करना

शायद ही संसार के किसी अन्य देश में राष्ट्रगान का उस तरह से अपमान होता हो, जैसा हमारे देश में होता आया है। राष्ट्रगान पर रोक लगाने से लेकर इसमें संशोधन करने के प्रयास लगातार चलते रहते हैं। अब ताजा उदाहरण इलाहाबाद से सामने आ रहा है। वहाँ पर 'एमए कॉन्वेंट' नमक स्कूल में 12 सालों से राष्ट्र गान पर रोक थी। जब मामले ने तूल पकड़ा तो पुलिस ने स्कूल प्रबंधक जिया उल हक नाम के एक शख्स को गिरफ्तार कर लिया। अब उसके स्कूल को बंद करने के आदेश भी दे दिए गए हैं।

जरा कल्पना करें कि इस कथित स्कूल में आधिकारिक तौर पर राष्ट्रगान पर रोक लगी हुई थी। क्या इस तरह का आपको उदाहरण किसी अन्य देश में मिलेगा ? कतई नहीं। स्कूल में राष्ट्रगान नहीं होने देने के पीछे प्रबंधक जियाउल हक का तर्क था कि राष्ट्रगान में 'भारत भाग्य विधाता' शब्दों का गलत प्रयोग किया गया है। उसे इन शब्दों से घोर आपत्ति है। हक के अनुसार भारत में रहनेवाले सभी लोगों के भाग्य का विधाता 'भारत' कैसे हो सकता है। यह इसलाम के विरुद्ध है। जाहिर है, इस तरह के लचर तर्क कोई विक्षिप्त इनसान ही दे सकता है। क्या पता भारतवर्ष में कितने और 'हक' जैसे 'आस्तीन के साँप' भारत के कोने-कोने में पल रहे हैं।

हमारे यहाँ पहले भी राष्ट्रगान में संशोधन की माँग उठती रही है, पर क्या राष्ट्रगान में संशोधन हो सकता है, क्या राष्ट्रगान में 'अधिनायक' की जगह 'मंगल' शब्द होना चाहिए, क्या राष्ट्रगान से 'सिंध' शब्द के स्थान पर कोई और शब्द जोड़ा जाए? पहले भी सिंध शब्द को हटाने की माँग हुई थी, इस आधार पर की कि चूँकि सिंध अब भारत का भाग नहीं है, इसलिए इसे राष्ट्रगान से हटाना चाहिए।

मुझे याद है कि साल 2005 में संजीव भटनागर नाम के एक शख्स ने सुप्रीम कोर्ट में एक जनहित याचिका दायर की थी, जिसमें 'सिंध' भारतीय प्रदेश न होने के आधार

पर 'जन-गण-मन' से निकालने की माँग की थी। इस याचिका को 13 मई, 2005 को सुप्रीम कोर्ट के सर्वोच्च न्यायाधीश आर.सी. लाखोटी की अध्यक्षतावाली खंडपीठ ने सिर्फ खारिज ही नहीं किया था, बल्कि संजीव भटनागर की याचिका को छिछली और बचकानी मुकदमेबाजी मानते हुए उन पर दस हजार रुपए का दंड भी लगाया था।

हालाँकि मुंबई हाई कोर्ट ने सन् 9 अगस्त, 2011 को पुणे के सेवानिवृत्त प्रोफेसर श्रीकांत मालुश्ते की एक याचिका पर अपने निर्णय में कहा था कि हमारे राष्ट्रगीत में 'सिंध' शब्द का प्रयोग संभवतः एक त्रुटि है और यद्यपि यह अनायास या अनजाने में हुई है, पर इसे संबद्ध केंद्रीय मंत्रालयों द्वारा सार्वजनिक उपयोग के लिए सुधारना चाहिए। कोर्ट की एक खंडपीठ में न्यायमूर्ति रंजना देसाई और न्यायमूर्ति आर.जी. केतकर ने मालुश्ते की जनहित याचिका पर निर्णय देते हुए कहा कि राष्ट्रगान में प्रयुक्त 'सिंध' शब्द को बदलकर 'सिंधु' कर देना चाहिए, क्योंकि 'सिंध' विभाजन के बाद भारत का हिस्सा नहीं रहा है, लेकिन सिंधु नदी का उद्गम तो भारत में ही है। हैरानी की बात है कि इस मसले पर सुप्रीम कोर्ट के फैसले के बाद मुंबई हाई कोर्ट ने अपनी तरफ से एक अलग राय रखी, लेकिन 'सिंध' को राष्ट्र गान से हटाने की माँग करनेवालों के ज्ञान पर तरस ही आता है।

## सिंध और भारतीय संस्कृति

सिंध भारत की संस्कृति में गत 5000 वर्षों से जुड़ा है। 'हिंद' शब्द की उत्पत्ति ही 'सिंधु' नदी से ही है। अरब देश के लोग 'स' अक्षर का उच्चारण 'ह' करते हैं। वे सिंधु के पार के देश को 'हिंद' और वहाँ रहनेवालों को 'हिंदू' कहते थे। राष्ट्रगान से 'सिंध' शब्द निकालने का मुद्दा क्या मात्र सिंधी समुदाय को आहत और उद्वेलित करनेवाला है, सारे भारतीयों को नहीं? हर भारतीय, चाहे वह सिंधी समुदाय का हो या न हो, यह महसूस करता रहा है कि राष्ट्रगीत के शब्द मात्र काव्यात्मक अभिव्यक्ति का रूप ही नहीं प्रस्तुत करते, बल्कि ये भारत की अखंड आत्मा के परिचायक हैं। जब सिंध शब्द को राष्ट्र गान से हटाने की बात उठी थी, तब सिंध समाज के बुद्धजीवियों ने भावुक होते हुए कहा था कि यह याचिका मूर्खतापूर्ण, सतही और स्वप्रचार के लिए की गई है, क्योंकि सिंध एक भौगोलिक इकाई की परिधि से ऊपर रहा है। जहाँ के इतिहास और सभ्यता व संस्कृति का फैलाव आज भी 'जीए सिंध' आंदोलन के रूप में सीमा के उस पार भी है।

## सिंध या सिंधु

कुछ लोग यह भी कहते रहे हैं कि राष्ट्र गान में सिंध के स्थान पर सिंधु शब्द होना चाहिए। हालाँकि सिंधी के जानकार कहते हैं कि गाने और बोलने के लिए दोनों शब्द

## जन गण मन

जन–गण–मन अधिनायक जय हे
भारत–भाग्य–विधाता ।
पंजाब सिंध गुजरात मराठा
द्राविड़ उत्कल बंग ।
विंध्य हिमाचल यमुना गंगा,
उच्छल जलधि तरंग ।
तव शुभ नामे जागे,
तव शुभ आशिष माँगे;
गाहे तव जय गाथा ।
जन–गण मंगलदायक जय हे,
भारत–भाग्य–विधाता ।
जय हे, जय हे, जय हे,
जय जय जय, जय हे ।।

'सिंधु' और गीत के लिखित संस्करण में 'सिंध' शब्द का एक ही अर्थ है। इसका अर्थ नदी या सिंधी समुदाय दोनों के रूप में लगाया जा सकता है। वीर सावरकर की कृति 'हिंदुत्व' में सिंधु, सप्तसिंधु और सिंधु सौबीर शीर्षक अध्याय में, जो उन्होंने 1923 में लिखी थी, वह आज भी प्रासंगिक है।

### सिंधु घाटी सभ्यता

सिंधु घाटी की सभ्यता के क्षेत्र का विस्तार और उसकी नागरी संस्कृति उसकी दशमलव प्रणाली, पंचाग पद्धति, मातृ एवं शक्तिपूजा का वर्णन मुसलिम इतिहासकारों ने भी किया है। विद्रोही कवि शेख अयाज अब्दुल वाहिद आरेसर, अमर जलील और इमदाद हुसैनी आदि ने बौद्धिक स्तर पर सदैव पाकिस्तान को चुनौती देकर अपने हिंदू अतीत को भी स्वीकार किया है। कहनेवाले कहते हैं कि अरब सागर नाम भी गलत है। उसे सिंध सागर कहना चाहिए, क्योंकि सिंध का भू-भाग हिंदुस्तान की धरती से जुड़ा है।

सवाल यह है कि क्या हमारे संविधान निर्माताओं की नजर से यह सिंध या अधिनायक शब्दों से जुड़ी 'त्रुटि' बच निकली अथवा वे राष्ट्रगान में अंतर्निहित हर शब्द के मंतव्य से अनभिज्ञ थे? शायद, कभी नहीं। क्या राष्ट्रगान में देश के विशाल मानचित्र के सभी प्रदेशों या क्षेत्रों के नामों को सूचीबद्ध करना कोई बाध्यता या अनिवार्यता थी? इस तर्क से क्या कश्मीर या सिक्किम आदि सीमांत प्रदेश भी समय-समय पर समाविष्ट होने चाहिए थे? कहनेवाले तो कहते हैं कि 'सिंध' शब्द को 'सिंधु' से बदलने का विचार ही राष्ट्रद्रोह का परिचायक है।

पाकिस्तान के विद्रोही लेखक, चिंतक एवं 'जीए सिंध' आंदोलन के प्रवर्तन अब्दुल वाहिद आरेसर लिखते हैं, "हम कुछ वर्षों से पाकिस्तानी और हजारों वर्षों से सिंधी है। हम पाकिस्तानी नहीं थे, पर सिंधी थे, मुसलमान नहीं थे, पर सिंधी थे। सिंधी होने का प्रमाण पत्र हमें सिंध की धरती ने दिया है।"

कुछ समय पहले राष्ट्रगीत से अधिनायक शब्द को हटाने की माँग भी हुई। सिंध शब्द हटाने की माँग पहले हो चुकी है। जब सिंध शब्द को हटाने की माँग हुई थी, तब देश के करोड़ों नागरिकों का मत था कि गुरुदेव रवींद्रनाथ ठाकुर के इस राष्ट्रगान में किसी भी तरह का बदलाव अनुचित है और वह उनका अपमान भी है। यह गान सर्वप्रथम भारतीय राष्ट्रीय कांग्रेस के कोलकाता अधिवेशन में 27 दिसंबर, 1911 को गाया गया था।

इकबाल ने देश का बेहद लोकप्रिय गीत लिखा, "सारे जहाँ से अच्छा हिंदोस्ताँ हमारा⋯।" यदि कल कोई कहे कि उसकी शब्दावली आक्रामक और अंधराष्ट्रवादी है और इसलिए इस पर सरकारी कार्यक्रमों या सैन्यबलों के वृंदवादन आदि पर रोक लगनी चाहिए, तब क्या कोर्ट इसे भी राष्ट्रद्रोही मानसिकता की उपज नहीं मानेगा?

दरअसल 24 जनवरी, 1950 को संविधान सभा ने रवींद्रनाथ टेगौर द्वारा लिखित गीत को राष्ट्र गान का दर्जा देना मंजूर किया। उन्हें इस गीत की पृष्ठभूमि के बारे में पता था। उन्हें यह भी पता था कि अब सिंध भारत का अंग नहीं। उन्हें इसमें आनेवाले अधिनायक शब्द की भी जानकारी थी। जब एक बार राष्ट्रगान पर फैसला हो गया तो उसमें संशोधन करने का सवाल ही नहीं होना चाहिए। यह बहस से परे का विषय है और निश्चित रूप से राष्ट्रगान का अपमान देशद्रोह के दायरे में आता है। इलाहाबाद में राष्ट्रगान के अपमान करनेवाले शख्स पर देशद्रोह का मामला बनता है। उस पर कठोर कार्रवाई हो, ताकि भविष्य में इस तरह की कोई हरकत न करे।

*(12 अगस्त, 2016, दबंग दुनिया)*

□

# पंडितजी से पहली मुलाकात

मेरे जीवन की जिस घटना ने मेरे पूरे व्यक्तित्व को ही बदल डाला, वह आज से 51 वर्ष पूर्व हुई और उसके सूत्रधार थे, प्रात: स्मरणीय पंडित दीनदयाल उपाध्याय। बात 1966 के गर्मियों की है। मार्च 66 में ही मेरी मैट्रिक की परीक्षा समाप्त हो चुकी थी और मन में उत्कट इच्छा थी, इस बार संघ शिक्षा वर्ग कर ही लिया जाए, नहीं तो देरी हो जाएगी। अत: मैंने उसकी तैयारी शुरू कर दी। उन दिनों एक महीना से भी ज्यादा, लगभग 40 दिन के संघ शिक्षा वर्ग के शुल्क के रूप में 45 रुपए जमा करना पड़ता था। एक बार में 45 रुपए यदि बाबूजी से माँगता तो मिलने का प्रश्न ही नहीं था। वैसे तो वे तन-मन-धन से समर्पित संघनिष्ठ थे। संघ के प्रति उनकी आस्था थी और हम भाइयों को शाखा में जाने देने पर कोई आपत्ति भी नहीं थी, बल्कि प्रोत्साहित ही करते थे। किंतु एक मामूली से सरकारी ऑफिसर होने के नाते हम आठ भाई-बहनों का भरण-पोषण, पढ़ाई-लिखाई ही मुश्किल से कर पाते थे। मात्र डेढ़ वर्ष पूर्व 24 नवंबर, 1964 को मेरी बड़ी बहन जयंती की असामयिक मृत्यु मात्र इस कारण हो गई थी कि उसकी टायफाइड के ईलाज के लिए जो दवाईयाँ बड़े डॉक्टरों ने लिखी थी, वे पैसे के अभाव में बाबूजी खरीद नहीं पाए थे। लेकिन, संघ शिक्षा वर्ग में जाने की लालसा तो थी ही। मुझे पटना संघ कार्यालय के कार्यालय प्रमुख उग्रदेव जी से यह पता चला कि साप्ताहिक 'पाञ्चजन्य' ने वार्षिक ग्राहकों को बनाने की एक योजना तैयार की है जिसमें वर्ष भर के एक ग्राहक बनाने पर एक रुपए का कमीशन प्राप्त हो सकता था। फिर क्या था ? मैं पाञ्चजन्य के ग्राहक बनाने के अभियान में जुट गया। उन दिनों एक प्रभात और दो सायं शाखाओं की जिम्मेवारी थी मेरे ऊपर। परीक्षा के बाद स्कूल बंद थे। अत: प्रतिदिन प्रभात और सायं शाखा के तुरंत बाद ग्राहक बनाने के लिए निकल पड़ता। घर-घर जाकर लोगों को पाञ्चजन्य के गौरवशाली इतिहास के बारे में बताता। संघ कार्य और विचारधारा के बारे में ज्ञान बाँटता। दस घर घूमता तो शायद ही एक घर में कोई ग्राहक बनता। रविवार

को दिन भर इसी काम में जुटा रहता। क्योंकि, स्कूल तो बंद हो चुका था। संघ कार्य के अलावे कोई दूसरा कार्य था भी नहीं। अप्रैल और मई महीने की कड़ी धूप में मेहनत के बाद मैंने आखिरकार 50 से ज्यादा पाञ्चजन्य के ग्राहक बना ही लिए और पाञ्चजन्य से प्राप्त प्रोत्साहन राशि के बल पर प्रथम वर्ष संघ शिक्षा वर्ग में शामिल होने मारवाड़ी स्कूल भागलपुर पहुँच गया।

उन्हीं दिनों भागलपुर के पास के एक छोटे से शहर नाथनगर में वाराणसी से प्रचारक के रूप में संघ कार्य के लिए निकले हुए एक दक्षिण भारतीय नवयुवक प्रचारक आए थे, जो नाथनगर में ही वहाँ के संघचालक श्री पूरणमल बाजोरिया के निवास पर ही रहते थे। वहीं भोजन करते थे और संघ की शाखाओं के प्रसार कार्य में जुटे रहते थे। उनका नाम था कोड्डीपाकम नीलमेधाचार्य गोविंदाचार्य। जी हाँ, वे वही गोविंदाचार्य थे जो बाद में भाजपा के राष्ट्रीय संगठन महामंत्री बने और अभी स्वदेशी के चिंतक और विचारक के रूप में देशभर में विख्यात हैं। गोविंदजी उन दिनों घोष का (सैंपल) वर्ग लेते थे। इसमें वैसे मेरी कोई विशेष रुचि नहीं थी। लेकिन, वे जब ध्वजारोहण और ध्वजावतरण की धुन अपनी तांबे की चमचमाती बिगुल पर बजाते थे, तो सभी को मुग्ध कर देते थे। ध्वजारोहण और ध्वजावतरण के अतिरिक्त गोविंदजी के जिम्मे दोपहर के भोजन के ठीक पहले बौद्धिक वर्ग में शुद्ध संस्कृत में 'अवतरण-पाठ' का कार्यक्रम भी रहता था, जिसे वे बखूबी निभाते थे।

एक दिन मैंने देखा कि वर्ग के बौद्धिक प्रमुख माननीय शंकर तिवारीजी स्वागत कार्यालय के सामने गोविंदजी को डांटे जा रहे हैं। ''जब मैंने तुम्हें मना किया था कि अपनी मोटरसाइकिल गेट के अंदर नहीं लाओगे, तो आज फिर अंदर क्यों लाए''। मैंने सोचा कि आखिर यह क्या बात हुई? इस बात के लिए डाँटना कैसा? लेकिन, बाद में पता चला कि गोविंदजी की मोटरसाइकिल में साइलेंसर ही नहीं था, जिसके कारण मोटरसाइकिल अंदर लाते ही वह इतनी आवाज करती थी कि विभिन्न वर्गों में बैठकर प्रशिक्षण ग्रहण कर रहे प्रशिक्षणार्थियों का ध्यान उधर चला जाता था, जो तिवारीजी को बेहद नापसंद था। खैर, उस दिन के बाद से गोविंदजी ने गेट के अंदर अपना मोटरसाइकिल लाना बंद कर दिया। वे मोटरसाइकिल गेट से दूर लगाकर पैदल ही गेट से अंदर आया करते थे।

एक दिन सुबह वर्ग में कुछ ज्यादा ही हलचल सी दिखी। पूछने पर पता चला कि आज 'हिंदुस्थान समाचार' के महाप्रबंधक माननीय बालेश्वर प्रसाद अग्रवालजी ऐसे प्रशिक्षणार्थियों की कक्षा लेना चाहते हैं, जिनकी रुचि पत्रकारिता में हो। लड़कों की रुचि पूछकर नाम लिखे जा रहे थे। मैंने भी अपना नाम लिखवा दिया। शाम के समय बालेश्वर जी ने सबसे बात की और मेरा चुनाव हो गया। बालेश्वरजी ने कहा कि पटना वापस लौटकर 'हिंदुस्थान समाचार' के कार्यालय में मुझसे आकर मिलना। मैं प्रसन्न हो गया कि मैट्रिक की परीक्षा देने के बाद ही मुझे कुछ तो काम मिल गया, जिससे कि अब मुझे बिना वजह घर में पड़े रहने के लिए डाँट सुनना नहीं पड़ेगा।

वर्ग में दो-चार दिन और बीत गए। एक दिन फिर हलचल हुई। पता चला संघ के सर संघचालक परम पूज्यनीय गुरुजी का प्रवास होनेवाला है। अगले दिन सुबह संघ के द्वितीय सर संघचालक परम पूज्यनीय माधव सदाशिव गोलवलकर पटना से वर्ग में पधारे। दो या तीन दिन तक उनके बौद्धिक और चर्चा की अनेकों बैठकों का कार्यक्रम चला। गुरुजी का संबोधन अद्भुत था। जादूभरी वाणी थी। रोम-रोम को झंकृत कर देने वाले उनके वाक्यों और शुक्तों को सभी मंत्रमुग्ध होकर सुनते। गुरुजी के प्रवास के क्रम में मुझे एक बहुत ही बड़ा सौभाग्य प्राप्त हो गया। गुरुजी के आने के पहले ही यह पूछा गया था कि बढ़िया चाय कौन बना सकता है? 5-7 लड़कों ने अपने नाम दिए थे। मैंने भी अपना नाम दिया था। सबसे चाय बनवाई गई। वर्ग के वरिष्ठ अधिकारियों ने चाय पीकर देखा। जब मेरी बारी आयी तो मैंने भी अपने द्वारा बनाई चाय का ग्लास डरते-डरते सबके सामने बढ़ाया। डर मैं इसलिए रहा था कि बाकियों ने शुद्ध दूध में ही चाय बनाया था। मैंने अपनी आदत के अनुसार ही चार कप पानी में एक कप दूध मिलाकर अपनी चाय बनायी थी और मेरी चाय कुछ ज्यादा ही कड़क और गर्म थी। मुझे डर था कि मुझे कहीं डाँट न सुनना पड़ जाए। मुझे आश्चर्य तो तब हुआ कि कई वरिष्ठ अधिकारियों ने एक साथ कहा कि यह चाय वैसी ही कड़क बनी है, जैसी कि पूज्य गुरुजी पसंद करते हैं। मेरा चुनाव हो गया। पूज्य गुरुजी ढाई-तीन दिन भागलपुर वर्ग में रहे। मेरी ड्यूटी उनको चाय बनाकर

देने की थी। वे चाय बहुत ही ज्यादा पीते थे। एकदम कड़क और गर्म। एक बार में आधा कप से ज्यादा भी नहीं। लेकिन, पीते थे लगभग हर घंटे, कभी-कभी घंटे में दो बार भी। पूज्य गुरुजी को मेरी चाय इतनी पसंद आई कि 1966 के बाद जब कभी भी उनका बिहार का प्रवास लगता तो मुझे ही चाय के लिए बुलाया जाता। यह सिलसिला उनके स्वर्गवास (1973) के पहले तक जारी रहा। गुरुजी भागलपुर प्रवास समाप्त कर चले गए। वे बहुत सारा आशीर्वाद देकर चले गए। बहुत सारी प्रश्नों का समाधान भी करके गए। जिसकी चर्चा करने का न तो अभी समय है और न ही कोई सार्थकता।

वर्ग अब समाप्त ही होने वाला था। एक दिन फिर हलचल सी हुई। पता चला आज पंडितजी आनेवाले हैं। पंडितजी कौन? उत्तर मिला, भारतीय जनसंघ के संस्थापक महामंत्री पंडित दीनदयाल उपाध्याय। मेरी उत्सुकता बढ़ गई। मैंने पंडितजी के बारे में बहुत कुछ सुना था। 1965 में पटना के गांधी मैदान में आयोजित 'सुरक्षा अधिवेशन' में उनको नजदीक से देखा था, भाषण भी सुना था। मिला नहीं था। उनके कई लेख पढ़े थे। 'हिमालय वक्तव्य' जो उन्होंने राम मनोहर लोहियाजी के संयुक्त हस्ताक्षर से जारी किया था उसे पढ़ा भी था। भारतीय उपमहाद्वीप के देशों को मिलाकर एक 'भारत महासंघ' बनाए जाने के उनके विचार और एकात्म मानववाद के बारे में उनकी सोच और एकात्म मानववाद किन मायनों में साम्यवाद या पूँजीवाद से भिन्न है, इस बारे में थोड़ी बहुत चर्चाएँ भी सुनता रहता था।

कुछ ही सप्ताह पूर्व रुपये का अवमूल्यन हो गया था। 6 जून, 1966 में रुपए का अवमूल्यन होने से रुपए का मूल्य एक डालर के मुकाबले 4.76 रुपए से बढ़कर 7.50 रुपए अमेरिका के दवाब में इंदिराजी ने कर दिया था। यानी कि 57.5 प्रतिशत रुपए का मूल्य डालर के मुकाबले धटाने का निर्णय कांग्रेस सरकार ने कर दिया था।

पंडितजी आए। उनका विद्वतापूर्ण बौद्धिक वर्ग हुआ। सीधे-साधे, सरल और कुछ-कुछ निरीह प्राणी जैसे दिखनेवाले पतले-दुबले सामान्य से धोती-कुर्ता में मध्यम कद-काठी और अति सौम्य एवं शांत स्वभाव के पंडित दीनदयाल उपाध्याय। ऐसा व्यक्तित्व कि देखने मात्र से श्रद्धाभाव उत्पन्न हो जाए। पंडितजी ने अपने बौद्धिक वर्ग में रुपए के अवमूल्यन के विषय में अद्भुत विश्लेषण किया। कैसे अमेरिका के प्रभाव में, या यूँ कहिए कि घोर दबाव में, रुपए का 60 प्रतिषत अवमूल्यन हुआ और उससे उत्पन्न होने वाले दूरगामी प्रभावों पर चर्चा हुई। एक-एक बातें अत्यंत ही सारगर्भित, किंतु; स्पष्टता, दृढ़ता और सिद्धातों की कसौटी पर और देशहित के विचार से उसका बिंदुबार तर्कसंगत प्रस्तुतिकरण। शाम के समय पंडितजी के चर्चागट के लिए जिनका चुनाव हुआ, उसमें मैं भी शामिल था। पंडितजी से प्रशिक्षणार्थियों से कुछ प्रश्न पूछे और फिर बारी आई प्रशिक्षणार्थियों से प्रश्न पूछने की। जब प्रशिक्षणार्थियों से रुपए के अवमूल्यन के बारे में पंडितजी ने उनका विचार जानना चाहा तो लगभग सभी चुप थे। मैं अपनी शंका समाधान

के लिए खड़ा हुआ और एक के बाद एक लगातार चार या पाँच प्रश्न किए। पंडितजी ने मुस्कुराते हुए और अत्यंत ही धैर्यपूर्वक सभी प्रश्नों के उत्तर तर्क सहित दिए। साथ-ही-साथ यह भी बताते गए कि रुपए के अवमूल्यन से देशहित का दूरगामी नुकसान कैसे हो रहा है ? जब मेरे चार-पाँच प्रश्न हो गए तो वर्ग के बौद्धिक प्रमुख माननीय शंकर तिवारीजी पंडितजी की कुरसी के पीछे आकर खड़े हो गए और मुझे इशारे से बैठ जाने के लिए कहने लगे। उन्होंने शायद यही सोचा होगा कि चूँकि वे पंडितजी के पीछे खड़े हैं और चूँकि पंडितजी का मुँह तो प्रशिक्षणार्थियों की ओर है, पंडितजी कुछ समझ नहीं पाएँगे कि क्या हो रहा है ? लेकिन, माननीय तिवारीजी के पंडितजी के पीछे आकर खड़ा होते ही सारे प्रशिक्षणार्थी सतर्क होकर बैठ गए थे और ज्यादातर को यह आभास हो गया था कि अब जल्दी ही मुझे बढ़िया से डाँट पड़नेवाली है। लेकिन, प्रशिक्षणार्थियों में हलचल देखकर पंडितजी को आभास हो गया कि जरूर कोई पीछे खड़ा है। लेकिन, उस वक्त वे कुछ बोले नहीं, क्योंकि; वे तो उस समय मेरी किसी शंका का समाधान कर रहे थे। मेरे प्रश्न का जवाब पूरा करते ही पंडितजी ने एकदम से गरदन घुमाई। पीछे की ओर देखा और लगभग डाँटते हुए माननीय शंकर तिवारीजी से पूछा, "आप यहाँ क्यों खड़े हैं ? एक तो कोई मुझसे कभी भी किसी आर्थिक विषय पर शायद ही कभी चर्चा करता है और यदि यह तरुण मुझसे कुछ समझदारी की बातें कर रहा है, तो आप व्यवधान डाल रहे हैं ?" तिवारीजी थोड़ा सकपका से गए। लेकिन, हाथ जोड़कर बड़ी विनम्रता से बोले कि "जी नहीं ऐसी कोई बात नहीं है, पंडितजी ! मैं तो इसे इशारे से यह बता रहा था कि चर्चा का समय अब समाप्त हो गया है। अगले कार्यक्रम का समय हो रहा है, इसलिए तुम भी अब इस विषय को ज्यादा मत खींचो।" पंडितजी ने कहा, "अच्छा तो यह बात है। चलिए इस विषय को यहीं समाप्त करते हैं।" लेकिन, मेरी तरफ देखते हुए उन्होंने कहा कि "तुम भोजन के बाद मेरे कक्ष में आ जाना।" चर्चागट समाप्त हुआ। पंडितजी के निकल जाने के बाद सभी प्रशिक्षणार्थी मेरे नजदीक आकर मुझे बधाई देने लगे। मेरी खुशियों का तो ठिकाना ही न था। पंडितजी ने किसी को अपने कक्ष में बुलाया है यह पूरे शिविर में दावानल सा फैल गया और चर्चा का विषय बन गया। मैंने भोजन के समय तक का इंतजार नहीं किया। पहले व्यवस्था में लगे कार्यकर्ताओं से पूछताछ कर मालूम कर लिया कि पंडितजी किस कक्ष में ठहरे हैं। उनकी सेवा में जो कार्यकर्ता नियुक्त थे, उनको जाकर जब यह बताया कि मेरा नाम रवींद्र किशोर है और मुझे रात्रि भोजन के बाद यहाँ आना है। माननीय पंडितजी ने मुझे बुलाया है तो उसने डायरी खोलकर उस स्थान को दिखाया जहाँ मेरा नाम लिखा हुआ था और कहा कि यही है न आपका नाम ? मैंने कहा जी। उसने कहा कि पंडितजी ने पहले से ही लिखवा दिया है। आप निश्चिंत रहिए। भोजन के बाद मैं आपको उनके पास ले चलूँगा।

मेरी तो भूख ही गायब हो चुकी थी। बधाईयों का सिलसिला जारी था। जो भी मिलता वही पूछता, "सुना है पंडितजी ने तुमको बुलाया है ?" मैं सिर हिला देता तो अगला प्रश्न

होता, ''क्यों बुलाया है।'' ''मैं जवाब देता, मुझे क्या मालूम कि क्यों बुलाया है। जाने पर ही तो मालूम होगा कि क्यों बुलाया है?'' भोजन जैसे ही समाप्त हुआ, मैं पंडितजी के कक्ष की ओर भागा। जो कार्यकर्ता पंडितजी के सहायक के रूप में तैनात थे, मुझे तुरंत अंदर ले गए। वहाँ पंडितजी के साथ कई लोग उनके कक्ष में बैठे थे। सबको तो मैं पहचान नहीं पाया, लेकिन; वर्ग के मुख्य शिक्षक राजाभाऊ सावरकर और वर्ग के सर्वाधिकारी माननीय कृष्णचंद्र भारद्वाजजी को तुरंत पहचान गया। ये दोनों ही वर्ग में सबसे सख्त पदाधिकारी माने जाते थे। भारद्वाजजी के कानों में लंबे-लंबे बाल थे और हम सभी प्रशिक्षणार्थी आपस में जब कोडवर्ड में उनका नाम लेना होता या किसी को सावधान करना होता तो ''कानों में मूँछ'' कह देते। तीसरे व्यक्तित्व को जिन्हें मैंने तुरंत पहचान लिया, वे थे पटना के ही सुविख्यात वरिष्ठ अधिवक्ता ठाकुर प्रसादजी, जो उस वक्त प्रदेश जनसंघ के उपाध्यक्ष भी थे। किन्तु; उन दिनों बिहार जनसंघ के अध्यक्ष से भी ज्यादा महत्त्वपूर्ण अपना स्थान टीम में रखते थे और सामूहिक नेतृत्व का चेहरा थे। प्रदेश में सामूहिक नेतृत्व में एक त्रिमूर्ति चर्चित थे, एक श्रीमान् ठाकुर प्रसाद, दूसरे पंडित कैलाशपति मिश्र जो प्रदेश के महामंत्री थे और तीसरे श्री अश्विनी कुमार जो प्रदेश के संगठन मंत्री थे। प्रदेश के अध्यक्ष तो साल दो साल के बाद बदल जाते थे। लेकिन, यह सामूहिक नेतृत्व की त्रिमूर्ति हमेशा कायम रहती थी। प्रदेश भर के कार्यकर्तागण उनका सम्मान करते थे और उनके ही निर्णय सर्वमान्य होते थे। श्री ठाकुर प्रसाद संघ के पुराने स्वयंसेवक और जनसंघ के स्थापना काल से ही जनसंघ से जुड़े थे। वैसे तो उन्होंने सदैव पार्टी में महामंत्री या उपाध्यक्ष जैसे पदों का ही निर्वहन किया, किंतु, हमेशा प्रदेश अध्यक्ष से भी ज्यादा सम्मानित और प्रभावशाली रहे। ठाकुर बाबू सदैव राष्ट्रीय कार्यसमिति के सदस्य रहे।

पंडितजी ने मुझसे बातचीत शुरू की। बाकी लोग सुनते रहे। ''ये ठाकुर बाबू हैं।'' मैने उन्हें प्रणाम किया और कहा कि मैं आपको जानता हूँ। मैं अभी गर्दनीबाग शाखा का मुख्य शिक्षक हूँ जहाँ आप पहले होते थे। ठाकुर बाबू ने सिर हिलाकर अपनी स्वीकृति दी। ''ये श्रीकांत मिश्र हैं, प्रदेश के अध्यक्ष।'' मैंने नाम सुना था, पहचानता नहीं था। मैंने हाथ जोड़कर प्रणाम किया। परिचय आदि के बाद माननीय पंडित दीनदयालजी ने प्रदेश और देश की वर्तमान स्थितियों पर कुछ बातचीत की और कहा कि ''देश में जो परिस्थितियाँ बन रही है उसको देखते हुए यह जरूरी हो गया है कि आने वाले आम चुनावों में कांग्रेस को परास्त किया जाए, नहीं तो श्रीमती इंदिरा गांधी अब इस देश में तानाशाह बनकर जिंदगी भर शासन करने का सपना देखने लगी है। वह एक अत्यंत ही दुर्भाग्यपूर्ण स्थिति होगी और देशहित में किसी भी कीमत पर स्वीकार योग्य नहीं होगी। मैं डॉ. लोहिया से मिलकर सभी गैर कांग्रेसी पार्टियों में मतैक्य स्थापित करने की कोशिश करने में लगा हूँ जो कि यह एक कठिन कार्य है। लेकिन, फिलहाल जनसंघ को देशभर में हजारों नौजवान समर्पित कार्यकर्ताओं की सख्त जरूरत है। क्या तुम जनसंघ के लिए काम करना चाहोगे?'' मैंने कहा, ''आपकी जैसी आज्ञा।'' पंडितजी ने ठाकुर बाबू की ओर देखते हुए कहा—''ठाकुर बाबू, ये पटना के ही कार्यकर्ता हैं। ये भी आप ही के गर्दनीबाग शाखा के हैं। आप इन्हें जनसंघ के काम में लगाएँ। 1967 के आम चुनाव की घोषणा अब जल्दी ही होनेवाली है। ठाकुर बाबू ने कहा, ''तुम पटना पहुँच कर मुझसे मिलो।''

मैं कमरे के बाहर निकल आया और अपने नए राजनीतिक कैरियर की चिंता करने लगा। यह थी हमारी पंडित दीनदयाल उपाध्यायजी से पहली व्यक्तिगत बातचीत। इसके पूर्व तो मैं पंडितजी से 1965 के सुरक्षा अधिवेशन में पटना में मिला जरूर था। पर मात्र दर्शन ही किया था। लेकिन, इस मुलाकात के बाद से पंडितजी जबतक जीवित रहे, पंडितजी का प्रतिमाह बिहार का प्रवास लगता और प्राय: हर बार उनकी सेवा में या उनके साथ प्रवास में मुझे ही लगाया जाता। इसकी चर्चा करनी शुरू करूँगा तो कहानी काफी लंबी हो जाएगी। अत: आज मैं पंडितजी से पहली मुलाकात की बात यहीं समाप्त करता हूँ। लेकिन, फिर समय मिला तो पंडितजी के साथ गुजारे हुए लगभग 20 महीनों की चर्चा अलग से करूँगा।

□

# दीनदयालजी का शाश्वत सनातन भारत ही है मोदीजी का 'न्यू इंडिया'

पंडित दीनदयाल उपाध्याय के जन्मशती वर्ष में प्रधानमंत्री नरेंद्र मोदी ने 'न्यू इंडिया' या 'नए भारत' के निर्माण का आह्वान किया है। उन्होंने इस लक्ष्य की प्राप्ति के लिए 2022 का लक्ष्य भी निर्धारित किया है। तब भारत की आजादी का 75 साल भी पूरा हो जाएगा। हमारे प्रधानमंत्री नरेंद्र मोदीजी वस्तुतः एक भविष्यद्रष्टा हैं। वे भविष्य के भारत को अतीत की गौरवशाली विचार परंपरा की निरंतरता में ही साकार करने के लिए देशवासियों को निरंतर प्रेरित कर रहे हैं। मोदीजी के विचार अतीत की ठोस वैचारिक जमीन पर ही आधारित हैं। उन्होंने आह्वान किया है कि ''सवा सौ करोड़ देशवासी एक नया संकल्प करें।'' वह संकल्प है—''सपनों से हकीकत की ओर बढ़ते जाना। जहाँ उपकार नहीं, अवसर होंगे। सभी को अवसर, सभी को प्रोत्साहन। नई संभावनाएँ, नए-नए अवसर। लहलहाते खेत, मुस्कराते किसान। नया भारत, स्वाभिमान युक्त भारत।' यही हैं नए भारत के निर्माण का संकल्प। प्रधानमंत्री नरेंद्र मोदी के विकास आंदोलन के ये ही मूल मंत्र और सूत्र हैं।

वह नया भारत क्या है? कैसा होगा? मोदी के सपने का नया भारत? इसे समझने के लिए

हमें जनसंघ के पुरोधा, ''एकात्ममानववाद के प्रणेता और प्रतिपादक पंडित दीनदयाल उपाध्याय के विचारों के सागर में गोते तो लगाने ही होंगे। तभी हम कुछ मोती चुन सकेंगे। शुरुआत में पंडित दीनदयाल उपाध्याय के 1947 में लिखे एक लंबे लेख से ही करता हूँ। यह आजादी से ठीक पंद्रह दिन पहले लिखा था पंडित दीनदयाल उपाध्यायजी ने। सभी जानते थे कि देश अब आजाद होने ही जा रहा है। भारत के पुनर्निर्माण की गंभीर चुनौती उपस्थित थी। गरमागरम बहस चालू थी कि 'हम कौन सा रास्ता चुनें?' उन दिनों पूरे विश्व में समाजवाद और साम्यवाद का बोल-बाला सा था। एक रास्ता पूँजीवाद का भी था। गांधी के ग्राम स्वराज का विचार भी एक विचारणीय भारतीय विकल्प था। तब पंडितजी ने देश को एक नई दृष्टि दी। वह उनके लेख में स्पष्ट रूप से वर्णित है। लेख का शीर्षक था—'भारतीय राष्ट्रधारा का पुण्य प्रवाह।' उस लेख की पहली ही पंक्ति है—''हमारे राष्ट्र जीवन का भागीरथी प्रवाह आदि काल से चला आ रहा है।'' वे पहली पंक्ति में ही तथाकथित प्रगतिशील और आधुनिक इतिहासकारों की काल गणना को खारिज कर देते हैं। वे बताते हैं कि भारत तो तब से है, जब से यह सृष्टि है। अनादि काल से है। जो देश अनादि काल से है, वह समय-समय पर उतार-चढ़ाव का साक्षी तो होगा ही? यही बात भारत पर लागू होती है।

पंडितजी लिखते हैं—'राष्ट्र का जीवन एक दिन में अथवा दो-चार वर्षों में नहीं बना-बिगड़ा करता और न ही कोई महापुरुष राष्ट्र-जीवन के संस्कारों से पूर्णत: निर्लिप्त होकर, मात्र अपनी मानसिक, आध्यात्मिक अथवा शारीरिक शक्तियों का

विकास करके, राष्ट्र जीवन का निर्माण कर सकता है। दीनदयालजी आगे लिखते हैं कि ''महापुरुष तो जातीय साधना के विग्रह स्वरूप हैं। वे तो समाज में वर्षों से होने वाली विचार-क्रांति का इष्ट फल होते हैं। उनकी अलौकिक शक्ति और ऐश्वर्य, सर्वमुखी प्रतिभा, अखंड कर्ममय जीवन तथा सर्वव्यापी प्रभाव को देखकर हमारी आँखें इतनी चैंधिया जाती हैं कि हम उस महापुरुष को उत्पन्न करने वाली जीवनधारा को ही बिल्कुल भूल से जाते हैं। जिस समाज में वह उत्पन्न होता है, उसका कुछ विचार ही नहीं करते।'' यहाँ समाज की जीवनधारा पर वे निशान लगाते हैं। यही वह बात है, जो पंडित दीनदयाल उपाध्याय को अपने समकालीनों के बीच एक महान् विचारक बनाती है।

पंडित दीनदयाल उपाध्याय यह समझाते हैं कि हर युग एक अपना विचार पैदा करता ही है। युग चला जाता है। लेकिन, नए युग में वह विचार समय के अनुरूप परिवर्तित होता रहता है। पुराने विचारों को हम बार-बार नए युग में लाते रहते हैं। वह बोझिल न हो जाए, प्रेरणादायी बनी रहे, इसलिए उसे समय की चेतना के साथ जोड़ते हैं। यही निरंतर हमारे इतिहास में होता रहा है, जिसे 'भारत बोध' के रूप में पहचाना जाता है। उसका वाहक समाज होता है। प्रधानमंत्री नरेंद्र मोदी भी इसी बात को अपने शब्दों में इस तरह कहते हैं—'यह भारत देश राजनेताओं ने नहीं बनाया है, यह देश किसी सरकार ने नहीं बनाया है, यह देश ऋषि-मुनियों ने, आचार्यों ने, शिक्षकों ने बनाया है और तब कहीं जाकर देश आगे बढ़ा है। आज दुर्भाग्य है कि सारी चीजें हमने राज के आस-पास, इर्द-गिर्द इकट्ठी कर दी हैं और इन सारी शक्तियों को हमने नकार दिया है। आवश्यकता है कि इन सभी शक्तियों को हम जोड़ें, सब शक्तियों का मिलन हो, सतसंकल्प के साथ सतशक्तियाँ मिलकर सतपथ पर चलें तो दुनिया की कोई ताकत ऐसी नहीं है कि भारत महामाता को जगद्गुरु बनने से रोक सके।'' ये बातें मोदीजी ने 2013 में पंतजलि योग पीठ हरिद्वार में अपने भाषण में कही थीं।

पंडित दीनदयाल उपाध्याय ने भी लिखा है कि ''व्यक्ति-व्यक्ति के जीवन को अनुप्राणित करने के लिए ऊर्जा तो विचारों से ही मिलती है। वह विचार निरंतरता में होता है। समाज के आंतरिक जीवन की साधना धारा से ही ये विचार निकलते हैं। जाति जीवन को समझने के लिए समय-समय पर हुए महापुरुषों और उनके कार्यों को सही परिपेक्ष्य में समझना जरूरी होता है। इस क्रम में वैदिक धर्म, महात्मा बुद्ध, शंकराचार्य, चाणक्य आदि के समय और उनके कार्य को हमें आत्मसात करना चाहिए।'' वे कहते हैं कि ''उस संपूर्ण जन-समुदाय के परिश्रम को भुलाना कृतघ्नता ही नहीं, अपितु सामाजिक जीवन के विधायक नियमों से अनभिज्ञता भी प्रकट करना है।''

भारत की अवधारणा को पंडित दीनदयाल उपाध्याय ने समग्रता में समझाया है।

इसके लिए उन्होंने प्रतीकों का सहारा लिया है। उन प्रतीकों में महापुरुष हैं। तीर्थ स्थान हैं। जीवन दृष्टि हैं। धर्म प्रचारक हैं। वे बताते हैं कि एक समय ऐसा भी आया था जब भारत ने विश्व भर में सांस्कृतिक साम्राज्य बनाया। उनके ही शब्दों में—''एक ओर जहाँ यह सांस्कृतिक साम्राज्य विस्तीर्ण हो रहा था, दूसरी ओर हमारे दिग्विजयी सम्राटों ने बड़े-बड़े साम्राज्य स्थापित किए। समुद्र के पार जाकर अपने उपनिवेष बसाए तथा वृहत्तर भारत की सांस्कृतिक एवं आध्यात्मिक कल्पना को स्थूल आधिभौतिक स्वरूप प्रदान किया। हमारे व्यापारियों ने दूर-दूर के देशों से व्यापार करके भारत को स्वर्ण भंडारों से पाट दिया। वह युग भारत की श्री और वैभव का, सुख और शांति का युग था। इतिहासकार इसी युग को 'भारत का स्वर्ण-युग' भी कहते हैं।''

उन्होंने स्वर्ण युग को उस पैमाने से नहीं देखा या समझा या दुनिया को समझाया, जिस पैमाने से आमतौर पर इतिहासकारों द्वारा आँका जाता है। किसी स्वर्ण युग को भूगोल और उसके वैभव से आंकने का ही प्रचलन है। इससे भिन्न पंडित दीनदयाल उपाध्याय ने कहा कि 'उस युग की अक्षय देन तो है हमारी एक राष्ट्रीयता की भावना, भारत के एकत्व तथा अखंडत्व की कल्पना एवं उस भावना को मूर्त स्वरूप देने वाली संस्थाओं की स्थापना और उसको चिरंतन बनाए रखने वाले संस्कारों की योजना।' ''ऐसे ही शाश्वत राष्ट्र की कल्पना हमारे यहाँ वैदिक काल से चली आ रही है।''

पंडित दीनदयाल उपाध्याय ने हमें बताया है कि उस कल्पना को हमारे ऋषियों ने इन शब्दों में गाया है—'इमे मे गंगे यमुने सरस्वती शुतुद्रि स्तोमं सचता परूष्णया। असिकन्या मरूदवृधे वितस्तया र्जीकीर्ये श्रुणुह्या सुशोमया।' यह संदर्भ। त्रृग्वेद का है। इसका अर्थ है—

इससे राष्ट्र भक्ति की कल्पना को एक स्थूल स्वरूप मिल जाता है। राष्ट्र की आत्मा का आधार स्वरूप मातृभूमि का चित्र आँखों के सम्मुख आ जाता है। कभी उस कल्पना को किसी कारण से ठेस लगती है तो ज्यादा फर्क नहीं पड़ता, क्योंकि भारत राष्ट्र की जड़ें तो पाताल तक पहुँची हुई हैं। इसलिए वह अक्षयवट की भांति बार-बार काटे जाने पर भी पुन: हरा-भरा हो जाता है।

अपने पूर्वजों के प्रति श्रद्धा, मातृभूमि के प्रति ममता, स्वाभिमान की भावना, अपने राष्ट्रीय जीवन को शाश्वत बनाए रखने की जिजीविषा और महत्वकांक्षा ही भारत की अवधारणा को एक मूर्त स्वरूप देता है। राष्ट्रीयता उसे आधार देती है। राष्ट्रीयता के विकास में स्वदेश का महत्व सबसे अधिक होता है। स्वदेश एक कल्पना है। जब उसे मातृभूमि से जोड़कर यात्रा और तीर्थों की लड़ी में पिरो देते हैं तो वह एक साक्षात अस्तित्व का रूप ले लेता है। यही हमारे यहाँ एक शाश्वत क्रम बना हुआ है। जिसमें हर मत और संप्रदाय के लोग इस बारे में एक तरह से ही सोचते हैं। प्रत्येक संप्रदाय

के आचार्यों ने यही प्रयत्न किया कि उनके संप्रदाय के लोग संपूर्ण भारत को पवित्र मानें। इतना ही नहीं, भारत की जनता इस एकता का प्रत्यक्ष ज्ञान कर सकें, इसके लिए प्रत्येक संप्रदाय में तीर्थयात्रा की पद्धति प्रचलित हुई। ये तीर्थ तो संपूर्ण भारत के एक छोर से लेकर दूसरे छोर तक बिखरे हुए हैं। सूर्य के बाहर मंदिर, गाणपत्यों के अष्ट विनायक, शैवों के द्वादश ज्योतिर्लिंग, शाक्तों के इक्यावन शक्ति क्षेत्र तथा वैष्णवों के अगणित तीर्थ क्षेत्र मठ, मठी, महंत और अखाड़े, संपूर्ण भारत में बिखरे पड़े हैं। इन विस्तृत पुण्य क्षेत्रों के होते हुए प्रांतीयता की संकुचित भावना का प्रवेश असंभव ही था। मर्यादा पुरुषोत्तम राम की दक्षिण यात्रा ने उत्तर-दक्षिण का जो गठबंधन किया, वह जनसाधारण के आचार-विचार और भावना में अटूट हो गया। महाभारतकार ने इसी एकता को दिखाने के लिए एक बार नहीं, दो-दो तीन-तीन बार भारत का एक छोर से लेकर दूसरे छोर तक अत्यंत भावुकतापूर्ण और रोचक वर्णन किया है। पुराणकारों ने भारत की भूमि के कण-कण की पवित्रता का गुणगान किया है।

प्रत्येक मत और संप्रदाय के सम्मुख तो संपूर्ण भारत का चित्र था ही तथा उनमें से प्रत्येक वैदिक धर्म की परंपरा की रक्षा करते हुए भारतभूमि की यशोवृद्धि का प्रयत्न कर रहा था, किंतु इस प्रकार एक ही ध्येय को लेकर कार्य करने वालों में पारस्परिक सहयोग और एकता भी आवश्यक थी। इसीलिए राष्ट्रीय भावना को और भी पुष्ट करने वाले भिन्न-भिन्न मत और संप्रदाय में समन्वय की वृत्ति का विकास भी इस युग में हुआ। इस समन्वय का बहुत कुछ श्रेय आदि शंकराचार्य को है। इस समन्वयात्मक कार्य में भी भारत की एकता का और अखंडता का ध्यान रखा गया। इस प्रकार ऊपर-नीचे, दाएँ-बाएँ चारों ओर एका का ही प्रसार हुआ। ताने-बाने के समान एक भावना-सूत्र को फैलाकर मानो भारत माता के एक सुंदर अंग-वस्त्र का निर्माण किया गया। भिन्न-भिन्न संप्रदायों के तीर्थ क्षेत्र संपूर्ण भारत में ताने के समान फैले हुए थे तो उनमें चार प्रमुख तीर्थ क्षेत्रों को छाँटकर उनको सब संप्रदायों के आदर और श्रद्धा का स्थान बना दिया गया।

भारत नाम से जो विशाल भूखंड प्रारंभ से ही है, उसकी एकता का साक्षात्कार का भी एक ऐतिहासिक क्रम है। वह अचानक तो नहीं हुआ होगा। उस युग में जब संचार के वर्तमान साधन नहीं थे, तब भी हमारे यहाँ तीर्थों की स्थापना का क्रम चला। कोई नहीं जानता कि उसमें कितनी सदियां लगी। लेकिन अथर्ववेद का पृथ्वीसूक्त हमें बोध कराता है कि राष्ट्र की हमारी अवधारणा क्या थी। वह सूक्त है—''माता भूमिः पुत्रोऽहं पृथिव्याम्।'' अर्थात ''यह पृथ्वी मेरी माता है, मैं इसका पुत्र हूँ।'' इसे हम दुनिया का पहला राष्ट्र गीत भी कह सकते हैं। इसमें भारत को पृथ्वी नाम से संबोधित किया गया है। इसी तरह एक और सूक्त है जो भारत की प्राकृतिक संपदा और उसकी

विविधता का हमें भान कराता है। यह सूक्त है—''जनं विभ्रिति बहुधा विवाचर्स, नाना धर्माणंपृथिवी यथौकस्म्।'' अर्थात यह पृथ्वी अनेक भाषाओं को बोलने वाले, अनेक अचार-विचारों का पालने करने वाले जन को धारण करती है। यही है भारत की परिभाषा और भारत की असली अवधारणा। यह सूक्त भारतीय राष्ट्रवाद की भावात्मक और सांस्कृतिक आधार भूमि प्रदान करता है। इसमें पुत्रवत भावना है, षोषण और भोग की भावना लेशमात्र भी नहीं है।

हिमालय के हिमाच्छादित शिखर पर अवस्थित बदरीनाथ की यात्रा सब प्रांतों और सब संप्रदायों के लोगों के जीवन की कामना रही है। महोदधि और रत्नाकर दोनों ही जहाँ माता के चरण प्रक्षालन करते हैं, वहाँ श्री रामेश्वरम् के दर्शन करने को जितनी श्रद्धा से शैव जाते हैं, उससे भी अधिक श्रद्धा से वैष्णव गंगोत्री का जल लाकर शिवलिंग पर चढ़ाते हैं। 'जगन्नाथ का भात, पूछो न जात न पात' कहकर जिस प्रेम और श्रद्धा से जगन्नाथजी का प्रसाद पाते हैं, वह तो राष्ट्रीय संगठन के लिए संजीवनी का काम करता ही है। बड़े-से-बड़े शाक्त भी श्री द्वारकापुरी में जाकर अपनी श्रद्धा की अश्रु-अंजलि भगवान् वासुदेव कृष्ण के चरणों में अर्पित करके अपने को धन्य समझते हैं।

पंडित दीनदयाल उपाध्यायजी बताते हैं कि राष्ट्रीयता की यह भावना गहरे रूप में पक्की हुई। इससे जब राजनीतिक पराजय का काल आया तब भी वह किसी-न-किसी रूप में बनी ही रही। उसी अखंड राष्ट्रीयता का हमें पुनः स्मरण करना चाहिए। राष्ट्र किसे कहते हैं, राष्ट्रीय अखंडता से क्या अभिप्राय है, किसकी अखंडता, भूमि की या जन की ? या दोनों की। यदि भूमि की, तो भूमि की कौन सी सीमाएँ हमारी आँखों में बसी हैं ? यदि जन की तो जन को परस्पर जोड़ने वाली भावभूमि क्या है ? और यदि दोनों की तो जन और भूमि की एकता का सूत्र क्या है ? इन प्रश्नों को उन्होंने अपने लेखों और भाषणों से निरंतर समझाया और हल भी किया।

कुछ लोग हैं, जो मानते हैं कि राष्ट्र, राष्ट्रीयता और राष्ट्रवाद की अवधारणा पश्चिम में उत्पन्न हुई। खासकर फ्रेंच क्रांति के बाद। ऐसा जो मानते हैं उनकी दृष्टि में राष्ट्र एक राजनीतिक अवधारणा है। राज्य ही राष्ट्र की निर्माण की प्रक्रिया का मुख्य वाहक होता है। राजनीतिक एकता उसके अस्तित्व की पहली जरूरत तो है। ऐसे लोग समझते हैं कि भूमि, भाषा, मजहब और नस्ल की एकता का होना भी राष्ट्र कहलाने के लिए आवश्यक है। इस आधार पर वे मानते हैं कि भारत के पास एक भूगोल तो है, भूमि भी है। लेकिन, दूसरे तत्त्व नहीं हैं जो राष्ट्र के लिए जरूरी होते हैं। ऐसे लोग यह भी मानते हैं और बताते भी हैं कि अंग्रेजी शासन ने भारत को पहली बार राजनीतिक एकता प्रदान की। अंग्रेजी साम्राज्यवाद के विरुद्ध संघर्ष में से ही भारत के राष्ट्र बनने की प्रक्रिया प्रारंभ हुई। अर्थात भारत पहले से राष्ट्र नहीं है, राष्ट्र बनने की ओर बढ़ रहा है।

ऐसे लोगों को मैं अपने को परमज्ञानी समझने वाले महामूर्ख से ज्यादा कुछ नहीं मानता।

एक दूसरी विचारधारा भी है। वह मार्क्सवाद की है। जिसने धर्म और राष्ट्रवाद की प्रेरणाओं को ही अस्वीकार कर दिया। मार्क्सवाद मानता है कि राष्ट्रवाद एक झूठी बुर्जुआ चेतना है। जिसे पूँजीवाद ने गढ़ा है। मार्क्सवादियों का विचार है कि ब्रिटिश पूँजीवाद और उसके आर्थिक शोषण की प्रतिक्रिया में ही राष्ट्रवाद जन्मा। इस दृष्टिकोण से एक भ्रामक धारणा निकली कि भारत विभिन्न सांस्कृतिक प्रवाहों का सम्मिश्रण है। ऐसे लोग मानते हैं कि 'काफिले बसते गए, हिंदुस्तान बनता गया।' राजा राममोहन राय, स्वामी दयानंद, स्वामी विवेकानंद, महर्षि श्री अरविंद, लाल-बाल-पाल की मजबूत आधार पर टिकी विचारधारा की भी मार्क्सवादी अपनी नासमझी में उपेक्षा कर देते हैं। और मूर्खता की पराकाष्ठा का यह क्रम अभी भी जारी है।

पंडित दीनदयाल उपाध्याय मार्क्सवादियों की इन भ्रामक अवधारणाओं का प्रमाण सहित खंडन करते हैं। उनके समर्थन में अब राजनीति शास्त्र के जाने-माने विद्वान् भी शामिल हो गए हैं। उन विद्वानों ने राष्ट्रवाद पर नए सिरे से अध्ययन किया है। उसकी शुरुआत की, मशहूर अमेरिकी लेखक जे.एच. हैयज ने। इन विद्वानों के अध्ययन का निष्कर्ष है—

1. कोई राष्ट्र अनायास पैदा नहीं हो जाता, अपितु किसी भूखंड पर एक लंबी ऐतिहासिक प्रक्रिया में से ही विकसित होता है।
2. 19वीं शताब्दी की यह धारणा कि राष्ट्र बनने के लिए पाँच मूल तत्त्वों का अस्तित्व एवं एकत्रीकरण आवश्यक है, पूर्णतः निराधार है। इनमें से कोई भी

एक तत्त्व राष्ट्रीयता के विकास का कारण बन सकता है।

3. 'राष्ट्रवाद या राष्ट्रीयता' उस समूह-चेतना का नाम है, जो कोई जन एक लंबी ऐतिहासिक प्रक्रिया में से उत्पन्न सांस्कृतिक चेतना और उस भूखंड के प्रति देशभक्ति की भावना का पूर्ण संघात होने पर प्राप्त करता है।
4. राष्ट्रीयता की यह समूह चेतना पहले एक छोटे से प्रबुद्ध वर्ग तक ही सीमित रहती है, संपूर्ण जन समाज उससे तत्काल समान रूप से अनुप्राणित नहीं होता। पूरे समाज में इस चेतना को फैलाने के लिए लोक शिक्षण के जागरूक प्रयत्नों की आवश्यकता पड़ती है। लोक शिक्षण का यह कार्य कहीं-कहीं राज्य करता है, तो कहीं सांस्कृतिक-बौद्धिक नेतृत्व।
5. राष्ट्र के आधार रूप विशाल भूखंड की एकता का साक्षात्कार भी आम आदमी के लिए सहज नहीं होता, क्योंकि संचार एवं संपर्क के आधुनिक साधनों के आविष्कार के पूर्व युग में आम आदमी का संपर्क क्षेत्र अपने गाँव, मुहल्ले या जिले से आगे कभी-कभार ही बढ़ पाता था।
6. भौगोलिक एकता के साक्षात्कार का माध्यम पश्चिमी देशों में राज्य द्वारा राजनीतिक विजय रही है, तो हंस कोहन जैसे विद्वानों के अनुसार, भारत में सांस्कृतिक प्रक्रिया के द्वारा राष्ट्रीयता की आधार भूमि तैयार हुई है।

यह क्या कम आश्चर्य की बात नहीं है कि पश्चिम के विद्वान् भी अब उन्हीं निष्कर्षों पर पहुँच रहे हैं जिन पर भारत के मनीषी सदियों पूर्व पहुंच चुके थे। पंडित दीनदयाल उपाध्याय उनमें से एक हैं। राष्ट्रीयता के प्रश्न को लाल-बाल-पाल ने भी आजादी की लड़ाई में स्पष्ट किया था। विपिन चंद्र पाल कहते थे कि "राष्ट्र एक जीवमान इकाई होता है। उसके प्रति प्रत्येक अंग का पूर्ण समर्पण एवं भक्ति ही राष्ट्रभक्ति की कसौटी है।" महात्मा गांधी ने भी हिंद स्वराज में जो लिखा वह भी पंडित दीनदयाल उपाध्याय की भारत अवधारणा की पुष्टि करता है। उन्होंने लिखा—"अंग्रेजों ने हमें सिखाया है कि हम पहले कभी एक राष्ट्र नहीं थे और हमें एक राष्ट्र बनने के लिए सैकड़ों वर्ष लगेंगे।" यह बात बिल्कुल बेबुनियाद है। जब अंग्रेज हिंदुस्तान में नहीं थे, तब भी हम एक राष्ट्र थे, हमारे विचार एक थे, हमारा रहन-सहन एक था। तभी तो अंग्रेजों ने यहाँ एक राज्य कायम किया। भेद तो बाद में उन्होंने ही अपने शासन काल में पैदा किए।" 'मैं जो कहता हूँ, वह बिना सोचे-समझे नहीं कहता। एक राष्ट्र का अर्थ यह नहीं कि हमारे बीच अंतर नहीं था, लेकिन, हमारे बड़े लोग पैदल या बैलगाड़ी में हिंदुस्तान का सफर करते थे, वे एक-दूसरे की भाषा सीखते थे और उनके बीच कोई भाषा या राज्य के नाम पर कोई भेदभाव नहीं था। जिन दूरदर्शी पुरुषों ने सेतुबंध रामेश्वर, जगन्नाथपुरी और हरिद्वार की यात्रा निश्चित की, उनका आपकी राय में क्या

ख्याल रहा होगा? वे मूर्ख नहीं थे, यह तो आप कबूल करेंगे ही। वे जानते थे कि ईश्वर-भजन तो घर बैठे होता है। उन्हीं ने हमें सिखाया है कि 'मन चंगा तो कठौती में गंगा।' लेकिन, उन्होंने सोचा कि कुदरत ने भारत भूमि को एक भौगोलिक देश बनाया है। इसलिए वह एक राष्ट्र भी होना चाहिए। इसीलिए उन्होंने अलग-अलग तीर्थस्थान तय करके आम जनता को एकता का सबक इस तरह दिया, जैसा दुनिया के किसी भी देश में और कहीं भी किसी ने नहीं दिया है।'

पंडित दीनदयाल उपाध्याय ने अपने इतिहास का अध्ययन कर बताया कि किस तरह विष्णु पुराण में भारत की भौगोलिक एकता का वर्णन है—'उत्तरं यत्समुद्रस्य हिमाद्रेश्चैव दक्षिणम्, वर्षं तद् भारतं नाम भारती यस्य सन्तति।' अर्थात् 'समुद्र के उत्तर में और हिमालय के दक्षिण में जो भूखंड स्थित है उसका नाम भारत है। और उसकी संतान को भारतीय कहते हैं।' विष्णु पुराण प्रमाण है कि भारत में सदियों पहले राष्ट्रीयता की आधारभूमि तैयार हो चुकी थी। एक अनुमान लगाया गया है कि विष्णु पुराण का रचना काल पाँचवीं सदी का है। इस तरह भारत में राष्ट्रीयता की आधार भूमि को कम से कम पंद्रह सौ वर्ष पुराना हम मान ही सकते हैं।

महाभारत के भीष्म पर्व में भारत का महिमा गान इस प्रकार है—'अथ ते कीर्तिश्यामि वर्ष भारत भारतम्, प्रियमिन्द्रस्य देवस्य मनोर्वैवस्वतस्य च।' 'अब मैं तुमसे उस भारत वर्ष का कीर्तिगान करता हूँ, जो भारत देवराज इंद्र को प्यारा था, जिस भारत को विवस्वान के पुत्र मनु ने अपना प्रिय माना था।'' वामपंथी इतिहासकार भी महाभारत का काल निर्धारण ईसा से 1200 वर्ष पूर्व किया है, यानी कम-से-कम तीन हजार दो सौ वर्ष पूर्व इससे भारत की राष्ट्रीयता का ऐतिहासिक प्रमाण मिलता है। सभी पुराणों में भारत की सीमाओं की निश्चित व्याख्या, उसके आकार का वर्णन, उसकी नदियों, पर्वतों एवं जनपदों की सूचियाँ दी गई हैं। तीर्थों का वर्णन किया गया है। भारत की इस भौगोलिक एवं ऐतिहासिक एकता का संस्कार जन-जन के मन पर अंकित करने के लिए संकल्प मंत्र में उसे सम्मिलित किया गया। अंत में संकल्प कर्ता को उसकी कुल परंपरा का स्मरण इस तरह दिलाया जाता है—'जंबूद्वीपे भरत खंडे आर्यावर्तेक देशांतरगते अमुक क्षेत्रे अमुक नगरे' आदि-आदि। राष्ट्रीयता के लोकशिक्षण का कितना सरल और कितना प्रभावी ढंग था यह। यह संकल्प सूत्र भी महाराज ने नैमिषारण्य में रचा था। इसका काल भी छठी शताब्दी का बताते हैं।

वह लंबी ऐतिहासिक प्रक्रिया जिसने इस विशाल भूखंड पर बसे हुए विभिन्न जन समूहों को उनकी समस्त विविधता के साथ समेटकर सांस्कृतिक एकता व पहचान प्रदान की, उसे पंडित दीनदयाल उपाध्याय ने अपने लेखों और भाषणों में आजीवन समझाया। उसकी प्रेरणा और लक्ष्य को स्पष्ट किया। उन्होंने इसे बार-बार निशान

लगाकर बताया कि भारत की प्राचीन व्यवस्था जीवन के अनुभवों से विकसित हुई थी। उसमें सभी चीजों और हितों के लिए जगह थी। हर प्रकार के हितों का प्रतिनिधित्व था। भारत में इस्लाम के प्रवेश के पूर्व जो समाज विद्यमान था वह लोकतांत्रिक चेतना एवं पंथनिरपेक्षता के प्रति गहरी आस्था से परिपूर्ण था। मजहबी एकरूपता पर उसका कभी आग्रह नहीं रहा। इसमें से भारत में भू-सांस्कृतिक राष्ट्रीयता उत्पन्न हुई। इसे सातवीं सदी में चीनी यात्री ह्वेनसाँग ने भी देखा और पहचाना। उनका यात्रा वृतांत इसका प्रमाण है। इसे दूसरे ढंग से भी कह सकते हैं। वह यह कि आज जो प्रश्न हमारे राष्ट्र जीवन के समक्ष उपस्थित हैं उनके उत्तर खोजे जा सकते हैं। उसकी एक छोटी सी शर्त है। अपने अतीत की सही समझ हो। जिसे पंडित दीनदयाल उपाध्याय के विचारों में हम प्राप्त कर सकते हैं।

इस पंथनिरपेक्ष लोकतांत्रिक समाज जीवन के सामने इसलाम एक नए ढंग की चुनौती लेकर आया। उससे पहले जितनी भी धाराएँ इस देश में आई वे इस देश के विविधता पूर्ण सामाजिक धार्मिक ताने-बाने में धुल मिल गई। लेकिन अंग्रेज शासकों ने भ्रम पैदा किया। अभी भी उसका प्रभाव बना हुआ है। जो लोग इतिहास से सबक सीखना नहीं चाहते और जो दृष्टि भ्रम के शिकार हैं वे ही भारत की पुरातन और अधुनातन की निरंतरता की उपेक्षा करते हैं। अंग्रेजों ने आर्य जाति सिद्धांत को भारतीय इतिहास पर लागू करके भारत की विविधता को नस्लीय रंग दिया। हिंदू शब्द को उसकी भू-सांस्कृतिक संकल्पना से हटाकर इसलाम और ईसाइयत मजहबों की पंक्ति में ला खड़ा किया।

अफसोस की बात है कि भारत का एक वर्ग यह समझता है कि राष्ट्रीय एकता व अखंडता के प्रति उसकी चिंता पश्चिम से प्राप्त राष्ट्रवादी भावना के कारण है। यह बड़ा भारी भ्रम है। जिसे पंडित दीनदयाल उपाध्याय ने अपनी स्थापनाओं से दूर किया है। उन्होंने एक लेख लिखा। शीर्षक था—''एकात्मता की चिर साधना।'' उसका यह अंश हमेशा प्रासंगिक बना रहेगा। 'भारतीय एकता की आराधना हमारी राजनीति का भी विषय रही है। संपूर्ण भारत को एक शासन-सूत्र में बांधकर चातुरंत साम्राज्य निर्माण करने की अभिलाषा हमारे यहाँ के राजाओं की अत्यंत पवित्र महत्वाकांक्षा रही है। राजाओं के संधि, विग्रह और अभियान सबका उद्देश्य भारत की एकसूत्रता की रक्षा ही रहा है।' वे अंत में लिखते हैं—'जीवन के सभी क्षेत्रों में प्राप्त एकता की अनुभूति-क्षेत्र केवल भौतिक जगत तक ही सीमित नहीं रहा बल्कि हमारी आध्यात्मिक चेतना को भी व्याप्त कर गया। हमारे देश, राष्ट्र एवं संस्कृति की एकता हमारी आत्मा के समान चैतन्ययुक्त है। इस आत्मा को खंडित नहीं किया जा सकता।'

पंडित दीनदयाल उपाध्यायजी हमें अनुभव कराते हैं कि हम सभी भारतीय एक

अत्यंत प्राचीन सभ्यता के उत्तराधिकारी हैं। परिस्थितियाँ बदल गई हैं। इसलिए पुराने प्रश्न भी नए होकर उपस्थित हो जाते हैं। उन प्रश्नों पर सोचना ज्यादा महत्त्वपूर्ण है। उन्हीं से उत्तर निकलेगा। यह भी देखना जरूरी है कि जिसे दूसरे समाधान कहते हैं वह कहीं हमारी समस्या को ही पैदा करने वाला तो नहीं है। इसका उत्तर पंडित दीनदयाल उपाध्याय के विचारों में हम पाते हैं। प्रधानमंत्री नरेंद्र मोदीजी भारत की प्राचीन सभ्यता के पुनर्निर्माण का निमंत्रण पिछले तीन वर्षों में विभिन्न अवसरों पर देते रहे हैं। इस प्रकार वे युगांतरकारी राष्ट्रनायक की भूमिका में आ गए हैं। पुराने की तुलना में नए का आकर्षण तो होता ही है। हमारे उपनिषद नवीनता को सनातन आदर्श के रूप में प्रस्तुत करते रहे हैं। राजनीतिक, सामाजिक, आर्थिक और सांस्कृतिक रूपांतरण की प्रक्रिया से होकर एक देश नया होता है। नए भारत की सबसे प्रसिद्ध कविता गुरुदेव रवींद्रनाथ ठाकुर की है। जिसमें वे महाकाल से याचना करते हैं कि हमारा राष्ट्र नूतन हो, वह राष्ट्र निर्भयता, निर्मलता और नैतिकता से ओत-प्रोत हो। जिसमें मंगलकारी मानवता का भाव है। डॉ. भीमराव अंबेडकर ने संविधान सभा के समापन-सत्र में नए भारत की तीन चुनौतियों की ओर देश का ध्यान खींचा था। पहला कि हमें अपने क्षुद्र स्वार्थों के लिए हठधर्मिता की प्रवृत्ति को छोड़कर संविधान सम्मत नियमों और प्रणालियों को ही समस्या समाधान का महा जनपथ बनाना चाहिए। दूसरा कि राष्ट्र निर्माण के लिए जनसाधारण में नागरिकता की भावना को संवर्धित करना चाहिए। तीसरा कि लोकतंत्र के राजनीतिक स्वरूप को टिकाऊ बनाने के लिए समतामूलक समाज की रचना में अपनी शक्ति लगानी चाहिए। ये बातें साकार हो सकती हैं, अगर हम पंडित दीनदयाल उपाध्याय के कहे और किए विचार को अपने आचरण में उतारें तो भारत की जिस अवधारणा को वे साकार करना चाहते थे, उसे ही डॉ भीम राव अंबेडकर ने संविधान

सभा के समापन सत्र में रखा था। यह वैचारिक समानता है। कोई मात्र संयोग नहीं है। हमारी नियति का दिशा-दर्शन है।

27 नवंबर, 2015 को लोकसभा में संविधान पर चर्चा में बोलते हुए प्रधानमंत्री नरेंद्र मोदी जी ने भारत की अवधारणा पर अपने विचार रखे। वे सूत्र रूप में इस प्रकार हैं—

1. सत्यमेव जयते। (सत्य की ही अंततः विजय होगी।)
2. अहिंसा परमो धर्मः। (अहिंसा ही परम धर्म है।)
3. एकम सद् विप्राः बहुधाः वदन्ति। (सत्य तो एक ही है जिसकी विद्वान् अलग-अलग रूपों में व्याख्या करते हैं।)
4. पौधों में परमात्मा देखना।
5. उदार चरितानाम् तू वसुधैव कुटुम्बकम्। (उदार चरित वालो के लिए तो पूरा विश्व ही एक परिवार है।)
6. सर्वे पंथ समभावः समभावाः। (सभी पंथों व उपासना पद्धतियों को समान रूप से आदर करें।)
7. अप्पः दीपो भवः। (भगवान बुद्ध का कथन-अपने अंदर से प्रकाशमान होवें।)
8. तेन त्यक्तेन भुन्जीथ। (त्यागपूर्वक प्रकृति का भोग करें, शोषण नहीं।)
9. सर्वे भवन्तु सुखिनः सर्वे सन्तु निरामयाः सर्वे भद्राणि पश्यन्तु मा कश्चिददुःख भाग्भवेत्। (सभी सुखी रहें, सभी नीरोग रहें।)
10. न त्वहं कामये राज्यं न स्वर्गं न पुनर्भवम् कामये दुःखतप्तानां प्राणिनामार्तिनाशनम्। (मैं न तो राज्य की कामना करता हूँ, न ही स्वर्ग या पुनर्जन्म की। मेरी यदि कोई कामना है तो मात्र यही कि मेरा पूरा जीवन दुःखों से पीड़ित मानवता की सेवा में जाए।)
11. वैष्णव जन तो तेने कहिये जे पीड़ परायी जाणे रे।
12. जन सेवा ही प्रभु सेवा।
13. सह सहनाभवतु सह नौ भुनक्तु सह वीर्यं करवाहै तेजस्वी नावधीतमस्तु मा विद्विशावही। (वह परमात्मा हम (आचार्य और शिष्य) दोनों की साथ-साथ रक्षा करें। हम साथ-साथ विद्या संबंधी सामर्थ्य प्राप्त करें। हम दोनों का पढ़ा हुआ तेजस्वी हो। हम द्वेष न करें।)
14. नर करनी करे तो नारायण हो जाए।
15. नारी तू नारायणी।
16. यत्र नार्यस्तु पूज्यन्ते रमन्ते तत्र देवताः। (जहाँ नारी का पूजन सम्मान होता है वहाँ देवता रमण करते हैं।)

17. आ नो भद्राः कृतवो यन्तु विश्वतः। (हे प्रभु! हमें सब और से कल्याणकारी विचार प्राप्त हों।)

18 अपि सुवर्णमयी लंका न मे लक्ष्मणरोचते।
जननी जन्मभूमिश्च स्वर्गादपि गरीयसी। (राम कहते हैं—हे लक्ष्मण! सोने की लंका भी मुझे अच्छी नहीं लगती है। क्योंकि माता और मातृभूमि स्वर्ग से भी बढकर है।)

□□□